梁羽生作品集 41

侠骨丹心

梁羽生

下

朗声图书

中山大學出版社
SUN YAT-SEN UNIVERSITY PRESS

图书在版编目（CIP）数据

侠骨丹心/梁羽生著. --广州：中山大学出版社，2012. 9
（梁羽生作品集）
ISBN 978-7-306-04329-0

Ⅰ. ①侠… Ⅱ. ①梁… Ⅲ. ①侠义小说－中国－当代 Ⅳ. ①I247.5

中国版本图书馆CIP数据核字（2012）第235002号

广东省版权局版权合同登记图字：19-2012-072号

朗声图书

敬告读者

为了维护读者、著作权人和出版发行者的合法权益，本书采用了新型数码防伪技术。正版图书的定价标示处及外包装盒上均贴有完好的防伪标签。刮开涂层，可见到一组数码，您可以通过两种途径查验真伪。

1. 拨打全国免费电话4008301315，按语音提示从左到右依次输入相应数码并按#键结束。
2. 扫描防伪标上的二维码，按提示输入相应数码。

读者如发现盗版图书，可向当地“扫黄打非”办公室、新闻出版局、公安机关、市场监督管理局等部门举报，或直接与我们联系。

联系电话：020-34297719　13570022400

我们对举报盗版、盗印、销售盗版图书等侵权行为的有功人员将予以重奖。

广州市朗声图书有限公司

目 录

第二十七回　洞房一语惊迷梦
花烛今宵隐杀机

史白都“哼”了一声，板起面孔说道：“谁和你开玩笑？爹娘已死，你的婚事就该由我做主！”

史红英怒道：“我可不能让你摆布！我不嫁厉南星！”

史白都冷笑道：“你不嫁姓厉的也成，那就嫁给帅孟雄吧。不错，做一个将军夫人也许好过做教主夫人。”

史红英怒极气极，反而冷静下来，说道：“哥哥，你是不是要把我迫死？”

史白都道：“是呀，我知道你十分讨厌帅孟雄，所以才让你嫁给你喜欢的厉南星。你不是曾经舍命护过他的么？”

史红英冷笑道：“你是以小人之心度君子之腹。在你的心目之中，大约以为男女之间是只能做夫妻不能做朋友的了？”

史白都道：“不管你是喜欢厉南星也好，不喜欢也好，总之只有两条路给你选择，要嘛嫁给厉南星，要嘛嫁给帅孟雄！第三个人绝对不行！”

史红英冷笑道：“我明白你的居心了，你知道了厉南星是天魔教教主的儿子，你是想利用我来骗取他的《百毒真经》！”

史白都心里暗笑：“《百毒真经》固然也是我想要的，但还有更紧要的你还未知道呢！我的神机妙算，你只是猜着了一点儿！”心里暗笑，却装作给她说中的样子，笑道：“你是我养大的，我把你许配给人，我总应该得点好处。但嫁给厉南星也并不委屈你呀！他年纪与你登对，比起帅孟雄来是年轻漂亮多了。他的武功也很不弱，将来我还可以扶他做天魔教的教主。”

史红英面色涨红，说道：“你把我当作什么？哼，你是把我当作可以交换的货物吗？”

史白都道：“我是为你好。为你着想：你嫁给姓厉这小子总胜于嫁给帅孟雄。”

史白都暗自在打如意算盘，哪知史红英也在心中盘算，目前形势，她若是不从哥哥之命，那就非得硬拼不可。“厉南星不知是何用心，但他总是金逐流的朋友。目前我孤立无援，如果能够有一个人和我商量也未尝不好。最少厉南星不至于像我哥哥一样蛮不讲理。”史红英心想。

史白都见妹妹低头不语，只道她已回心转意，便道：“你想清楚了没有？我看你还是答应的好！”

史红英装作赌气的样子，说道：“你要从我的婚姻取得好处，我还能不让你摆布吗？好，从今之后我算是报答了你的养育之恩，你也别指望我再把你当作哥哥了！”

史白都哈哈大笑，说道：“妹妹不必说得这样绝情，咱们兄妹总是兄妹。这桩婚事，对双方都有好处。厉南星对你一片痴心，他决不会亏待你的。嫁了之后，你得到幸福，就知道感激你的哥哥啦！”

史白都“大功告成”，满心欢喜地出去与他的手下三大香主商量，董十三娘尚未回来。青符道人道：“就只怕金逐流这小子来捣乱。”

史白都道：“我却只怕他不来。他肯来自投罗网，岂不更妙！”

圆海和尚道：“但这小子神出鬼没，只怕捉不住他，倒是要多些小心的好。”

史白都笑道：“捉不住他也有捉不住的好处，你们想过这一层么？”

圆海抓抓光头，说道：“这我就不懂了，请帮主指教。”

史白都道：“金逐流这小子若是看到红英和他的好友洞房花烛，你想他的心里是什么滋味？”

焦磊笑道：“我懂了，这么一来，他们好朋友就要变作仇人啦。”

圆海恍然大悟，道：“哦，原来这是离间之计。帮主的神机妙算确非常人所及。”

史白都道：“但咱们也还是要有防备，只能让他知道这件事情，不能让他和红英见面。”

三个香主齐声说道：“这个当然。帮主准备怎样布置，我们听帮主分派。”

圆海又道：“可惜董十三娘没有回来，不知她和帮主说亲的事情办得怎么样了？”

焦磊笑道：“那是准能成功的。咱们过几天再喝帮主的喜酒，不是更热闹吗？”

史白都哈哈笑道：“但愿如此。依我推算，董十三娘最迟明天也该回来了。目前最紧要的还是怎样对付金逐流，我的事情倒不必你们着急。”

青符道人凑趣道：“当然，当然。帮主是成竹在胸，这杯喜酒迟早总是有得喝的。”当下各自散去，按照史白都的吩咐布置——“安排香饵钓金鳌”！

就在史白都他们患得患失，既怕金逐流来又怕金逐流不来的时候，金逐流和陈光照、石霞姑三人到了扬州。

这日正是史白都所安排的，史红英和厉南星成婚的日子。

金逐流按照原定的计划，先到丐帮分舵拜访，扬州的丐帮舵主名唤李茂，也是曾经在江海天家里见过金逐流的。

李茂一见了金逐流就道：“金少侠，你来得真是巧极了！你那位姓厉的朋友就正是今天做六合帮的娇客！”

金逐流吃了一惊道：“厉南星与史白都的妹子就在今天成亲？怎的这样快！”

李茂道：“我们有人在六合帮卧底，听说你那位朋友是昨晚才到的，史白都立即就答应了婚事。连夜发帖请客，结彩张灯，六合帮人多势大，诸事咄嗟立办，这桩喜事虽是来得仓猝，但却毫不草率。今天一早，都已备办好了。看样子不像是假的。”

金逐流忐忑不安，暗自思量：“这事定然是个骗局。不过，万一是真的话，我带了许多人去闹洞房，岂不坏了厉大哥的好事？不如我单独前往，见机而为。”

当下金逐流把自己的主意和陈光照、石霞姑等人说了，大家也都同意了他的安排。即是让金逐流先去打听虚实，丐帮的人也作好了接应的准备。

话分两头。且说厉南星这日得偿心愿，喜气洋洋，但在拜堂的时候，却发现了一件出他意外的事。新娘子是用罗帕蒙头的面貌看不见；但看这新娘子的体态，却不像是史红英。

依照婚礼风俗，新郎是要进了洞房之后，才能揭开新娘的“蒙头”的。是以厉南星虽有所疑，却也不敢造次。

厉南星怀着惴惴不安的心情，好不容易等到天黑，进入洞房。只见红烛高烧，珠帘半卷，新娘子端端正正地坐在床上，可不正是史红英？照风俗是要新郎替新娘子揭开罗帕的，但坐在床上的这个“新娘子”史红英却根本就没有蒙头！穿戴也不像新娘子的模样。

厉南星一厢情愿，一看见在新房中的是史红英，心中已是极为欢喜。他松了口气，想道：“我还以为是史白都骗我，来个掉包之计呢，倒是我的多疑了。”

当然厉南星也不能不有点猜疑：“红英为何这样打扮，并不像个新娘？”但他自己又给自己解开：“是了，红英本来就是个出尘绝俗与众不同的女子，她和我早就相识，早就意合情投，又何必蒙上那令人气闷的劳什子？新娘子都是打扮得十分俗气的，她用本来面目见我，岂不更好？”

厉南星想得如意，忍不着心中的喜悦，上前作了一揖，说道：“想不到咱们会有今天。红英，你那次救了我的性命，我还未曾向你道谢呢！”

史红英道：“你是金逐流的朋友，我救你是应该的。”

厉南星还听不出话中之意，说道：“是呀，逐流是你我共同的朋友。可惜他今天不能来参加我们的婚礼。红英，你可知道我是如何爱慕你吗？我的心事还未曾向你倾吐呢！但现在也不用我再多说了，我是太高兴了！我只想我的朋友都能为我高兴！”

史红英忽地低声说道：“你看看外面有没有人？”

史红英道："你可知道！今晚你可能有性命之忧！"

厉南星怔了一怔，说道："帮中的弟兄大约不会开这种无聊的玩笑的。"他只道史红英怕有人偷听洞房。

史红英正容道："这可不是开玩笑的事情，你快去看，看仔细些！"

厉南星出去一看，只见星河耿耿，明月在天。外间笙歌未歇，犹自隐隐可闻。但却看不到人的影子，也听不到可疑的声音。庭院深深，内外隔断。厉南星心想："六合帮的帮规甚严，外面的闲人想来也决不敢闯进内院。"

厉南星回来随手关上房门，笑道："你可以放心了，并没有人偷听洞房。时候不早，你——"

厉南星是想请史红英卸装，话犹未了，只见史红英把袖一挥，说道："我不是怕有人偷听洞房，今晚也并非洞房花烛。你坐下来，我有话说。"

厉南星吃了一惊，看了看史红英，一副凛然的神态，不像是开他玩笑。厉南星满腹疑云，坐了下来，讷讷说道："你这是什么意思，咱们不是已经交拜了天地么？"

史红英道："今天和你拜堂的是我的丫环。"

厉南星更是吃惊，说道："为什么？你、你不愿意嫁我？"

史红英道："我先问你，你以为今天办的是喜事么？"

厉南星道："难道会是祸事？"

史红英道："不错。除非你愿意做我哥哥的爪牙，否则对你就是杀身之祸！"

厉南星笑道："原来你担心这个，你的哥哥已经亲口答应了我，今后改邪归正，还想参加义军，请我给他疏通呢。倘若不是这样，我也不敢在六合帮中跟你成亲。嗯，你现在可以放心了吧，不是我跟你的哥哥同流合污，而是你的哥哥悔改前非，与我合流了。"

史红英叹了口气，说道："这事比我设想的更坏。看来我的哥哥不仅是想骗取你的《百毒真经》，还有更大的阴谋在内。"

厉南星半信半疑，道："你不相信你的哥哥？"

史红英道："昨晚他也和我说了一些话，我说给你听。"

厉南星听得目瞪口呆，半晌说道："如此说来，他是一直没有放弃把你嫁给帅孟雄的念头，只因你不依从，才无可奈何答应了你的婚事。”

史红英道：“一点不错。”

厉南星道：“那么他与帅孟雄一直没有断绝往来?”说到这里，已知不妙，声音都颤抖了。

史红英道：“岂只与帅孟雄还有往来，和萨福鼎也是一直暗通消息。新任的御林军副统领，萨福鼎手下的第一位红人文道庄前天才从京中来到，现在还住在这儿。不过，他知道你认识他，故而避不见你罢了!”

厉南星这一惊非同小可，说道：“这样说，你的哥哥是完全骗我的了!”

史红英道：“当然是个骗局！我和他做了二十年兄妹，难道还不知道他的为人?”

厉南星道：“那怎么办？嗯，红英，咱们一同逃走了吧!”

史红英道：“我的哥哥不会没有防备的，尤其是在今晚，高手云集，更跑不掉。”

厉南星道：“那么依你之见——”

史红英道：“留下来将计就计!”

厉南星心头怦然跳动，暗自思量：“对，留下来先做了夫妻再说，莫辜负今宵花烛。”但这话他当然不好意思说出来，只能问道：“如何将计就计?”

史红英道：“咱们假意做一对好夫妻，让哥哥不起疑心。找到一个好机会，咱们就联手制伏他。帮中四大香主是他心腹，但下面的弟兄却有许多是不值他的所为的，对他勾结朝中权贵之事尤其不满，只要咱们制伏了他，我想帮众绝大多数会拥护咱们。我倒不是稀罕做一个帮主，但六合帮毕竟是个大帮，若能为我所用，变作义军的友人，岂不是有大大的好处？厉大哥，你可愿意与我戮力同心?”

厉南星道：“姑娘胆识过人，不愧女中豪杰。我是佩服得很，一切愿听你的调度。只是你有一句话我却听不大懂，这，这——”

厉南星不懂的是何以史红英只要与他做一对有名无实的假夫

妻？这假夫妻又是如何做法？他满腹疑云，因此在说话之时，已不敢以丈夫自居，口称“姑娘”，对史红英客客气气的了。

史红英缓缓说道：“你是金逐流的好朋友，我想你会体谅我的。在这个房间里咱们是朋友，出了这个房间，你我才是夫妻。咱们问心无愧，金逐流知道了，我想他也会原谅我们的。”

这几句话一说，恍如给厉南星浇了一盆冷水，厉南星面上一阵青一阵红，想道：“怪不得逐流不肯与我同来，怪不得我把心事告诉他时，他是那样的神气；怪不得红英要她的丫头代她拜堂。唉，逐流倒是想成全我的，我却是太对不住他了！”

厉南星是个热情而容易激动的人，想至此处，不禁捶头叫道：“我好糊涂，我早就应该知道你们是一对情人的了！我一定要把逐流找回来，告诉他，他才是你真正所爱的人！”

史红英轻轻一嘘，说道：“低声点儿，这个时候，哪里去找金逐流？你若沉不住气，只怕自己先要被人捉了。”

史红英哪里知道，金逐流已经来过，又悄悄走了。但也还没有走出这个圈子。

金逐流匿在后窗偷听，他已经看见了新房里的史红英，也已经听见了厉南星那番情意绵绵的表白。可是他却没有听见史红英后来的言语。在厉南星出来察视外面有没有人的时候，他就悄悄地走了。

正因为他没有听见史红英后来的说话，以致多了许多误会。他黯然神伤地悄悄离开，暗自思量：“原来红英喜欢的人真的是厉大哥，否则她怎会甘愿地拜堂成亲？而看这情形，史白都也好似当真是愿意把妹子嫁给厉大哥的了。否则外面何以全无埋伏？”金逐流来的时候已经看过新房外面无人偷听。但他却不知道，日间与厉南星拜堂成亲的只是史红英的丫头。

金逐流正自黯然神伤，想要回去，忽地心念一动，想道：“不对，红英若是没有疑心，她不会叫厉大哥出来看的。她也一定是看出了这个骗局，才会起了疑心。如今真相未明，我怎能就离开此地？”

心念未已，忽见一条黑影向新房那边跑去，金逐流吃了一惊：

“这妖妇回来了！”他是自小练过暗器的，目力极佳，淡月疏星之下认出了这女人正是董十三娘。她回来不打紧，但因她是知道金逐流的行踪的，她一回来，当然会把金逐流要到扬州的消息告诉史白都。

金逐流想道：“我反正是豁出去了，但这婆娘诡计多端，不知她是不是要算计厉大哥和红英？这可不能不防！”

金逐流提一口气，展开绝顶轻功，跟在董十三娘后面。不料他脚尖刚一着地，忽觉泥土松浮，原来脚下正是一个陷阱。

“轰”的一声，一块大石当头压下。好个金逐流，在这电光火石之间，已是一个“魁星踢斗”，身子悬空，一个鹞子翻身，双足就打横踢出，撑住了陷阱的土壁。石头落下，给他轻轻一带，使出了“四两拨千斤”的巧劲，把那块大石按到另一侧边，趁着石头未曾坠下的那一瞬间，掌心一按，身子拔起，出了陷阱。

说时迟，那时快，董十三娘的长鞭已是旋风一般地卷到，阴恻恻地说道：“姓金的小子，我等你多时了！”与此同时，另一个人也从花树丛中跳出，呼的一掌向金逐流打来，哈哈笑道：“真是人生何处不相逢，金逐流，想不到在这里又见到了你！”这个人不是别个，正是金逐流的死对头文道庄。

金逐流刚刚跳出陷阱，脚步未曾站稳，给文道庄掌力一推，身不由己地向前倾侧；董十三娘一招“回风扫柳”，长鞭疾扫过来。金逐流叫道：“哎哟，不好了！”扑通跌倒，顺势就抓着鞭梢，在地上一个“懒驴打滚”，避开了文道庄的一掌，却把董十三娘扯了进来。

文道庄第三掌正要打出，慌忙收回。说时迟，那时快，金逐流已是拔剑出鞘，割断了缠着他左腕的一段软鞭，跳将起来，闪电般向着董十三娘就是一剑。哈哈笑道：“幸好没有给你打伤。”

董十三娘气得柳眉倒竖，喝道：“好小子，胆敢戏耍老娘？”挥鞭迎击，一招之中，藏着圈、点、缠、扫四路鞭法，本是董十三娘十分得意的一招绝技，哪知因为她的软鞭给金逐流割断了一截，使起来恰好差了那么一点，未能打着金逐流。金逐流剑法何等迅捷，董十三娘一击不中，他已是欺到了她的身前，剑光闪处，只听得“嗤”的一声，董十三娘身上的罗衣，已是给他挑开，露出了粉红色的肚兜，雪白的肌肤隐约可见。这还是董十三娘躲闪得快，否则这一剑已是穿心剖腹之灾。

文道庄喝道：“好小子休得逞强！”双掌齐出，运足了功力，隐隐挟着风雷之声。金逐流识得厉害，放过了董十三娘，反手一剑，刺文道庄的虎口。文道庄震歪了金逐流的剑点，换掌再击。金逐流笑道：“你的三象神功，又能奈我何哉？”顺着他的掌势，恍如柳絮随风地一飘一闪，倏地就绕到了文道庄的背后，运剑刺他的“大椎穴”。黑夜之中，认穴竟是不差毫厘。

文道庄心头一凛，想道：“相隔不过一月，这小子的功力竟是又长进了！”连忙一个躬身，转过一边，反手一掌，化解金逐流的招数。董十三娘的软鞭也打了到来，合二人之力，这才挡住了金逐流的攻势，稍稍占得了一点上风。

金逐流在园子里和文董二人打得难分难解，高呼酣斗之声远远地传到了新房。史红英吃了一惊，说道：“咦，好像是有人在外面厮杀，厉大哥，你去看看！”

厉南星道：“好像是逐流的声音，难道我是做梦？”正要提剑出去，忽听得轧轧声响，墙壁上突然现出一道暗门，史白都像鬼魅似的跳了出来，冷笑说道：“不用去了，金逐流已经给抓起来啦。”

厉南星这一惊非同小可，慌忙迎敌，史白都一掌将他震退，跨步向前，五指如钩，朝着他的琵琶骨抓下。史红英一指点出，点着了他的“风府穴”。史白都有闭穴的功夫，不怕妹妹点穴，但给她点着了穴道，也不禁微感酸麻，劲力一松，抓着了厉南星的肩头，却未能捏碎他的琵琶骨，就给厉南星脱出去了。

史红英叫道：“快拿宝剑！”原来那柄玄铁宝剑本是厉南星随身佩戴的，只因在进了洞房之后，觉得佩剑不便于夫妻并坐谈情，这才把宝剑解了下来，挂在墙上的。

厉南星得她提醒，挣脱了史白都的掌握，慌忙一个箭步上前，把玄铁宝剑摘了下来。史白都本来也想抢这宝剑的，却给厉南星快了一步。

史白都气极怒极，冷笑说道：“真是我的好妹子，竟然做得出这等无耻的勾当，和外人合谋来算计哥哥！”冷笑声中，一个反手擒拿，就向史红英抓去。左掌又向厉南星击出。

厉南星微一侧身，避开了史白都的掌力，喝道：“看剑！”寒光一闪，宝剑已是出鞘！

史白都当然识得玄铁宝剑的厉害，自忖单掌之力，决计抵挡不了，只好把抓向史红英的右手缩了回来，双掌齐推，这才荡开了重达百斤的玄铁宝剑。

厉南星叫道：“史姑娘，你先出去！”运足了气力，宝剑抡圆，向史白都连劈三剑。史白都只怕劈空掌力抵挡不住，抓起了一张桌子招架，“蓬”的一声，桌子受了两剑，劈成了四块。跟在妹妹身后，史白都也跳出去了。

史红英此时脚尖刚刚着地，脚步还未站稳，忽觉劲风飒然，一条软鞭从角落里突然向她打来。原来是董十三娘赶回来向史白都报信，恰好就在她跳出窗子的时候碰上了。

史红英冷不及防，着了一鞭。气道：“董十三娘，你也敢来欺我！”解下了缠腰的银丝鞭，回鞭还击。两人都是使鞭的能手，彼此都知道对方的路数。鞭风呼响之中，双鞭缠在一起。

董十三娘笑道：“红英，你可休要怪我，谁叫你背叛你的哥哥，我也只好得罪你了！”史红英心头一凛，想道：“不好，这贼婆娘是要缠上了我，我可不能中她的计。”

心念未已，只觉一股大力推来，史红英不由自已地打了一个盘旋，原来史白都已经到了她的背后，发出了推磨掌力，迫得她团团乱转。推磨掌力互相牵引，其力不足伤人，但却能使对方的身体失却重心，跟着自己的掌力旋转。

厉南星劈烂了桌子，一个跟着一个的也跳了出来。可是这一次却给史白都快了一步，厉南星正自一剑刺出，史白都已经把妹妹抓了起来，一个旋风急舞，把史红英的身体迎着厉南星的宝剑，喝道：“你刺！”厉南星慌忙缩手，气得破口大骂：“哪有这样欺侮自己妹妹的，你简直不是人！”

史白都冷笑道：“我好意把妹妹许配与你，你们却串通了来谋害我，还要我手下留情么？”

厉南星大怒道：“谁要你手下留情，放下红英，我和你单打独斗！”

史白都纵声笑道：“你以为我当真就怕了你的玄铁宝剑不成?”振臂一抛，把史红英抛给了董十三娘，说道：“好好给我看管这个贱人，待我拿了这小子，一并发落!”

厉南星刚要跑去抢人，只听得金刃劈风之声，史白都已是拔剑出鞘，拦住他的去路，“哼”了一声道：“这宝剑也该物归原主了!”

厉南星冷冷说道：“有本领你就拿去!”抡起玄铁宝剑，当头劈下。史白都使一招“举火燎天”，青钢剑搭着他的剑脊，双剑相交，一翻一绞。厉南星虎口发热，玄铁宝剑险险脱手。情急之下，拼着豁了性命，大吼一声，连人带剑，猛压过去。只听得“当”的一声，火花飞溅，史白都的青钢剑损了一个缺口，却没有给他削断。

厉南星脚步一踉跄，斜窜三步。史白都跟踪急上，喝道：“玄铁宝剑，又能奈我何哉?”厉南星反手一剑，使出了“醉八仙”的一招身法，趁着那斜身之势，玄铁宝剑横削了半道弧形。“当”的一声，史白都的青钢剑依然未断，只是又损了一个缺口。

这两招性命相搏，厉南星削不断他的兵刃，固然是颇感意外，史白都也是吃惊不小。他曾经和厉南星数度交手，深知自己的内力在对方之上。刚才那两招他使出了看家本领，每一招都是刚柔相济，既可以卸去对方的劲道，又可以用“隔物传功”的本领震伤对方的。哪知在厉南星的金刚猛扑之下，他的剑仍然要受挫损。他这才知道厉南星的内功虽然不如他，却也在他估计之上。而玄铁宝剑的威力，也出乎他想象之外。

史白都在玄铁宝剑之下受挫，更想得回宝物。当下撮唇一啸，六合帮的大小头目，纷纷赶来。史白都道：“青符上来，其他的人退下去把守，毒箭伺候!”青符道人的本领在六合帮中坐第三把交椅，剑术尤其精妙。史白都知道只有他可以插得上手，其他的人都不济事。不过却可以用毒箭来堵截厉南星逃走。

厉南星背腹受敌，仗着玄铁宝剑，沉着应战。青符道人剑走轻灵，厉南星削不着他的剑，好几次险险给他刺中。

激战中忽听得一声长啸，厉南星听出了是金逐流的啸声，心中一急，想道：“逐流尚未脱险，我岂能在这里恋战？”

心念未已，青符道人一剑刺来，厉南星料想他怕自己的玄铁宝剑，决不敢欺身进迫，这一招多半乃是虚招。于是冒了个险，不躲不闪，却猛地和身向前扑去。

史白都想不到他竟是如此舍命相扑，骤吃一惊，收剑已来不及，只听见断金戛玉之声震得众人耳鼓嗡嗡作响，这一回史白都的长剑可是给厉南星削断了。

好个史白都，断剑一抛，腾地飞起一脚，双方距离极近，厉南星要躲也躲闪不开，给他一脚踢个正着，整个身躯，就似断线风筝般地飞了起来，又迅即跌了下去。

史白都那一剑是向前刺出的，身形自也向前方倾侧，突然剑给削断，身体失了重心，猛力地踢出了那一脚之后，也是不由自己地重重地摔了一跤。

厉南星给踢了一脚，踢着腰胯，十分疼痛。但不幸之中也有大幸，原来青符道人刺他的那一剑，本是可以虚实互变的招数，若不是厉南星给踢得飞了起来，青符道人那一剑就可以刺穿他的琵琶骨。

青符道人暗暗叫了一声“可惜!”忽见厉南星跌倒，以为他已受伤，机不可失，立即飞掠过去，要给厉南星补上一剑。

一剑刺下，厉南星一个鲤鱼打挺就跳起来，喝道：“叫你这牛鼻子臭道士知道我的厉害!”他刚才险些给青符道人刺中，一肚皮闷气正自无处发泄，这一剑使得又狠又准，饶是青符道人剑法轻灵，但因估计错误，却是冷不及防。“当”的一声响过，青符道人的剑也给削为两段。还幸亏他躲闪得快，才没伤着，但玄铁宝剑的威力非同小可，青符虽没伤着，胸口也是给震得陡的发热，哇的一口鲜血吐了出来。

史白都爬了起来，大怒喝道：“放箭!”埋伏在各处墙角和屋顶的帮中头目，毒箭纷纷射下。

厉南星舞起宝剑防身，猛地喝道：“来而不往非礼也，就只你们有暗器么?”把手一扬，“轰”的一声，一枚暗器飞上屋顶，爆炸开来，这是厉家家传的独门暗器——毒雾金针烈焰弹，爆炸发出的烟雾本来是有毒的，厉南星嫌它歹毒，改为无毒的烟雾。但烟雾虽然无毒，那一大把夹在烟雾中射出的梅花针，无声无息，却是最难防备，屋顶上的几个小头目能有多大功夫，只听得一片“哎哟，哎哟!”之声不绝于耳，谁都躲不开梅花针，一个个地从屋顶上滚了下来。

厉南星迅即填上空档，跳上屋顶。但当他翻过高墙，跳下后园的时候，脚筋却蓦地感到一阵疼痛，几乎滚了下去。原来他给史白都踢了一脚，虽然勉强禁受得起，但跳跃已是不及平时灵活了。

史白都何等厉害，一眼就看出了厉南星的破绽，当下哈哈大笑，便即追来，喝道：“好小子，看你还能跑得到哪里去。”正是：

喜事谁知成祸事，洞房红烛剑光寒。

欲知后事如何？请听下回分解。

第二十八回　暗使毒针施毒手　且看神剑显神威

厉南星刚自墙头跳下，蓦听得一声喝道："照打！"这人是六合帮的一个大头目。身长七尺，双臂有千斤之力，使的兵器是个独脚铜人，也有七十二斤之重。他在园中，厉南星在内院和史白都的恶斗他看不见，因此也就不知玄铁宝剑的厉害，自恃械重力沉，丝毫也不把似个文弱书生的厉南星看在眼内。

厉南星喝道："避我者生，挡我者死！"那人冷笑道："好个会吹牛皮……"话犹未了，只听得"当"的一声，厉南星已是一剑劈在铜人身上，劈得铜屑劈落，火星蓬飞，那个大头目"蹬蹬蹬"的连退三步，闷哼一声，一口鲜血喷了出来，便即倒下去了。原来他虽没有给宝剑斫中，但已是震得五脏六腑全都翻转，气绝而亡。可是他的独脚铜人却还没有给宝剑劈开。

厉南星把眼一看，只见金逐流在假山那边正在受着三个人的围攻，一个是文道庄，另外两个是列名六合帮四大香主中的焦磊和圆海。这两人是顶替董十三娘来做文道庄的助手的。

金逐流在三大高手围攻之下，颇处下风，不过仗着身法轻灵，急切之间，文道庄也是奈他不得。

厉南星又惊又喜，叫道："贤弟，我来了！"奋力一跃，一剑向文道庄刺去。文道庄反手一拂，这一拂蕴藏着"三象神功"的威力，厉南星腰胯受伤，下盘不固，不由自己地打了个盘旋，转过一边。恰好和焦磊正面相对。

焦磊是江湖上的独脚大盗出身，性极凶狠，以为有便宜可拾，猛地一刀就向厉南星斫下，青符道人远远看见，大吃一惊，连忙叫道："四弟，小心！不可硬拼！"可是已经迟了。刀剑相交，一片金铁交鸣之声响过，焦磊的厚背斫山刀断为两段，这还不止，连他的一条手臂也给玄铁宝剑齐肩切了下来，痛得他登时晕了过去。

说时迟，那时快，厉南星手起剑落，又向圆海劈下，圆海听得青符道人的警告，心中一凛，不敢硬拼。可是依然避不开厉南星这一剑，"当"的一声，圆海的戒刀也给削断。幸而他不是以力相拼，戒刀虽断，却没受伤。不过也给震得气血翻涌，接连退出了七八步，方能稳住身形。圆海断了戒刀，就像斗败了的公鸡折断翅膀一样，不敢上前再战。

史白都飞快地赶了到来，手中提着那个大头目的独脚铜人。原来他是因见玄铁宝剑的威力太强，普通的刀剑实是难以抵挡。因此在这大头目身亡之后，临时灵机一动，遂拾起了他的独脚铜人，希望能够仗着这件兵器来克制厉南星的玄铁宝剑。

董十三娘跟着来到，再次上前，换了一条长鞭，和文道庄联手合斗金逐流。

恶斗再度展开，史白都高举独脚铜人，以泰山压顶之势，向厉南星砸下。厉南星横剑疾劈，金铁交鸣，如雷震耳。铜人身上损了一个缺口，但厉南星却给震退三步。厉南星心头一凛，暗自想道："我的内家真力比不上他，应当在剑法上求胜。"

史白都喝声："撒剑！"跨步欺身，一招"横云断峰"，铜人拦腰疾扫。厉南星冷笑道："不见得！"玄铁宝剑扬空一闪，抖起了满空错落的剑花，只听得叮叮当当之声不绝于耳，铜屑纷飞，宝剑仍然紧紧握在厉南星手中，史白都的独脚铜人却已是遍体鳞伤。

原来厉南星用的这招乃是金世遗所授的追风剑式，当真疾似风飐，快如闪电。瞬息之间，已在铜人身上刺了十七八剑。剑光恍若蜻蜓点水，一掠即过。史白都的猛压之力，还未能够完全发挥，厉南星又已收招换式了。这么一来，史白都就打不落他的宝剑，而他仗着宝剑的锋利，却可以"戳伤"史白都的铜人。

不过史白都改用了沉重的铜人，比起用普通的刀剑总是要好得多了，铜人虽然遍体鳞伤，却还可以抵挡玄铁宝剑的威力。

厉南星吃亏在腰胯受伤，下盘不稳，跳跃不灵，时间稍长，难免感到吃力。好在史白都改用了沉重的兵器，一时间也还未能熟手。铜人笨重，不若宝剑的轻灵。是以在恶斗之中，还是厉南星攻多守少。

另一边，文道庄与董十三娘联手，和金逐流打得难解难分。金逐流使出浑身本领，勉强扳成平手，他是胜在剑法精奇，轻功超妙，但内力则是稍稍不如对方。文道庄得董十三娘之助，在防守上减了几分威胁，“三象神功”的威力发挥得淋漓尽致，二三十招过后，金逐流虽然还可抵挡，额角亦已见汗。

激战中厉南星叫道：“贤弟，我有一件事情要告诉你。红英，她——”金逐流道：“先闯出去，你再慢慢和我说吧。”厉南星道：“我一刻不告诉你，一刻心里不能自安。”金逐流苦笑道：“我知道了，你我还是好兄弟，我不会怪你的。”

厉南星只道他已听到了他和史红英所有的说话，松了一口气。心里想道：“这件事若是由我说出，实也难免彼此尴尬，他既然都听到了，那是最好不过。”如此一想，自慰自解，于是也就没有再说下去了。

但他说话之际，心情略分，给史白都乘机猛攻，登时手忙脚乱。说话过后，虽然连忙镇慑心神，却已不能扳回平手。

金逐流是个武学大行家，心里想道：“这样打下去，时间久了，我和厉大哥只怕难免都要吃亏。”心念一动，忽地斜身窜出，叫道：“厉大哥，我和你换一个对手！”

金逐流疾如鹰隼穿林，刷的一剑，就指到了史白都背后的“风府穴”。史白都身手端的不凡，在背腹受敌之下，霍地一矮身躯，抡起铜人，一个盘头疾扫，把厉南星迫退，只听得“当”的一声，金逐流一剑刺在铜人身上，剑点也给他荡歪了。说时迟，那时快，厉南星已是跳出圈子，迎战文、董二人。

史白都这一招用得险极，虽然荡开了金逐流的长剑，头皮也感到一片沁凉。史白都大怒喝道：“好呀，你这小子要来送死，我先成全你吧！”

金逐流笑道：“我只有一条性命，有本领你就拿去，用不着先吹牛皮!”口中说话，手底丝毫不缓，就在说这几句话的片刻之间，已是闪电般地攻出了六六三十六剑，杀得史白都只有招架之功，竟无还手之力。原来论真实的本领，史白都虽然在金逐流之上，但因他使用的兵器十分笨重，用来克制厉南星的玄铁宝剑甚有功效，用来对付轻功超卓的金逐流，却是不够灵活了。金逐流和厉南星掉换对手，就是为了这个缘故。

金逐流料得很准，厉南星摆脱了史白都的纠缠之后，文、董二人果然拦他不住。厉南星仗着玄铁宝剑的威力，横冲直撞，文道庄还勉强可以周旋，董十三娘却近不了他的身子，长鞭远远打来，厉南星信手一剑，就把它削断了。玄铁宝剑使开，光芒四射，周围数丈之内，都在他的剑光笼罩之下，普通兵器，一碰即折。

史白都气得七窍生烟，想要冲杀过去，阻拦厉南星逃走，可是金逐流的身法却比他灵活得多，史白都只要一迈步，不论转到什么方向，金逐流明晃晃的剑尖总是对准着他。史白都空自暴怒如雷，却还必须力求自保。

厉南星挽起玄铁宝剑，呼呼呼连劈三剑，连人带剑，化作了一道白光，箭一般的向文道庄疾冲过去。文道庄心头一凛:“这小子当真是要拼命!”当下急运三象神功，双掌齐出，劈空掌力，把厉南星的身形稍稍推开，转过一个方向。这一掌已是竭尽他的全力，侥幸避过了玄铁宝剑的冲杀，哪里还敢再去拼命?转眼之间，厉南星已是杀到墙边，一剑劈开了园门，冲出去了。

史白都大怒道:“跑了厉南星这小子也还罢了，金逐流这小子我是决不能放过了他。你们都回来给我拿人!”

金逐流笑道:“我要来就来，要去就去，你岂能奈我何?”虚晃一招，“嗖”地就掠出去，迎面碰上了文道庄，金逐流笑道:“你是不是还想尝我的丸药?”脚尖一点，身形平地拔起，恰恰从文道庄的头顶飞过，文道庄一掌打他不着，金逐流借了他的掌力，去势更疾，半空中一个筋斗翻下来，已是站在围墙之上。

就在此时墙外隐隐传来一声急促的啸声。史白都陡地喝道:“下去!”把内家真力都运到双掌之上，人未到，掌先发。史白都的劈空掌力端的是非同小可，金逐流站在墙上，相距也还有三丈之遥，史白都在地下发出的劈空掌力，居然震得他身形不稳，难以立足。

金逐流明知外面必有埋伏，那一声想必就是和里面的人呼应的，但金逐流也并不放在心上。金逐流练有护体神功，史白都的劈空掌力只能令他立足不稳，不能令他受伤。金逐流乘着他的掌力一推，哈哈笑道："你不赶我，我也要下去的，何必催促？"当下一个筋斗从墙头翻下。

不料人在半空，忽听得"滋滋"声响，金芒闪灿，一蓬细如牛毛似的梅花针突然向他射来。金逐流一来是身子悬空，使不上力；二来是受了史白都劈空掌力的影响，那一个筋斗一时间还未曾翻得转来，骤然受袭，遁无可避，百忙中只有挥袖一拂，但还是中了两枚梅花针。

梅花针是最微细的暗器，只有射着穴道，才能伤人。金逐流并没有给射着穴道，正自以为无妨，不料脚尖刚刚着地，蓦然感到身上有麻痒痒的感觉，原来他着的不是普通的梅花针，而是淬有剧毒的梅花针。

金逐流怒道："是谁偷放暗器？有胆的敢出来和我一战么？"话犹未了，只听得一个阴恻恻的声音已在答道："金逐流，你还是留一口气准备后事吧，我可没有工夫奉陪你了！"金逐流眼光一瞥，在人丛中找出那个人来，不是别人，正是石霞姑的那个奶妈贺大娘。

金逐流冷笑道："区区毒针，焉能害我？"挥剑杀入人丛，径奔贺大娘。那些六合帮的小头目焉能抵挡他的精妙剑法，只听得"哎哟，哎哟！"之声不绝于耳，转眼间就有七八条汉子变作了滚地葫芦。还幸金逐流之意不在多伤人命，只是刺伤了他们的关节穴道，以便扫除障碍。

贺大娘大吃一惊，心道："我这梅花针是用五样最厉害的毒药淬炼的，比那日给他喝的毒茶毒得多，这小子居然行若无事，难道他是金刚不坏之躯？"她是领教过金逐流的厉害的，哪里还敢恋战，虚挡两招，连忙走避。就在此时，史白都已是追了出来，纵声笑道："金逐流，咱们胜负未分，有胆的你就别走！"

金逐流杀退了贺大娘，忽觉眼神一花，脑袋也微有晕眩之感。原来他的护体神功只能拖延毒性的发作，却不能把毒质驱除出去。因此，对付武功稍弱于他的人还勉强可以，对付史白都这样的强手，那却是决计不能了。金逐流心道："我才不上你的当呢！"当下吸一口气，笑道："有本领你就追来！"

金逐流默运玄功，抵御毒气的上侵，轻功自是不免稍受影响，史白都何等厉害，一眼就看了出来，说道："贺大娘，这小子敢情是中了你的暗器？"贺大娘道："不错，他着了我两枚毒针。还有——"贺大娘好像还有什么话要说，但史白都已是哈哈笑道："好，那就先拿了这小子再说。今晚是决不能让他跑了！"口中说话，脚步已是向着金逐流逃走的方向追去，把贺大娘甩在后面。

金逐流心里想道："在半个时辰之内，谅史白都也追我不上，过了半个时辰，可就难说了。"当下用"传音入密"的功夫，把声音远远送了出去，叫道："厉大哥，厉大哥！"他放心不下厉南星，意欲与他会合，彼此好有个照应。

连叫三声，却听不见回答。贺大娘随后赶了上来，冷笑说道："厉南星早已死了，你到黄泉路上找他去吧！"

金逐流骂道："胡说八道，你这妖婆胆敢诅咒我的厉大哥，回头我再与你算账。"贺大娘冷笑道："是我亲手杀他的，你怎么样？要算账你就来吧！哼，只怕你要跑也跑不了！"她仗着有史白都撑腰，胆子大了许多，也就不怕激怒金逐流了。

金逐流心里想道："我可不能中她的计。"回头骂道："你急什么，这笔账我记下了，慢慢和你再算。"

金逐流虽然不信贺大娘的诅咒，但听不到厉南星的回声，却是难免有点惊疑。他用上了"传音入密"的功夫，周围三五里之内，稍有内功造诣的人都可以听到他的声音。而以厉南星的造诣，倘若在这范围之内，也必然可以用同样的功夫将声音送到他的耳朵。金逐流心想："难道他已经跑出了五里之外？但他给史白都踢了一脚，以他的轻功而论，似乎不会就跑得这么远？"

金逐流惊疑不定，精神不能集中，忽地又有点晕眩的感觉。金逐流连忙镇慑心神，回头一望，史白都和贺大娘已是越追越近。

金逐流自忖已是不能支持半个时辰，心里想道：“丐帮的接应怎么还不见来？我得先想个法子甩开他们再说。”

此时已是追到街上，金逐流提一口气，飞身上了民房，东窜西闪，到了一处有几条街道交叉的所在，金逐流跳了下来，躲进一条冷巷。

史白都突然不见了金逐流的踪迹，却反而哈哈大笑起来，说道：“这小子一定是快要毒发，自知不能再跑，故而躲藏。好，我就给他来一个瓮中捉鳖！”他也有点害怕金逐流躲在暗处暗算他。当下止了脚步，准备等待帮众大队来到，再封锁这几条街道，逐屋搜人。

过了不久，贺大娘和青符、圆海、董十三娘等人先后赶到。史白都吩咐他手下的三个香主率众搜查，布置停当，喘过口气，想起一事，回头问贺大娘道：“你刚才说的那事是真是假？”

贺大娘笑道：“我虽然打不过金逐流，杀厉南星的本事还是有的。帮主不必疑心，我亲眼看见他死了。”

史白都兀是半信半疑，说道：“他有玄铁宝剑，你怎么杀了他的？”心想：“你若是亲手杀了他，又何必说是眼见他死的，这不是画蛇添足吗？”

贺大娘道：“是这样的：我躲在暗处，冷不防地给他一手三暗器，他着了我的一枚透骨钉，又着了我的一枚腐骨环，这都是淬过剧毒的暗器，打我不过，我把他追到河边，正要取他性命，他却自己先跳下河中去了，想必他是要保个全尸吧。嘿，嘿，这小子的内功比不上金逐流，中了我的暗器，跳下湍急的河流之中，纵使他有十条性命，也是决计不能再活的了。帮主你若是要鞭尸的话，大可以派人驾快船到下游去打捞他的尸体。”

史白都道：“他的玄铁宝剑呢？”

贺大娘道：“连人带剑都沉到水底去了。”

史白都道：“可惜，可惜，尸体是会浮起来的，可以打捞，玄铁宝剑沉到水底，可是不易寻找了。”但虽有惋惜，却也甚为欢喜，心想厉南星带着玄铁宝剑跳水，那是必死无疑的了。

正在说话之间，忽听得号角呜呜之声，从东面传来，这是六合帮中报警的号角。

史白都吃了一惊，说道："是什么人胆敢来捋虎须。快去查问!"

不待查问，报讯的人已经来到，说道："帮主，不好了，丐帮的人和我们的人打起来了，为首的是一对青年男女，男的用一把极为奇怪的剑，好像会妖法似的，不用刺着人，那人就像突然患了发冷病一般，倒在地下直抖。那女的更是厉害，撒出的梅花针敢情都是毒针，我们的人已经给她伤了许多。现在快要攻到咱们的总舵了。帮主，你快回去!"

贺大娘又惊又喜，说道："这一定是霞姑和陈光照这小子!"

史白都哈哈笑道："好，他们来得正好！你不必抱歉做不成大媒啦，我亲自抢亲去!"石霞姑和陈光照在济南之事。史白都早已从先赶回来的董十三娘口中得知。

当下史白都带了贺大娘回去应付丐帮，并准备活擒石霞姑。留文道庄主持搜捕金逐流之事。史白都料想金逐流已中了毒，有文道庄和他手下的三大香主足可以对付金逐流有余。

且说金逐流躲进了冷巷，听得外面人声喧闹，正自着急，忽地有个人从角落里闪了出来，将他一把抓住。

金逐流吃了一惊，正要施展反手擒拿的绝技，只听得那人已在低声说道："别慌，是我!"金逐流这才看清楚了那个人，喜出望外，说道："原来是你。李大哥，你怎么也到了这儿?"原来这人乃是李敦。

李敦道："我是特地来接应你的，快跟我来，有话进去再说。"此时已是深夜四更时分，家家门户紧闭，却忽有一家人家打开了大门，开门的不是别人，正是李敦的未婚妻何彩凤。

金逐流进了屋子，说道："六合帮的人就快要来搜索了，躲在屋子里也不是办法。"

李敦笑道："我自有办法。"说罢搬开一个水缸，再揭开一块石头，下面现出黑黝黝的洞穴。李敦说道："这个地道可以通到小东门的大街。就是有人到来搜查，也不会知道这个秘密。"

何彩凤提了一盏灯笼，前面照路，金逐流笑道："原来这地道里还有房间呢，你怎么找得这个好所在的？”

李敦道：“这是我以前布置下来的。实不相瞒，我这次重回扬州，为的也是想把史姑娘救出来，却没得到机会。好在丐帮的李舵主和我是经常互通消息的，刚才他派了人来，我才知道你今晚要闯进六合帮查察虚实。我怕你失事，听得人声，就赶来接应，果然接到了你，这可真是巧极了。”

何彩凤道：“听说史姑娘要和一个姓厉的成婚，这是怎么回事？”

金逐流道：“这人是我的结拜兄弟，史白都想利用他，是以佯作允婚，实是一个要坑害他的骗局。”

何彩凤道：“那么史姑娘现在怎么样了？唉，史姑娘真是好人，要不是她以前暗中保护敦哥，我们也没有今天呢。”

金逐流道：“史姑娘未曾逃出，不过料想史白都也不敢怎样将她难为，因为他还要利用妹妹来巴结西昌将军帅孟雄。咱们慢慢再想办法救她。”说至此处，想起何彩凤刚才的话，问道：“你们已经成亲了？”

李敦道：“多谢你在济南拔刀相助，彩凤得免落入曹家贼子之手。在那件事情之后不到一个月，她两父女就找着了我。可惜请不到你来喝喜酒。”

金逐流道：“恭喜，恭喜，你的岳父大人呢？”想起当初误会李敦与史红英相好之事，不禁哑然失笑。

李敦道：“她爹爹现在西昌，我们不久也要去的。”

金逐流正要问他去西昌是否参加义军，李敦忽地“咦”了一声，说道：“金大哥，你是不是中了毒？彩凤，把灯笼拿近一些，让我看看！”

金逐流笑道：“不用看了，我是中了一枚小小的毒针，咱们出去再说，我还挺得住。”

李敦“哎哟”一声叫道：“这枚毒针你可不能小视，这是天魔教的五毒针！赶快坐下，我替你治。若再拖延，即使以你深厚的内功可以无妨，但要拔除余毒，至少也得医上三个月。”

金逐流听他说得如此险恶，只好盘膝坐下，一面运功，让他治疗。

李敦拿出一块磁石，把那枚毒针吸了出来。随即取出一支细长的银针，用针灸拔毒之法，刺了相应的穴道。金逐流默运玄功与他配合，一缕浓如黑墨的血液随着银针拔起流了出来，金逐流顿觉神清气爽。

李敦吁了口气，说道："幸亏你内功深厚才好得这样快。但你还记得在徂徕山那晚我和你说过的话吗？那时你不肯偷学天魔教的《百毒真经》，我说咱们虽然不想使毒害人，但学会了却是有备无患。这等于一把刀剑一样，在坏人手里拿来害人，在好人手里则可以救人。"

金逐流笑道："你说得有理。但你学会了也是一样。对啦，说起救人，我倒想请你帮一个忙，我有一位朋友，他的未婚妻给人下了毒，这毒是三个月之后才发作的，你能治吗？"

李敦吃了一惊，说道："这种可以令得定时毒发的本领，只有天魔教的高手才会使用。下毒的人敢情就是那个姓贺的妖婆。"

金逐流道："不错，正是厉胜男从前的那个姓贺侍女。我所中的毒针就是她射的。原来你也知道她？"

李敦道："我刚才还看见她呢，不过她却没有看见我。因为我知道她正要寻找我讨那《百毒真经》，所以避开了她。"

金逐流心念一动，连忙问道："你刚才在哪里见着她的？除了她可还有旁人？"

李敦道："就在前面那条竹西巷对着的河边，她正在和一个人交手，那个人给她迫落了水。我伏在巷中，相隔颇远，要救也来不及。我自问也不是她的对手，只好避开她了。"

金逐流吃了一惊，说道："那人是什么样子？他手里拿的是不是一把宝剑？"

李敦道："看不清楚。但那人的长剑在黑夜中发出光芒，老远都看得见，似乎是把宝剑。"

金逐流叫道："苦也，苦也！"李敦吃惊道："这人是谁？"金逐流道："就是我的那位结拜兄弟厉南星，他手里拿的正是天下无双的玄铁宝剑。"

李敦道："你这位兄弟懂不懂水性？"

金逐流瞿然一省，说道："厉南星和我一样，都是在海岛长大的，想来他的水性不亚于我。我在大海的波涛中也是可以出没自如的。"

李敦道："这条河只有一段水流湍急，下游水势则很平坦，而且靠城的沿河两岸，经常有商贾的大船停泊。那位厉兄只要不是受了重伤，他既然是精通水性，不惧大海波涛，那么一条小河之中，自是淹他不死。咱们回到丐帮，再请李茂帮忙，派人去找他吧。"

金逐流心想："怕只怕他带了那柄沉重的玄铁宝剑，不易泅水逃生。不过厉大哥也绝不会那么笨，到了力难兼顾之时，自必他是会放弃那把宝剑的。"

金逐流放了一点心，问道："丐帮那边有什么消息，他们接应的人不知来了没有？"

李敦道："李茂派来联络的人告诉我，他们准备从小东门那边进来，攻六合帮的后路，三更一过，便即发难。"

金逐流拍了拍脑袋，想了起来，笑道："我真是打得糊涂了。不错，我是和他们约好，倘若三更不见我回来，他们就要动手的。"

李敦道："从这条地道出去，正是小东门。"

金逐流一跃而起，说道："好，那么咱们快去，免得他们挂虑。"

此时丐帮与六合帮正在展开混战，他们还未曾攻到六合帮的总舵，在路上就碰见了赶回来的史白都。

史白都喝道："李茂，我让你们丐帮在扬州设立分舵，彼此相安无事，你却为何先来犯我？"

李茂喝道："你勾结官府，借官府之力欺压丐帮，我早就要找你算账。如今你又设下陷阱，谋害厉公子和金少侠，这两人是丐帮的好朋友，我岂能与你甘休？你若想要讲和，把这两个人先放出来再说。"

史白都哈哈笑道："你是什么东西，胆敢与我扳平了身份讲和？我平时不过是看在你们仲帮主的份上，给你几分面子而已。你竟敢不自量力，在太岁头上动土？好，老实告诉你吧，厉南星、金逐流都给我杀了，你到黄泉路上，陪他们去吧！”

李茂是丐帮的八袋弟子，在帮中也算得是有数的人物，但比之史白都却还是远远不如，史白都人未到，掌先发，一记劈空掌李茂已是禁受不起，只觉胸中气血翻涌，如受锤击。可是李茂仍是顽强不退。

史白都正要上去取他性命，忽见寒光一闪，冷气森森，陈光照的冰魄寒光剑指到了他的胸前，喝道：“你们不是要向我寻仇么，好，我现在自己来了。”

史白都内功深湛，冰魄寒光剑伤他不得，但却也令他感到一阵奇寒。史白都又惊又喜，心里想道：“我失了玄铁宝剑，正好夺他这柄宝剑。”当下，觑个真切，中指一弹，“铮”的一声把陈光照的冰魄寒光剑弹开。

史白都这一弹用上了“隔物传功”的本领，陈光照只觉虎口一麻，寒热交作，便似大热天时，突然跌进冰窟里似的，不由得机伶伶地打了一个冷战。原来是他冰剑上的那股奇寒之气，给史白都以深湛的内力反迫回来。

史白都大笑道：“冰魄寒光剑岂能奈我何哉？你不配用它，不如给了我吧！”一个跨步欺身，五指齐伸，便来硬抓陈光照的宝剑。

史白都见面一招就迫退了陈光照，不免颇有轻敌之心，岂知陈光照的功力虽然是远不如他，却也自有看家的本领。史白都一抓抓去，陈光照喝道：“有本领你就拿去！”冰剑扬空一闪，但见一片寒光，耀眼生缬，饶是史白都这样的本领，竟也不知他的宝剑是从何处袭来。陡然间，史白都只觉“章门”、“玉阙”、“归藏”三处穴道都有冷冰冰的感觉，史白都吃了一惊，不敢硬抓，连忙一掌把陈光照震开。

原来陈光照这套剑法乃是得自冰川天女的嫡传，从冰川的流动之中参悟出来的，看似笨拙，其实却是深得轻灵翔动的精髓。史白都未曾见过这套剑法，一念轻敌，几乎着了道儿。

幸而史白都功力深湛，闭了穴道，运气三转，侵入体中的寒气已是尽都给他炼化。陈光照立足未稳，史白都又已扑了上来。

史白都去了轻敌之心，攻守兼施，不过数招，把陈光照迫得手忙脚乱，激斗中史白都找着了陈光照的一个破绽，猛地喝道：“撒剑!”一抓向他的琵琶骨抓下。这是声东击西之法，陈光照若要保全左臂，势必回剑遮拦，史白都暗藏的后着，立即就可以夺了他的宝剑。

眼看陈光照就要中计，史白都忽见眼前色彩缤纷，好似有一条七彩斑斓的长蛇突然窜来啮他。史白都心头一凛：“这是什么怪兵器?”一时摸不着底细，不敢硬抓，只好躲避。饶是他躲闪得快，背脊已是给那条怪兵器抽了一下。

史白都定睛一看，只见来助陈光照的竟是个貌美如花的少女。史白都登时怒气冰消，笑嘻嘻地道：“你是霞姑吗?你可知道我是谁?贺大娘，你，你来——”话未说完，忽觉背上奇痒难忍，禁不着弓起腰似生虾般地跳了几跳。

陈光照忍俊不禁，笑道：“霞姑，我不知道，原来你还会耍猴儿哩!”原来石霞姑的那件怪兵器名为“金蛇索”，乃是用金属制成的蛇状兵器，蛇头中空，内贮药粉，给这药粉沾着身体，痕痒难熬，自然就会无力再战。而且若是没有对症的解药，过了三日，肌肉就要溃烂而亡。

贺大娘叫道：“帮主别慌，我有解药。”

史白都放下了心，心里想道：“且待我收拾了这个小子，回去再向贺大娘讨解药，也还不迟。”他是个死要面子的人，不愿在人前示弱，当下运起护体神功，使得痕痒之感减轻之后，哈哈笑道：“区区一点毒药，焉能奈得我何?好，叫你这小子知道我的厉害!”呼的一掌，荡开了冰魄寒光剑，陈光照禁不起他那排山倒海的掌力，跄跄踉踉地退出了六七步。原来以史白都本身的功力，虽然不能自行解毒，却可以抵御一时。他既知贺大娘备有解药，自是乐得吹吹牛皮了。

石霞姑连忙与陈光照并肩御敌，但这次史白都却是有了准备，一见石霞姑的“金蛇索”打来，大袖一挥就把它裹住，笑道：“这东西倒很好玩，给了我吧!”一挥一卷，石霞姑掌握不牢，金蛇索登时推开，史白都一个“左右开弓”双掌齐发，用七成力道对付陈光照，硬生生地插进他们中间，登时把陈、石二人分开了。

贺大娘快步抢上，史白都笑道："对啦，你给我好好劝一劝你家小姐吧！她怎能和我打架呢，这不是要闹出笑话么？"

贺大娘笑道："俗语说得好：床头打架床尾和。夫妻打架之事那也常有的，只要往后和好就行。"

石霞姑气得柳眉倒竖，杏脸生嗔，斥道："你胡说什么？"

贺大娘拦住了石霞姑，笑道："小姐，你还不知道么？我给你说的媒就是这位史帮主呀！你们将来是要做夫妻的，怎好打架？"

石霞姑大怒道："谁和他做夫妻？你喜欢他，你自己嫁给他！"

贺大娘笑道："我这一大把年纪，做他的岳母倒差不多，他怎肯要我？对啦，我一向把你当女儿看待，你就让我下半世好有个依靠吧！再说以史帮主的身份，你嫁给他也不辱没了你！"

此时只有陈光照单独对付史白都，形势自是十分不妙。石霞姑给奶妈拦住，闯不过去，气得只好变了面说道："大娘，你于我有养育之恩，我会报答你的。但你要迫我嫁给这个姓史的贼子，却是万万不能！话就说到这里，你再迫我，可休怪我反脸！"

贺大娘装模作样地叹了口气，说道："我指望你的就只有这桩事情，还要你什么报答？唉，你现在翅膀硬了，不肯听你奶娘的话，我也没有办法。但只怕你翅膀虽然硬了，也未必就飞得起来！你别忘了，再过七日就是你毒发之期，你还需要我的解药！"

正是：

只道奶娘恩义厚，谁知怀的毒心肠。

欲知后事如何？请听下回分解。

第二十九回　沉江幸有渔舟过
搜匣犹惊宝剑寒

石霞姑气怒交加，愤然说道："我是你抚养大的，最多把这条性命交回给你，绝不向你乞求解药。"

话犹未了，忽听得有人赞道："对，有志气。石姑娘，不必怕她恫吓，她下的毒，并不见得只有她才能解！"人还未曾露面，声音已是传了到来。石霞姑喜出望外，贺大娘却是吓得魄散魂飞。原来是金逐流来了！

贺大娘正要逃时，但见一条人影，倏地已到了她的面前。贺大娘喝道："好小子，我与你拼了！"十指齐伸，鸟爪般向金逐流抓下。她的十只长指甲都是浸过毒药的。

金逐流冷笑道："你这妖婆死到临头，还要害人！"声出剑出，这一剑真是削得妙到毫巅，贺大娘的十只长指甲恰恰给他齐根削断。

石霞姑慌忙叫道："金大侠手下留情！"金逐流腾地飞起一脚，将贺大娘踢了一个筋斗，按剑斥道："你这妖妇简直比拿养女当作摇钱树的老鸨婆还更可恶！如今看在石姑娘给你说情的份上，我只削了你的毒爪；你若不知悔改，还要向她纠缠，下次我就要斫断你的狗头了！"贺大娘爬了起来，只恨爹娘少生两条腿，慌慌忙忙地逃回六合帮总舵，哪里还敢答话？

说时迟，那时快，金逐流赶跑了贺大娘，身形一闪，立即又到了史白都的面前。史白都正自一掌向陈光照打下，忽见青光一晃，金逐流的长剑已横削过来，剑势变幻无方，史白都慌忙缩手。

金逐流道："陈大哥，请你和霞姑去照应丐帮的朋友，让我斗一斗这位史大帮主。"陈光照与史白都苦斗了二三十招，早已是累得筋疲力竭，自知帮不了金逐流的忙，只好听他的话退下。

金逐流哈哈笑道："史大帮主，你不是要找我一决雌雄的么？怎么还不来呀？来吧，我让你三招！"

史白都暗暗吃惊，心里想道："这小子真是有点邪门，他中了贺大娘的毒针，分明已是有了受伤的迹象，所以刚才不敢和我交手。何以才过了这一会儿，他竟似没事人似的完全好了！"但他以一帮之主的身份，虽然心内惊疑，却也不甘在帮众之前受金逐流的奚落，当下喝道："岂有此理，你是我手下败将，谁要你让？"

金逐流笑道："我这是体恤你，你已经和陈光照打了一场，我不能占你的便宜，还是让你三招的好。"

史白都勃然大怒，喝道："好，你就让吧！只怕你吃不了兜着走！"暗运玄功，把内力凝聚掌心，倏地一个盘旋，双掌便向金逐流击下。金逐流叫道："哎呀，好狠！"他这一叫不打紧，倒把旁边的陈光照吓了一跳。

史白都这一掌打得沙飞石走，金逐流脚步歪斜，似是站立不稳，忽地一个筋斗从他侧边翻过。旁人看来，史白都那一掌似乎已经打到他的身上，其实却是连他的衣裳都未沾着。

金逐流一个鲤鱼打挺跳起身来，嘻嘻笑道："好厉害，幸亏没有给你打着。"陈光照这才放下了心，"原来他是和史白都戏耍的。"此时两帮人马已是陷于大混战之中，六合帮的人数比丐帮多上几倍，丐帮只能结阵自保，形势甚为不利。陈光照放下了心，喘息过后，遂与石霞姑上前助战。

史白都一击不中，第二掌第三掌连环续发，前一招是"龙门鼓浪"，后一招是"大漠飞沙"，前一重掌力加上后一重掌力，当真是有如惊涛拍岸，狂沙扑面。但掌力虽猛，仍然是伤不了金逐流。

史白都正以为可以困着金逐流之际，陡然间只见四面八方，都是金逐流的影子。史白都吃了一惊，不知他要从何处袭来，急忙回掌自保。忽觉颈窝一凉，原来是金逐流绕到他的背后，吹了一口凉气。史白都大怒喝道："小贼胆敢戏我！"反手一个擒拿，人未回头，背后就似长着眼睛似的，掌指按拍之处，全是向着金逐流的要害部位。双方距离太近，饶是金逐流闪躲得快，"嗤"的一声响过，衣襟亦已被他抓裂一幅。

金逐流连躲三招，虽没受伤，亦已是汗流浃背，心里想道："我也该适可而止了。"当下拔剑出来，笑道："史大帮主，我已经让足三招，礼尚往来，恕我不再让了！"

史白都失了面子，暴怒如雷，连环进搏，猛如怒狮。岂知金逐流正是要他如此，对方迫他决战，他却偏偏采取绕身游斗的打法，使开了"天罗步法"，穿花蝴蝶般地在史白都的身前身后身左身右穿来插去，一口青钢剑指东打西，指南打北，剑光也是俨若穿梭，所指之处，尽是史白都的要害。

双方再度交锋，恰好是易位而处。刚才第一次交手的时候，是金逐流必须运功御毒，难与争雄；现在则是史白都因为着了石霞姑的毒药，难以持久了。但不同的是：金逐流刚才自知不敌，便即避战；而现在的史白都却是不自量力，强攻强拼。

掌风剑影之中，史白都忽地弓腰跳跃，形状滑稽之极。原来石霞姑洒在他身上的药粉，是可以侵蚀皮肤，令人发生奇痒的。史白都全力应付金逐流，无暇运功御毒，奇痒难熬，禁不着耸肩抖背，弓腰跳跃，明知不能把药粉抖落，也觉好过一些。

金逐流笑道："猛虎变作了猴儿啦，我可没有耍猴儿的兴趣，你还要再打下去吗？"口里说是不想再打，手中的剑却是反守为攻，越发凌厉。

史白都手下的三个香主和文道庄还在西城逐屋搜索，却不知金逐流早已到了东门，和史白都交手了。

史白都等不见他们回来，暗暗悔恨自己安排的错误。金逐流一轮猛攻，攻得他狼狈之极，他只好忍住了气，心里想道："大丈夫能屈能伸，我若不及早回去，只怕还要吃这小子的大亏。"要知他中毒之后，到现在已是差不多有一个时辰，他是必须回去向贺大娘讨取解药的了。

史白都奋力一掌，把金逐流迫退一步，喝道："今晚暂且让你，慢慢和你算账。李舵主，你自己应该明白，打下去你们决不能占得便宜。看在你我两帮一向相安的份上，今晚之事，就此作罢，你意如何？”

此时形势，史白都虽然打不过金逐流，但两帮的混战，却还是六合帮的人多占了上风。李茂见金逐流已经回来，他也不愿帮众有过多的伤亡，于是说道：“好吧，你既求饶，我就放你一马。以后如何，以后再说。你报复也好，不报复也好，任从你来，丐帮也绝不怕你。”

于是双方各自收兵，史白都赶忙回去讨取解药，金逐流与陈光照等人，也随着李茂，回转丐帮分舵。

金逐流讲了在六合帮的遭遇之后，陈光照想起一事，问道：“金兄，你刚才奚落那个妖婆，说是她给霞姑所下的毒，无需她的解药。这话是真是假？厉大哥可是还没找着啊！”

金逐流笑道：“当然是真。这个能解天魔教秘传的毒药之人，如今就在这儿。李兄，请出来吧。”

金逐流替李敦和陈石二人介绍之后，说道：“厉大哥虽没找着，但有了这位李兄也是一样，这位李兄熟读天魔教的《百毒真经》，解毒的本领只有在那老妖婆之上。”

陈石二人喜出望外，忙向李敦预先道谢。李敦诊过了石霞姑的脉，给了她一包解药，又仔细地传授了陈光照解这种毒的推血过宫之法，就让陈光照自己去给石霞姑解毒。好在这种推血过宫之法并不复杂，陈光照一听就懂。

陈光照向李茂讨了一间静室，便与石霞姑进去依法治疗。金李二人则和李茂继续商讨今后的行止。

李敦说道：“金兄，我刚才还未曾告诉你，我在西昌，已经见过你的师兄江大侠了。”

金逐流喜道：“是么，他可有什么托你转告我的？”

李敦笑道：“江大侠当然不会知道我会遇见你。不过，他们那边却是很需要人。看情形，经过了今晚这场大闹，史白都必然更为戒备森严，六合帮的好手比我们多得多，暂时只怕是难以救出史姑娘了。依我之见，不如咱们到西昌去来个以逸待劳。”

李茂怔了一怔，说道："什么以逸待劳？"金逐流听了李敦的话，却是一点即透，笑道："不错。闹出了这场婚变，史白都赶走了厉大哥，和他的妹子也已经撕破了脸，看来他是一定会把史红英送到西昌，迫她嫁给那个西昌将军帅孟雄的了。咱们在这里斗不过他，到了西昌和他再斗。"李敦接着说道："西昌如今是在清军手中，但在城外的大凉山就是义军基地。义军首领竺尚父是武林的老前辈、大宗师，江大侠又已到了那儿。史白都送他的妹妹到西昌，咱们正好联络义军，夺城劫人，一举两得。"

李茂笑道："只须一个江大侠，就是再多几个史白都，也不是他的对手。好，就这么样，我也跟你们一起去。"

金逐流正自担忧他们走了之后，史白都来向丐帮报复，李茂可是不易抵挡，听了李茂这样说，笑道："对，君子报仇，十年未晚。史白都是扬州的地头蛇，黑白两道全都是和他有勾结的，你们暂且让他一让，到了西昌，再和他算总账。"

计议已定，待到天明，便即动身。石霞姑所中的毒，早已由陈光照按照李敦所授的"金针拔毒"之法，替她拔清。陈石二人也随大伙同往西昌。

金逐流这次大闹六合帮，救人虽没成功，也总算是破了史白都的阴谋。史红英目前暂时受困，但料想决无生命之忧。唯一使他放心不下的就只有厉南星了。

花开两朵，各表一枝。金逐流等人前往西昌，暂且按下不表。先说厉南星的遭遇。

且说厉南星那晚遭受贺大娘的暗算，中了一口毒针，为了摆脱贺大娘的纠缠，也为了恐怕史白都赶到，厉南星迫不得已，只好跳下江中。

这一段江面水流湍急，好在厉南星精通水性，湍急的水流正好为他所用，省却他划水的气力。他暗运玄功，闭了中毒之处的附近穴道，随着波涛，顺流而下，手中仍然紧紧握着那把玄铁宝剑。水是有浮力的，只要是精通水性的人，在水中携带重物，比在岸上省力得多。厉南星虽是受伤，也还支持得住。水流湍急，不消半个时辰，已把他冲到下游，扬州城已是远远地抛在后面。

但厉南星毕竟是经过了一晚的激战，如今在波涛里挣扎了半个时辰，手中又是提着百多斤重的玄铁宝剑，到了江流平缓之处，必须他划水前进，渐渐也感到了气力不支，难以为继了。

厉南星舍不得放弃宝剑，远远的看见江面似有渔火，心里想道："我只须支持片刻，或许还能够游到那儿？"哪知气力减弱之后，穴道封闭不住，毒性便即发作。

厉南星正在水中潜泳，忽觉脑袋晕眩，心知不妙，想要跃出水面叫嚷，哪知不用力还好，一个用力，反而沉下去了。这是因为他带着玄铁宝剑的缘故。带着这柄宝剑，等于身上缚着百多斤重的石头，一旦气力消失，哪里还能浮得起来？

本来厉南星应该在紧要的关头抛开宝剑的，只因毒发得快，出乎他意料之外，一觉不妙，转瞬便已神智迷糊。在神智迷糊中，厉南星本能的仍然握牢这柄宝剑。

此时刚是黎明时分，也是厉南星命不该绝，碰上了一艘一早出来打鱼的渔船。

船上是父子三人，老渔夫撒下了网，恰好网着了厉南星。他用力一拉，厉南星翻了个身，几乎把他拖了下去。

老渔夫又惊又喜，连忙叫道："有一尾大鱼入网了，你们快来帮忙。"

他的两个儿子年轻力壮，三人合力，才把鱼网缓缓拉起。大儿子道："不对，哪有这样重的大鱼？"话犹未了，小儿子已在叫道："呀，原来是一个人！"大儿子嘀咕道："是人也不该这么重！"

老渔夫道："救人一命，胜造七级浮屠。把他拉上来吧。"拉了上来，解开鱼网，两个儿子啧啧称异。一个说道："这人并不粗壮，看来倒像是个清秀文弱的书生，怎的却会这么重呢？我看最少也有两百斤，莫非他的身上带有金银珠宝？"

一个说道："哪有人带着一百几十斤重的金银跳水的？我敢断定他没有。不过，剑倒是有一把。哎呀，敢情他是海盗？强盗也有相貌斯文的啊！"说罢，伸手在厉南星身上一摸，笑道："不出所料，身上连一个钱都没有。哼，穿的衣服倒是漂亮。"原来厉南星还是穿着昨日做新郎的那身衣服，他并没想到要从洞房中逃出来，

厉南星正在水中潜泳，忽觉头昏脑胀，毒性已发，一个用力，反而下沉。

身上哪会带得有钱？

老渔夫道："我们是安分守己的渔人，但求积点阴德，岂能稀罕人家的钱财？不管他是什么人，先救醒了再说。"

停泊在岸边的一艘商船似是已给惊动，正在向这边划来。老渔夫救人要紧，也不放在心上。

老渔夫指挥两个儿子把厉南星肚子里的水压榨出来，这样就先要拿开厉南星手中的剑。他的大儿子学过几天把式，心想："这柄剑我当然不能要他的，但拿来玩玩也好。"当下扳开了厉南星的手指，把玄铁宝剑一提。

他哪里想得到这柄宝剑竟有百多斤重，岂是他只手提得起来？只听得"哎哟"一声，玄铁宝剑从厉南星身边移开，可是这个粗壮的小伙子也闪了腰骨，重重地摔了一跤。玄铁宝剑"咚"的一声跌了下来，压裂了一块船板。

老渔夫吃了一惊，慌忙拉起儿子，说道："你怎的这样不小心，跌着哪儿了？"老大站了起来，说道："没事。现在我知道了，原来不是人重，是这柄剑重。"老二好奇心起，小心翼翼地过去试了一试，果然提不起来，诧道："我可以拿起一百斤重的东西，这柄剑不过三尺长吧，我竟然动也动不了它，一柄剑有这么重，真是古怪！"

父子三人正在啧啧称异，那艘商船已经靠在渔舟之旁，一个短须如戟的黑衣汉子忽地跳过船来。

老渔夫吓了一跳，不知此人是何路道，心想："我救人总没犯法。"问道："这位先生，有何贵干？"

那黑衣汉子道："我看见你们救人，特地过来看看，或许你们要人帮忙？哎呀，这不是小王吗？小王，小王！"

老渔夫又惊又喜，问道："你和他是朋友？"黑衣汉子道："数日前我还和他在扬州一同游玩的，怎的他却会在江中给你们捞起来？唉，我知道他有点事情烦恼，但那也不是什么不得了的大事，难道他一时看不开就自寻短见了？唉，他是失足落水的呢，还是自寻短见的呢？"

这汉子相貌粗豪，却似个老婆婆似的唠唠叨叨说个不休，显然是对这位老朋友关心之极。大儿子忍不着说道："这个我怎么知道，你待他醒了亲自问他吧。"老渔夫担忧道："我们已经把他肚子里的积水榨出来了，奇怪，怎的现在还未醒来？"

黑衣汉子道："我不想我的朋友给你们再添麻烦，多谢你们将他救了起来，以后的事由我料理吧。他的这柄剑我也一并拿了。"说罢掏出一锭元宝递给那老渔夫，道："一点小小意思，请你收下。"

老渔夫正自害怕救不活这个人，连忙说道："我们救人是应该的，哪能要你的钱。我给你背过去吧，嗯，但这柄剑可怎么办呢？阿大阿二，你们两人扛它，小心一点儿跳过去。"

黑衣汉子笑道："不用费神。"一只手挟着厉南星，一只手提起玄铁宝剑，"嗖"地就跳回了原来的船。

渔舟三父子惊得呆了，心中俱是想道："想不到这汉子这么大的气力，他和这个小王恐怕多半是同一伙的强盗。"

黑衣汉子跳上了船，船头晃了一晃。有个少女早已在船头等他，好奇问道："这人是谁？他这把剑——"这少女是从小练武的，虽然不是武学的大行家，也看得出玄铁宝剑决非凡物，要不然不会那样沉重。但更令她奇怪的是她爹爹向来不做好事，这次却会救人。

黑衣汉子道："你先别管。把这人搬进舱去，关好窗户。"言下之意，自是不想人看见的了。少女满脸疑惑，但心想救人要紧，只好依言行事。这汉子吩咐女儿完毕，立即喝道："开船！"自己也拿过一支桨，帮舟子划。舟子心里想道："这家伙平时架子很大，我还以为他是当官的呢，谁知他却也会撑船。"

少女把厉南星搬进舱房，探了探他的鼻息，知道还有呼吸，放下了心，想道："他一定是在水里冻得僵了，我且让他喝点酒暖和暖和。"当下把父亲喝的一壶桂花酒取来，撬开牙关，灌给厉南星喝下。她哪知厉南星身上中毒，酒一下肚，毒发作得更快。

过了一会，厉南星仍然晕迷不醒，少女仔细一看，只见他眉心隐隐泛有黑气。摸摸他的额头，热得炙手。少女吓得慌了，心想："怎的还不醒呢？不知是中了毒还是给点了穴道？"

幸亏厉南星曾得金世遗所传的内功心法，内息绵绵不息，虽在昏迷之中，也会发挥抗毒的本能，不过不如着意运功之有效力罢了。迷迷糊糊中，厉南星感到腹痛如绞，不觉呻吟出声，叫道："逐流，逐流!"

少女喜道："醒醒，醒醒！咦，你在叫谁?"厉南星叫了两声"逐流"，痛得厉害，又晕过去了。

少女束手无策，只好出来向父亲讨主意。此时天色还未大亮，江面附近并无别的船只，黑衣汉子用力摇桨，小船向芦苇丛中荡去，舟子诧道："老爷，你不是要赶到扬州的么？为何在这里停船?"

话犹未了，只听得"咕咚"一声，舟子已给点了穴道，倒下去了。少女刚刚出来，大吃一惊，叫道："爹，你，你干什么?"黑衣汉子把那舟子喉头一勒，一把举了起来，就扔下江心。少女赶去抢救，已来不及。

少女顿足道："爹，你为何杀人？这舟子也没犯了你!"黑衣汉子哈哈笑道："你爹平生杀人，没有一千，也有八百。那些人都是没有犯过我的。一个小小的舟子算得了什么?"

人已杀了，少女急也没有办法，心里想道："爹爹受过金逐流的一次教训之后，我只道他当真是痛下决心改邪归正的了，谁知他依然是恶性不改，说的话都是骗我的!"不禁伤心欲绝，流下泪来。

黑衣汉子道："傻丫头，死的又不是你的亲爹，你这么伤心?"

少女道："虽然是个舟子，也是一条性命呀。你为什么无缘无故杀了他?"

黑衣汉子道："我救人杀人，都是有缘故的！我杀了这个舟子，才能告诉你为什么要救那小子！对啦，你出来做什么，那小子醒了没有?"

少女瞿然一省，说道："那人好像是中了毒，救他不醒!"

黑衣汉子道："哦，待我看看。"当下把船摇进芦苇丛处，然后提起玄铁宝剑，和女儿走进舱房。

黑衣汉子仔细的察看了厉南星之后，沉吟道："不错。是好像中了毒，不过他死了也罢，只求这柄剑没有失掉就行。"

少女道："爹，你还没有告诉我救人杀人的缘故呢！这人到底是谁，为什么你救了他就要杀那舟子？"

黑衣汉子笑道："这小子我不认识，他这柄玄铁宝剑我却知道！"

少女道："什么玄铁宝剑？"

黑衣汉子道："史白都得了一件宝物，名为玄铁，同样的一块，玄铁要比平常的铁重十倍。我早已知道史白都要把玄铁铸成宝剑献给萨总管的，后来听说给人盗了，有人说是他的妹妹偷的，有人说是给金逐流抢去的，真情我就不知其详了。不过，咱们这次正是要来求见史白都的，玄铁宝剑不知何以落在这小子手中，这小子又不知是什么人，我为了这柄玄铁宝剑，只好救他，好把他连人带剑，献给史白都呀！嘿，嘿，我正愁没有宝贵的礼物，如今这份礼物到了史白都的手里，可要赛过世上任何珍宝了！哈哈，这当真是天老爷有心照顾，赐给我的！"

少女道："但那舟子呢，你为何又要杀他？"

黑衣汉子道："这柄玄铁宝剑是武林中人梦寐以求的宝贝，决不能泄漏风声让人知道是在我的手上。我不杀这舟子，焉能和你讲这宝剑的来历？"

少女叹道："这么说，倒是我的过错了！"

黑衣汉子道："不然。就是史白都大约也不愿意让人知道他重获宝剑。这叫做杀人灭口，你懂不懂？哈哈，我带了你拿玄铁宝剑去见史白都，史白都非得喜欢你不可！"

少女嗔道："爹爹，你胡说什么，我为什么要那姓史的喜欢？"

黑衣汉子道："嫦儿，你还在念念不忘秦元浩这小子么？我劝你死了这条心吧，人家是名门正派的弟子，焉能要你？就是他要你，我也不能让你嫁给他！我这次和你来找史白都，为的就是想他做我的靠山，免得金逐流多管闲事！哼，金逐流这小子强自出头要做大媒，你以为我就当真心甘情愿的服了他吗？"

原来这黑衣汉子乃是曾经做过大内卫士的封子超，这少女是他的女儿封妙嫦。那日封子超与金逐流陌路相逢，给金逐流吓了他一顿，吓得他不敢入京给萨福鼎祝寿，只好回家。但回家之后，却是越想越气。

回家不久，封子超听到京中传来的消息，说是金逐流大闹萨府寿堂，给六合帮的帮主史白都打得大败而逃。这个消息当然是不尽不实的，但封子超却信以为真，听了这个消息，他暗自思量，得了一个主意。这个主意是：设法让史白都娶他的女儿，事情若果成功，他就是史白都的泰山，不用害怕金逐流来找他的麻烦了。

封子超和史白都本来是相认识的，不过交情不深而已。他知道史白都前几年死了妻子，至今尚未续弦，前妻也没留下子女，年纪虽然比他女儿大些，对女儿也不算是委屈了。但怎样才能使得史白都娶他的女儿呢?

封子超暗自思量："嫦儿长得不错，首先得要史白都和她见面，有点意思之后，那时不愁没人出来做媒。"

于是他就哄骗女儿，说是要带她出去，打探秦元浩的下落，封妙嫦是知道金逐流强自出头做媒，要她父亲将她许给秦元浩之事的。虽然她觉得金逐流此事未免做得孟浪，但心底里却是暗暗欢喜的。这次她父亲和她这么一说，她以为封子超当真是为了害怕金逐流，不能不找秦元浩来做女婿，因此也就羞涩涩地答应了。她并不是一个常在江湖上走动的人，根本就不知道史白都是何等人物，此次"路过"扬州，父亲说史白都交游广阔，应该去拜访他，顺便打听秦元浩的消息，封妙嫦也就无可无不可地答应下来。她哪里知道这次并非偶然"路过"，而是封子超早就打定了主意的"安排"。

想不到未到扬州，遇上了厉南星遭难而又被救之事，封子超骗了那家渔人，把厉南星接到他的船上，玄铁宝剑落到了他的手中。封子超认为这是天赐的礼物，喜上加喜。

且说封妙嫦听了她父亲的说话，言语之中已是隐隐透露了一点口风：是要拿她去巴结史白都的。封妙嫦不觉惴惴不安，心里想道："爹爹恶性不改，我有什么办法躲过这场灾难呢? 唉，以前两次是金逐流解救了我的灾难，但如今却又怎能找得一个金逐流出来?"

想起了金逐流，封妙嫦蓦地心念一动，说道："爹爹，这个人昏迷不醒，怎办?"

封子超皱了皱眉头，说道：“我本来想留个活口，让史白都去审问他的，如今看来他是救不活了，没办法只好让他早脱苦海了！”

封妙嫦忽地拦在二人之间，说道：“爹爹，这个人你不能杀！”

封子超瞪眼道：“为什么？”

封妙嫦道：“你知道他是什么人？”

封子超道：“难道你知道么？”

恰好此时，厉南星又翻了个身，封妙嫦道：“你让我试试，我让他自己说出来！”

封子超道：“他现在还在昏迷不醒，眼见是死的多活的少了，你怎能让他自己说出来？”

封妙嫦俯下柳腰，在厉南星耳边叫道：“金逐流来了，金逐流来了！”

厉南星在迷迷糊糊之中听得这么一叫，蓦地醒来，叫道：“在哪儿，在哪儿？”

封子超吃了一惊，说道：“金逐流是你什么人？”

厉南星睁开了眼睛，说道：“咦，我怎么会在这儿？这是什么地方？你们是什么人？金逐流呢？”

原来他因为练的是正宗的内功心法，虽在昏迷之中，内息仍是绵绵不绝，那碗酒的酒力已过，他所练的内功又自自然然的发挥了抗毒的功能。本来他还要迟一些时候才能醒过来的，只因心中念念不忘金逐流，封妙嫦在他耳边这么一叫，他好似是在梦中听得亲人的名字，本能地就醒了过来。

封妙嫦道：“我是金逐流的朋友，你告诉我金逐流现在哪儿，我给你把他请来。”

厉南星燃起了希望，说道：“我和金逐流是结拜兄弟，他现在扬州，你找着丐帮的舵主李茂，就可以知会金逐流了。”

封妙嫦道：“好吧，我一定替你设法通知金逐流。你歇一会儿。”

封妙嫦关上房门，把父亲拉到前舱，低声说道：“你现在知道了他是什么人了吧，怎么还能杀他？”

封子超道：“他是金逐流的兄弟，我更是非杀不可！”

封妙嫦道：“你惹得起金逐流？你想想，别的事情你不依从金逐流的吩咐，那还好些，顶多他是找你麻烦；但你若杀了他的义兄，你逃到天涯海角，只怕也躲不过他！他不要了你的性命才怪！”

封子超想起金逐流那一身神出鬼没的轻功，也不禁有点毛骨悚然，但却硬着头皮说道：“我杀了他，谁人知道？”

封妙嫦道：“金逐流一定会访查义兄的下落的，那一家渔人不会说出去吗？只要他们提及那柄重得出奇的宝剑，金逐流还能不追查到你身上？”

封子超恨恨说道：“悔不该刚才不杀了那家渔人！”其实他是动过念头要杀那家渔人，只因附近还有几艘商船，他怕给人看见，这才不敢杀的。

封妙嫦又道：“而且即使你杀了那家渔人，也没有用！”

封子超道：“为什么？”

封妙嫦道：“因为还是有人知道！”

封子超道：“谁？”

封妙嫦道：“我！”

封子超道：“你？你要和我作对？”

封妙嫦道：“孩儿不敢。但孩儿正是为了爹爹着想，非得劝阻爹爹不可！”

封子超“哼”了一声道：“这么说，你倒是个孝顺的女儿了！我看你是为了秦元浩这小子吧？金逐流是秦元浩的朋友，这人是金逐流的义兄，因此你就不惜胳膊向外弯，向着外人了！”

封妙嫦面上一红，说道：“爹爹，你扯到哪儿去了。我说的是正理。你答应过我改邪归正的，刚才你杀那舟子已是不该，如何还能再杀此人？莫说他是金逐流的义兄，你杀了他必有后患；即使不是，你也不能做此伤天害理的事！”

封子超冷笑道：“反正在你的眼中我已是作恶多端的了，不争在多杀一人。要是我偏偏不听你的劝阻，定要杀他，你又如何？”

封妙嫦道：“除非你把我也杀了，否则我的口你封不住！”

封子超无可奈何，说道：“好，我不杀他，反正此地已离扬州不远，我把他送到扬州，让史白都发落。我惹不起金逐流，六合帮的帮主史白都总惹得起！”

封妙嫦道：“爹，你老实告诉我，你要我到扬州见史白都，到底是为了什么？”

封子超道：“我不是早已告诉了你吗？”

封妙嫦道：“不，刚才你已露出口风，此去扬州，并非是为了找史白都打听秦元浩的消息的了。”

封子超道：“爹爹的事，不用你多管。史白都是位大英雄，别人想见他还不容易呢！”封子超知道若然把话明说，女儿定不依从，不如到了扬州，让她上了圈套再说。

封妙嫦已经想好主意，淡淡说道：“依孩儿之见，爹爹还是不去的好。”

封子超道：“为什么？”

封妙嫦道：“金逐流正在扬州，你此去恰好是送上门来给他揪你算账。你说史白都惹得起金逐流，这只是你的假设而已，你又焉知不是金逐流打败了史白都？说不定此际连史白都也要躲避金逐流呢，那么你又请谁保护？”

封子超是给金逐流吓怕了的，其实他刚才听说金逐流在扬州之时，心中已是战栗不安的了。但权衡利害，又不肯舍掉这个可以巴结史白都的大好机会。当下自己给自己壮胆，硬着头皮说道：“这决不至于，决不至于！史白都是当今天下第一高手，金逐流这小子本领再强，也动不了太岁头上的土！”

话犹未了，忽见一条船风帆疾驶，顺流而下，船头挂有一面黑旗，旗上绘有六个骷髅，这正是六合帮的标志。

封子超喜道：“六合帮的船来了。”把船摇出芦苇，六合帮那条船已经来到。站在船头的那个小头目，恰巧是封子超相识的。正是：

龙游浅水遭虾戏，虎落平阳被犬欺。

欲知后事如何？请听下回分解。

第三十回　覆雨翻云施毒手
光风霁月见仁心

封子超碰见六合帮的船，喜出望外。这小头目看见了他，却是心中暗暗嘀咕："真个晦气，好不容易避开了同伴，偏偏又碰上了熟人。这个家伙恐怕正是要来扬州巴结帮主的。"为何他怕碰见熟人？原来他此时正在企图叛帮逃走。

这小头目名叫王吉，当李敦还在六合帮的时候，他和李敦是相当要好的朋友，受了李敦的影响，早已有了改邪归正的心意。这两年来，帮主史白都倒行逆施，虽还未到众叛亲离的地步，帮中上下对他不满的已是日益增多，王吉由于早有觉悟，更是不齿史白都的所为，急想摆脱史白都的控制，只是苦于没有机会而已。

这次史白都因为想要得回玄铁宝剑，派出了十几条船，沿江而下，希望能够发现厉南星的尸体，找到沉在水底的宝剑。扬州位于长江北岸，正当长江和运河的交叉点，水道纵横，港汊交错，大船不易搜索，是以派出的都是一人掌管的快艇。奉派的人当然也都是善于驾船、惯会潜水的好手。王吉就是其中之一。

王吉本来是和另外一条船一同出发的，他利用河道的复杂地形，中途摆脱了同伴的监视，独自一条船顺流而下，此时已是离开了扬州六七十余里，走出了六合帮势力笼罩的水域了。只要再走五十里水路，就可以从长江口出海，那时海阔天空，自是逃生有路。

不料就在这个时候碰见了封子超，王吉想要躲回舱中，只听得封子超已经叫道："老王，还认得我吗？我是封子超呀！"

王吉眉头一皱，得了一个主意，把船摇了上去，哈哈笑道：

"原来是封大人，什么风把你吹来的？"

封妙嫦不愿和六合帮的人会面，溜回舱房，看护厉南星。

封子超道："我是特地来拜会你们帮主的。史帮主可好？难得相遇，请过来叙叙如何？"

王吉道："我还要赶着过江北替帮主办事呢，就这儿稍谈一会儿吧。唉，封大人，你来得正好，我们的帮主可是不大好！"

封子超吃了一惊，连忙问道："出了什么事情了？"

王吉道："说来惭愧，就在昨天晚上，我们的六合帮总舵给敌人闹得个天翻地覆，我们的帮主也受了伤了！"

封子超大惊道："贵帮雄霸江湖，什么人这样大胆和你们作对？"

王吉道："和我们作对的是丐帮，他们说我们投靠朝廷，勾结官庭，誓要把我们铲除！"

封子超道："丐帮在扬州的舵主是李茂吧？他的本领和你们的帮主相差得很远呀，难道是仲长统这老叫化来了？"王吉摇了摇头，封子超道："那么却是谁人有此本领，能够伤得了你们的帮主？"

王吉道："老叫化没有来，是另一个小叫化来了。这个小叫化的本领可厉害呢，我们帮中的四大香主都曾吃了他的亏，昨晚连我们的帮主也受了他的伤了！"

封子超这一惊非同小可，听了王吉的话，他已经想得到这人是谁了，但还是问道："你说的是谁？丐帮哪有这样的人物？"

王吉道："这人并非丐帮弟子，但在江湖行走，却喜欢打扮成小叫化的模样。封大人，听说你曾经和文道庄文大人到过江海天的家里，文大人还曾经败在这小叫化之手的，你应该知道是谁了吧？"

封子超失声叫道："是金逐流么？史帮主怎能败在他的手下，真是令人不敢相信！"其实他已是深信无疑。

王吉道："不错，正是金世遗的儿子、江海天的师弟金逐流！你莫看轻了他，他虽然年纪轻轻，内功的深厚，却是到了登峰造极的地步，我们的帮主和他拼了一掌，当场没事，但一回到家里，就吐了一大海碗的鲜血，原来他是不愿当场丢脸，强自忍住的。看他的伤势，恐怕就是医得好至少也要一年！”

其实，史白都受的是石霞姑的毒粉之伤，这伤也早已好了。王吉胡说一通，尽量夸张金逐流的厉害，用意不过是想吓走封子超的。

封子超听了作声不得，心中只是暗自叹气：“糟糕，糟糕！我还以为我可以找史白都做我的靠山，谁知这靠山也给人推倒了！金逐流这小子果然是在扬州，而且还和丐帮联了手，我这一去，可不正是自投罗网吗？”

王吉又道：“帮主如今卧病在床，深怕丐帮和那姓金的小子再来强攻，是以四出求援。我就是奉了帮主之命，过江去请救兵的。封大人，所以我说你来得正好，患难见真情，这次你是应该助我们帮主一臂之力了。好，我要赶去请救兵，失陪了！”

封子超独立船头，一片茫然，目送王吉的一叶轻舟在波光云影之中远去。他哪知王吉此时正在心中暗笑：“看你这家伙还敢不敢到扬州去和史白都共同患难？”原来王吉是怕他见了史白都，泄漏了自己逃走的秘密。虽然这秘密迟早要被揭穿，但总是迟一天给史白都知道好过早一天让他知道。

且说厉南星醒来之后，便即盘膝而坐，默运玄功，把真气一点一滴的凝聚起来。可是这只能暂时抗毒而已，若要解毒，还必须用“金针拔毒”的疗法，这却是要别人替他针灸的。

封妙嫦走了进来，喜道：“你的气色好许多了。”厉南星道：“你有磁石没有？”封妙嫦道：“你是要用磁石吸出暗器吗？好，我给你帮忙。”

厉南星踌躇道：“还是请你爹爹来吧。”封妙嫦嫣然一笑，说道：“爹正在碰到一位相熟的朋友，和他说话。咱们都是江湖儿女，难道你还避忌什么男女之嫌么？”

封妙嫦找出了磁石，问道：“伤在哪里？”厉南星转身俯卧，说道：“左肩肩头琵琶骨下面一寸之处，你把溃烂的肌肉剜掉，就可以把毒针吸出来了。”封妙嫦道：“我懂。”撕破他的衣裳，只见伤口周围瘀黑坟肿，封妙嫦吃惊道：“这毒针好厉害！”按了按旁边的肌肉，问道：“痛不痛？”厉南星道：“不必顾忌，剜吧。”

封妙嫦把溃烂的肌肉剜掉，挤出的毒血，足有一茶杯之多，跟住用磁石吸出毒针，厉南星丝毫也没呻吟。封妙嫦好生佩服，心想："真不愧是金逐流的义兄，看来他的功力只怕也不在金逐流之下。"

封妙嫦抹了抹汗，她刚才用心为厉南星吸取毒针，对外间的说话，听而不闻。此时方始听得进去。刚好王吉说到史白都给金逐流打败，封妙嫦不禁大喜。

只见厉南星闭目垂首，似乎正在养神，封妙嫦不敢惊动他，把喜悦藏在心里。半晌，厉南星张开眼睛，说道："你有没有针灸用的银针？"

封妙嫦道："缝衣的绣花针就有。"厉南星道："我是要用来拔毒的，绣花针不能用。"封妙嫦道："那怎么办呢？"忽觉厉南星的目光似乎是在朝着她的头上望，封妙嫦心中一动，拔下了头上的银簪，说道："这个可以代替吧？"厉南星点了点头，说道："用倒是可以用，不过——"封妙嫦猜到他的心思，笑道："能用就行。你告诉我如何施术。"

厉南星竖起耳朵一听，说道："你爹爹那位朋友似乎已经走了。"原来要用金针拔毒之法，厉南星必须脱光上身，让她刺有关的七处穴道，还要卷起裤脚，让她刺两边膝盖的"环跳穴"。虽说江湖儿女不讲究男女之嫌，总是觉得不大雅观。

忽听得一声咳嗽，封子超推开房门进来，说道："恭喜，恭喜，你好多了。你现在可是要人替你金针拔毒？"厉南星听他说得出"金针拔毒"这个名词，知道他多少也是个行家，喜道："正是。不知老爷子——"封子超道："好，让我给你帮忙吧！"

封妙嫦忽道："爹，不行呀！"封子超愕然道："什么不行呀？"封妙嫦道："爹，你忘记了么？你的右手患有风湿病，紧张的时候，会打冷战的。还是让我来吧！"封子超怔了一怔，心道："我几时患了这个毛病？"随即恍然大悟："是，是，这丫头恐怕我害了这小子。"

封子超当然不会对厉南星存有什么好心肠，但要不要暗下毒手，此际他仍是踌躇未决。一来他顾忌金逐流将来找他算账；二来他也知道女儿定然不依。现在给女儿说破，厉南星不明白，他心里可是明白的，下手当然更不成了。于是封子超打了个哈哈，说道："你不说我几乎忘了。对，还是你给厉公子医治好些。我出去把舵吧。"

厉南星教了她金针拔毒之法，封妙嫦心灵手巧，一学就懂。当下厉南星脱光上身，让她用银簪刺穴。

刺穴、拔毒，必须全神贯注，不能有丝毫的差错。封妙嫦虽然学会金针拔毒之法，在小心翼翼地刺了厉南星上身的七处穴道以及两边膝盖的"环跳穴"之后，也已累得满头大汗。

封妙嫦歇了一歇，待厉南星穿上上衣之后，这才和他说道："爹爹和他那位朋友说的话，你可听见了么?"

厉南星道："没有听见。可有什么消息么?"原来厉南星一直在运功抗毒，对外面说话的声音，他根本是听而不闻。

封妙嫦正要把喜讯告诉他，忽见封子超又走了进来，说道："我正要告诉厉公子，咱们可不能前往扬州去了。"

厉南星道："为什么?"

封子超道："你的把兄弟金逐流在扬州和史白都打了一架，双方都受了一点伤。金逐流虽有丐帮之助，但六合帮的势力仍是大得多。听说丐帮已逃出了扬州，金逐流也早已走了。所以我想，还是把你送到金陵（今南京）的好。那里也有丐帮的分舵，而且比扬州的大得多，你在金陵，较易得到金逐流的消息。你说好么?"

封子超编造出来的这一番说话，无意中却是比较符合事实的真相。厉南星那晚是眼见金逐流狼狈突围的，对他的话自是相信不疑。

封妙嫦不知那个六合帮小头目王吉说的才是假话，只知爹爹编的乃是谎言，心里很不高兴。想要揭破，只见父亲的目光正在盯着她，好像是说："你说了一次谎，难道我就不能说吗?"

厉南星道："多谢恩公相救，一切但凭恩公做主。对啦，我还没有请教恩公的高姓大名呢。"

封子超恐怕金逐流曾经和他说过自己的名字，胡乱捏了一个假名。说道："你在我的船中就不必担忧害怕了，我一定负责把你送到金陵。你好好养伤吧。嫦儿，你和我出去，你也该弄点东西给厉公子吃了。”

封妙嫦想了一想，觉得若果当着厉南星的面拆穿父亲的谎言也是不好，于是跟他出去。

到了前舱，封妙嫦低声说道：“爹，你为什么要说谎话?”

封子超在她耳边笑道：“你不是不愿意见史白都的么?现在不去扬州，可不正是合了你的心愿?”

封妙嫦虽然相信史白都是受了伤，但史白都究竟还是活在扬州，她也有点害怕到扬州会有麻烦，于是说道：“爹，我不拆穿你的谎话，你到金陵，我也依你，但你可不能暗害人家了!”

封子超道：“傻丫头，这正是我讨好金逐流的好机会，待这姓厉的完全好了，我还要托他向金逐流说好话呢，我怎会害他?”

封妙嫦听得父亲这样说，只道封子超当真是有诚意，喜道：“爹，你能够这样就好。但你刚才为什么不肯把真名实姓告诉他?”

封子超道：“他现在还未痊愈，告诉了他恐他犯疑。待他完全好了，那时和盘托出，也还不迟。”

封妙嫦听听也有一点道理，放下了心，便去给厉南星弄饭。

厉南星默运玄功，凝聚真力，过了一个时辰，精神又恢复了几分。不过身体还是虚软，使不上气力。

封妙嫦弄好了一锅稀饭，几样小菜，已是黄昏时分，三个人就在厉南星的舱房同吃晚饭。

厉南星吃饱了肚子，舒展一下手足，笑道：“冯老爹子，你驾船的本领很是不错呀！刚才过的一道险滩，我还真的有点为你担心呢。”封子超捏造的假姓是和“封”字声音相近的“冯”字，故而厉南星称他“冯老爹子”。

封子超少年时候在水陆两路的黑道都曾混过，驾船的本领还未忘记，不过已经不是怎样精通，听了厉南星的说话，知道他是一个驶船的大行家，心里暗暗吃了一惊。

厉南星道：“我的毒都已拔清，看来我明天可以替你掌舵了。”

封子超道：“别忙，你还是多养息几天的好。”

厉南星笑了一笑，说道：“待我试试气力。”当下一把抓起那柄玄铁宝剑。

玄铁宝剑虽然提了起来，但厉南星也不禁有点气喘，封妙嫦道："快放下来吧，别累坏了。"

厉南星放下宝剑笑道："动用这柄宝剑的气力未有，掌船的气力总是有了。"

封子超又惊又喜，心里想道："这小子好得这样快，再过两天，只怕我就不是他的对手。我若是要把他除掉，可得趁早。但不知是害了他好呢，还是不害他好呢？若要害他，又怎能瞒得过这丫头呢？"

吃过晚饭，封妙嫦把舱房让给厉南星睡，她和父亲同住前舱。

封子超翻来覆去，哪里睡得着觉？心中只是不住地在盘算：杀不杀厉南星呢？哪一样对自己更为有利？

不杀厉南星，这当然是卖给金逐流的一个大大的交情，金逐流此后不但不会找他麻烦，还一定会感激他。可是这样一来，"我岂不是要和金逐流走上了一条路，我哪里还有出头之日？"封子超心想。当然在他心目中的"出头"就是要猎取功名富贵。

封子超想起了那把玄铁宝剑，暗自思量："我不杀姓厉的小子，这把玄铁宝剑他当然是要带走的了。如此稀世之珍，到了手又再失掉，岂不可惜？"

封子超蓦地得了一个主意："对了。这把玄铁宝剑史白都本来是要送给萨总管的，如今史白都自身性命难保，我当然不能把宝剑交还给他。但我可以当作自己夺来的将它送给萨总管呀。金逐流在大闹寿堂之后，如今想必不敢再留在京中。我入京献礼，他又怎能知晓？萨总管收了我的厚礼，必要给我酬劳，最少我可以官复原职。那时我在御林军中，也就不怕金逐流来找我算账了。"

封子超想得如意，杀机陡起。只剩下一个问题：怎样才能瞒得过女儿，毫无痕迹地就害了厉南星？

封子超心想："如果这小子还在昏迷之中，我倒是大有暗下毒手的机会！"想至此处，心中一动，立即又得了一个主意。

封子超坐起身来，试探女儿睡着了没有，刚一坐起，果然就听得封妙嫦叫道："爹，你还没睡吗？"

封子超道："我喝一杯茶。你早点睡吧。"心道："这丫头当真是在提防着我，好，我且看她熬得几时？"

封子超喝了茶，纳头便睡。过了一会，故意装作已经熟睡的样子，呼呼噜噜地发出鼾声。

封妙嫦日间替厉南星用金针拔毒，心力交疲，实在也是累得很了，听得父亲鼾声大作，这鼾声是有感染的作用的，封妙嫦不知不觉精神松懈下来，不久也就酣然入梦。

封子超低声唤道："嫦儿，嫦儿！"听不到她的回答，心中大喜，当下爬了起来，拿起了一样东西，蹑手蹑脚地就走向舱房。

他手中拿的是个吹管，吹管里装的是"鸡鸣五鼓返魂香"。原来封子超虽然不是使毒的行家，但这种迷香是江湖上最常用的，封子超出身黑道，还保留有"鸡鸣五鼓返魂香"的全副用具。

这种迷香虽很普通，但在吸了这种迷香之后，不到天明，就不会醒，故此名为"鸡鸣五鼓返魂香"。

封子超口中含了解药，点了迷香，将吹管悄悄地插进门缝，把迷香吹进厉南星的舱房。

他是打算在厉南星昏迷之后，便即暗施毒手，点他的死穴。这样就可以丝毫不留痕迹，将厉南星置之死地。以他女儿的武学造诣，决计看不出来。第二天他可以装作毫不知情，将厉南星的死因当做是余毒未清，突然暴毙。"这丫头即使有所怀疑，但拿不到凭证，她也不能说我。"

封子超的算盘打得如意，但他却没想到：厉南星是一个使毒的大行家。虽然他从来不用毒药，但对于各种药物却是极有研究。这种普通的迷香，对他来说，简直就像是小孩子手中的纸刀，害不了人的。

厉南星正在将睡未睡之际，朦胧中闻得这股香气，反而清醒过来。当下好生诧异："是什么人偷上船来暗算我呢？"当然他是做梦也想不到会是封子超的。

厉南星恐怕一声张这人就会跳水跑掉，他自己毒伤初愈，虽然精通水性，也是难以擒凶。于是丝毫不动声息，装作业已昏迷。

封子超吹了半天，把一筒迷香全都吹了进去，见里面毫无动静，心中大喜："好，我这就进去，让这小子做个糊涂鬼吧！"

封子超偷偷地摸进去，触着了厉南星的身体，正要找寻死穴的部位，陡然间只觉胁下一麻，想叫都叫不出声，就倒下去了。他未曾点着厉南星的死穴却给厉南星先点了他的麻穴。

本来以封子超的本领，厉南星不应这样容易得手的。这都是封子超以为厉南星业已昏迷，是以毫无防备的缘故。假如他不用迷香，而用玄铁宝剑的话，厉南星功力未复，一定会给他杀掉。但是封子超的算盘打得太如意了，他要杀厉南星，又要瞒过女儿，终于变成了害人不成反害己。

厉南星跳起来，冷笑道："你这下三滥的小贼，居然敢用迷香害我。好，且待我慢慢地消遣你。"厉南星的点穴手法出自金世遗所传，点了封子超的麻穴，封子超动弹不得，但神智还是清醒的，只觉体内如有无数利针，在刺他的五脏六腑，痛苦之极，想叫又叫不出来。

厉南星一面打燃火石，点亮油灯，一面叫道："冯老爹子快来，我捉到一个小贼了，咦，你，你，怎么是你？"灯光一亮，厉南星看清楚了这个"小贼"正是他在叫着的"冯老爹子"，不觉呆了。

厉南星呆了一呆，失声叫道："冯老爹子，你既然救了我的性命，因何又要害我？"

封子超睁大了眼睛，喉头咯咯作响，心里已在想好辩辞，苦于说不出口。

厉南星蓦地想起他是给自己用重手法点了穴道的，穴道未解，焉能说话？正要给封子超解开穴道，忽听得有个颤抖的声音尖叫："厉公子，手下留情！"原来是封妙嫦给舱房的声音惊醒，穿了睡衣就跑出来，恰好看见厉南星举起手掌向她父亲拍下，她只道厉南星是要取她父亲的性命，却不知厉南星在给她父亲解穴。

厉南星心头一动，想道："对，待我问明真相，再给他解穴也还不迟，俗语说得好，害人之心不可有，防人之心不可无。我现在武功未曾恢复，总是小心为上。这老头目前也还不知是友是敌，就让他多吃一点苦头，也不为过。"当下缩回手掌，说道："冯姑娘，你来得好，我正要请教这是怎么一回事情?”

封妙嫦忍住眼泪说道：“爹爹做出这样的事情来，我实在没有颜面求你——”

厉南星吃了一惊，说道：“这么说，你爹爹是存心要害我的了？冯姑娘，这又是为何呢?”

封妙嫦道：“我不姓冯。我姓封，封闭的封。我名叫封妙嫦，我爹爹名叫封子超。你听过我们父女的名字吗?”

厉南星曾听得金逐流说过封妙嫦和秦元浩的事情，当下恍然大悟，说道：“哦，原来你是封姑娘。”不必封妙嫦解释，心里已是明白几分，暗自想道：“封子超这厮本来是朝廷鹰犬，怪不得他要害我。但这位封姑娘却是秦元浩的未婚妻子，和她父亲大不相同。我虽然不认识秦元浩，但秦元浩是金逐流的好朋友，这位封姑娘也就等于是我的弟妹一般了，我的性命也是多亏了她救的，看在她的份上，我倒是不能不手下留情了。”

当下厉南星给封子超解开了穴道，说道：“金逐流和我说过你的事情，他上次饶你，本是望你革面洗心的，谁知你还是不知悔改。你说，你为什么要害我?”

封子超满面通红，强辩道：“厉相公，我并非想害你的性命，我只是想把你昏迷之后，将你抛弃岸上。因为，因为我怕六合帮找我的麻烦。”

厉南星世故不深，听了封子超这么说，倒是觉得情有可原。当下说道：“我本来不想连累你，但现在却不能不借用你这条船了。你是不是还要害我?”

封子超道：“我很是后悔，为了一点私心，竟想把你抛弃。现在我已经想通了，救人应该救彻，就是担当一点风险，那也算不了什么。厉公子，请你原谅我的一时糊涂吧。”

厉南星道：“你当真是想通了？若有我的仇家追到，你也不会暗算我么?”

封子超双膝跪下，对天发誓：“若有异心，教我不得好死。”

封妙嫦不愿看父亲的丑态，别转了脸，说道：“爹，但愿你真的悔悟，今后做个好人。否则多行不义必自毙，金大侠饶了你，厉公子饶了你，第三次碰上侠义道，人家就不一定会饶你了。”封妙嫦心情甚为复杂，她明知父亲言不由衷，但又不愿当着厉南星的面揭破。只好委婉地说出这番话来，一面是劝谏她的父亲，一面是暗中提醒厉南星，对她父亲的话，不可全信。

厉南星当然也不会完全相信封子超，但他既然决定了不杀封子超，当下也就不想令他太难堪了。厉南星心里想道：“我的功力虽然未曾恢复，但也用不了几天工夫。三天之内，至少可以恢复八成。封子超武功平庸，给我用重手法点了穴道，至少也得三天，才能完全恢复元气。即使他有异心，我也无须惧他。何况还有他的女儿掣肘他呢。”

这么一想，厉南星倒是心平气和地和封子超说道：“还有三天就可以到金陵了，一到金陵，我就会走，决不连累于你。此地离扬州已远，万一有六合帮的船追来，也绝不会是大帮的船队。到时我一个人应付就行，不必你们父女出头露面。”

封子超装出一副“感激涕零”的样子说道：“厉公子这样为我们着想，我实在是感激不尽。但我多蒙你饶恕了我，我却是一定要对得住你的。倘若有事，你不许我出来，我也绝不能袖手旁观。”

当下一场风波就此揭过，封妙嫦与父亲回转前舱，厉南星也就放心的睡觉了。

第二天一早继续开船，厉南星实践他的诺言，与封子超轮流掌舵。对昨晚的事，彼此都避免再提。封子超的态度甚为恭顺，这一天平安度过，并没有事情发生。

第三天继续前行，中午时分，进入内河航道，封子超正在掌舵，忽地看见岸上有人骑马经过，封妙嫦未曾留神，他的眼尖，已经看见，这个人不是别人，正是文道庄的儿子文胜中。封子超曾经一度有过意思，想把女儿嫁给他的。

封子超喜出望外，却不露声色地说道：“厉相公，麻烦你替我掌一掌舵。”本来是封子超接手未久，不应又轮到厉南星掌舵的，但厉南星却没疑心，只道他年老体衰，故此要自己替换，当下就坦然的过去接手把舵。

封子超把舵一推，忽地骈指如戟，向厉南星腰间一戳。厉南星刚刚接过了舵，做梦也想不到言犹在耳，封子超又会对他暗算！冷不及防，只觉胁下一麻，玄铁宝剑已是给他夺去。不过，封子超想要点厉南星的穴道，却也未能得手。

封子超抢了宝剑，立即高声叫道："文世兄，快来，快来!"文胜中正是奉了史白都之命，一路溯江而上，搜查厉南星的下落的。听得封子超叫唤，飞马赶回，一眼看见封妙嫦和厉南星都在船上，不由得心花怒放，连忙叫道："封老前辈，你快把船靠岸，我才好帮你的手呀!"

厉南星大怒，拿起了一枝桨，喝道："岂有此理，你还算是人吗？快快把剑交回，否则可休怪我不客气了!"

封子超笑道："有本领你就拿去!"说时迟，那时快，剑已出鞘，划了一道圆弧，先下手为强，便向厉南星削去。

厉南星举起了桨，当作小花枪使，一招"神龙入海"，刺向对方小腹。可是一枝木头做的桨，却怎敌得住玄铁宝剑，只听得"咔嚓"一声，桨给削了一截。

厉南星身形一晃，不退反进，半枝断桨俨似灵蛇游走，伸缩不定，似左似右似中，遍袭封子超身上的七处穴道，这是从追风剑式化出来的一招，封子超几曾见过，只好舞剑防身。这一次厉南星一击不中，即把断桨收回，没有给他削着。

厉南星看见文胜中已经策马来到岸边，心里想道："想不到这老贼倒也颇有几分硬份（真实功夫），说不得我只好冒点风险了。"

原来厉南星因为那晚制服封子超太过容易，是以并不怎样把他放在心上。也正是因为这个缘故，厉南星在遭受他一次暗算之后，还敢坦然与他同处一船。殊不知封子超的本领虽然比不上他，却也并非泛泛之辈。如今他有玄铁宝剑在手，而厉南星的功力又未恢复，一消一长，形势反而是对厉南星大大的不利了。

但封子超给他几记精妙的招数，攻得也是有点心慌。当下他一面舞剑防身，一面把船摇向对岸。

封妙嫦见两人动起手来，更是吓得呆了，半晌方始叫得出来："爹，你怎么可以这样？"

封子超冷笑道："女生外向，这话当真说得不错。好呀，你若是看不顺眼，你就和这小子并肩儿上，对付你的老子吧！”

封妙嫦气恼之极，可是她又怎能和自己的亲生父亲动手，气急之下，不禁“哇”的一声哭了出来。

厉南星欺身进招，封子超剑光一合，“咔嚓”一响，半枝断桨，又再削去了一半，剩下来的已不到两尺长了。

眼看厉南星就要丧命宝剑之下，封妙嫦这一惊非同小可，连忙叫道：“爹爹，你要杀他，连我也杀了吧！”奋不顾身地就扑上去，想用自己的身体替厉南星挡这一剑，好叫封子超有所顾忌，未必敢下杀手。

哪知封妙嫦的动作虽快，却仍是慢了一步，就在这瞬息之间，只见剑光人影，已是纠缠在一起了。封妙嫦心头一凉，方自暗叫：“糟糕！”忽听得封子超突然一声尖叫，玄铁宝剑脱手飞出！

原来厉南星在那枝桨给削成了短短的一截之后，索性一不做二不休，就拿这一截桨当作判官笔使用，倏地欺身进招，削尖了的桨正好可当笔尖，一点就点着了封子超的手腕。

此时小船已经靠拢岸边，封子超的宝剑脱手飞出，却是向岸上飞去的。文胜中侧身一闪，抓着剑柄，把玄铁宝剑接到手中，哈哈大笑。封子超身形一起，使出“一鹤冲天”的轻功，跟着也跳了上岸。

厉南星暗暗叫了一声：“可惜！”原来他是准备在夺剑之后，接着就要抓碎封子超的琵琶骨的，但由于封妙嫦已经扑到，遮在他的身前，封妙嫦的原意是要掩护他的，形势一变，反而变成了替她父亲掩护，以致厉南星计划落空，宝剑夺不成，人也没抓到。

厉南星失了玄铁宝剑，焉肯罢休，封子超前脚着地，他跟着后脚追上岸来。文胜中道：“封老伯，你这柄剑借我一用。请你劝劝令爱，至于这小子就交给我好啦。”宝剑已经落入文胜中之手，封子超自是不便讨回，明知这是“刘备借荆州”，却也不能不“借”。“女儿嫁不成史白都嫁给文胜中也很不错，但求他杀了这姓厉的小子，玄铁宝剑就当作我给女儿的陪嫁吧。”封子超心想。

封妙嫦此时亦已上了岸，解下佩剑，递给厉南星道：“厉公子，我这把剑借给你。”父女各自把剑“借”给一方，正好是唱上了对台戏。

文胜中吃上了无名醋，不由得杀机陡起，冷笑说道："封姑娘，原来你已经抛开了秦元浩那小子吗？下一次应该轮到我了吧？"封妙嫦气得破口大骂："狗嘴里不长象牙，放你的屁！"

文胜中恼怒之极，但却淡淡说道："不错，姓厉这小子还活在这儿，当然轮不到我。没法子，我只好替阎王发请帖了。"口中说话，一步一步地向厉南星迫近。

厉南星情知敌强己弱，必须冷静对付，是以他双目注视文胜中的动作，丝毫也不动。待到文胜中走得近了，厉南星陡地喝声："住嘴！"刷的一剑就刺过去。

文胜中横剑一封，迅即一招"推窗闭月"径削出去，嘴里冷笑道："臭小子，你找死！哎呀！"话声未了，只听得"嗤"的一声，文胜中的衣襟已是给剑尖挑破。

封子超叫道："文世兄不可轻敌，这小子是金逐流的把兄！"文胜中"哼"了一声，沉住了气，反手剑一挥，青虹暴涨，使的是"玉带围腰"的招数，宝剑光芒好像一圈银环，护住自身，反击敌人。

厉南星手中拿的是一把普普通通的青钢剑，递不进剑招，只好撤回。文胜中得理不饶人，刷刷刷连环三剑；厉南星展开了"天罗步法"指东打西，指南打北，虽然不能攻进对方的防御圈内，却也极尽声东击西的能事。文胜中这连环三剑，连他的衣角也没沾上。

文胜中迫退了厉南星一步，"哼"了一声，说道："是金逐流的把兄又怎么样？"话虽如此，心里却也不无怯意，自忖："好在我夺了这把宝剑，否则只怕当真不是他的对手。"

厉南星毒伤初愈，功力未复，加以在船上又和封子超打了一场，气力自是难以持久。文胜中的家传剑法虽然不及他的精妙，但也是自成一家的上乘剑法，仗着玄铁宝剑之利，三十招过后，厉南星已是不知不觉额头见汗，剑招使出，每每力不从心。幸亏他的"天罗步法"轻灵迅捷，还足以自保。

封子超走到女儿面前，柔声说道："阿嫦，你不要生气，爹爹是为了你好。”封妙嫦冷冷说道：“你是把我往火坑里推！”封子超道：“如今我不要你往扬州见史白都了，还能说我不顺从你的意思吗？秦元浩这小子有什么好，这小子是和朝廷叛逆做一路的，我说，你若是嫁给他才真是往火坑里跳呢！这位文世兄与你早已相识，他是武学名家之子，对你又是这么好……”

封妙嫦掩耳道：“你这些话污了我的耳朵，我不要听！”封子超大为恼怒，但为了想要女儿依顺，却还不敢马上发作。封妙嫦又道：“我知道你要骂我是不孝的女儿，好吧，你就当这个女儿早已死了，你根本就没有我这个女儿！”封子超怒道：“岂有此理，你、你、你这丫头竟敢顶撞父亲了么？”

刚说到这里，忽听得有个清脆的声音格格笑道：“有人打架又有人吵架，这里可真是热闹得紧啊！爹，不要走了，停下来瞧瞧热闹吧！”封子超抬头一看，却原来是来了两父女。父亲大约有五十多岁年纪，身穿蓝布大褂，脚蹬六耳麻鞋，手中拿着一支碗口般粗大的旱烟袋，十足像是个土老儿的模样。女儿却是个二十岁不到的少女，穿得朴素大方，明艳动人。父女站在一起，殊不相称，若不是她叫这一声“爹”，别人真想不到他们是父女俩。正是：

千里姻缘牵一线，消灾脱困会佳人。

欲知后事如何？请听下回分解。

第三十一回　几番惆怅歌金缕
无限伤心付玉箫

封子超见了这父女俩，不由得大吃一惊！原来这个似土老儿模样的人，竟是红缨会的舵主公孙宏！红缨会是足以在江湖上与六合帮分庭抗礼的一大帮会，而且封子超知道，公孙宏的本领深不可测，他虽然没有见过，也曾听人说过，说是只有在史白都之上，绝不在史白都之下！

封子超心想："这丫头想必是他的女儿公孙燕了。听说她最得父亲的宠爱，跟她父亲出来走道还不到一年，却比她父亲更爱管闲事，许多江湖上成名的人物都怕了她。糟糕，糟糕，她这么一看热闹，只怕会看出岔子来！而且公孙宏见多识广，文胜中的武功来历只怕也瞒不过他。"

心念未已，果然便听得公孙宏说道："唔，这场架打得果然是有几分精彩。燕儿，你没有见过天山剑法，这次可以开开眼界了，和他做对手的这小子剑法差些，但练的三象神功也似乎已是乍窥藩篱了。"公孙宏是在群雄大闹萨府之时，见过厉南星的，但却没有见过文胜中。那次萨府贺寿，文胜中没有随他父亲同往。公孙宏是从他的武功家数看出他的来历的。公孙宏心里想："文道庄的儿子料想不会是什么好东西，但我怎能和一个后生晚辈动手，可有什么办法帮一帮厉南星的忙呢？"

公孙燕道："天山剑法的确很是奇妙，可是看起来他好像还打不过他的对手，这是什么缘故？"

公孙宏道："这是因为他新近病了一场的缘故。而且他的对手用的是玄铁宝剑，比普通的剑要重十倍，你看不出来么?”

此言一出，令得文胜中大大吃惊。心道：“想不到这土老儿竟是个武学的大家！他不但一眼就瞧出我的功夫深浅，而且还知道这是玄铁宝剑。”厉南星也是好生惊诧，心想：“公孙宏确是名不虚传，只一眼就知道我曾经受过伤。听逐流说，那次他闯出萨府，曾得到公孙宏很大的帮忙。不过我却不能存着倚赖别人的念头。”

文胜中素来狂妄，听了公孙宏在旁边的评论，语气之中，分明是抬高了厉南星而压低他，倘若不是他听出公孙宏是个武学大行家，当时就想发作。但虽然不敢发作，也是气愤不堪。当下把浑身本领都使出来，挥动玄铁宝剑，着着进迫，心里想道：“你说我比不上这小子，我就把这小子杀了给你看!”

厉南星不愿在公孙宏面前丢脸，当下也是抖擞精神，拼力恶斗。但可惜他气力不佳，兵器上又吃了亏，终于还是给文胜中迫得步步后退。

激战中文胜中一招“力劈华山”，把宝剑抡圆，当作大刀来使，横斫过去。厉南星闪到一棵柳树后面，只听得“轰隆”一声，玄铁宝剑竟然把这棵柳树当中斫断。

公孙燕道：“不错，这的确是一把世所罕见的宝剑。”忽地一跃而出，说道：“喂，你这把宝剑给我!”

文胜中道：“为什么我要给你?”

公孙燕道：“你的对手大病初愈，你已经是占了便宜了。你还要再使玄铁宝剑，这样的打法岂不是太不公平了吗?”

文胜中怒道：“要你多管闲事?”

公孙燕笑道：“我生来就是爱管闲事，你不让我管也不行。打架不紧要，但必须打得公平。你仗着宝剑逞能，我看不顺眼！现在我划出两条道儿随你选择，第一条，你把宝剑给我，换过一柄普通的剑和这人打。打赢了我还给你，打输了这柄宝剑就该给你的对手当作礼物。我只是当个主持公道的证人，并非想要你的宝剑。”

文胜中道：“谁请你主持公道了？你走远一些，否则休怪我的宝剑不长眼睛!”文胜中口里说话，手底毫不放松。公孙燕越走越近，此时却已是走到了厉南星的身边。

公孙燕冷笑道：“好，第一条道儿你不肯走，那就只有走第二条了。我和你打，你虽然先打了一场，但有的是宝剑，不能算是不公平了！”

说罢，不由分说地就插进二人中间，把厉南星硬挤出去。厉南星知道她是公孙宏的女儿，料想不至于吃文胜中的亏，于是放心让她接手。

文胜中倒是有点忐忑不安，当下按剑说道：“你要和我打也成，但你若是输了，可不许又再节外生枝！”

公孙燕道：“你怕我爹爹帮我吗？哼，谅你也不配。爹，你说句话，让这小子放心。”

公孙宏打了个哈哈说道：“老夫从来不与小辈动手。这是我女儿管的闲事，你有本事把我女儿杀了，我也只是袖手旁观！”

公孙燕笑道：“你放心了吧？你尽管把宝剑朝我刺来吧，我让你先出招！”

文胜中怒从心起，想道：“这老儿似乎是个武学的大行家。哼，只要他当真是袖手旁观，难道我还怕你这黄毛丫头不成？”当下说道：“好，君子一言，快马一鞭！你亮兵器！”

公孙燕道：“你尽管发招就是，啰唆作甚？”文胜中几曾受过如此蔑视，气往上冲，一剑就刺过去。

文胜中给她气得七窍生烟，大怒喝道：“你这黄毛丫头胆敢看不起我，叫你知道我的厉害！”侧身迈步，形如雁翅斜掠，玄铁宝剑扬空一闪，斜削而下。这一招有个名堂，叫做“弯弓射雕”，讲究的是“狠”、“准”二字，正是文胜中最得意的剑法。

文胜中以为一个“黄毛丫头”能有多大本领，这一剑削下去，即使不削断她的臂膊，至少也能令她受伤。文胜中对那“土老儿”多少有几分顾忌，用意也只是想令公孙燕受点轻伤，好叫她知难而退的。哪知公孙燕一飘一闪，文胜中这一剑已是刺了个空。只听得公孙燕格格笑道：“也不见得怎么样厉害呀。好，来而不往非礼也，还招！”身形一转，一条束腰的绸带已是解了下来，用力一抖，腰带给她使得如同软鞭一般，立即向文胜中横卷过去。

文胜中心想：“我这宝剑有断金截铁之能，吹毛立断之利，何惧你一根腰带?”哪知公孙燕的绸带活似灵蛇，文胜中一剑没有削着，绸带在半空中一个转折，“啪”的一声轻响，文胜中的额角已是给绸带拂了一下。虽是一根绸带，打下来却不亚软鞭，文胜中的额角登时肿了一大块。

公孙燕“噗嗤”笑道：“可惜没有一个镜子给你照照，你头上长了角啦。你听过这句俗话没有？你若去照镜子呀，这就叫做：猪八戒照镜子，里外不是人。”

文胜中又惊又怒，忙把玄铁宝剑舞得泼风也似，使出了一套攻守兼备的“三才剑法”。此时他已领教了公孙燕的本领，哪里还敢再有半点轻敌之心？气怒之下，杀机陡起，也顾不得要保全公孙燕的性命了。

在文胜中全力施为之下，公孙燕的绸带一时攻不进他的剑光圈内。但文胜中的宝剑想要削断她的绸带却也不能。绸带飘飘，毫不受力，玄铁宝剑挥舞起来，呼呼风响，绸带随风摇摆，未碰上即已荡开。

玄铁宝剑重达一百多斤，文胜中虽然使得动，也感吃力。不消多久，文胜中也是大汗淋漓，气喘如牛。

封子超已知公孙燕是公孙宏的女儿，心里想道：“就是文道庄和史白都到来，只怕也是惹这老儿不起。看来文胜中这小子吃亏是吃定的了。唉，这玄铁宝剑不要也罢，三十六计，我还是以走为上计。”主意打定，立即跳上文胜中骑来的那匹坐骑，叫道：“文世兄，你好好打吧，请恕老夫少陪了。”快马加鞭，疾驰而去。他顾着逃命，连女儿也抛弃了。封妙嫦又是气愤，又是难堪，茫然地望着父亲离她而去。厉南星低声说道：“封姑娘，不要难过，由他去吧。”

封子超一走，文胜中惊怒之下，心神更乱。

此消彼长，文胜中挥动沉重的玄铁宝剑，越来越是力不从心；公孙燕这条轻飘飘的绸带却是柔如柳絮，翩若惊鸿，轻灵飘忽，招数越来越是神妙!

公孙燕冷笑道：“你本事低微，不配使这柄玄铁宝剑。宝剑拿来，赶快给我滚吧!”话声未了，红绸一卷，就像一片红霞裹住一

公孙燕红绸一卷，登时绸带卷着剑柄，瞬而悬空而起，文胜中追救不急。

道白光似的，绸带卷着剑柄，登时就把文胜中的玄铁宝剑夺了过来。

文胜中拔足飞逃，一面跑一面叫道：“这是六合帮史帮主的东西，你这丫头有胆拿去，可有胆报个万儿（字号之意）么?”他吃了败仗，狼狈而逃，可还是心中不忿，想依仗史白都的声威，找回几分面子。

公孙宏哈哈一笑，说道：“老夫公孙宏，你回去告诉史白都，这柄宝剑我是要定的了。他不服气，叫他前来会我。若是他单身不敢前来，和你的父亲文道庄一同来我也一样招待!”

文胜中这才知道这个“貌不惊人”的“土老儿”，竟然是名震江湖的红缨会总舵主，这一吓吓得他只恨爹娘生少了两条腿，哪里还敢还嘴？脚底抹了油似的，一溜烟飞跑，公孙宏哈哈大笑，也不去拦阻他。

厉南星与封妙嫦上前向公孙宏父女道谢，公孙宏十分欢喜，说道：“燕儿，这位厉公子就是我和你说过的那位和金逐流一起大闹萨府寿堂的厉少侠。”

厉南星道：“多谢姑娘相助之德。”公孙燕笑道：“幸不辱命，原物奉还。”厉南星道：“天下神物利器，应属有德者居之，这柄宝剑是姑娘夺来的，请令尊赏收吧。”公孙燕笑道：“爹爹从来不用兵器，他说要这宝剑，不过是用他的名字，吓唬史白都而已。你当他真的想要你的宝剑吗?”公孙燕这么一说，厉南星若再推辞，那就是看不起公孙宏了。厉南星只好收下。

公孙宏道：“厉兄，你怎的在这里和文胜中打起架来?”厉南星道：“说来话长。”当下将在扬州历险的经过，原原本本地告诉了公孙宏。

公孙宏道：“我道丐帮哪里来的两个少年高手？原来在扬州大闹了六合帮的就是你和金逐流。”

厉南星道：“公孙前辈听到了什么消息?”

公孙宏道：“我正是前两天从扬州来的，听说史白都避不见客，我也懒得去找他。扬州的朋友告诉我，如果我早来两天，就刚好可以碰上那场热闹。我那位朋友不是帮会中人，他只道是丐帮与六合帮火拼，史白都很吃了点亏，但却不知其详。”

厉南星连忙问道：“金逐流不知是否还在扬州？老前辈到过丐帮的分舵没有？”

公孙宏道：“丐帮分舵已经迁移，我扑了个空，一个人也找不着。”既然找不着丐帮，当然是没有金逐流的消息的了。

公孙宏与厉南星在一边说话，公孙燕和封妙嫦也在一边攀谈起来。公孙燕性情爽朗，心地仁慈，拉着封妙嫦的手说道：“封姐姐，你和爹爹吵架，我都听见了。”封妙嫦满面通红，泪珠在眼眶里打转。

公孙燕道：“封姐姐，你不必难过。你是莲出污泥而不染，我对你佩服还来不及呢，决不会看轻你的。封姐姐，你准备上哪儿？”封妙嫦道：“我是无家可归之人，只能随遇而安了。”公孙燕道：“若是你不嫌弃，请你和我作伴如何？”封妙嫦喜出望外，说道：“得姐姐提携，我是求之不得。只是怕给你添了累赘。”公孙燕道：“哪儿的话，我行走江湖，不过一年，阅历甚浅，今后咱们结伴同行，还得请封姐姐指教我呢。”封妙嫦甚感诧异，心里想道：“她的父亲是名震江湖的红缨会帮主，怎的却说这样的说话？但她说得十分诚恳，却又不似虚伪的客套。”

公孙宏忽地笑道：“燕儿，你还是念念不忘赴竺清华之约么？”

公孙燕装着赌气的样子撅小嘴儿说道：“爹，谁叫你不肯陪我，我只好自己找个伴儿去了。”

公孙宏微微一笑，回过头来，对厉南星道：“老弟，你又准备上哪儿？”

厉南星道：“我想到西昌去走一趟。”原来厉南星估计史白都迟早会送妹妹到西昌去，迫妹妹与西昌将军帅孟雄成婚。他知道他想得到的金逐流也一定想得到，是以他到西昌，也就很有可能和金逐流会面。

公孙宏笑道：“好，那么你们三人正好作伴同行。”

厉南星怔了一怔，说道：“哦，令爱也是要往西昌么？”

公孙宏道：“她是要到西昌北面的大凉山去的。大凉山是竺尚父这支义军的基地。竺尚父这位武学大师的名字想必你曾听过吧？”

厉南星点了点头，说道："我听得金逐流说过。听说这位竺老前辈和他的大师兄江海天是好朋友，身具绝世武功，不在江大侠之下。"

公孙宏道："竺尚父有个女儿，名唤竺清华，前年我和小女在竺家做客，她们二人性情相投，亲如姐妹。去年竺尚父给官军用诡计夺了西昌，退入大凉山中，音讯隔绝，小女对竺清华思念得紧。最近才接得消息，说是竺清华将在明年出阁，与江海天的徒弟李光夏成婚。"

厉南星喜道："不错，逐流和我说过，他有一个师侄名叫李光夏，是抗清英雄李文成的遗孤。他的师侄既然将在明春与竺尚父的女儿成婚，他一定也是会去喝喜酒的了。"心想有这桩喜事，此行前往西昌，和金逐流见面的机会当然是更大了。

公孙宏道："可惜我丢不下红缨会的事务，最近局势动荡，非得我赶回去主持不可，他们的喜酒我是不能喝了。但小女却是非去不可，我正愁没人和她作伴，现在好了，有你们两人与她一路，我可以放心了。厉老弟，她是个不懂事的野丫头，可要劳烦你多照顾她了。"

当下父女分道扬镳，公孙宏回转他的红缨舵，公孙燕则与厉南星、封妙嫦一起，前往西昌。

厉南星身上的创伤倒是好了，但因心上的创伤未愈，情怀落寞，一路上都是沉默寡言。封妙嫦新遭家庭变故，心情也是抑郁不欢。好在公孙燕却是个天真烂漫，性情爽朗的姑娘，喜欢说笑，减少了不少寂寞。

一行三人，兼程赶路，不到一个月的工夫，已经过了江苏、安徽、河南三个省份，踏进了陕西界内。此时已是凉秋九月的天气了。

到了陕西，行的多是山路，厉南星早已置备了两张露宿的帐幕，为了赶路，有时错过宿头，就在林中露宿。好在是二女一男，可以减少许多避忌。

这一日他们经过"七盘岭"，翻过一个险陡的山坡，不知不觉已是黄昏时分。公孙燕把眼一看，前面有块草地，野花杂开，清溪如带，西北高原特有的一种“大青树”葱茏耸立，浓荫蔽地。余霞散绮，远处层层的雪峰，雄峙在多云的蓝天里，泛着淡淡的紫色。有些地方已经分不出是山还是云。公孙燕喜道：“真是个好地方，天色虽然未黑，我也不想走了。就在这里过一晚吧。”

搭好帐篷，公孙燕道：“封姐姐，你弄饭，我去找点野味。”封妙嫦道：“厉大哥，你陪公孙姐姐去吧。”公孙燕道：“不必，打猎是我拿手好戏，用不着多一个人。但他也不能白吃，他应该帮你生火、打水、淘米，哈，有这许多事情，也够他做的了。”厉南星无可无不可，公孙燕既然不要他作伴，他就不去了。

公孙燕有心让他们有较多的时间相处，她虽然很快地就打了两只野兔，却故意挨到天黑的时分才回来。走到林边，只听得一片抑扬顿挫的箫声，有说不尽的苍凉意味。

原来厉南星性喜音乐，他的古琴已经送给了金逐流，前两天他在山上找到好的竹子，自己做了一支箫。饭菜都已弄好，未见公孙燕回来，等得无聊，遂吹起箫来。

厉南星自从知道史红英与金逐流的关系之后，虽然是早无杂念，决意挥慧剑而斩情丝，但情丝可斩，心上的创伤却是不能在短期间医得好的。他这落寞的情怀，迷茫的心事，不知不觉就从箫声中透露出来。吹得当真是如怨如慕，如泣如诉，使得一向乐观，不解愁为何物的公孙燕，听了他的箫声，竟也不自禁的为之心酸。

公孙燕心里想道：“厉大哥一定是有什么心事，否则他不会一路沉默寡言。唉，这箫声真是吹得凄凉，令人难受。厉大哥何苦如此呢？”她躲在林边，听了一会，再把眼光朝封妙嫦望去，只见封妙嫦背朝着厉南星，黯然自坐，正抽出一条手帕抹她的眼泪。

公孙燕恍然如有所悟，心里想道：“是了，一定是他们在闹什么别扭，他以为封姐姐不喜欢他，所以才如此伤心。但封姐姐又为什么要哭呢，她是不喜欢厉大哥呢，还是因为厉大哥不懂体贴，以致生他的气呢？”

公孙燕强做“解人”，她哪里知道封妙嫦是因为受了箫声的感触，想起了秦元浩来，因而伤心落泪的。要知她和秦元浩虽然是心心相印，但却还没有机会给他们吐露。秦元浩是正派名门的弟子，纵然有金逐流做媒，这婚事也未必能成。封妙嫦因为父亲行为邪恶的缘故，难免有自卑的心理。此时她患得患失，只觉前途甚属渺茫，于是不禁悲从中来，难以断绝。

公孙燕咳嗽一声，走入林中，笑道："厉大哥，你这箫吹得不好听，你看都把封姐姐弄哭了。你吹一支好听的调子吧。"

封妙嫦抹了眼泪，说道："不，我觉得吹得很好听。刚刚有一粒沙进了我的眼睛，我哪里是哭？"

厉南星收了箫声，苦笑说道："好听的调子我可吹不出来。"

公孙燕道："好了，好了。你不吹也罢，帮忙我烤野兔吧。"

吃过了晚饭，厉南星先进帐幕歇息。公孙燕道："这里无殊世外桃源，难得月色又这样好，封姐姐你陪我到那边摘野花去，过一会再睡如何？"

封妙嫦道："我本来就不想睡觉，好，陪你这丫头疯去。"

两人走到离开帐幕百步开外，公孙燕忽地说道："封姐姐，你看厉大哥这人如何？"

封妙嫦误会了公孙燕的意思，暗自好笑："原来是这小妮子春心动了。"当下说道："厉大哥文武全才，当然是很不错呀！"

公孙燕"噗嗤"一笑，说道："好了，毕竟套出你的真话来了。明天我告诉厉大哥，好叫他欢喜。"

封妙嫦怔了一怔，道："你这是什么意思？"

公孙燕道："封姐姐，你别装傻。你们两人闹别扭，你当我看不出来吗？唉，封姐姐，不是我说你，你既然喜欢人家，就不该捉弄人家。这一个月来，我冷眼旁观，厉大哥固然是闷闷不乐，你也何尝好过？这却是何苦呢？"

封妙嫦这才恍然大悟，原来这是一个莫名其妙的误会，不觉笑道："你冷眼旁观，全看错了。"

公孙燕道："什么，难道你不喜欢厉大哥？"

封妙嫦心里想道："厉大哥还未有意中人，我何不就替他撮合？公孙燕既然有了误会，我应当将心事告诉她。"当下笑道："你想给我做红娘是不是？但我也正想给你做红娘呢！"

公孙燕不觉也是一怔，说道："我和你说正经话，你怎能和我开这样的玩笑!”

封妙嫦道:“我说的正是正经话。你不是同意厉大哥人很不错吗?所以,我用不着你做红娘,倒是你用得着我做红娘呢!”

公孙燕怫然不悦,说道:“你这是什么意思,我岂能抢你所喜欢的人?”

封妙嫦笑道:“你完全弄错了。”

公孙燕道:“你不喜欢他?”

封妙嫦道:“我敬重厉大哥,但不是男女相悦的那种‘喜欢’,你明白了吗?”

公孙燕方始恍然大悟,说道:“哦,原来你另有心上人!”

封妙嫦颊晕轻红,低声说道:“所以我说你用不着操心了。这个‘红娘’早已有人给我做啦。”

公孙燕喜道:“你为什么不早些告诉我,那人是谁?”

封妙嫦道:“是武当派的秦元浩。”

公孙燕道:“秦元浩?嗯,这名字好熟!”

秦元浩是武当的后起之秀,封妙嫦心想公孙燕听过他的名字亦属寻常,因此并不追问下去。

公孙燕却在絮絮叨叨地问她,封妙嫦也不隐瞒,把她和秦元浩结识的经过都对公孙燕说了。公孙燕笑道:“哦,原来你是为了得不着秦元浩的消息而闷闷不乐。”说至此处,忽地叫道:“我想起来了!”

封妙嫦诧道:“你想起什么来了,如此大惊小怪?”

公孙燕道:“武当掌门雷震子的门下是不是只有一个姓秦的?”封妙嫦道:“不错。”公孙燕道:“那就一定是秦元浩了!爹爹当时听了这桩事情,也曾提及秦元浩这个名字。怪不得我听来好熟,但却一时想不起来。”

封妙嫦又惊又喜,连忙问道:“你知道秦元浩的下落?那又是什么一桩事情?”

公孙燕道:“三天之内,我包管你见着秦元浩!哈,你怎么啦?喜欢得傻了吗?”封妙嫦几乎不敢相信自己的耳朵,过了半晌,方始吐得出两个字来:“真的?”

公孙燕道："当然是真的，我骗你做什么。你稍安勿躁，仔细听吧。

"在宝鸡南面、秦岭脚下，有一条山村，村中有个庄子，名叫水云庄。庄主云龙乃是武林世家，在江湖上也很有点名气的。你知道吗？"

封妙嫦道："我很少在江湖走动，实在是孤陋寡闻，对水云庄毫无所知。你这么说，莫非秦元浩就在这水云庄么？"

公孙燕道："正是。"封妙嫦道："何以他会在水云庄？"

公孙燕道："秦岭有帮强人，这帮强人的头子名唤罗大魁，是使'五虎断门刀'的高手，他有三个结拜兄弟，个个武艺不凡。

"云龙有个女儿名唤云中燕。她的名字中有个'燕'字和我相同，所以我记得很清楚。"公孙燕是个爱说话的姑娘，常常喜欢节外生枝，她因为自己记不起秦元浩的名字却记得云中燕的名字，是以加以解释。封妙嫦是"急惊风碰着了慢郎中"，心里好不着急，问道："这云中燕又怎么样？"

公孙燕慢条斯理地说道："这云中燕长得很是美貌，哈，有人看中她了！"说至此处，故意停了下来，装出欲说还休的神气。

封妙嫦果然吃了一惊，问道："那又是什么人？"

公孙燕格格笑道："你别心慌，不是你那位秦公子，是秦岭上的那个强盗头子罗大魁。

"罗大魁派人到水云庄提亲，云庄主当然不肯应允。罗大魁不死心，三日之后，又派人送一封信来，扬言要择吉迎亲。

"罗大魁为什么不马上来抢亲呢？那是因为他对水云庄也颇有顾忌之故。是以，他必须邀请帮手抢亲。同样，水云庄为了应付这帮强人，也赶忙去请各方好友助拳。"

公孙燕接下去说道："我们红缨会有位香主名唤石玄，当时恰巧在宝鸡访友，他这位朋友和水云庄庄主云龙很有交情，接到了云龙求援的书信，便拉了石玄同去助拳。

"据石玄说那天罗大魁带人前来抢亲，双方展开了一场激战。对方人多势大，起初水云庄方面甚为不利。眼看就要大败亏输之际，幸得一位少年英雄及时赶到。这位少年英雄力搏强盗头子罗大魁，他身上被罗大魁砍了七刀，但最后却是罗大魁吃了他的穿心剑，一剑就结果了罗大魁的性命！”

封妙嫦已猜到几分，连忙问道：“这位少年英雄是——”

公孙燕道：“就是你的心上人秦元浩了。武当派掌门人雷震子和云龙是彼此慕名的朋友，是以他虽然没有接到云龙求援的书信，但知道了这个消息之后，便立即派遣了他最得意的弟子秦元浩来。

“石玄和秦元浩并不相识，当时只听得水云庄的人叫他做秦少侠，回来和我爹爹一说，我爹爹说这一定是秦元浩无疑。封姐姐，水云庄离此不过三日路程，这可不是踏破铁鞋无觅处，得来全不费功夫吗！”

封妙嫦又惊又喜，无心听公孙燕的闲话，打断她的话头问道：“你说秦元浩中了七刀，那么他的伤——”

公孙燕道：“你不必担心，秦元浩虽然伤得不轻，却还没有性命之忧。水云庄有的是上好的金创药。”

封妙嫦道：“那么，秦元浩是留在水云庄养伤了？这是什么时候的事情？”

公孙燕道：“这是六个月前的事情。据石玄说，秦元浩性命可以无忧，但因流血过多，恐怕也得养伤半载。咱们三天之后赶到水云庄，也许秦元浩还没有完全伤好呢。你准可以见得着他的。”

封妙嫦心上的一块石头落了地，说道：“但愿没有什么意外才好。”说至此处，忽见公孙燕若有所思的样子，封妙嫦道：“燕姐，你好像还有什么话要和我说，是么？”公孙燕道：“我想，不会有什么意外的了。罗大魁已经被杀，秦岭那帮强人亦都已瓦解了。秦元浩在水云庄养伤，水云庄的人自会妥加照料。”

其实公孙燕的确是想到了一个可能发生的“意外”。封妙嫦不说她想不起，封妙嫦一说到这“意外”二字，公孙燕蓦地想起石玄告诉她的一件事情——水云庄的庄主云龙感激秦元浩的大恩，有意把他的女儿许给秦元浩。这是水云庄的人私底下谈论，给石玄听见的。

但公孙燕当然不会把这些听来的说话告诉封妙嫦。

第二天一早，公孙燕和厉南星说了，厉南星也很欢喜，说道：

“好，那么咱们就到水云庄去，找着了秦元浩，一同前往西昌吧。封姑娘，你与秦兄团圆在望，恭喜你了。”封妙嫦满面通红，心中却是无限高兴。

三人兼程赶路，第二天傍晚时分，就到了陇县。水云庄在秦岭山脚，踏入了陇县，秦岭山脉，已是遥遥可见。厉南星道：“今晚咱们在县城过一晚，明天中午，就可以到水云庄了。本来若是要赶路的话，今晚三更过后，也可以赶得到水云庄的。但午夜登门，似乎有点不大方便。封姑娘，你不急在这半天吧？”封妙嫦颊晕娇红，说道：“厉大哥说笑了，当然是白天去的好。”

公孙燕忽道：“厉大哥，你有没有注意到一桩事情？”厉南星道：“你是指咱们在一路上碰见的那些人吗？”原来这两天他们一路行来，已经碰见了好几拨骑着马带有武器的人马经过，这些人一看就知是江湖人物。

公孙燕道：“是呀！这条路乃是山路，照理是应该行人稀少的。不知何以会有这许多江湖人物经过？难道是在秦岭之中，有什么帮派的聚会？”

厉南星道：“咱们到了水云庄，问一问云庄主，想必他会知道。”

封妙嫦道：“你有什么疑心吗？其实这些闲事，咱们不管也罢。”

公孙燕道：“我也不是想多管闲事，只是有点好奇。”

正在说话之际，又有两骑马跑来，其中一人忽地叫道：“这不是公孙姑娘吗？公孙姑娘，你还认得我么？”

这两人认出了公孙燕，立即下马，向她施礼。公孙燕呆了一呆，说道：“你是饮马川的李寨主吧？”

那人道：“姑娘好记性，我正是李虎儿。这位是我的朋友，跳虎涧的张寨主张鹏飞。”原来这李虎儿去年曾经到过红缨会总舵拜见公孙宏，公孙燕捧过茶给他喝的。

公孙燕道：“你们到哪儿去呀？这么匆匆忙忙的赶路！”

李虎儿道：“我们是去喝喜酒的。明天可得赶到水云庄。”

公孙燕吃了一惊，道：“喝谁家的喜酒？”

李虎儿道："水云庄主云龙的女儿明天出阁。你想必知道这位云庄主吧？贵会的石香主半年前曾经到过水云庄的。"

公孙燕道："我听得石玄说过。他的女儿叫做云中燕是不是？"李虎儿道："对了，明天正是她的佳期。"

公孙燕道："不知云庄主的乘龙快婿却是何人？"正是：

只怕旧欢如梦逝，醒来无处可追寻。

欲知后事如何？请听下回分解。

第三十二回　九州惯铸人间错
一缕难抽茧底丝

李虎儿道："听说是一位姓秦的少年英雄！"

此言一出，恍似晴天打了个霹雳，不但封妙嫦登时面色灰白，公孙燕的双眉也竖了起来，情急之下，冲口而出的就问："秦什么？"

李虎儿怔了一怔，心想："难道她和那姓秦的有什么关系不成？"当下答道："我只知道他是姓秦，什么名字我可不知道了。我们是听得云庄主嫁女的消息就赶来的，并没有收到他的请帖。"

张鹏飞比较戆道，还没有觉察到公孙燕的面色已变，说道："听说这位姓秦的少年英雄曾经帮过水云庄很大的忙，今年春天，秦岭的罗大魁到水云庄抢亲的事想必你已知道，那罗大魁就是给姓秦的杀掉的。我们饮马川和跳虎涧都曾受过罗大魁的欺负，那次抢亲之事，我们又赶不及去给云庄主帮忙，是以这次喜酒，我们虽然没有请帖，也该去向他道贺和致谢了！公孙姑娘，你们又是上哪儿？这位云庄主素来好客，和贵会又曾经有过一份交情，你若是肯驾临水云庄，云庄主一定十分高兴。"

公孙燕"哼"了一声，说道："迟早我会到水云庄的，不必你代云龙邀客。"

张鹏飞碰了个钉子，莫名其妙。李虎儿心知不妙，忙道："好，公孙姑娘既是另外有事，我们先走了！"当下连忙上马就跑，连厉南星和封妙嫦的姓名都顾不得请教了。

公孙燕十分着恼，说道："封姐姐，你别难过，我和你到水云庄去找秦元浩算账去！"

封妙嫦此时犹如万箭钻心，难堪之极，忍住了泪说道：“我还去水云庄做什么？”

公孙燕道：“找秦元浩理论去呀！这样负心的汉子，你纵然饶他，我也不能饶他！”

封妙嫦不禁眼泪夺眶而出，说道：“燕姐，你别这样，我只怨自己命苦，可怪不得秦元浩。我们本来就没有婚姻之约，怎能禁止他另配高门？求求你顾全我的颜面，别去闹了！”

公孙燕仍然愤愤不平，说道：“没有婚姻之约他也应该知道你对他的情意呀！哼，你还给他辩解，若是依我的性子，这样负心的男子，我不杀他，也要打他两记耳光。”

厉南星叹了口气，说道：“天下不如意事常八九，情场的变化，更是往往出人意料之外。婚姻不可强求，那也是无可如何之事。封姑娘说得对，过去的还是让它过去吧。”

公孙燕道：“依你之见，这件事咱们是撒手不必管了？”

厉南星摇了摇头，说道：“姑娘，你别孩子气了。”

公孙燕撅着小嘴儿道：“你说这是一件小事，值不得你这位大英雄伸手去管么？”

厉南星苦笑道：“不是这个意思。但这是旁人管不了的事情，而且也还有比这件事情更紧要的呢。”

公孙燕道：“你是指咱们前往西昌这一桩事？”

厉南星道：“不错，到西昌去帮忙义军打满洲鞑子，这件事情不是更紧要吗？天下不如意事常八九，既然是难以挽回的事，那就只好抛开不管，也不必再去想它了。”厉南星深感同病相怜之苦，这几句话，其实是说给封妙嫦听的。

封妙嫦点了点头，道：“厉大哥说的是。”

公孙燕道：“那么咱们今晚还进不进城歇宿？”

厉南星笑道：“既然来到这儿，难道还在野外露宿不成？从陇县也有一条路到西昌的，咱们明天一早就走，但却不必到水云庄了。”

公孙燕心里想道：“你不管我偏要管。好，且待到了陇县，我再见机行事。”

一行三人，进入陇县县城，找了一间客店投宿。在他们进去的时候，已经有两个客人先在那儿。这两人都是相貌粗豪的汉子，看来也是江湖人物。

踏进店门，刚好听得年纪较小的那个问道："此去水云庄怎么走法?"

掌柜的说道："从南门出去，一直向南走，走到山脚，再拐向东，有一条村子，那就是水云庄了。"

年长的那个说道："你记紧明早天色未亮，就要叫我起来。我们是要在中午之前赶到水云庄的。"

掌柜的说道："客官，你请放心。我哪能误了你们到云老英雄家里去喝喜酒的这件大事。"

伙计把这两个客人带走之后，公孙燕问道："水云庄离这里不远吧?"

掌柜说道："说远不远，说近不近，大约有四五十里路程。明天起个早，中午时分总可以赶到的。你们也是到水云庄喝喜酒的吗?"

公孙燕道："不，我只是问问而已。因为水云庄云庄主的大名，我是自小就听熟的了。"

掌柜的笑道："是呀，这位云庄主有'小孟尝'之称，这两天从这儿经过的客人可真不少呢，所以我才以为你们也是去喝喜酒的。"掌柜的因为他们这个小地方有这样一位江湖闻名的人物，故此言语之中，颇是引以为荣。

就在此时，客店门口，又有一个客人经过。厉南星和封妙嫦正在面向着掌柜说话，没有看见这人。这人在门口站了一站，脸上似乎露出甚为惊诧的神情，低低的"噫"了一声，就匆匆忙忙地走开了。公孙燕只道是个找寻旅店的过路客人，虽然觉得他的动作有点奇怪，也不怎样放在心上。

厉南星要了相邻的两间房间，两个女的，同住一间。封妙嫦进房之后，关上房门，低声说道："燕姐，你可不许胡闹。"

公孙燕笑道："你放心，你当我真的是小孩子么?"心里却在想道："你遇上负心的男子，你自己不便出头，我不替你出头，那还成什么好姐妹?”又想:“好在秦元浩是明天才成婚,也许他还未知道封姐姐对他的情意,待我去和他一说,说不定还可以挽回。”公孙燕是自小给父亲宠坏了的,为人热心,对事情也看得太易,常常有一些古怪的想法。她自己以为不是“小孩子”,其实却还是未脱孩子气。

吃过晚饭,厉南星因为明日还要赶路,一早就睡。封妙嫦满怀心事,却是辗转反侧,难以入寐。

待到将近三更时分,公孙燕忽地轻轻推了封妙嫦一下,说道:“封姐姐,你别想了,睡吧。”

封妙嫦道:“你别管我,你先睡。”

公孙燕笑道:“你睡不着我也睡不着。我要你睡了我才安心。封姐姐,乖,听我的话,睡吧!”突然伸手一指,点了封妙嫦的昏睡穴。封妙嫦做梦也想不到公孙燕会点她的穴道,给她一点就着。

公孙燕笑道:“封姐姐你别怪我,待我天亮回来,说不定你就要多谢我了。”她用的不是重手法点穴,只须过两三个时辰,穴道就会自己解开的。

公孙燕换上了夜行衣,推开窗子,悄悄地溜出去,她的轻功甚为高明,厉南星睡在邻房,丝毫也没知觉。

公孙燕展开了超卓的轻功,四五十里路程,一个多时辰便已赶到。只见云家大门张灯结彩,果然是办喜事的模样。但因此时三更已过,预先到来道贺的客人也早已睡了,大门已经关上,并无看门的人。公孙燕侧耳一听,静悄悄的也没听到什么声息。

公孙燕心里想道:“这件事可不能明来,应该找到了秦元浩,和他一个人说。”蓦地想起自己并不认识秦元浩,可怎么样找他呢?但既然来到,也只好进去再想办法了。哪知刚刚跳进院子,立即便有人喝道:“什么人,不许动!”

顿然间,在花树丛中,假山石后,跳出了七八个人。其中有两个鲁莽的汉子,已然出手,一个打出暗器,一个持刀斫来。

公孙燕挥袖一拂,啪啪啪三声,把三枚透骨钉都打落。待到那汉子把刀斫来,她亦已拔剑出鞘,一个转身,刚好迎上。只听得“当”的一声,那口缅刀,也飞上了半空。她用的是个“绞”字诀，把那人的缅刀绞脱了手，立即说道："我不是打架来的！"

那些人叫道："咦，原来是个女子！""我还只道是秦岭的遗孽呢！"有一个却冷冷说道："焉知秦岭的遗孽之中就没有女匪？"

公孙燕怒道："胡说八道！秦岭罗大魁那帮匪徒，给我做听差还不配呢！你们敢说我是女匪。哼，哼，我本来不是打架来的，但你们一定要打架么，我也可以奉陪！"

这些人都是云庄主的门人弟子，一听这个年纪轻轻的姑娘，口气竟是如此之大，都吓了一跳。云龙的二徒弟林岗是这帮人的首领，当下按着剑柄问道："那么你是为了何事而来，可能见告？"

公孙燕一想，事情已经闹开，也只好和他们明说了。于是说道："把新郎叫来，我有话和他说！"

众人听了，都是不禁大为奇怪。林岗道："新郎已经睡了，你要见他做什么？"公孙燕道："我当然是有事才来找他，睡了也要把他从被窝里拉出来！"林岗道："好，请姑娘稍候，我这就去拉他。"

林岗正想进去报告师父，水云庄的庄主云龙已经闻声而出，听得有个年轻貌美的女子要找他的女婿，也是大为奇怪。

公孙燕道："这位是云庄主么？请恕晚辈私闯贵庄，惊动了老前辈了。"她从这些人的言语之中，已经知道来的何人。云龙是和她的父亲同一辈分的，公孙燕自是不敢无礼。

云龙打量了公孙燕一下，说道："不错，老夫正是云龙。请问姑娘贵姓大名。"

公孙燕道："晚辈复姓公孙，单名一个燕字。我爹爹是红缨会的舵主公孙宏，云庄主想必知道。"

此言一出，云龙也不禁大吃一惊，说道："原来令尊就是公孙舵主么？云某对令尊仰慕已久，又曾受过贵会的恩德，难得姑娘驾临，请恕小徒无知之罪。"

公孙燕道："好说，好说。我没有通名求见，本来是我不该。只因有件急事，也就顾不了这许多了。"

云龙惊疑不定，说道："哦，请问姑娘驾临，有何贵干？"

公孙燕道："听说令爱明天出阁，是么？"云龙道："不错。"

公孙燕道："我就是为了此事而来。请你叫令婿出来，我和他当面说，你就会明白的了。"

刚刚说到此处，云龙的女儿和女婿都已赶到来。云龙道："你们过来，这位公孙姑娘要见你们。"公孙燕要见的本来只是他的女婿，但云龙却不放心让他们单独谈话，因此把女儿也拉上了。

公孙燕道："这位是云中燕姐姐吗？好，你来了更好，咱们可以三面言明。"

云中燕疑心大起，醋气勃发，冷冷说道："你找他做什么？"

公孙燕道："我劝你不要嫁他的好，他是个负心汉子！"

云中燕气得玉容变色，冷笑说道："好呀，大师哥，原来你早就有了相好的姑娘，却瞒着我，不让我知道！"

新郎又惊又急，连忙说道："公孙姑娘，此话从何说起。我和你可是素不相识的呀！"

公孙燕怔了一怔，顿足说道："你讨什么便宜？我当然和你毫无瓜葛，我说的是封妙嫦。难道你敢说你和封妙嫦也是素不相识么？"

新郎皱了皱眉头，说道："封妙嫦是什么人，我连她的名字都没听过！"

公孙燕怒气上冲，说道："你倒赖得干干净净。好，你是秦元浩不是？"

新郎愕然道："哦，现在我有点明白了。你要找的人是秦元浩，是么？"

公孙燕诧道："你不是秦元浩？"

新郎笑道："我倒是姓秦，但秦元浩可不是我！"

云龙道："他是小徒秦少阳。秦元浩是武当派掌门人雷震子的高足。公孙姑娘，你要找的是谁？"

公孙燕满面通红，这才知道自己认错了人，闹出了天大的笑话。

此时有若干宾客亦已到来，他们不知发生何事，只道是有主人的仇家闯庄闹事，故此赶来助拳。公孙燕日间在路上遇见的那两个人李虎儿和张鹏飞也在其中。

公孙燕拉着云中燕道："我劝你不要嫁他的好，他是个负心汉！"

公孙燕羞得无地自容，见了这两个人，不觉就把怒气发泄在他们身上，说道："都是你们糊涂，为什么你们说新郎是秦元浩？"

李虎儿忍住笑道："姑娘你记错了吧？我只说新郎姓秦，可并没有说是秦元浩。"

公孙燕道："你们说新郎就是杀掉罗大魁的那位少年英雄，那还不是秦元浩？"

张鹏飞比较爽直，先认了个错，说道："这是我的糊涂。我也像姑娘一样，把你们两个人错当做一个人了。"

云龙帮他解释道："是这样的：少阳是我的大弟子，早已出师，这两年都是在家的时候少，在外的时候多。今年春天，秦岭这帮强人前来生事，少阳并没在场，他是上个月才从小金川回来的。小徒的名气当然比不上武当派的秦少侠，是以有许多不很相熟的朋友，可能以讹传讹，把他们错当作一个人了。说起来这也应该怪我，我因为不想惊动这些不大相熟的朋友，没有给他们寄出请帖，弄得他们到了水云庄之后，才知道新郎的名字。"

做新郎的秦少阳听了，心里当然是有点不大舒服。云中燕贴着他的耳朵，悄悄说道："那些势利的人只知道武当派有个秦少侠，但在我的心中却是只知有你！"吹气如兰，登时把秦少阳心中的闷气吹得一干二净。

原来云龙的确是想过把女儿许配给秦元浩的，但云中燕和她的大师兄早已有了私情，察知爹爹有此心意，不待爹爹开口，就先表白了自己的心事。云龙又暗暗试探过秦元浩的口风，知道秦元浩另有所属，既然双方都不愿意，云龙当然也只好算了。其实他也并非不喜欢秦少阳，否则他不会立秦少阳做掌门弟子；他之想把女儿许配给秦元浩，不过是报答秦元浩的恩德而已。后来他知道了女儿的心事之后，立即派人到小金川把他的大弟子叫回来成婚。

且说公孙燕在弄清楚真相之后，不由得臊得满面通红，只好向新郎新娘连连赔罪。云龙笑道："小小一点误会，哈哈一笑便了，何须芥蒂于心？难得姑娘来到，请姑娘留下来，明日同喝一杯喜酒。"

公孙燕道："不知秦元浩是否还在贵庄？我想请他和我一同去

见封妙嫦，然后我们都来喝令爱的喜酒好不好?”

云龙道：“秦少侠是在敝庄，不过他今天有点事情，出了县城，现在还没回来。”

云龙的二徒弟林岗说道：“奇怪，秦少侠怎的到现在还没回来？他明天还要做陪郎呢。要不要派几个人到城里去找他?”

公孙燕心中一动，问道：“秦元浩今天出城的时候穿的是什么衣裳?”

林岗道：“穿的是一件新做的蓝缎长袍。”

公孙燕“啊呀”一声叫道：“这么说来，秦元浩可能已见着我们了。我可得赶快回去!”她是个急性子的姑娘，交代了这几句话，匆匆就跑。弄得水云庄的一班人莫名其妙。云龙只好叫几个徒弟跟去，看看到底是什么一回事情。

公孙燕猜得不错，那个曾经在客店门外停留过片刻的“客人”，果然是秦元浩。

当时秦元浩因为看见封妙嫦和一个少年男子同在一起，是以没有进去叫她。但走开之后，一颗心却是无法安静下来。

秦元浩还未知道金逐流给他强做媒人的事，但另有一个比金逐流更喜欢做媒人的人，已经到过武当山向他的师父提亲了。这个人是丐帮的帮主仲长统。原来仲长统起初还是不赞同这桩婚事的，但自那次在徂徕山给金逐流说了一顿之后，他自己觉得理亏，于是索性赶在金逐流的前面，抢着先到武当山做媒。

秦元浩的师父雷震子觉得此事很是可笑，笑他还没有问过女家就来做媒。仲长统讲明了女方家长的身份，说道：“封子超是个坏蛋，但他的女儿却是出于污泥而不染。所以不必问女方的家长，只要他的女儿愿意就行。那位封姑娘对令徒一片痴情，这个却是老叫化知道的。现在就只看你这个做师父的反不反对了。”雷震子格于仲长统的情面，只好无可无不可地答应任从他们，不加干涉。虽然他的心里其实还是不大同意。

婚事虽然还不能算是已经定下，但至少秦元浩是已经知道了封妙嫦对他的心意了。

这两年来，秦元浩也是渴望得知封妙嫦的下落，想不到踏破铁鞋无觅处，得来全不费功夫，他在水云庄养了半年的病，第一次出陇县县城，就碰见了封妙嫦。

但更想不到的是：封妙嫦有另外一个男子伴着她。

秦元浩离开那间客店之后，心里猜疑不定："难道她已经结婚了？不然何以会与一个男子一同投宿？""但也说不定那个男子与她在客店里偶然相遇，虽然相识，却非夫妇？"

秦元浩胡思乱想，一颗心不知往哪里放才好。他在茶馆里呆坐一会，不知不觉天色已黑，秦元浩蓦地得了一个主意："我何必在这里胡猜，不如今晚偷偷去窥探一下，倘若他们是同房的话，那就是夫妇了。当然我可得谨慎一些，千万不能给他们发觉。"

待到三更时分，秦元浩悄悄进入这间客店，其时恰巧是公孙燕刚刚溜出客店，两人却没碰上。

这间客店总共不过十多间房间，秦元浩逐间前去窥探。他是自小练过梅花针暗器的人，只要稍微有一点光线，就可以暗中视物。这晚月色很好，秦元浩来到了封妙嫦住的那间房间，挑破纸糊的窗子，悄悄张望。封妙嫦恰好是脸儿朝外，睡得正酣。秦元浩认出了她，紧张的心情松了下来，想道："原来她和那个人还未曾是夫妇。"欢喜之下，一个不慎，缩手回来之时，碰着窗格，弄出了一点声响。

厉南星睡在邻房，听得声响，他是个行家，立即知道是有夜行人到了。

厉南星推开窗子，沉声喝道："什么人？"他因为尚未摸清对方的底细，自是不好乱发暗器。秦元浩前来偷窥封妙嫦，当然也是不便向他解释，见他发现，大吃一惊。连忙逃走。

秦元浩这一逃，厉南星立即知道他是"心怀不轨"，正要去追，蓦地心念一动！"不好，为何不见她们声张？她们二人的本领都很不弱，即使没有发觉夜行人，听得我的叫声，现在也该有个动静呀！"

厉南星惊疑不定，当下只好先入房中察看。推开房门，叫了声："公孙姑娘，封姑娘！"仍然听不到回答。厉南星越发吃惊，也顾不得避嫌了。他走入房中，点亮油灯一看，只见床上睡的，只是封妙嫦一人。

厉南星是个武学行家，一看就知封妙嫦是给人点了晕睡穴，可是他却不知这是公孙燕点的。当下慌忙给封妙嫦解穴，立即便问："你，你可遭了那贼子的欺侮?"封妙嫦揉揉眼睛，说道："什么贼子?咦，燕姐哪里去了，你知不知道?"

厉南星放下了心，无暇向封妙嫦多问，便道："好，我去把那贼子抓回来!"心想："可能来的不只一人，封妙嫦给他们点了穴道，公孙燕本领较强，未曾受到暗算，先追出去了。哼，他们半夜三更，跑进女客人的房间，定是采花贼无疑!"

厉南星疾恶如仇，立即便追出去!

厉南星刚才走入封妙嫦房间的时候，正是秦元浩跳上屋顶之时。他看见厉南星进入封妙嫦的房间，不禁心里一酸，暗自想道："他们即使不是夫妻，至少也是情侣了。唉，我可不能让他们追上!妙嫦倘若见着我，她会怎样想呢?这，这真是太不好意思了!"

秦元浩的轻功比厉南星稍逊一筹，但因为他先跑了一程，厉南星在急切之间，却是追他不上。

且说公孙燕从水云庄匆匆赶回，见一个少年男子在路上飞跑。秦元浩是换上了夜行衣的，公孙燕看了看好像是日间所见的那个男子，但还不敢断定。

公孙燕叫道："噢，你是什么人?"话犹未了，只听得厉南星已在后面扬声叫道："快截住他，他是采花贼!"

秦元浩暗暗叫苦，心里想道："我的确是半夜三更在封妙嫦的窗外偷看，这采花贼的嫌疑如何能够向她的情人解释明白?唉，趁着妙嫦未到，跑得脱还是跑了的好!"

哪知公孙燕的轻功甚是了得，秦元浩扭头一跑，脚步未曾站稳，公孙燕又已拦在他的面前，喝道："站住!我有话问你!"

秦元浩叫道："姑娘，我不是采花贼!"身形一闪，转过一个方向又跑。

公孙燕道："你不是采花贼何必心慌?"厉南星叫道："先把他抓着再说!"公孙燕一想不错，免得认错了人，又闹出笑话。

公孙燕如影随形地跟上，喝道："你是什么人，快说，否则休怪本姑娘不客气了!”

秦元浩道:“我是过路的客人,我有紧要的事,姑娘,你饶了我吧!”

公孙燕道:“胡说八道,你不说实话,就是不行!”追到背后,一指就点他的后心。

秦元浩无可奈何,只好反手一抓,以攻为守地解开公孙燕的一招。

公孙燕年纪轻轻,但因是武学名家之女,见多识广,和秦元浩拆了几招,看出了他是武当派的家数。

厉南星追了上来,说道:“公孙姑娘,你把这贼子交给我吧。”他自忖可以抓得着秦元浩,但却不愿意以二敌一。

公孙燕道:“且慢,你是不是要跑回水云庄去的?”

秦元浩吃了一惊,道:“你怎么知道?”

公孙燕道:“那么,你是不是秦——”话犹未了,只见封妙嫦气喘吁吁地跑来,叫道:“燕姐手下留情,他,他是秦元浩!”封妙嫦不知道这是怎么一回事,只当是公孙燕去找秦元浩的晦气,从水云庄打到这儿来了。

厉南星大吃一惊,说道:“什么,他,他是秦元浩?那么他为什么点了你的穴道?”

公孙燕“噗嗤”一笑,说道:“封姐姐的穴道是我点的。”

秦元浩满面通红,向封妙嫦一个长揖,说道:“祝你们白头偕老。我今晚只是想见你一面,并无恶意,你可以让我走了吧?”

封妙嫦茫然道:“你说什么?你是水云庄的娇客,应该是我祝贺你和云姑娘白头偕老才对。”

公孙燕哈哈大笑,急切间也不知向谁先说才好,当下只好叫道:“他不是新郎!”笑过之后,才加以解释道:“我到过水云庄了,新郎名叫秦少阳,是云庄主的掌门大弟子。封姐姐,你们这一场误会可真是闹得大了,连我也闹出了笑话。”

秦元浩诧道:“请问姑娘贵姓大名,你我素不相识,何以你到水云庄找我?”

公孙燕一面笑,一面说道:“我叫公孙燕,我是你的封姐姐的好朋友。她以为你做了云家的女婿，可是她害羞又不敢去向你问个明白。没奈何我只好替她去了。”

秦元浩又惊又喜，心道：“原来她还没有变心，要不然她不会害怕我做了别家的女婿。但却不知这个人和她又是什么关系？”

公孙燕平时不通世故，但这回却是“懂事”得很，她知道秦元浩起了误会，便道：“秦少侠，你和金逐流是不是好朋友？”

秦元浩道：“不错。我正想打听他的下落。”

公孙燕道：“好，那么你们两人也应该是好朋友了。你知道他是谁么？”

封妙嫦接下去说道：“这位厉大哥和金逐流是八拜之交。我多亏他救了我的性命，否则今天就不能和你相见了。”

厉南星笑道：“你只说了三分之一，其实是你先救了我的性命，而帮了你的大忙的，也不是我而是这位公孙姑娘。”

公孙燕道：“你别给我脸上贴金，是我要封姐姐和我作伴，才把她拉来的。我不是帮她的忙，我是帮自己的忙。”当下叽叽呱呱地抢着把那日遇见封妙嫦之事说了出来，封妙嫦跟着也把与厉南星结识之事告诉秦元浩。

秦元浩这才知道是一场误会，连忙向厉南星和公孙燕二人道谢。

公孙燕道：“我们三人正是要一道到西昌去找金逐流，你去不去？”说至此处，自己先笑了起来，说道：“我这是明知故问，封姐姐在这儿，只怕我不许你去，你也是非去不可的了！秦少侠，我一向喜欢和人家开玩笑，你别见怪。”

秦元浩误会冰消，心里早已是甜丝丝的，此时给她逗得笑了起来，说道：“公孙姑娘，你猜错了。我可是要回水云庄的呢。”

公孙燕道：“你当真不去西昌？”

秦元浩道：“明天我还要做伴郎呢，你知不知道？”

公孙燕道：“哦，原来如此，我还以为你永远不去呢。”

秦元浩一本正经地说道：“过了明天，我当然是要去的。”这回轮到他把公孙燕逗得笑了。

秦元浩道：“云庄主十分好客，你们——”话未说完，只见林岗等人已经向着他们跑来。公孙燕笑道："不必你替云庄主代邀，邀客的人已经来啦。"

当下一行人同到水云庄，第二日喝过了云中燕的喜酒，厉南星、公孙燕、秦元浩、封妙嫦四人又即登程，赶往西昌。

秦元浩与封妙嫦经过许多阻挠方得一起，未婚夫妻的关系已经确定，一路之上自然是少不了情侣应有的旖旎风光。尽管他们已经是在人前掩饰，也还是透露出来。厉南星触景伤情，更增怅触。

公孙燕看在眼内，好生纳罕，心里想道："我以前胡乱猜疑，以为厉大哥是和封姐姐相爱，真是可笑。但厉大哥却又因何闷闷不乐呢?"她怀着这个疑团，一直到了西昌，还未曾得有机会去问厉南星。

这日，他们绕过了西昌，到了竺尚父这支义军的根据地大凉山。

竺尚父的女儿竺清华和金逐流的师侄李光夏等人出来迎接，公孙燕见了竺清华，十分欢喜，笑道："我特地赶来喝你的喜酒来啦，你们的好日子定了没有?"

竺清华面上一红，低声说道："没有。爹爹的意思是要等到夺回西昌再给我们安排。"竺清华的性情和公孙燕一样，是个纯真爽朗的姑娘，故此在好友问她婚期的时候，她虽然是免不了有几分女孩儿的羞态，却还是照直说了。

公孙燕笑道："那也快了。你爹爹武功绝世，又有这许多豪杰相助，小小一座西昌城还怕夺不回来?"

竺清华道："你莫小觑了敌人，西昌的满洲将军帅孟雄武功很是不弱，我的爹爹也曾受了他的暗算呢。近月来清廷又陆续向西昌增兵，说不定他们还会先来攻打我们呢。嗯，咱们别只是顾着自己说话了，你这几位朋友我还没有请教——"

公孙燕笑道："不错。这里有一位你的长辈，你应该先来向长辈行礼。"

竺清华一看，厉南星、秦元浩的年纪和她相差不了多少，封妙嫦则似乎比她还要年轻，不觉纳罕道："哪位是我长辈，恕我不知。"话犹未了，只见李光夏已经走了过来，恭恭敬敬地向厉南星行了参拜之礼，说道："厉叔叔驾临，小侄李光夏参谒。"原来李光夏与秦元浩是在江家早已相识的，秦元浩已经告诉了他厉南星和金逐流的关系。

公孙燕笑道："这位厉大哥是金逐流的结义兄长，你还不应该跟随光夏尊他一声叔叔么？嘿，嘿，我好在和他并无师门渊源，所以我只须叫他一声大哥便行。你却平白的要比我矮一辈了。"

竺清华笑道："你还是从前那样喜欢开玩笑的孩子脾气。唉，真不知你什么时候才能长大？其实你也都可以做新娘子啦！"公孙燕给她调侃了几句，不由得也是杏脸泛红。竺清华笑道："这倒奇了，你这样厚的脸皮也会害羞。"笑过之后，这才向厉南星行礼。

厉南星哈哈笑道："哪有这许多讲究？咱们各交各的，大家都以平辈论交，省得受了拘束，不更好么？其实武林中的什么辈分，也当真是拿起算盘也打不清的。"众人听他说得有趣，都不禁笑了起来。

进了山寨，竺尚父听说厉南星是金逐流的义兄，有心试他本领，在他行礼的时候，轻轻用手一扶，厉南星只觉一股大力就似要把他提了起来，当下连忙用重身法稳住身形，但也只能屈个半膝，不能行参拜的大礼了。

竺尚父掀须笑道："厉老弟果然名不虚传，我听说你和金逐流大闹京城，当真是英雄出少年了。"

厉南星谦虚了几句，问道："不知逐流来过了没有？"

竺尚父诧道："谁说他要来的？可还没见着呀。"

厉南星道："据公孙舵主在扬州探听到的消息，说是逐流和丐帮的一些人，早已离开了扬州。在北京的时候，我也曾听他说过要到老前辈这儿，我只道他已经来了。"

竺尚父道："或许他们在路上有什么事情耽搁，过几天就会来了。"

厉南星见不着金逐流，颇是有点感到意外。心里想道："他们这一帮人动身在我之前，为什么还未到呢？难道逐流偷进西昌去了？"

竺尚父似乎知道他的心意，说道："目下有十几个大内高手到了西昌，兵力也比以前增强了几倍，城中戒备森严，我要等待小金川方面的义军来了，才好合兵攻城。若是没有必要的事，咱们的人还是最好不要到西昌去。”厉南星本来想要求到西昌去打听消息的，听得竺尚父这么说，也只好暂且作罢了。

过了几天，仍然不见金逐流来到，厉南星甚是心焦，但因要遵守义军的纪律，不能私自下山，只好在寨中等待。

还有一个闷得无聊的人是公孙燕。竺清华和封妙嫦都是有了未婚夫的人，虽然她们常常邀她一同游玩，公孙燕却是不便插在他们中间。公孙燕住在女营，和厉南星也是不能经常见面。不知怎的，她每当闷得无聊的时候，总是想见一见厉南星。但这心事她又不敢出口，竺清华与她亲如姐妹，她也没有告诉竺清华。为什么会这样呢？连她自己也觉得有点奇怪。在未结识厉南星之前，她本来是个不解愁闷为何物，成天笑口常开的姑娘。

一晚，公孙燕闷坐无聊，独自到林中散步，忽听得一缕箫声，如怨如慕，如泣如诉，从林中一处传来。公孙燕想道：“厉大哥想必也是和我一样，闷得无聊，一个人躲在林子里吹箫。但他为什么老是吹这样哀怨的曲子呢？”不知不觉就向箫声来处走去。

只见厉南星吹了一会箫，忽地叹了口气，曼声吟道：“记玉关踏雪事清游，寒气脆貂裘。傍枯林古道，长河饮马，此意悠悠。短梦依然江表，老泪洒西州。一字无题处，落叶都愁。载取白云归去，问谁留楚珮，弄影中州？折芦花赠远，零落一身秋。向寻常、野桥流水，待招来、不是旧沙鸥。空怀感，有斜阳处，却怕登楼。”

公孙燕不解词中之意，但觉吟声凄苦，比刚才听他吹的箫声还更哀伤。正是：

旧梦尘封休再启，此心如水只东流。

欲知后事如何？请听下回分解。

第三十三回　四野龙蛇吟寂寞　九边风雪路离迷

公孙燕不忍再听下去，心里想道："忧能伤人，我且和他开个玩笑，也免得他再苦吟。"当下偷偷地抓起一把沙子，向厉南星一洒。

以厉南星的本领，有人躲在附近，向他偷袭，他本来是应该知道的。但此际他一来是因为满腔心事，沉浸在自己的哀思之中；二来这是在义军基地的腹心，他根本就无防范敌人偷袭之意。是以直到公孙燕出手了，他方才知道有人。

公孙燕的一把沙子正打着他的"笑腰穴"，厉南星不禁"嘻"的一声笑了出来。打着"笑腰穴"本来会笑个不停，直到气绝的。但因公孙燕洒的只是一把沙子，用的并非重手法，厉南星的功力又在她之上，故此只是笑了一声，穴道便已给他运气冲开，没有再笑下去。

公孙燕嘻嘻哈哈地跳了出来，说道："这下子你可给我逗得乐了。"

厉南星给她弄得啼笑皆非，说道："原来是你这丫头捣的鬼，你也真是太顽皮了。"

公孙燕笑道："我不喜欢听这样凄凉的曲子，你给我唱一首好听的愉快曲子好么？"

厉南星道："对不住，我可不会唱好听的。"

公孙燕道："那么我给你唱一首如何？"

厉南星不想拂她的兴，说道："好极，好极。你就唱吧！"

公孙燕轻启朱唇，笑吟吟地唱道："少年不识愁滋味，爱上层楼，爱上层楼，欲赋新词强说愁。而今识得愁滋味，欲说还休，欲说还休，却道天凉好个秋。"

这首词是取笑那些无病呻吟的少年人的，厉南星心想："我的心事你岂能知？"苦笑道："公孙姑娘，我真羡慕你。"

公孙燕道："羡慕我什么？"

厉南星道："羡慕你是个不识忧不识愁的小姑娘。"

公孙燕道："你莫倚老卖老，你也长不了我几岁。我今年十九岁了，早已不是小姑娘啦！"

厉南星笑道："好，那就算是小大姐吧。"

公孙燕撅着小嘴儿道："咱们别斗嘴了，说正经话儿。你说我不识忧愁，那么你又有什么忧愁？"

厉南星道："你怎么知道我有忧愁？"

公孙燕道："你骗不过我的，你一路上闷闷不乐，谁还看不出来？你每次吹箫，又总是喜欢吹那样悲苦的曲调。"

厉南星心想："想不到这个小妮子倒是很关心我。"笑道："我也没有什么特别的事情忧愁。不过世界上总是有两类人的，一类人像你，对一切都感乐观。一类人像我，悲观的时候多，乐观的时候少。这或者由于性情的关系吧？"

公孙燕摇了摇头，说道："我不相信。一个人的性情也不见得就是生来不变的？你为什么老是闷闷不乐，其中一定另有原因！"

厉南星道："那也许因为我的出身环境与你不同吧。我是在海外的孤岛长大的，自小没有朋友，所以养成了比较孤僻的性情。"

公孙燕笑道："但在我看来，你外表虽冷，心肠却是很热。我听爹爹说过你和金逐流大闹京师之事，突围之时，你们都是不顾危险为对方掩护。这样的友谊就很令人感动。封姐姐和你素不相识，只因为她是金逐流的朋友的朋友，你也给了她很大的帮忙。所以我敢断定你是个面冷心热的人！"

厉南星笑道："真的吗？你倒好像比我更清楚我自己呢！"心想："我只道她是个不懂事的小妮子，却原来她很懂得观察人，倒可以算得是我的知己呢。"

公孙燕接着说道：“厉大哥，你说得不错，朋友是很紧要的。你若有什么不如意的事情，找一个朋友谈谈，总比闷在心里好些。只恐怕在你的心目之中，我还够不上做你的可以谈心的朋友吧？”

厉南星道：“不是这么说。公孙姑娘，我——”

公孙燕抬起头来望他，说道：“怎么样？”

厉南星道：“我很感激你的好意。不错，我是有些烦恼，不过这烦恼是我自己找来受的，与人无尤。我相信，这烦恼慢慢也就会过了的。将来，将来我再告诉你吧。”

公孙燕道：“你现在不愿意告诉我，我也不勉强你，但愿你的烦恼早点过了就好。”

厉南星道：“咦，好像有人叫我。夜已深了，你回去吧。”

公孙燕侧耳细听，果然听得好像是秦元浩的声音在叫着厉南星。她虽然一向天真烂漫，不避男女之嫌，但此际情窦初开，却也有点害怕给秦元浩碰上了难以为情。于是说道：“好，那么我先回去了。你好好睡一觉，明天我再找你。”

公孙燕走后，厉南星呆了一会，看了看天边的北斗星，心中默念：“曾经沧海难为水，除却巫山不是云。”不知不觉，眼角有了晶莹的泪珠。

秦元浩叫道：“厉大哥！”脚步声来得近了。厉南星抹干眼泪，应道：“我在这儿。”

秦元浩道：“原来你一个人躲在这里吹箫，找得我好苦。快快回去，李茂他们来了！”

厉南星又惊又喜，连忙问道：“是扬州丐帮分舵的李舵主么？”秦元浩道：“正是。他和许多丐帮的弟兄都来了。”

厉南星道：“金逐流呢？他来了没有？”

秦元浩道：“就只是金逐流没来！”

厉南星诧道：“为什么？”

秦元浩道：“听说他一个人到西昌去了。李茂他们一到，我就出来找你的。你欲知详情，还是回去问李茂吧。”

且说公孙燕回转女营之后，这一晚躺在床上，心波荡漾，辗转反侧，好不容易方才睡着。一觉醒来，便听得封妙嫦叫道：“懒丫头，快快起床。我和你去见一位新来的姐姐。”

公孙燕跳起身来，问道：“是哪一位新来的姐姐？”

封妙嫦道：“这位姐姐名叫石霞姑，她是陈光照的未婚妻。陈光照也是金逐流的好朋友。”

公孙燕道：“哦，原来是石霞姑和陈光照来了。”

封妙嫦道：“你知道他们？”

公孙燕道：“我听爹爹说过他们的名字。爹爹说他们都是江湖上的后起之秀。陈光照是苏州陈大侠陈天宇的儿子。石霞姑的来历我爹爹则不甚清楚，只知道她擅于使毒，猜测可能是天魔教的传人。不过我爹爹也说，即使她真的是出身邪教，但以她在江湖上的行事而论，也算得是个正派的女侠。”

封妙嫦笑道：“原来你比我还更清楚他们，这就好了，竺姐姐安排她来和你同住，你们很快就可以相熟了。”

公孙燕道：“他们怎么来的？”

封妙嫦道：“他们是和扬州丐帮的李茂一同来的。昨晚三更过后才到，听说和竺伯伯、厉大哥他们一直谈到天亮没有睡觉。”

公孙燕心头一动，说道：“扬州的李舵主？嗯，我记得厉大哥似乎说过，他的义弟金逐流就是和扬州的丐帮同在一起的。金逐流可来了么？”心想：“金逐流若然来了，厉大哥有个知己倾谈，就不至于那么烦闷了。”

封妙嫦道：“来了，来了！”公孙燕诧道：“什么，金逐流会到咱们的女营来？”封妙嫦哈哈笑道：“我说的不是金逐流。是石姐姐和竺姐姐已经来了。”原来公孙燕对镜梳头，未瞧见竺清华和石霞姑从院子进来。

公孙燕和石霞姑见了面后，正待问她，竺清华已在说道：“你们所挂念的金逐流没有来，咱们这里有一个人却为他走了！”公孙燕道：“是谁？”竺清华道：“是厉南星！”

公孙燕吃了一惊，说道：“厉大哥走了？他上哪儿？”

封妙嫦笑道：“你别心急，石姐姐会告诉你的。”

石霞姑道：“是这样的：我们路过泸州的时候，从丐帮分舵听到一个确实的消息，说是六合帮的帮主史白都兄妹，和他手下的四大香主，走另一条路，赶在我们的前头，已经进了西昌了。据说史白都是要把他的妹妹嫁给西昌将军帅孟雄。金逐流听到了这个消息，很是着急。本来我们是准备绕过西昌，径直来这里的，金逐流知道此事之后，就一个人跑去西昌了。”

公孙燕道：“他为什么那样着急？”

石霞姑笑道：“史白都的妹妹和他哥哥并不一样，她是个才貌双全的侠女，听说金逐流和她的交情很好，很可能两人已是私订鸳盟的了，不过金逐流不肯承认。”

公孙燕道：“原来如此。但金逐流一个人跑去西昌，不是很危险吗？”

石霞姑道：“是呀！我和光照本来要跟他去的，可是他不答应。也许他是因为我们本领低微，帮不上他的忙吧。”

封妙嫦道：“石姐姐太客气了。不过金少侠的为人我却略有所知，他虽然放荡不羁，对朋友可是十分好的。有危险的地方，他一定是独往独来，不愿意连累朋友。”封妙嫦因为金逐流替她撮合婚事，是以对他极有好感。

石霞姑笑道：“我知道。我也曾得过他不少帮忙。”接着说道：“昨晚我们就是和竺老前辈商量，如何去接应金逐流。西昌有清廷的数万大军，而且高手云集，竺老前辈不能为了一个人兴师动众，等闲之辈又决不能进得西昌，是以厉大哥自告奋勇要一个人去，竺老前辈起初还是不肯答应的，后来厉大哥始终坚持要去，竺老前辈无可奈何，只好答应他了。”

公孙燕沉吟不语，封妙嫦知她心意，笑道：“燕姐，竺老前辈不会让你去的。”公孙燕面上一红，说道：“谁说我要去呢。”其实她正是在考虑要向竺尚父求情，但却怕人笑话。

封妙嫦道：“厉大哥本领高强，又有玄铁宝剑，他和金逐流联手，天下无人能敌，西昌高手虽多，谅也困不住他们。燕姐，你也用不着太过担心。”

公孙燕红晕满面，啐道：“乱嚼舌头，谁担心他了？他又不是我一个人的大哥，你也叫他大哥的。”

竺清华忽地噗嗤一笑，说道：“燕妹，你瞒得我好苦，原来你想占我的便宜!”

公孙燕怔了一怔，说道：“你这话是什么意思?”竺清华笑道：“你还不明白么?”

封妙嫦笑道：“燕姐，她是妒忌你平白比她长了一辈。”要知金逐流是李光夏的师叔，厉南星是金逐流的义兄，倘若公孙燕嫁给厉南星的话，叙起辈分来，李光夏和竺清华这对小夫妻当然是要比他们矮了一辈。

公孙燕恍然大悟，娇嗔道：“岂有此理，你们想到哪里去了?看我不撕破你们的小嘴!”封妙嫦道：“别闹，别闹，石姐姐新来乍到，你怎能不招待客人?”

几个年龄相若的少女嘻嘻哈哈地闹了一场，可是公孙燕尽管和她们嘻嘻哈哈，心中的愁闷却是难解。厉南星孤身犯险，潜往西昌，封妙嫦虽然百般劝慰，叫她放心，她又怎能放心得下?

这晚公孙燕辗转反侧，不能入寐，蓦地想道：“为什么我这样牵挂着他，莫非我当真是喜欢上厉大哥了?”陡然间发现了心底的秘密，不禁面红耳热。

但公孙燕是个敢爱敢恨的女子，随即想道：“男女相悦，人之常情，我就是喜欢上厉大哥，那也不是什么可羞之事。厉大哥可以为了好朋友冒险，我为什么不能为了他冒险?我求竺老前辈许我前往西昌，料难允准，我索性瞒着他们，自己去吧。要笑话让他们笑话好了。对，就是这样!”

公孙燕想到就做，当下重施她对付封妙嫦的故伎，点了石霞姑的昏睡穴，穿窗而出，悄悄下山。

公孙燕匆匆忙忙地出走，没有携带干粮。她施展轻功，跑到了天亮之后，不觉感到有点饥饿。荒山野岭之中，找不到人家，公孙燕只好跑到树林里找野生的果子吃。

时序虽属深秋，未交冬令，但西北高原的气候已比江南的冬天还要寒冷。公孙燕找了半天，也找不到一个可以吃的果子，连野兔鹿獐之类的小野兽也没碰上一只。公孙燕叹了口气，心里想道：“我只好饿着肚皮再跑一程了。”

刚要走出林子，天气忽然变坏，飘下鹅毛般的雪花。公孙燕正自气闷，忽听得似有车马的声音。公孙燕喜出望外，心里想道："有人来了，那就好了。好坏可以讨点食物。"心念未已，忽又听得呼喝的声音。

公孙燕爬上一棵大树，居高临下，望出林外。只见有两个军官模样的人，正在拦着一辆敞篷的骡车盘问。车上有七八个人，其中只有一个年老的男子，其余都是女子，手上拿着各式各样的乐器，似乎是一队江湖卖唱的艺人。

那两个军官喝道："下来，下来！你们是些什么人，从什么地方来，到什么地方去？"

公孙燕远远地瞧见这两个军官，不觉吃了一惊。

这两个军官一高一矮，高的那个身材魁梧，满头秃得油光晶亮，矮的那个两边太阳穴坟起，腰里插着一对判官笔。公孙燕以前虽没见过这两个人，但因他们长得异相，公孙燕一见，就猜到了他们的来历。

公孙燕的父亲公孙宏身为红缨会的总舵主，大凡江湖上有点来头的人物，不论是黑道白道，他几乎无一不知，无一不晓。公孙燕曾听得父亲说过，少林寺有个叛徒名叫彭巨嵘，以及号称"天下点穴第一家"的青州连家有个子弟名叫连城虎，这两个人是当朝奸相曹振镛的爪牙，仗着相府势力，颇是横行霸道。公孙宏屡次想要铲除他们，还未得有机会。他吩咐女儿在江湖上倘若碰上这两个人，须得留心。

公孙燕心里想道："岂有此理，这两个人好歹也是江湖上的成名人物，竟然连卖唱的弱女也要欺负。这件事给我碰上了我可不能不管。但爹爹说这两个人的本领都是在我之上。我若要管的话，只怕不能力敌，只能智取。"

心念未已，只见骡车上的男女，都已下来，那老者答道："我们是川西的乐家班子，到西昌去的。"

彭巨嵘道："哦，到西昌去的。你是班主吗？"老者躬腰答道："正是。"不知他是否惊惶过甚，答了话连连喘气。彭巨嵘将他拉过一边，说道："好，你歇歇吧。"拉他之时，指头暗暗扣着他的脉门，一试之下，便知这老者毫无内力。这老者也似乎毫不知道对方只要指头一动便可以致他死命，乖乖地站过一边。彭巨嵘放松了手，心里想道："何老大烧了变成灰我也认得，这人既不懂武功，口音又不对，决不会是何老大了。"

连城虎双眸炯炯，忽地指着一个女子问道："她是谁？"那老者答道："是我的养女。"这女子手上拿有梨花简，连城虎道："你是说书的么？"那女子低头说道："学了几年，唱得不好。"连城虎道："唱一段给我听听。"

那女子一张蜡黄的脸上泛起红晕，拿着梨花简的手直打哆嗦，那老者道："不要害怕，这位大人不会难为你的，你就唱一段吧。"

那女子颤声唱道："那张生，一封书敢于退贼寇；那莺莺，八行笺人约黄昏后；那红娘，三寸舌降伏老夫人；那惠明，五千兵馅作肉馒头。我以为你也胆如斗，呸，原来是个银样蜡枪头。"这是《西厢记》唱辞的一段，虽然声音抖颤，唱来也是娓娓动听。

连、彭二人仔细听她口音，确是川西一带的土音，心里想道："何老大那女儿说的是山东鼓书，比这个雌儿也要漂亮得多。但身材体态却有几分相似。她们这些走江湖的女子善于改容易貌，须得仔细一些，莫给她骗过了。"

连城虎双眸炯炯，上上下下地打量了那女子一番，忽地说道："把你头上这支银簪给我看看！"

银簪并不稀奇，但簪上雕刻的一头彩凤却是具体而微，栩栩如生。银簪还没有小指头粗，连羽毛也看得分明！连城虎赞道："好精致的手工！"彭巨嵘"哼"了一声说道："你一个卖唱的女子，怎的会有这样珍贵的首饰？"

那老者赔笑道："这是她婆家给她的聘礼，她那女婿是银楼的伙计，手艺不错，这是他自己雕刻的。"

连城虎道："为什么别的不雕，单单雕上了一头彩凤？"

老者说道："这我就不知道了，或许是取鸾凤和鸣的好兆头吧。"

躲在树上的公孙燕当然看不清楚这支银簪，但听了他们的问答，却是不禁吃了一惊，想道："原来是彩凤姐姐。她的改容易貌之术也真是巧妙，若非亮出这支银簪，连我也不敢认她。"

原来这个女子就是去年在济南大明湖畔说鼓书的那个何彩凤。那次她和父亲扮作一对卖唱的走江湖父女，穿州过县，找寻她的未婚夫李敦。路经济南，被曹振镛的儿子看上，带领家丁就来抢她。后来幸亏遇上了金逐流和红缨会的宫秉藩，路见不平，拔刀相助，这才将她救出虎口。彭巨嵘和连城虎就是当时陪同那曹公子前来抢她的人。

彭、连二人这次是来西昌替曹振镛送贺礼给帅孟雄的。帅孟雄是手握重兵的将军，曹振镛身为宰相，想结纳他作为外援，是以不惜纡尊降贵，派了这两个最得力的手下千里迢迢地从京中赶来给他送礼。

且说彭、连二人见了这支银簪，怀疑不定，心里想道："口音和面貌虽然不对，但同是说鼓书的，而且银簪上雕刻的彩凤又正符合她的名字。倘若真是那个雌儿，拿回去献给曹公子倒是功劳一件。"

连城虎沉吟半晌，说道："你们到西昌做什么?"

那老者道："帅将军后日大婚，要许多戏班子去凑热闹。我们这个小小的班子也承将军府的管事看得起，特地派了人来邀我们去轧上一脚，给帅将军唱两支贺婚的曲子。喏，这是将军府管事的帖子，两位大人请看，就知我们说的不是假话了。"

连城虎把手一挥，说道："不必看了，我并非怀疑你们说谎，但这个女的我却要把她带去。"

老者大吃一惊，说道："她正是我们班中的台柱，这个——"

连城虎笑道："就是因为这个，我才要把她带去!"

那老者道："但我们也是要往西昌的呀，何以要把她单独分开?"

连城虎道："你们的骡车走得慢，我的马跑得快，我把她带去，明天就可以到达西昌。她唱得好，叫她先给帅将军唱个曲子，也好讨帅将军的喜欢。"原来连城虎已经怀疑这女子是何彩凤化装的了，因此他打算把她先行带走，到了将军府，只要用一盘清水，就可以令她现出本来面目。

何彩凤暗暗吃惊，正在思量如何应付，连城虎笑道："来吧，我和你合乘一骑，你不必害怕，我不会欺侮你的。”话犹未了，忽听得马嘶之声，其声甚哀。彭、连二人连忙回头去看，这一看登时令得他们面上变色，连城虎的嘴巴也似给封住一样，笑不出来了。

原来在他们下马之后，那两匹坐骑本来是在林边吃草的，此时却正在负痛狂奔，两匹马的臀部都插有一把明晃晃的匕首。

彭、连二人又惊又怒，齐声喝道：“哪里来的小贼，胆敢暗算我的坐骑？”顾不得理会何彩凤，连忙就追。

公孙燕发出两柄匕首，伤了他们的坐骑之后，故意在树林里发出吃吃的笑声。彭、连二人，一个去追奔马，一个到林中搜索。

公孙燕的真实本领不如彭巨嵘，但轻功却是在他之上。而且彭巨嵘在明处，她在暗处，树林里古木参天，浓阴蔽日，公孙燕有心捉弄他，焉能让他搜着。

公孙燕在树林里兜了两个圈子，把彭巨嵘引走，看他走得远了，这才悄悄地从另一面出来。

彭巨嵘连鬼影也不见一个，不由得心里暗暗吃惊。他只道敌人的本领远远在他之上，生怕在树林里遭受暗算，连忙跑出来与连城虎会合。

此时连城虎已经追上奔马，但那两匹马因为流血过多，虽然未死，却已不堪再用。两人商议了一会，连城虎也是有点胆怯，说道：“那人轻功这样好，不知会不会是金逐流这小子？”

彭巨嵘道：“只要咱们紧紧靠在一起，不要走单，金逐流这小子也未必奈何得了咱们。”连城虎道：“但不知他是否还有党羽，依我之见，咱们还是赶紧跑到西昌为妙。那个雌儿反正也是要到西昌的，就让她自己去吧。到了西昌，不愁没法盘查她的根底。”要知他们此时已是失了坐骑，倘若带上一个女的，只有反添累赘，只好放弃了把何彩凤先行带走的计划。

公孙燕看他们走得远了，这才出来与何彩凤相会，何彩凤又惊又喜，说道：“公孙妹子，原来是你躲在树林里给我帮上这个大忙，但你何以又会来到此间呢？”

公孙燕道：“我的说来话长，先说你的。”

何彩凤笑道：“你刚才不是听见了么，我是到西昌卖唱的呀！”

何彩凤正在思量之际，忽听马声嘶鸣，原来两匹坐骑已负痛狂奔！

公孙燕道："我不相信你肯给帅孟雄贺喜。快说实话！"

何彩凤这才说道："祝婚是假，行刺是真。"公孙燕吃了一惊，说道："帅孟雄武艺高强，这可不是当耍的啊！"

何彩凤道："正因为他武艺高强，所以才要大家合力。"跟着给公孙燕解释道："这是李敦定的计划，后日会有许多好汉去给帅孟雄'贺喜'的。有的明来，有的暗往，用的方法也不一样。我会鼓书，所以扮作走江湖的歌女。"

公孙燕道："对啦，听说你和李敦已经成了亲。姐夫呢？"

何彩凤道："他先去了。这个班子除了班主之外，都是女的。他当然不好和我一起。"

公孙燕望了望那位白须稀疏的班主，狐疑不定，说道："这位老伯是——"

何彩凤笑道："他是我爹爹的好朋友，真的是这一班乐家班的班主。你以为——"

公孙燕失笑道："我还以为是你爹爹假扮的呢。你的改容易貌之术真是巧妙，就像换了个人似的。刚才不是听得那两个家伙盘问你这支银簪，我也不知是你。"

原来何彩凤曾经跟她父亲到过红缨会做客，这支银簪正是公孙燕的母亲送给何彩凤的见面礼。因为她的名字中有个"凤"字，而公孙燕的母亲恰巧有一支精工镂凤的银簪。

何彩凤道："好了，我的事情说完了，该你说啦。"

公孙燕笑道："我也正想请你帮我改一改容，让我跟随你们这个班子同去。"

何彩凤道："哦，你也是要往西昌？"

公孙燕道："正是。"当下把别后的经过简略地告诉何彩凤。何彩凤道："这个容易，我有易容丹，你改装之后，包管没人认得你。"又道："其实如果你不忙着走的话，后天可以和大凉山的义军一同去攻打西昌。"

公孙燕诧道："你怎么知道义军后天要攻打西昌？我是刚从大凉山来的，都不知道这个消息。"

何彩凤道："小金川方面的冷铁樵计划在后天晚上攻打西昌，

他已带领一支义军，正在赶往大凉山与竺尚父会合，我的爹爹就是小金川和大凉山两地的联络，预计今天傍晚时分，就可以到大凉山了。”

公孙燕笑道：“帅孟雄在后天日间成婚，义军晚上才到，可赶不上这场热闹。所以我想我还是和你们先去的好。”

何彩凤笑道：“你倒说得轻松，你可知道我们这批先行混入西昌的人肩上的担子有多重？所冒的危险有多大吗？”

公孙燕道：“我知道。咱们若然能够刺杀帅孟雄固然最好，倘若不能，也得负起里应外合的任务。”

何彩凤道：“你知道就好，你想想这可是当要的吗？西昌大军云集，有如金城汤池，义军若然强攻，只怕很难攻破。是否能够打得开城门，那就得靠咱们做内应的了。”

公孙燕笑道：“你放心，入城之后，我一定步步小心，决不让敌人看出破绽。”

化装之后，公孙燕临流照影，果然好像换了个人似的，不禁拍掌笑道：“妙极，妙极，连我自己都认不得自己了，一定可以混得过去。”

何彩凤忽地想起一事，说道：“啊呀，不妙！”

公孙燕道：“怎么不妙？”

何彩凤道：“我们这个班子一共是八个人，七个女的，一个男的。刚才那两个家伙盘查我们，即使他们记不清每个人的容貌，但共有多少个人，想来他们是应该记得的。如今多出了一个人来，这、这不是个天大的破绽？”

公孙燕怔了一怔，也自觉得有点可虑，但她又不愿意放弃这个可以混进西昌的机会，想了一想，说道：“那两个家伙刚才又没有点过数，或许他们没有留意也说不定。这样吧，我装作病人，倘若进城的时候，当真碰到仔细检查的话，你就说是路上碰见我，见我生病可怜，因此载我进城。这样就不至于连累你们了。”

何彩凤摇了摇头，说道：“恐怕不大妥当！”公孙燕十分着急，说道：“去，我是一定要去的，既然这个办法不妥当，那我只好和你们分开来走了，反正我现在已经改变了面貌，西昌城里也没有认识我的熟人。”

何彩凤摇手道：“不，不！你一个人我们更不放心。这样好了，你可以装作是我们班子里的病人，万一彭巨嵘和连城虎在我们进城的时候亲来查点，我们可以说你是一直躺在车上的，在路上的那次盘查，你并没有下车。当然还是要冒一点风险，但或许可以混得过去。”

公孙燕心里想道：“只要见得着厉大哥，冒天大的危险我也愿意。”于是依计行事，按下不提。

且说厉南星一个人前往西昌，此时也正是碰了难题，进不了城！

他本来是想凭仗轻功，半夜三更偷偷进入西昌的，但到了城池对面的一座山头一望，不觉倒抽了一口冷气。正是：

轻功卓绝都无用，刁斗森严难进城。

欲知后事如何？请听下回分解。

第三十四回　联手双雄擒恶贼
同心慧婢定良谋

只见城墙上灯火辉煌，刀枪如雪，墙头上布满卫兵，如临大敌。在这样情形之下，厉南星当然是混不过去的了。

厉南星也曾想到在白天扮作乡民进城，但一来他不会说西昌的土话，二来他佩着玄铁宝剑，哪有一个乡民会佩剑的？倘若不带这把宝剑进城吧，他又怎舍得将它抛掉？

厉南星苦思无计，不知不觉已是月过中天，将近四更的时分了。天上下了一场大雪，把附近的山头，染得一片银白。厉南星偶一抬头，忽见有两个人在对面的山头出现，穿的是军官服饰。厉南星吃了一惊，不知是不是来搜查的军官，当下慌忙躲藏。

忽听得有人轻轻拍了三下手掌，那两个军官也拍了三下手掌，掌声过后，乱草丛中跳出一个人来。厉南星心道："原来是这两个军官和人约会。奇怪，他们为什么和一个乡下人偷偷在半夜三更约会呢？"

心念未已，忽听得一个军官喝道："哈，李敦，原来是你！你看看我是谁？"把披风一脱，现出一个油光晶亮的秃头。原来这个秃头汉子正是彭巨嵘，另一个军官是连城虎。他们二人因为在路上给公孙燕装神弄鬼的吓了一场，吓得不敢在路上逗留，星夜赶来西昌。不料到了西昌城外对面的这座山头，却听到了李敦连拍三下的掌声。

彭连二人是江湖上的大行家，一听就知是有人击掌为号，想必是约好了在这里聚会的。于是他们就回了三下掌声，把这个人引出来。

李敦约的本来是另外两个人，这两个人是城中的下级军官，替义军做“卧底”的。只因黑夜之中，他躲在茅草丛里，一时看不清楚，见有两个影子出现，就以为是所约的那两个人，听得对方回了三下掌声，便跳出来。

彭连二人害怕的只是金逐流，对李敦他们并不放在眼内。一发觉是李敦，彭巨嵘首先就扑过去。

李敦暗暗叫声不妙，说时迟，那时快，彭巨嵘已经扑到他的跟前。李敦喝道：“照打！”把手一扬，“波”的一声，一个球形的暗器脱手便即炸开，登时烟雾迷漫，一溜火光，直喷过来，烟雾之中且杂着嗤嗤的声响！

彭巨嵘一个倒纵，迅即连环双掌拍出，喝道：“好狠毒的暗器，但又能奈我何哉？”掌风呼呼，火光熄灭。烟雾四散，杂在烟雾中打来的一把梅花针也都给他打落！

可是在雾散烟消之后，李敦的影子已经不见。

彭巨嵘冷笑道：“看你躲得上天！连兄，咱们分头搜索！”连城虎更工心计，笑道：“不必如此费力，咱们用熏田鼠的办法把这厮逼出来！”

厉南星初时本来不想多事，后来看见李敦发出的暗器，不觉有点奇怪，“这种毒雾金针烈焰弹，乃是天魔教的独门暗器，怎的此人也会使用？”心头一动，这才蓦地想起！“怪不得我觉得他的名字好熟，原来他就是在徂徕山上偷学了《百毒真经》的那个李敦。”这件事是金逐流告诉他的。他知道了李敦是金逐流的朋友，当然不能袖手旁观了。

彭巨嵘正要擦燃火石，使用火攻，忽听得一声喝道：“鼠辈敢尔！”厉南星跳了出来，拔剑就向他劈去。

彭巨嵘看见不是金逐流，冷笑说道：“哪里来的小子，也敢多管闲事？”冷笑声中，接连地发出了两记劈空掌。

彭巨嵘的金刚掌力有开碑裂石之能，倘若是寻常的刀剑，给他的掌风一荡，即使不打落也会震歪剑点，决计伤不了他。但厉南星用的乃是玄铁宝剑，重达一百多斤，彭巨嵘的金刚掌力可就拨不动它了。

掌风剑影之中，只见厉南星身形一晃，玄铁宝剑仍然直劈下来。彭巨嵘大吃一惊，要跑已来不及，厉南星一剑劈下，竟然活生生地把他的身子分作两边！

厉南星胸口如受锤击，也自暗暗吃惊，这才知道给自己杀死的竟是武林中的一流高手。

连城虎初时也是不把厉南星放在眼内，以为这样一个年纪轻轻的小子，彭巨嵘当然对付得了。哪知不过一个照面，彭巨嵘就给这“小子”一剑劈了。待到连城虎发觉，抢救已来不及。

连城虎又惊又怒，喝道：“好小子，今日不是你死，便是我亡！”双笔交叉点到。厉南星反手一剑，削了个空。“嗤”的一声，衣襟给他左笔的笔尖穿过。

厉南星连忙改变战术，把玄铁宝剑舞起一道光圈，全身遮拦得毫无破绽。一个个圆圈首尾相接，稳步向连城虎进迫。连城虎的双笔点四穴乃是武林绝技，轻灵迅捷，狠准兼备，但在玄铁宝剑之下，却是发挥不了他的所长。

连城虎已知对方使的是把宝剑，但还不知玄铁宝剑是那样沉重。他使用轻灵的招数，尽量避免和对方的宝剑碰击，但厉南星亦非庸手，连城虎避得了一招避不了第二招，激战中厉南星剑光暴涨，一招“横云断峰”，剑光拦腰劈到。连城虎迫于无奈，只得把双笔一架，他恃着自己这双判官笔是精钢铸的，即使碰上宝剑，也未必立即便会削断。哪知碰上了玄铁宝剑，“咔嚓”一声，连城虎的双笔不但一齐折断，虎口也给震裂！

李敦叫道：“留个活口！”厉南星道：“好，我就以其人之道还治其人之身！”剑尖轻轻往前一送，点了连城虎的穴道。

李敦喜出望外，说道：“阁下可是金逐流的义兄厉南星么？”

厉南星道：“不错。你会使毒雾金针烈焰弹，想必是李敦大哥了。但你却怎么知道小弟是厉南星？”

李敦道：“我认得你这把玄铁宝剑。你们在扬州大闹六合帮总舵的那天晚上，我也正在扬州。我已经见过金逐流了，他知道你受了那姓贺的妖婆暗算，十分为你担心。幸喜你已平安无事。”

厉南星喜道："你已经见过金逐流了？那么你现在想必是要到西昌去会他吧？"

李敦道："正是。"

厉南星道："西昌防守得极其严密，只怕苍蝇也飞不进去！"

李敦道："不怕，我有办法。"

话犹未了，忽听得"啪啪啪"三下掌声，山坳转角处现出两条人影。厉南星只道来的又是敌人，正要拔剑，只见李敦已经迎了上去，回了三下掌声。

那两个人气喘吁吁地跑来，一来就说："李大哥，不好了！唉，没有办法！"

这时他们方才发现了地上的尸首和厉南星，不禁都是大吃一惊，连忙住口。

李敦笑道："这位厉大哥是咱们的好朋友。地上这两个一死一伤的家伙是奸相曹振镛的爪牙，刚才我认错了人，险些遭了他们的毒手，幸亏得这位厉大哥拔剑相助。"

那两人不约而同地"咦"了一声，说道："这两个家伙不就是彭巨嵘和连城虎吗？"

李敦笑道："你们想不到吧，这两个黑道上鼎鼎大名的人物，只不过才一个照面，就给厉大哥杀的杀了，伤的伤了！"

那两人听了，登时对厉南星另眼相看，佩服得五体投地。厉南星心里却是暗暗叫了一声惭愧，想道："倘若不是有玄铁宝剑在手，只怕现在受伤的就是我了。"

李敦跟着介绍那两个人："这位是刘大哥，这位是关大哥。关、刘两位大哥都是自己人，在西昌城里'卧底'的。咱们要进西昌，就靠他们两位接应了。"

姓关的那个苦笑道："只怕接应不来啦！"

李敦道："你们各自带一位朋友进去也不行么？"

姓刘的那个说道："后天就是帅孟雄结婚的日子，他也怕有江湖好汉乘机混入城中捣他的蛋，是以这两天特别严格，只许城里的人出来，不许城外的人进去。就是他手下军官要带亲友进城，也得向他请准才行。你们两位都是外路口音的陌生人，这个、这个，只怕是没有办法好想了！”

李敦微微一笑，说道：“我倒有一个办法。”说罢在连城虎身上一搜，搜出一匣礼物。

打开匣子一看，只见是一对通体碧绿的玉西瓜。李敦笑道：“这对玉西瓜少说也要值得一万两银子，宰相送的礼物，果然是出手不凡，但却不知要搜刮了多少民脂民膏了！”

厉南星道：“李大哥的意思敢情是要冒充相府送礼的人么？可是史白都和帅孟雄都是认识小弟的啊！”

李敦再去搜了彭巨嵘的尸体，并无发现书信，那份礼单也只是由曹振镛具名，并没注明是由谁送来。

原来曹振镛因为彭连二人都是江湖大盗出身，和女方的家长史白都又是素来相识，相府中收容有江湖大盗，这是个不能公开的秘密，曹振镛不愿意有把柄落在人家手里，既然史白都与这两人相识，他自是以不落文字为佳。

李敦笑道：“曹振镛没有写明由谁送礼，送礼的共有几人，这就有办法可想了。咱们可以改容易貌，冒充连城虎的随从。”

关刘二人都拍手道：“这个法子妙，结婚前夕，帅孟雄一定是忙得透不过气来。相府的使者他是要以上宾之礼接待的，使者的随从就只能住在宾馆里，由他的下人招呼了。”

厉南星道：“连城虎会乖乖的任由咱们摆布吗？”

李敦道：“厉大哥精通毒功，岂不闻有以毒攻毒的法门？”

厉南星恍然大悟，说道：“可惜我因为讨厌使毒害人，随身并没携带毒物。”

李敦道：“毒物有如刀剑，只要用得其当，那又何妨？厉大哥，请你先给这厮解开穴道。”厉南星听他这么一说，就知他的身上定然备有。

果然在厉南星解开连城虎的穴道的同时，李敦双指一按，一枚小小的毒针，插进了连城虎的身体。

连城虎只觉胸口微麻，转瞬即过。他是个江湖上的大行家，情知毒性越是厉害，身上越是没有痛楚的感觉，不禁大怒道：“你要杀便杀，因何将我折磨？”

李敦道："你带我们二人进去，事情过后，出城之时，我给你解药，否则你的性命就只有三天了。"

连城虎半信半疑，沉吟不语。

李敦道："我们义军的人，言出必行。你又不是没有和义军的人打过交道，岂能不知?"

连城虎心乱如麻，依然不语，李敦猜中他的心思，说道："当然这桩事情过后，你是不能再回相府的了。但你本来是武学世家，又何苦做人家的奴才？时刻还要担心有人取你性命？你从此改邪归正，富贵虽然与你无缘，至少在晚上却是可以安心睡觉了。这又有什么不好?"

连城虎面上一阵青一阵红，恨不得脚底下有个地洞钻进去。要知连城虎虽然也是投身相府，但和彭巨嵘毕竟是有所不同。彭巨嵘是利禄熏心，不惜背叛师门，甘为鹰犬；连城虎本来是武学世家的子弟，只因认识不清，误交匪人，这才一步步走入歧途的。这几年来在官场中他也曾受到了许多窝囊气，每当清夜自思，未尝也不感到有辱家门。

李敦这几句话说到了他的心坎上，不由得他不暗自羞惭，想道："大不了是个死，与其给人骂作鹰犬，一刀宰了，倒不如为了帮忙侠义道而死，还可以留个美名。何况也未必就会死呢!"想至此处，胸中豁然开朗，抹了冷汗，说道："好，我听李大哥的吩咐!"

李敦擅于改容易貌之术，于是两人扮作了连城虎的随从，果然顺利地进了西昌。

进城之后，本来应该先到宾馆歇息，然后由连城虎到将军府送礼的。按照李敦的想法，这两天送礼的人一定很多，虽说相府使者的身份不比寻常，但以帅孟雄的身份，也未必就会先来宾馆拜见使者，顶多是在连城虎到达将军府的时候，他打开中门，单独接见，已算得是优礼有加了。

哪知李敦只料到了一半。帅孟雄没有来，但他却请史白都兼做他的代表，先来迎接。

他们未到宾馆，史白都已经在那里等候。他和连城虎本来是相识的，一见了连城虎，便即哈哈笑道：“原来是你。但你和老彭一向是焦不离孟，孟不离焦的，怎的这一次老彭却没有来？”

连城虎只好临时编造谎话：“曹公子说要进京，相爷派老彭到济南做他公子的保镖去了。”

史白都道：“原来如此。连兄，你这次来了，可得多逗留几日才好。你是天下第一点穴名家，难得有这机会与你相聚，我还想向你讨一份礼物呢。你指点我几路笔法行不行？”

武学名家会面，少不免要捧一捧对方的绝技，这在史白都纯然是一种客气的说话，当然并非真的要他指点，但言者无心，听者有意，连城虎听了，却是不由得面上一红。他的那一对判官笔已经给厉南星的玄铁宝剑斩断了，哪里还能指点什么“笔法”呢？心里想道：“可莫给他看出破绽才好。”勉强笑道：“小弟这点微末之技，怎敢在天下第一高手的面前献拙？”

史白都是个武学大行家，听得连城虎这么说，稍微留意，就瞧出了他的身上没带兵器，不觉有点奇怪，笑道：“你这位点穴大名家怎的把判官笔也丢了？这不好似做官的忘记带印吗？”

连城虎尴尬笑道：“西昌城中，高手如云，我到了这儿，何须再带兵器？”此话实是不能自圆其说，史白都心想：“在这儿你可以不带兵器，难道在路上你也可以这样托大？”不过连城虎是曹相国的护院，这身份可是假不了的。史白都虽然想到其中定有蹊跷，但却怎也不敢想到连城虎此来将对帅孟雄有所不利。

史白都暗自寻思：“此际人多，且待他到了将军府里，我再仔细问他。”

连城虎生怕露出马脚，赶忙说道：“史帮主，令妹明日成婚，你一定是贵人事忙的了。我不敢多花你的时间，我在宾馆卸下行李，就去拜见帅将军，请你先回府吧。”

史白都眼光一瞥，目光从李敦的身上转到厉南星的身上，心中更是感到诧异：“这两人好像是在哪里见过似的？”说道：“不忙，不忙。这两位是——”

连城虎道：“他们是我的随从，一向在相府当差的。嗯，你们怎么这样不懂礼貌，史帮主在问你们，你们还不上来回话！”李敦和厉南星的真姓名当然是不能说的，连城虎情知躲避不了，恐怕自己说错了话，只好推给他们回答。

李、厉二人无可奈何，只好上前见礼，各自胡乱捏了一个假名。史白都哈哈笑道："宰相家人七品官，你们不必多礼，我承受不起。嘿，嘿，只怕我日后还有借重你们的地方呢，咱们亲近亲近！"

厉南星的玄铁宝剑藏在身上，当然瞒不过史白都的眼睛，是以史白都先与他握手，试试他的本领。

双手一握，史白都吐出了三分内力，双指又搭上了他的脉门，看他反应。

这刹那间，厉南星当真是面临生死关头，遭遇了最严重的考验！

他不知史白都是否已经认出了他，如果不运内力抵抗，恐怕史白都暗下毒手；但如果一运内力，身份立即便会泄露。他是曾经和史白都交过几次手的，他这一身正邪合一的内功可瞒不过史白都。

这刹那间厉南星转了好几个念头，终于还是决定冒一冒险，装作不懂内功的人"哟"一声叫了出来："史帮主好大的力气！"

史白都虽然起了疑心，但也有点害怕伤了相府的家人，那可不是当耍的，见他的确不会内功，遂哈哈一笑，松开了手，说道："我这人粗鲁惯了，老哥你别见怪。不知老哥是哪一派的弟子？"

厉南星道："我在相府胡乱跟几位教师爷学过几手三脚猫的功夫，却不知他们是哪一派的？"

史白都道："老哥是用剑的吧，可否借你的佩剑一观？"

厉南星怎敢把玄铁宝剑取出来交给他看，当下强自震慑心神，说道："在兵器店里买的一把普普通通的青钢剑，不值帮主一哂。"史白都道："看看何妨？"

厉南星给他强迫不过，心里想道："他若一定要看，我只好就在此处与他拼命了。"

正要拔剑，忽见六合帮四大香主之一的圆海和尚匆匆跑来，说道："帮主，董十三娘请你赶快回去。"

史白都道："什么事情？"

史白都向厉南星上下打量，忽道：“请借宝剑一观。”

圆海道："这个、这个我也不大清楚，听说是令妹的事情，董十三娘不敢做主，非得和帮主面说不行。"圆海说话吞吞吐吐，似乎是有甚为难之事，不便当着外人的面告诉史白都。

史白都吃了一惊，心里想道："莫非这丫头又在寻死觅活？"

厉南星顺水推舟，说道："帮主有事，待会儿我到贵处回拜，再顺便请帮主指教我几路剑法。"

史白都心想这两个随从即使是假冒的，在这西昌城中也是插翅难飞。于是说道："不敢有劳大驾，请两位大哥在宾馆稍候，我去去就来。"

史白都回到寓所，见了董十三娘，连忙问道："出了什么事了？"董十三娘冷笑道："这丫头的花样多着呢，你自己问她吧。"

史白都走入妹妹的房间，见史红英正在对镜梳妆，神色如常。史白都稍稍放下了心，说道："妹妹，后天就是你大喜之日了，你可不要胡闹啊！"

史红英道："谁胡闹了？但你要想我成全你的功名富贵，你们也得答应我几桩事情。"

史白都赔笑道："妹妹，你可不要出什么难题啊！"

史红英道："我也不知是否难题，但依我想你们是很容易办到的。"史白都道："办不到呢？"史红英道："这几样容易的事情你们都办不到，那就休想我嫁给帅孟雄。"史白都道："好吧，那你说来听听。"

史红英道："六合帮是江湖上仅次于丐帮的一大帮会，帅孟雄是手握重兵，镇守一方的将军。这次婚事一定要办得十分风光热闹才行！"

史白都哈哈笑道："这个当然。何须你做新娘子的操心，将军府的人自会给你办得十分风光热闹。"

史红英道："那何以又将西昌城门关闭，不许百姓进城？"

史白都道："你怎么知道，谁告诉你的？"

史红英道："你不必管我如何知道，这事总是真的吧？"

史白都心想："不知是哪个多嘴的下人告诉了她，好在这也不是什么大事。"于是说道："妹妹有所不知，这正是帅将军为了要使后天的喜事不出乱子，才这样小心谨慎的啊！你想想，西昌城外不过一百多里的大凉山，就有竺尚父这股强盗，倘若大开城门，给强盗混进来了，即使不能兴风作浪，也总是大煞风景的啊！”

史红英冷笑道：“关起门来偷偷摸摸地办喜事，还有什么风光热闹可言？西昌城中有帅孟雄的十万大军，又有你这位自负是武功天下第一的六合帮帮主，竟会怕人捣乱不成？哼，传了出去，给江湖好汉知道，岂不笑话！只怕他们不会称赞帅孟雄的小心谨慎，而是要笑你和帅孟雄胆小如鼠呢！”

史白都双眼一翻，说道：“你不要用激将之计，只说你想怎样？”

史红英道：“我要帅将军治下的百姓也一同高兴，从明天起就打开城门，准许老百姓进城，后天一天，城中的酒楼茶馆任凭老百姓吃喝，由将军府请客。”

史白都笑道：“想不到你也这样喜爱虚荣？”

史红英冷笑道：“否则我何必嫁给一个将军？这样办，才够得上说是‘风光’！帅孟雄把每个月克扣军饷的钱，拿了一点出来，这个客也总可以请得起了。”

史白都苦笑道：“这不是害怕破钞的问题。但你既然坚持这样，那我就和你向帅将军说吧。”

史红英道：“你告诉他，办不到的话，休想娶我！”

史白都道：“你还有什么条件？”

史红英道：“第二桩就只是我的私事了。你知道芍药是一向服侍我的丫头，她与她的表哥已有终身之约，她不愿意随我陪嫁，我也不想她困在侯门，误了终身。是以我想请你放她回去。”

史白都道：“这个我可以答应。喜事办完了，我带她回去便是。”

史红英道：“不，她明天就要回去。”

史白都道：“为何如此匆忙？”

史红英道：“我知道帅孟雄要你助他守城，你们是决不会在一两个月之内回去的。这丫头思家心切，我既然答应了让她自主，那又何不早些放她回去？”

史白都不愿为了小事争执，说道："我不过为了芍药着想，在这兵荒马乱的年头，她一个人回去恐怕不便罢了。"

史红英道："她多少跟我学了一点武艺，只须你向帅孟雄讨一枝令箭给她，沿途没有官兵骚扰她，那就行了。"

史白都道："好吧，依你就是，还有第三桩么？"

史红英道："第三桩，我的兵器你应当还我！"原来史红英所用的一根软鞭、一柄短剑在那日受擒之后，早已被她哥哥缴去。

史白都笑道："你是快要做新娘子的人了，还要兵器做什么？"

史红英道："我明白你的心思，你是怕我行刺帅孟雄不是？哼！如果我不是心甘情愿嫁他的话，没有兵器难道就不能害死他么？你把我的兵器缴去，这就是把我当作囚犯看待，我决不能受了你的侮辱还要帮你猎取富贵功名！后天你叫董十三娘上花轿吧！"

史白都抓抓头皮，苦笑道："你这话从何说起，帅将军要的是你，可不是董十三娘啊！"

史红英道："你告诉他，他若怕我行刺，就不必娶我。我练了一身武艺，兵器是不能不带的。"

史白都道："好吧，你的鞭剑我交还你便是。但在你做新娘子那天，兵器可不能带在身上。新娘子带着兵器拜堂，这是会给人笑话的啊。"

史红英道："你给回兵器再说。其实你无须替帅孟雄这样担心，他的武功远胜于我，我岂能在拜堂的时候行刺他，不怕白白送命么？本来我可以答应你那天不带兵器的，但你总是信不过我，我就偏要不答应你了。哼，带不带要看我那天的高兴！"

史白都摇了摇头，说道："真是拿你这丫头都没有办法，好，都依你就是！"

史红英道："最后一桩，我不喜欢董十三娘，我要牡丹陪我。从现在起，不许董十三娘踏入我的房中。"原来自到西昌之后，都是由董十三娘陪她，晚上就在她的房中睡觉的。牡丹和芍药则是史红英的心腹丫头，但却给董十三娘隔离了。

史白都心想："我是要董十三娘监视她的，若果由牡丹陪她，她们主仆同谋，只怕会闹出岔子。"

史红英道："我若要寻死，早就可以死了。你要董十三娘监视我又有什么用？哼，我就是不服气你把我当作犯人看管！"

史白都想想也有道理，便道："好吧，好吧，你既然喜欢牡丹，就叫牡丹来陪你吧。"

史红英道："开城之事和给芍药讨令箭之事如何？"

史白都道："我现在就和帅将军说去。嗯，董十三娘，请你把红英的兵器拿来吧。"

董十三娘在房外守候，史红英的说话她全都听见了。当下把红英的软鞭和短剑递进房来，由史白都交给妹妹。她自己则是满面怒容，一言不发，脚步也没有踏过门槛。

史白都走后，史红英把牡丹、芍药两个丫头叫来，关上房门。她深知董十三娘必定在外面偷听，因此主仆三人在房中说的都是无关紧要的闲话。但史红英口中说话，手指却是蘸了茶水在桌上书写，用这个办法三人密商对策，按下慢表。

且说史白都离开寓所，匆匆地赶到了将军府。他是将军的大舅爷，直进直出，无须通报。进入内堂，总管告诉他道："将军正在接见相府的使者，史帮主你是在这里待一会呢，还是现在就要见帅将军呢？那位使者反正是你的熟人，你就是进去和他们说话，也是无妨。"

史白都心想："原来连城虎早已来了。嗯，不但他那两个随从形迹可疑，他本身也是有点可疑。"心念一动，说道："我不进去了。请你把贺大娘给我叫来。"

贺大娘就是石霞姑那个善于使毒的奶娘，这次也随史白都来了西昌。帅孟雄久闻她的大名，把她请到将军府中，奉为上客。准备在结婚的那天晚上，利用她的使毒本领，给他制服倔强的新娘。

贺大娘见了史白都，笑道："史帮主，你是贵人事忙，怎的这个时候，还有工夫见我这个老婆子？"

史白都道："曹相国派来了一个使者，我对他有点起疑。"

贺大娘道："这使者不是连城虎吗？他是跟随曹相国多年的了，怎的你会对他疑心？"

史白都道："连家以四笔点八脉的绝技驰名武林，连城虎可算得是当今之世数一数二的点穴名家，可是他的判官笔却没带来，你说是不是有点奇怪？”

贺大娘道：“嗯，这么说是有点奇怪了。不过连城虎总不至于心怀不轨吧？他若是意欲不利于帅将军，这对判官笔是不能少了的啊！”

史白都道：“对连城虎本身我倒是并无怀疑，但我怀疑他是受人挟制。他那两个随从我好像在哪里见过似的，一时却想不起来。”

贺大娘恍然大悟，说道：“哦，敢情你是想要我帮一帮眼，瞧一瞧连城虎是否中毒，是吗？”

史白都道：“不错。连城虎武功甚高，若然他真的是受人挟制，那就多半是着了毒药的暗算了。你是大行家，一眼就可以看得出来。又即使不是中毒，而是着了别的道儿，你的阅历经验也比我高。”

贺大娘道：“可是他现在正和帅将军说话，我怎好无端端的闯进去仔细看他？”

史白都笑道：“这还不容易？如此如此，这般这般！”贺大娘连说好计，当下便即依计行事。正是：

蛤蟆想吃天鹅肉，斗角勾心又一场。

欲知后事如何？请听下回分解。

第三十五回　拼教玉碎歼强敌
始信金坚是旧情

连城虎正在和帅孟雄说话，忽见一个老婆婆捧着茶盘颤巍巍地走到他的面前，说道："连大人，请用茶！"

帅孟雄大为诧异，"咦"了一声，说道："贺大娘，你，你怎么啦——"话犹未了，贺大娘已向他使了一个眼色，接下去说道："几个小丫头都偷懒去玩了，没人侍候贵客，只好由我倒茶啦。"

连城虎一时还未想到其中另有蹊跷，听了帅孟雄那样说话，只道这个贺大娘是个有身份的老仆人，连忙说道："不敢当，不敢当！"正要接过茶杯，贺大娘手腕抖颤，那杯热茶泼到连城虎身上。贺大娘佯作惊惶，伸手替连城虎揩抹。连城虎甚是尴尬，说道："不要紧，你老人家请回去吧。"说话之间，贺大娘的手指已是装作毫不经意地从他手腕拂过。

官场规矩，第二次给客人送茶，那就是主人送客的表示。因此贺大娘进去之后，连城虎就起立告辞。

连城虎是替宰相送礼来的，依礼帅孟雄应该送出大门，不料刚刚送下台阶，只见史白都匆匆赶了出来，说道："连兄，慢走！"

连城虎怔了一怔，说道："史帮主有何见教？"

史白都道："请连兄指教几路点穴手法！"话犹未了，伸手就向连城虎抓来，竟是一招极为厉害的大擒拿手法！

连城虎大吃一惊，骈指斜戳，正中史白都的虎口。史白都手腕一翻，却立即抓着了他的脉门。

帅孟雄道："史大哥，你，你怎么啦？"心想："你们虽然是相熟的朋友，这个玩笑也未免开得太过分了！”

史白都哈哈一笑，松开了手，说道：“连兄恕罪，非是小弟胆敢无礼，只因连兄讳疾忌医，小弟为了挽救连兄，只好如此冒犯了！”此言一出，连城虎登时吓得面如土色。

帅孟雄此时已知其中定有蹊跷，说道：“哦，原来连大人是有病在身么？”

史白都笑道：“不是病，是中了人家的暗算。不过连兄也不用惊慌，刚才给你送茶的那位老婆婆，是天魔教的高手，她擅于使毒，也擅于解毒！”

帅孟雄吃惊道：“连大人中了毒么？”

连城虎期期艾艾，不敢回答。史白都代他答道：“据贺大娘说，他中的毒，若无解药，三日之后，定将毒发身亡！他刚才点中我穴道，手指稀浮无力，看来贺大娘所说，决非恫吓之辞！”帅孟雄这才恍然大悟，原来史白都刚才的举动，乃是在试一试连城虎的内力。

史白都笑道：“连兄，咱们都是老朋友了，你有什么为难之事，咱们慢慢商量。”

帅孟雄道：“不错，贺大娘是不方便到宾馆给你治病的，请你在这儿留下，咱们也可以方便说话。”

史帅二人半推半拥地把连城虎拥入密室，史白都便即问道：“连兄，你不必瞒我了，你那两个随从是假冒的吧？你是不是受了他们暗算，以致为他们挟持？”

连城虎虽有弃暗投明之心，但心志也还不是十分坚定的，此时情知隐瞒不过，心想：“既然有贺大娘可以给我解毒，我就不必依靠李敦了。”竟然一五一十地招供出来。

史白都听了，又惊又怒，说道：“哼，原来是这两个小子！”

帅孟雄哈哈笑道：“难得他们自投罗网，这次定叫他们插翼难逃！连大人，你在这里歇歇，待我们擒了那两个小子，就叫贺大娘给你解毒。”言下之意，竟是要把连城虎留作人质，连城虎暗暗叫苦，后悔已经迟了。

帅孟雄与史白都走入后堂，帅孟雄说道：“史大哥，多亏你识破了敌人的奸计，厉南星这小子想必是为令妹而来，哼，在我成婚的前夕，他居然还敢来此胡闹，我不把他化骨扬灰，难消我胸中之气！”

史白都道：“厉南星这小子盗了我的玄铁宝剑，我也正是恨不得把他化骨扬灰！还有李敦这小子也极可恶，他本来是我的记室，竟然盗了我的宝物叛我，我也同样不能将他放过。待会儿我亲自到宾馆捉拿他们！”

帅孟雄道：“为什么不现在就去？”

史白都道：“这两个小子决计料想不到咱们已经识破了他们的奸计，在这西昌城中，谅他们也逃不掉。”

帅孟雄道：“敢情史大哥另有紧要之事？”

史白都苦笑道：“也不是什么紧要之事，咳，咳，说来不好意思，舍妹当真是孩子脾气——”

帅孟雄吃了一惊道：“对这婚事，她、她要反悔么？”

史白都道：“这倒不是，舍妹是求帅将军两桩事情。”

帅孟雄放下了心上的石头，哈哈笑道：“只要令妹应允与我成婚，夫妻如同一体，莫说两桩，十桩我也可以答应。”

史白都道：“她要将军大开城门，与民同乐。另一桩她要讨一枝令箭。”

帅孟雄道：“为什么？”史白都道：“她要放一个小丫头回去。”当下将史红英所要求的这两件事情，再加详说。

帅孟雄听了笑道：“原来是这样两件小事，请你回去告诉令妹，我遵命就是！”

史白都倒有点放心不下，说道：“大开城门，不怕有人混进来捣乱么？而且进城的人，你还得让他们吃喝呢，这个太不划算了。”

帅孟雄笑道：“城中戒备森严，普通的老百姓谁敢进来？进来的人又谁敢要我请他的客？”

史白都道：“只怕也有一些迫于生计的小百姓，要进城来做买卖。”

帅孟雄道：“我叫手下严加盘查，倘有江湖人物混进来，须瞒不过我那些精明干练的手下的眼睛。而且咱们口头上答应了令妹，倘若发现有什么不妥，难道不会随时关闭城门么?”史白都哈哈笑道：“对，对！我到底是直心眼儿，远不如将军的随机应变。”

帅孟雄道：“倒是令妹想要放出的那个小丫头，咱们却是不能不防。”

史白都道：“将军思虑周密，是该提防些儿。这小丫头是自小卖身给我家的，平日倒无可疑的行迹，武功也不高强。但舍妹急不及待地要放她回去，这就有点可疑了。但舍妹之意，对此事甚是坚持，这枝令箭是给她还是不给?”

帅孟雄笑道：“当然给她。令妹若是有什么图谋，倒可以从这小丫头身上得到线索呢!”史白都作出心领神会的神气说道：“不错，这是将计就计的妙法，咱们可以派一个人跟踪她。多谢将军提醒我了。”其实帅孟雄顾虑的这层，史白都也是早已想到了的。

史白都得到了满意的回答，当下便即告辞。帅孟雄道：“可要我派几个得力的帮手么?”史白都道：“这两个小子尚未知道我已经发现他们的秘密，我此去出其不意，定然手到擒来。人去多了，反而打草惊蛇。”

帅孟雄道：“好，那我就在这里静待佳音了。”

史白都自恃武功，即使厉南星有玄铁宝剑在手，打起来的话，他也可以稳操胜算。至于李敦，他更不放在眼内。何况宾馆里也有不少好手，厉李二人又无防备。

史白都满肚密圈，径奔宾馆。不料到了宾馆，却已不见厉、李二人。宾馆的管事说道：“这两个人吃过晚饭，就出去了。他们说是出去随便逛逛就回来的。”

史白都道：“好，那我就在这里稍等片刻，你赶快派人找他们回来。”

不料等了一个时辰，仍然不见厉南星和李敦回来。派出去找他们的人陆续回来，也都是没有发现他们的踪迹。

原来史白都以为他们没有防备，其实他们是早已有了防备。此刻他们已躲在李敦相熟的一个在西昌城中“卧底”的人的家里了。

史白都等到二更时分，仍然不见李厉二人回来，情知中计，亦是无可如何，只好吩咐宾馆的卫士出去严加搜索，心想：“他既是为红英而来，谅他也不会便即逃走。”

第二天一早，史红英向哥哥讨了令箭，并讨两匹坐骑。史白都道：“要两匹坐骑做什么？”史红英道：“我送她出城！”

史白都皱了眉头，说道：“你明天就要做新娘子了，怎好抛头露面？”

史红英道：“谁不知道我是一个曾经闯荡江湖的女子，怕什么抛头露面？帅孟雄答应我打开城门，我还要到各个城门巡视一遍，看看他是否阳奉阴违呢？”

史白都拿她没有办法，说道：“好，我陪你同去！”史红英冷笑道：“你放心不下，怕我逃走么？哼，我若要逃走，也不与你一同来西昌了。”

史红英一在街头出现，登时轰动全城。军民人等，争着出来看新娘子。虽然有将军府的卫士前呼后拥，不许闲杂之人挡道，但在史红英所过之处，街道两边，甚至连屋顶上也都挤满了人，只是不能接近史红英而已。

到了城池，只见城门果然大开，出出进进的人虽然不多，也是川流不息。有一辆骡车刚好进城，车上有一个老人，六七个女子，守城的兵士正要盘查，看见史红英到来，连忙上前迎接。

史红英道：“这是些什么人？”守城的军官答道：“是一班女乐，将军府总管请来助兴的。”史红英冷笑道：“既是一班女子，又是将军府请来的，你们还要盘查，对付老百姓你们更不知是如何的刁难了！哼，这样还何必打开城门，干脆关上好了。”

一来因为这个班子的确有将军府的请帖，二来又有史红英出头干涉，那个军官诺诺连声，便即放了这辆骡车，不再盘查。混在这个班子里的何彩凤与公孙燕方始松了口气。何彩凤抹了一额冷汗，说道：“好在彭巨嵘和连城虎没有亲来盘查，又这么幸运的刚好碰上了将军的新娘子！”她怎知彭巨嵘已经丧命，连城虎正被囚禁，哪里还有心思记起这件小事。

公孙燕悄声说道：“我听说这位六合帮帮主的妹妹与她的哥哥大不相同，却怎的就甘心做帅孟雄的新娘子了？”何彩凤道：“不必管她，咱们要对付的只是帅孟雄。”公孙燕道：“她若是甘心从贼，明天我顺手也送她一柄飞刀！”

不说公孙燕与何彩凤窃窃私议，且说纷闹之中，史红英忽听得耳边似有人小声说道：“接住！”史红英又喜又惊，只觉微风飒然，她已把飞来的东西接到手中，轻轻一捏，是个纸团。

史红英接过纸团，生怕给人发觉，慌忙藏入怀中。游目四顾，只见她的哥哥正在和守城的军官说话，背向着她。牡丹、芍药两个丫头在她侧面，神色如常。周围的卫士每个人都是刀出鞘弓上弦的严密戒备，看情形这些人都是丝毫未觉，否则早已是乱作一团了。

但史红英也找不到那个向她抛掷纸团的人。

“这人发暗器的功夫当真是神出鬼没，如果不是他先打个招呼，连我也丝毫没有发觉。当今之世，有谁有这样的功夫呢？”

更令得史红英惊骇的是这个人深不可测的传音入密的内功，她回想刚才的经过，那声音细若游丝钻入她的耳中，就似贴着她的耳朵说话，但说话的人却不知是在何处？“传音入密”的功夫还不算很难，内功有根底的人都可以将声音送到远处，只是距离有较远较近之分而已；但难就难在说出的声音只让一个人听见，旁边的人，内功若不是在说话那人之上，便毫无所觉。这不是普通的“传音入密”，而是一种特异的“天遁传音”的功夫。

史红英一片茫然，心里想道：“难道，难道当真是他来了？”

出了城门，史红英把令箭交给芍药，说道：“今日一别，此后只怕相会无期。祝你一路平安，有情人终成眷属。”芍药道：“小姐善自保重，祝你也是有情人终成眷属。”话中有话，旁人只道她是祝贺史红英与帅孟雄的婚事，只有史红英自己明白芍药祝贺的是谁，苦笑道：“只怕我没有你这样的福气。”

史白都道：“好了，可以回去了吧？”

史红英与芍药挥泪而别，回到住所，关上房门，把那个纸团打开来一看，只见里面裹住一口银针，针尖却是黑黝黝的。铺平了纸团细看，上面还写有十二个蝇头小字，“我已来，毋惊恐。此毒针，留备用。”正是金逐流的笔迹。史红英大喜过望，心想：“果然是他来了。但他从来不用喂毒的暗器的，这毒针却是从何而来？难道厉南星也来了么？他们两人已经见了面，这毒针是厉南星交给他的?”

史红英猜对了一半，金逐流和厉南星全都来了，但他们二人还未曾见面。

这支毒针是金逐流在扬州大闹六合帮总舵之时，给贺大娘暗算，打在他身上的那支毒针。后来李敦用磁铁给他吸出来的。金逐流收藏起来，原意是向贺大娘报复的，现在，恰恰派上了用场。

史红英又惊又喜，心中想道：“金逐流不愧是我的知已，他已经知道了我假意答应婚事，为的是要行刺帅孟雄。我正愁无法下手，有了这支毒针，可方便多了。”

话分两头，且说芍药出城之后，快马疾驰，跑了一程，那匹坐骑忽然越走越慢，再走一会，竟然口吐白沫，走不动了。原来史白都给她的这匹坐骑，是暗中下了药的。

此时正走到荒僻的山野之地，芍药虽无江湖经验，见坐骑倒毙，亦已知道不妙。心念未已，只听得蹄声急骤，一骑马已经追上山岗，来的正是史白都最亲信的香主董十三娘。

芍药慌忙跑入林中，董十三娘喝道：“跑不了啦，还不赶快给我站住。”

芍药强自镇定，说道：“董香主，原来是你，我还道是强人呢。你来得正好，我的马不知何故死了?”

董十三娘冷笑道：“你若是乖乖听话，我倒可以送给你一匹坐骑，让你回家。”

芍药道：“董香主有何吩咐?”

董十三娘道：“把小姐给你的东西交出来!”

芍药掏出了一把银子，说道：“这是小姐给我做路费的，董香主你拿去不打紧，我在路上可没得用了。”

董十三娘怒道：“谁要你的银子，有书信没有?”

芍药道：“哪来的书信? 你是知道的，小姐房中又没有笔墨。”

董十三娘道：“小姐有什么体已的话交代你?”

芍药面上一红，讷讷说道：“这个、这个——”董十三娘喝道：“什么这个那个，快说——”芍药作出害羞而又无可奈何的神气说道：“小姐知道我与表哥有婚姻之约，她、她体贴我，这，这才——”

董十三娘冷笑道：“谁问你的私情？我是问小姐的私情！她要你给谁通风报讯？”

芍药道：“没有呀！”董十三娘哼了一声道：“不给你一点颜色瞧瞧，你也不知道我的厉害！”跳下马来噼噼啪啪地打了芍药几记耳光，芍药忍着疼痛，只是不说。

董十三娘怒道：“贱骨头倒是很硬，好，且待我搜了出来，再慢慢地折磨你！”出指点了芍药的麻穴，便即搜身。

芍药的身上除了银子之外，并无其他东西。董十三娘冷笑道：“你不说我把你的衣裳尽都剥了！”嗤的一声，撕裂了她的一件衣裳，芍药叫道：“你把我一剑杀了吧，何苦这样的辱我！”她依然不肯招供，但神气显然已是十分害怕。

董十三娘道：“哪有这样便宜！”“嗤”的一声，又撕裂了她的中衣。芍药尖叫一声，晕了过去。一方折成方形的香罗手帕跌了出来。

董十三娘拾起手帕，正要打开来看，忽听得暗器破空之声，来得快极，董十三娘竟然躲避不开，给一枚小小的石子打着了手腕，手帕又掉到地上。说时迟，那时快，一条人影已是旋风般地扑到！

董十三娘这一惊非同小可，抬头看时，只见那条人影已经扑到她的面前，来的不是别人，正是她的冤家对头金逐流。

原来金逐流早已潜入西昌，他抛了那个纸团给史红英之后，本来就想回寓所的。但心里一想：“红英这样郑重其事地送一个丫头出城，其中定有缘故。”再想：“我想得到的史白都一定也会想得到。红英在她哥哥看管之下，是不能保护这个丫头的了。我既然猜到了她的心意，岂能袖手旁观？”为了避免给史白都发现，他绕过第二座城门，偷偷出城。因此耽搁了一些时候，幸而还能够及时赶到。

董十三娘深知金逐流的轻功极是高明，远远在她之上，料想要躲也是躲不开了，既然躲避不开，只好把心一横，和金逐流拼命。

剑光鞭影之中只听得“嗤”的一声，董十三娘的腰带给金逐流割断。董十三娘满面通红，骂道：“贼小子，胆敢调戏老娘！”

金逐流嘻嘻笑道："这可是你老人家错怪我了，我金逐流纵然好色，也不会调戏你老人家啊！嘿，嘿，只因你老人家善会剥人家的衣裳，我这不过是以其人之道还治其人之身而已，岂有他哉！"

董十三娘气得一佛出世，二佛涅槃，可是她还未曾骂得出口，金逐流倏地就欺到了她的身前，五指如钩，向她肩上的琵琶骨抓下。董十三娘霍地一个"凤点头"，长鞭卷地扫了回来。说时迟，那时快，就在这瞬息之间，金逐流的两只指头已是钳着她的衣领，身形一旋，把她的一件外衣剥了下来。董十三娘也好生了得，左肘一撞，金逐流纵身跃起，卷回来的长鞭从金逐流的脚底掠过。金逐流倒不敢再抓她的琵琶骨，半空中一个筋斗避开了她的肘锤，轻轻巧巧地落在一丈开外。笑道："你撕烂了人家的衣裳，不要赔么？我这是主持公道，你老人家可休要想歪了。"

口中说话，人已到了那丫头的身边，给她解了穴道，说道："董香主的身材和你差不多，这件衣裳你一定合身。"

芍药穿上了董十三娘的衣裳，心中痛快之极，说道："金大侠，你给我打她两记耳光！"

董十三娘大怒喝道："我拼了这条性命不要，也非杀你这臭丫头不可！"

金逐流长剑挥舞，把董十三娘所发的暗器全部反打回去，董十三娘迫得步步后退，金逐流哈哈笑道："亏你身为六合帮的四大香主之首，恃强欺弱，自己也不觉得害羞么？哼，有我在此，你想要杀人，又焉能够？"话犹未了，一挥长剑，匹练般的剑光又卷到了董十三娘的身后。董十三娘反手三鞭，好不容易才解了一招，但长鞭又已给金逐流削去了一段。

董十三娘在金逐流的剑光笼罩之下，想拼命也无从拼起，心里一凉，但求速死，蓦地回转剑锋，向自己的胸口便戳。不料她求生不得，求死亦是不能。说时迟，那时快，金逐流已是欺到她的身前，夺了她的短剑。

董十三娘叫道："我要死你也不许我么！"金逐流笑道："用不着死。"中指一弹，正中董十三娘虎口的"关元穴"，董十三娘长鞭坠地，浑身酸软，动弹不得。

金逐流道："你不是首恶，死罪可免；但你恃强凌弱，活罪却是难饶！"左右开弓，噼噼啪啪地打了董十三娘四记耳光。回过头来，笑问芍药道："够了么？"芍药连呼痛快，笑够之后，这才说道："金大侠不要再打她了，小姐有话叫我跟你说呢。"

金逐流把董十三娘抛入乱草丛中，他点的穴道是要十二个时辰之后方能自解的。回过头来，只见芍药已经拾起那条香罗手帕。

金逐流道："小姐是叫你出来找寻我的么？"

芍药道："正是。她叫我向丐帮打听你的消息，想不到在这里就遇见你了。"

金逐流笑道："我刚才在城里已经见了她了。我还偷偷地写了几个字抛给她呢，只可惜没机会和她说话。"

芍药道："这可真是巧极了，我也正是替她捎信给你的。"

金逐流道："是么，信在哪里？"

芍药将香罗手帕递给金逐流，说道："就写在这条手帕上。"接着说道："小姐也曾猜想你可能已到了西昌的，所以她今天才特地借口送我出城，在城中露面。不过，她也恐防你没有来，因此又写了这封信。"

金逐流听得史红英用心如此周密，大为感动。当下解开那条香罗手帕，只见上面有几行鲜红的小字，这是用指甲蘸了胭脂写的，罗帕一解，幽香扑鼻。

手帕上写的是："生非男子，愿做荆轲；死是鬼雄，无惭知己。岂荆璞之轻沽，悲浦珠之难返。知我者其唯君乎？嗟嗟，掬水中之月，只接清辉；雨天上之花，但闻香气。思未敢言，谁能遣此？心同所愿，苦唤奈何？俚句奉呈，聊表衷曲。"

后面附一首七言绝句，诗道："愿做荆轲誓入秦，何惭流水遇知音。此生已矣他生在，犹有寒梅一片心。"

这封信是史红英表明自己的心事的，含有两段意思，第一段解释她为何"嫁"给帅孟雄："我虽然不是男子，也愿意效法荆轲那样做个刺客。荆轲当年是为报燕太子丹知遇之德，行刺秦始皇；我则是为了不辜负你的期望，来行刺帅孟雄。我本是无瑕璞美玉（荆璞），哪会轻易出卖自己呢？我的用心你是应该懂得的。"

第二段则是向金逐流诉说她的情意："我是拼了一死来行刺帅孟雄的，只怕是不能合浦珠还，重回到你的身边了。唉，我有幸和你结交，大家的心事虽然都没有说出来，相信你也会明白的吧？但只怕咱们的缘分，却是如水月镜花般的虚幻了。"

这封信写得情意缠绵，金逐流读来不觉潸然泪下。尤其读到"掬水中之月，只接清辉；雨天上之花，但闻香气"两句，更是悲从中来，难以断绝，觉得自己实在糊涂，对不起史红英。

这两句写得十分含蓄，含有两层意思。史红英把他们的交情比作水中之月，天上之花。"水中之月"虽然掬不到手，但也"接"到了明月的"清辉"；天上雨花，这是美丽的神话，天上的花是不会落到人间的，但当我和你在一起的时候，也似乎到了这个境界，闻到了花的香气。这一层的意思是深表仰慕之情；第二层的意思却是埋怨金逐流没有将自己的情意坦白地说出来了。不过虽然没有说出来，她也是知道的。"清辉"已接，"香气"已闻，这就是表示她已经知道了。但虽然知道，也还是说出来的好。她用上一个"只"字，一个"但"字，就隐隐含有埋怨金逐流的意思。

寥寥十数字中，有思慕，有幽怨，更有无限痴情。泪眼模糊中，金逐流仿佛看到史红英紧蹙双眉的影子在他面前摇晃，不禁叹了口气，暗自想道："我何尝不想向你倾吐心曲，只因我知道厉大哥对你也是一片痴情，而我又还未知道你对我竟是情深如此！唉，金逐流呀金逐流，你真是糊涂，男女之爱，纯出自然，岂能当作货物一样让给人呢？"

"信"写得含蓄，一层一层的意思要细加咀嚼才体会出来，但那首诗却就写得十分明显了。第一句"愿做荆轲誓入秦"，这是重复信中的意思，不必解释。第二句"何惭流水遇知音"用的是"钟期已遇，奏流水以何惭？"的典故，直陈她是把金逐流当作知己，不怕向他吐露心事。第三句"此生已矣他生在"，那就更是大胆的直吐胸臆了，"今生我是不能和你做夫妻了，这心愿但愿在来生偿还吧。"第四句"犹有寒梅一片心"，把这番情意加深一层，"今生虽然不能和你做夫妻，但我欺霜傲雪像梅花一样的精神，死了也还是存在的。这心事你是应该明白啊！"

若在平时，史红英这片深情，是决不会这样大胆向金逐流倾吐的，只有在她决意一死的时候，这才敢于写出来。

芍药道："金大侠，你哭什么呢？哭又有什么用，你应该设法救我们的小姐啊！"她不解金逐流因何流泪，只道金逐流是在伤心于死别生离。

金逐流瞿然一省，说道："不错，我应该回去设法救你家小姐，你也应该赶快走了。"芍药那匹坐骑已经中毒死了，幸好有董十三娘留下的一匹坐骑，芍药便乘了她的坐骑，疾驰而去。

金逐流将那方香罗手帕贴肉收藏，香罗手帕印在他的心头，心中也不禁感到甜丝丝的。可是在他满怀喜悦之中，忽地却有一个念头升起："红英对我一片深情，但厉大哥却未必知道。在他的心中，只怕还是一厢情愿的错把红英的友谊当作了爱情呢！"

金逐流看了那方诗帕，过去的种种误会都已冰消，一切也都了然于胸了。他知道史红英对厉南星的感情纯是友谊，对史厉那次的"婚事"，不必史红英向他解释，他也猜想得到史红英的用心，对她完全谅解。

可是想到了那桩"婚事"，金逐流心上的一个"结"仍是未能解除。"那桩'婚事'，事实已自证明是史白都摆下的圈套，用来诱骗厉大哥上当的。红英之所以假意答应婚事，料想也是因为厉大哥是我的好友的缘故，她当时孤立无援，假意答允婚事就可以和厉大哥联手对付她的哥哥。但当晚他们才入'洞房'，史白都的伏兵已出，她的这番用心，却不知已经和厉大哥说了没有。厉大哥是和她行了礼的，名分上红英还是他的妻子，我怎能夺'嫂'为妻？即使可以向他解释，但我却又怎生开口？唉，这不但要使厉大哥难以为情，我，我也不愿他心受创伤的啊！"

金逐流哪里知道，那日的"婚礼"，史红英是用一个丫头替她拜堂；厉南星不但早已尽悉其中原委，而且正是深自抱愧，特地赶来西昌，想找金逐流说明此事的。

可惜，他虽然知道了金逐流已经到了西昌，却是无法与金逐流见面。

且说厉南星与李敦那晚从宾馆逃了出来，住在李敦一位朋友家中，这人名叫关大伦，是义军派在西昌“卧底”的一个人，在将军府中担任一个不大不小的差事。正因为他在将军府中有个挂名差事，那晚在城中大加搜索的官兵，在他的家中只是略略一看，并没仔细搜查，厉李二人这才得以躲过。

史红英送芍药出城，以“新娘子”的身份在街上抛头露面，此事轰动全城，厉李二人躲在关大伦家中也知道了。厉南星料想金逐流一定会在史红英所经之处出现的，可惜他却不能出去。

中午时分，关大伦带回来一个消息，说道：“李大哥，你可以放心了，大嫂已经平安进了城啦。她是混在乐家的班子里进来的，进城的时候，正好碰着史红英出城，得以免受盘查。另外还有一个人也跟她混了进来，李大哥，你猜猜这个人是谁？哈，只怕你也料想不到！”

李敦听说妻子已经平安进了城，心里甚为高兴，笑道：“跟她一起来的，那一定是个女子了。是竺尚父的女儿竺清华吗？”关大伦道：“不是，是红缨会总舵主公孙宏的女儿公孙燕。哈哈，这你可没有料到吧？”

李敦又惊又喜，说道：“真是没有料到。公孙舵主也到了大凉山么？”

关大伦道：“这倒不知。不过有他女儿来到，亦已可令史白都胆寒了。”要知红缨会乃是江湖上的第一大帮会，势力还在六合帮之上，公孙宏的女儿若是挺身而出，相助义军，史白都自是不能不顾忌三分。

关大伦道：“咱们的人已经和乐家班子接上了头，大嫂也知道你是在我这里了。不过我为了谨慎起见，还是请她暂时不要来此看你。你不会怪我阻拦你们夫妻相会吧？”

李敦笑道：“小心为上，这是应该的。关大哥请别取笑。”

关大伦又道：“不知怎的，厉大哥到了西昌，这件事她们也知道了。但和她们接头的那个人，却不知道厉大哥也是在我这儿。她倒还请他打探厉大哥的消息呢。”

李敦诧道：“拙荆从未见过厉大哥，她却是怎地知道的？”

厉南星道：“公孙燕是从大凉山来的，想必是她告诉了李大嫂。”

关大伦笑道：“这位公孙小姐倒是很挂念你呢，要不要告诉她你在这儿?”

厉南星摇手道：“我看不必多此一举了。”李敦也道：“不错，她们虽然是受聘而来，但一定也是有人监视的，咱们的人不宜和她们多通消息。”

厉南星知道了公孙燕已经来到西昌之后，心绪甚不安宁，这一晚翻来覆去，睡不着觉，暗自想道：“她一定是瞒着竺尚父偷偷地来找我的，唉，想不到她对我竟是如此关心，不惜为我冒性命之险！只可惜我是曾经沧海难为水，除却巫山不是云，恐怕是要辜负她的心事的了。”话虽如此，但厉南星一阖上了眼睛，公孙燕那娇憨可爱的影子就在他的眼前摇晃。

第二日已是到了帅孟雄结婚的“吉日”，婚礼定于中午举行。厉南星、李敦二人扮作关大伦的随从，跟着他进了将军府。

将军府挤满了本地官员与各方贺客，礼堂外面是一个大院子，东面有一台戏上演，西面则是说鼓书和清唱的乐家班子，另外花园里还有几台戏。自问没有资格进礼堂观礼的人，都集中在院子和花园里看戏听歌。

关大伦等人挤到了院子，只见周围已经布满了便衣卫士（关大伦是在将军府当差的认得这些卫士）。尤其令得他们吃惊的是，在礼堂门口，站着一个六合帮的香主董十三娘。

在董十三娘两旁站立的是青符道人与圆海和尚，这三个人都是金睛火眼地注视着每一个进入礼堂的人。厉南星涌到了台阶下面，正好听得圆海粗声粗气地说道：“金逐流这小子化了灰我也认得，他若敢来，我舍了命也要替你报昨日之仇。”董十三娘道：“你嚷什么？是要出我的丑吗？哼，我只怕这小子不来!”圆海道：“是，是。你不许我说话我就不说好啦!”可是他还是忍不住咕哝一句道：“也难怪你生气，你昨天吃的亏委实是太大了!”

原来董十三娘给金逐流用重手法点了穴道，本来是要十二个时辰之后方能自解的，史白都等不见她回来，派了青符、圆海两人去找，找着了她，替她解了穴道，这才能够及时赶到。她吃了如此大亏，当然是不肯把金逐流放过了。帅孟雄得知金逐流确实已到西昌，心里也不禁暗暗吃惊，因此也就更加强了防备。

关大伦本人是有资格进礼堂观礼的，但却不便带随从进去。董十三娘等人在礼堂门口虎视眈眈，李敦和厉南星虽然业已改容易貌，也怕瞒不过她的眼睛。无可奈何，只好放弃进入礼堂的打算，在院子里假装看戏，混进了人丛之中。

厉南星又惊又喜，心里想道："逐流果然是来了，礼堂看守得这样严密，他若是已经混入礼堂，一定会给人发现。里面既然没有闹事，想必他是在这院子之中。"当下戴起了金逐流父亲给他的那个寒玉戒指，希望金逐流见了这个戒指，认出是他。同时他自己也在暗中留意院子里的客人。

看来看去，没有一个人像金逐流，也没有形迹可疑的人涌到他的身边。厉南星好生失望，心想："逐流一定会来的，却怎的还不见他来呢？"

此时乐家班子的姑娘都已排列台上，李敦的妻子何彩凤正在说鼓书。李敦涌到了台下，厉南星等不见金逐流，也只好姑且听书。

公孙燕用青布包头，手抱琵琶，扮成一个班子里的姑娘。她虽然化了装，但那双灵活的眼睛，厉南星一看就认出来了。

厉南星正在盘算用什么方法和公孙燕打个招呼，忽听得唢呐声响，鼓乐齐鸣，鞭炮噼噼啪啪的烧了起来。新娘的花轿已经抬到府门。

史白都护送妹妹紧跟在花轿后头，院子里的客人闪开条路，史白都把妹妹扶出花轿，一个伴娘一个丫头一先一后的牵着新娘步入礼堂。这个丫头就是史红英那个心腹丫环牡丹。她是下了决心来与史红英同生共死的。正是：

主婢同心闯虎穴，要将热血洒华堂。

欲知后事如何？且听下回分解。

第三十六回　帕上脂痕刀上血
镜中俪影雾中花

当史红英踏上台阶，缓缓走入礼堂的时候，台上台下急煞了几个人。

在台上着急的是公孙燕与何彩凤，在台下着急的是厉南星和李敦。

这四个人都是想协助史红英行刺帅孟雄的，可是他们根本就没有接近帅孟雄的机会，只能眼睁睁地看着史红英走入礼堂。

何彩凤参加的这个乐家班子是清一色的女班，本来以为可以进入内堂演唱，以娱官眷的，谁知却被安排在院子里登台，和本地的几个戏班同样看待。众目睽睽之下，在台上演唱的何彩凤心里着急，可还不能不强颜欢笑，按拍轻歌，生怕唱漏了词儿，和错了节拍，给人家看出了破绽。

台下人头挤挤，厉南星认出了公孙燕，公孙燕尚未发现厉南星，她心中的焦虑，亦是不在何彩凤之下。

但最着急的还是厉南星，他是怀着赎罪的心情，决意舍了一己的性命，来救史红英的。但礼堂门口有董十三娘等人把关，史红英旁边又有史白都监护，他找不着金逐流，却是孤掌难鸣，即使不顾性命，亦是无济于事，厉南星在一时激动之下，本来就想不顾一切冲进去的，幸亏李敦将他拉住。厉南星听了李敦的劝说："冒昧出手，只会打草惊蛇，反而误了大事。"这才稍稍冷静下来。

只有史红英的心情却是十分平静。她中指套着的指环下压着一口毒针，这是金逐流给她的。金逐流抛给她的那个纸团藏在袋中，那十二个字深深地印在她的脑海："我已来，毋惊恐。此毒针，留备用!"

她有着一份对金逐流的信赖，她知道金逐流说出了这样的话，那就是舍了性命也一定要保护她的了！

但是史红英也并不企求侥幸，如果金逐流能够救得了她固然很好，救不了她，她与帅孟雄同归于尽，那也正是她的所愿。对她来说，最重要的是：要金逐流明白她的心迹，知道她是爱他。如今她已经知道金逐流是一定会来的了，她能够让金逐流亲眼看见她行刺帅孟雄，她写的那封信即使交不到金逐流手上，金逐流也会明白她的心迹的了。死有重于泰山，有轻于鸿毛。这样的死，无负于知己，有助于义军，这还不是最大的幸福吗?

史红英轻轻捏了一下牡丹的手，这个与她情同姐妹的丫头是决意来陪她同死的，此际她唯一的心事就是觉得连累了这个丫头了。她发觉牡丹的掌心淌着冷汗，她轻轻捏了她一下的手掌，这是一个无言的安慰，这也是给了她一股无形的力量，使得牡丹恢复了镇定。

礼堂里奏起琴瑟调和的乐曲，婚礼就要开始了。

挤在院子里的没资格进去观礼的客人，此时都已无心看戏，每一个人都是伸长了脖子望入礼堂。虽然隔着数十级的台阶，礼堂中的情形，在院子里其实是一点也看不见的。看见的不过是把门的卫士，和靠近门边的一些客人的背影而已。

厉南星紧紧抓着李敦的手，低声问道："怎么办?"

李敦也想不出好主意，苦笑答道："只好见机行事吧!"

乐声悠扬中，忽然有三个人来到乐家班子的这座戏台之下，此时何彩凤还在台上说书。

这三个人一个是将军府的总管安俊庭，一个是连城虎，还有一个则是擅于使毒的贺大娘。

他们三人悄悄而来，院子里热心于"观望"婚礼的客人都没有留意。李敦却是早就看见了。

李敦这一惊非同小可，连城虎是给他收服了的，此际竟然和将军府的总管安俊庭同来，那还能有什么好事？李敦情知不妙，便与厉南星暗暗跟在他们后面。

乐家班的班主看见总管来到，连忙上前招呼。安俊庭道：“别打断这位姑娘的说书，照常地唱下去吧！”

何彩凤勉强唱完一段，正要换人，安俊庭又道：“这位姑娘唱得很好，我要请她赏面，再给我唱一段红拂夜奔！”

“红拂夜奔”正是何彩凤那日在大明湖畔唱过的一段鼓书，那日曹振镛的儿子带了护院与家丁前来抢她，这段鼓书是连城虎曾经听她唱过的。

如今安俊庭指名点唱这段鼓书，不用说是连城虎出的主意，也分明是要试探于她的了。

何彩凤情知他们来意不善，但却不能不唱。她暗自咬了咬牙，心里想道：“我一定要镇定、镇定！决不能露出丝毫破绽！”

安俊庭圆睁着骨碌碌的一双眼睛，锐利的目光向着台上扫射，似乎是在搜索什么。过了一会，与连城虎交换了一个眼色，各自点了点头。

原来连城虎怕死贪生，在安俊庭、史白都迫供之下，不但将李敦与厉南星招了出来，而且将他和彭巨嵘那日遇见乐家班子所发现的一些可疑情节都一一地吐出来了。安俊庭捉不到李厉二人，得了这条线索，自是不肯放过。

何彩凤一曲未终，安俊庭忽地喝道：“停！”

班主大吃一惊，惶然说道：“她唱得不好，要不要换——”

安俊庭磔磔怪笑，说道：“好，好！谁说她唱得不好？正因为她唱得太好了，所以我请她下来领赏！”

何彩凤放下了梨花简，轻掠云鬓，作出羞涩的样子说道：“小女子唱得不好，大人谬赏了。”此时她已发现人丛中的李敦，李敦和厉南星二人正在向台边挤来。何彩凤必须貌作从容，拖延时刻。

安俊庭就像一只业已发现了老鼠的猫儿似的，料想何彩凤逃不脱他的魔爪，不妨尽情戏弄，又再笑说道：“我是个大老粗，不解妙处，好在这里有个知音之人！连大人，还是你来说说她的好处吧，也好叫她们知道咱们是赏罚分明！”

连城虎哈哈笑道：“想不到在这里听到了山东的梨花大鼓，这是鼓书中的‘妙品’啊！何姑娘，你混在川西的一个小班子里，不嫌太委屈了自己吗？嘿嘿，哈哈！真人面前何必再说假话，快快随我进去领赏吧！”

原来何彩凤甚有语言天才，她改用川西的土音说书，腔调模拟得维妙维肖，旁人都是听不出来。可是连城虎点的是她那日唱过的那段“红拂夜奔”，她虽然力持镇定，终是不免露出些许破绽，给连城虎听出了她原来的乡音。

安俊庭跟着冷笑道：“乐老头，你这个班子里似乎多出一位姑娘，嘿嘿，就是这位姑娘！你叫她也一同下来领赏吧！”用手一指，指的正是公孙燕！

原来安俊庭也是一位武学的大行家，公孙燕身上藏有软剑，给他看出来了！

公孙燕没有何彩凤的沉着，登时抽出利剑，扑下台来！何彩凤只好跟着出手，冷笑道：“连大人，你要领赏，我就成全你吧！”一扬手，把那柄说鼓书用的小槌子飞出，向连城虎打去。这是她的独门暗器，外面加上一层油漆，看似木头，其实却是精铁所铸。

公孙燕脚未沾地，贺大娘亦已扬手发出暗器，是三柄毒蒺藜。这是一种分量沉重的暗器，贺大娘因见她轻功了得，本领料想不差，只恐用梅花针之类的暗器会给她的掌风扫落，是以使出这种沉重的毒蒺藜，而且一发就是三柄！想她身子悬空，轻功再好，也是难以尽数闪开；身子悬空，有力亦是无处施展，这种沉重的暗器，决计难以打落。三柄毒蒺藜，至少非中一柄不可！

贺大娘打的如意算盘，却不知螳螂捕蝉，黄雀在后，就在她的毒蒺藜正自向台上飞去，眼看就要打着正在向台下扑来的公孙燕之时，猛听得一声大喝！

霹雳的一声大喝随着一道白光飞起，端的似是雷鸣电闪，只见厉南星连人带剑，化作了长虹，横空掠过，一片金铁交鸣之声，震得众人耳鼓嗡嗡作响。贺大娘所发的三柄毒蒺藜，给他的玄铁宝剑一挥，断为六截，四方飞出，院中宾客，纷纷躲避！

厉南星拉着公孙燕的手，两人使了个“比翼双飞”身法，轻轻巧巧的落在地上。公孙燕惊喜交集，叫道：“厉大哥，是你！”

几乎疑是梦中！

这一边，厉南星破了贺大娘的暗器；那一边，何彩凤飞出的打穴锤子却也给安俊庭打落了。

安俊庭身为将军府总管，武功自非庸手。一打落了何彩凤的暗器，立即便是一抓向她抓去。这一抓劲风呼呼，竟是狠辣异常的大力鹰爪功！

李敦喝道："给我躺下吧！"安俊庭那一抓堪堪就要抓到何彩凤的面门，忽觉微风飒然，隐隐带着一股腥气，李敦发出的梅花针亦已射到了他的后心！安俊庭听风辨器，知道这毒针乃是射他背心的三道大穴！

安俊庭焉敢让李敦的毒针射进他的穴道？百忙中使出个"黄鹄冲霄"的身法，平地拔起丈许，三口毒针，从他脚底飞过。

安俊庭避过了毒针，那一抓也就未能抓着何彩凤了。何彩凤轻功不弱，迅即掠过一边，拔剑就刺连城虎。

连城虎中毒已有两天，空自一身武功，已无气力使用，心里一凉，叹口气道："反正我也不想活了，你就杀了我吧！"何彩凤是个从未杀过人的女子，见敌人毫无抵抗，这一剑倒是下不了手。正踌躇间，安俊庭已是猛扑过来，挥刀向她斩下。

李敦走上前来，在连城虎肩头轻轻一拍，冷笑说道："连大人，你可真是对得住朋友啊！你既然只要富贵功名，那我的解药也不能给你了。但我也不杀你，让你自己忏悔去吧！"

李敦拔剑出鞘，夫妻联手，并肩御敌。连城虎躲过一边，又是惭愧，又是后悔。

贺大娘喝道："好呀，姓厉的小子，你居然还没有死，老娘就成全你们，让你们做个同命鸳鸯吧！"

厉南星叫道："小心，这妖妇爪上有毒！"说时迟，那时快，贺大娘已是抓到了公孙燕的背心，公孙燕一个斜身滑步，闪了开去。

厉南星怒道："今日非切下你的毒爪不可！"退后三步，挥起玄铁宝剑。贺大娘深知玄铁宝剑的厉害，岂敢让他施展？

贺大娘的勾拿撕扑功夫极为狠辣，厉南星给他近身缠斗，玄铁宝剑竟然施展不开。

杂在宾客之中的便衣卫士纷纷亮出兵器，一拥而上。公孙燕冷笑道：“叫你们知道姑娘的厉害！”陡然间只见寒光闪闪，衣袂飘飘，公孙燕展开了独门的轻功身法，当真似是蝴蝶穿花，蜻蜓点水，一口长剑在人丛中左穿右插，四下游走，叮叮当当之声不绝于耳，“啊哟！”“不好！”之声此起彼落，眨眼之间，众卫士的刀剑堆满一地！公孙燕的剑招快如闪电，每一招都是刺向对手的脉门。众卫士只见眼前寒光一闪，手腕已是中剑。简直没有招架的余地。

公孙燕杀得兴起，喝道：“老妖婆，你也吃我一剑！”青钢剑扬空一闪，刷地向贺大娘刺去。忽觉劲风飒然，一条大汉突然从人丛中扑出来，隔在公孙燕与贺大娘之间，反手一拍，三指擒拿，竟然把她的长剑夺了过去。

这个人是冀北的独脚大盗郑雄图，本来是给大内总管萨福鼎收买了的，去年帅孟雄到京给萨福鼎祝寿，见他武艺高强，又转聘他至西昌的将军府中，做了卫士的教头。

郑雄图手腕也中了一剑，但不是恰好刺着脉门，他练有铁砂掌功夫，皮粗肉厚，虽然给剑尖划破了皮肉，仍然把公孙燕的剑夺了。

旁边两个卫士看出便宜，挥剑急上。这两人在将军府的众卫士之中，也算得是剑术好手，两人左右夹攻，双剑同时刺到。厉南星看得怵目惊心，不禁“啊呀”一声叫了出来，但他给贺大娘缠住，急切之间，却是冲不过去。

公孙燕笑道：“不碍事，且让你们也看看我的夺剑功夫！”两个卫士正自双剑交叉刺出，忽觉手上一轻，两口长剑同时脱手。公孙燕这一招“空手入白刃”的功夫，比起刚才郑雄图用硬功夺她的剑，手法更为干净利落！

公孙燕双剑到手，笑道：“以一换二，算来还是我占了便宜！”话犹未了，已是身随剑走，堵住了郑雄图的去路。

郑雄图喝道：“撤剑！”重施故技，使出铁砂掌的功夫抽她的剑柄，公孙燕左手剑倏地反手一刺，快如电闪，后面“哎哟，哎哟！”之声连起，身后那两名卫士已是中剑倒地。这一招“声东击西”的快剑，当真是匪夷所思，院中不乏剑术好手，竟然看不出她这一剑是怎么刺的！

郑雄图一掌打空，那两名卫士已经倒地。郑雄图不由得心头一凛，这才知道公孙燕的剑法远远在他估计之上，去了轻敌之心。公孙燕冷笑道：“现在轮到你了，有本领的就再来夺剑吧！”脚步微动，身形一晃，郑雄图目注剑尖，铁砂掌刚要再发，陡然间只觉肩头疼痛，已是中了公孙燕的一剑！

原来公孙燕的剑术本来不是郑雄图所能克制的，只因她刚才不愿多所杀伤，每一剑都只是刺对方的手腕，却不知郑雄图的本领在众卫士之上，是以一个冷不及防，估计错误，这才给郑雄图夺了她的剑的。

如今她已有了准备，出手又快又狠，郑雄图还如何能够夺她的剑？非但夺不了剑，自身也难保了。

郑雄图肩头中剑，大怒喝道：“好丫头，我与你拼了！”恃着铁砂掌的功夫，心想拼着再受一剑，也要将她毙于掌下。哪知公孙燕的身法古怪之极，郑雄图双掌打来，她竟然一个转身，背向敌人。郑雄图从来未见过这种打法，不觉一怔。心神稍分，双掌虽然仍以极猛烈之势打出，去势已是稍微缓了一缓。就在这一瞬间，陡地听得公孙燕喊声：“着！”双剑反臂刺扎，快得难以形容，“扑扑”两声，随着“当”的一响，郑雄图左掌掌心被利剑刺穿，右掌掌心被划了一个“十”字，因他右掌的掌力较强，是以公孙燕的一柄剑却也给他打落。

但公孙燕不过失了一剑，郑雄图却是双掌齐伤，这个伤比刚才肩头中的一剑可是厉害多了。俗语说“十指痛归心”，何况掌心被利剑穿过。郑雄图忍不住疼痛，大吼一声，倒跃三步，向后便倒。

贺大娘在他后面，这一倒恰好就撞着了贺大娘。贺大娘不知是友是敌，忽觉背后有人扑来，当然不能不卫护自己，于是信手一抓一推，喝声：“去！”把郑雄图庞大的身躯，推出了一丈开外。

公孙燕身法何等快捷，跟踪扑击，如影随形，“刷”的又是一剑。郑雄图手掌已伸不开，双臂握拳击下，身上又中了一剑。

郑雄图本来是拼着与公孙燕两败俱伤的，是以竟然不顾身上中剑，拳头仍打下来。公孙燕见他如此凶悍，心里也不禁暗暗吃惊！

不料郑雄图的拳头还未打到公孙燕身上，双臂忽地软绵绵的垂了下来。公孙燕一个“裙边腿”踢出，扑地一勾，郑雄图水牛般的身躯倒了下去，只是发出一声呻吟，竟然就断了气。这一下倒是公孙燕始料之所不及，心道：“我这一剑也还不是致命之伤，怎的他就死了？”

原来他给贺大娘抓了一下。贺大娘的指甲是有毒的，那一抓恰恰抓着他肩上的伤口，伤上加伤，剧毒渗入血管，转瞬之间，已是毒发身亡！

高手搏斗，哪容得有丝毫失误，贺大娘在推开郑雄图之时，招数不免稍缓，近身缠斗，讲究的以快打慢，招数一缓，登时就给了厉南星一个反扑的机会。厉南星一掌拍出，立即把贺大娘推开，跟着便是一剑！

贺大娘不过是仗着毒爪的厉害，焉能挡得玄铁宝剑的一击？她双掌齐推，但掌力却不足荡开剑尖，只听得“咔嚓”一声，贺大娘双掌齐断。公孙燕顺手补上一剑，穿过了她的琵琶骨，也就不再理会她的死活了。

厉南星道：“快去帮忙李大哥！”公孙燕道：“好！”就在此时，忽听得“轰隆”一声，随即惊叫之声四起。原来是连城虎因见贺大娘已经毙命，不由得心念全灰，想道：“贺大娘死了，我还向何人去讨解药？李敦虽然饶我，我也是活不成了。又何必再受数日之苦？”于是一头碰在假山石上，自杀而亡！

挤在院子里的宾客，几曾见过如此惨酷恶斗的场面？人人都是只怨爹娘生少了两条腿，霎眼间逃得干干净净。有几个胆小的，想逃都跑不动，双腿一软，瘫在地上就吓晕了。

宾客尽逃，院中倒腾出了一片空地，史白都约来的两个高手——青龙帮的帮主高大成和白虎帮的帮主杜大业——一个手使狼牙棒，一个挥舞护手钩，双双抢到，拦阻厉南星、公孙燕。

厉南星一剑劈去，高大成举棒遮拦，高大成自负天生神力，不料剑棒交击，“当”的一声巨响，高大成的狼牙棒竟给玄铁宝剑削去了一截。高大成虎口流血，疾忙闪开。但他的狼牙棒却未脱手。

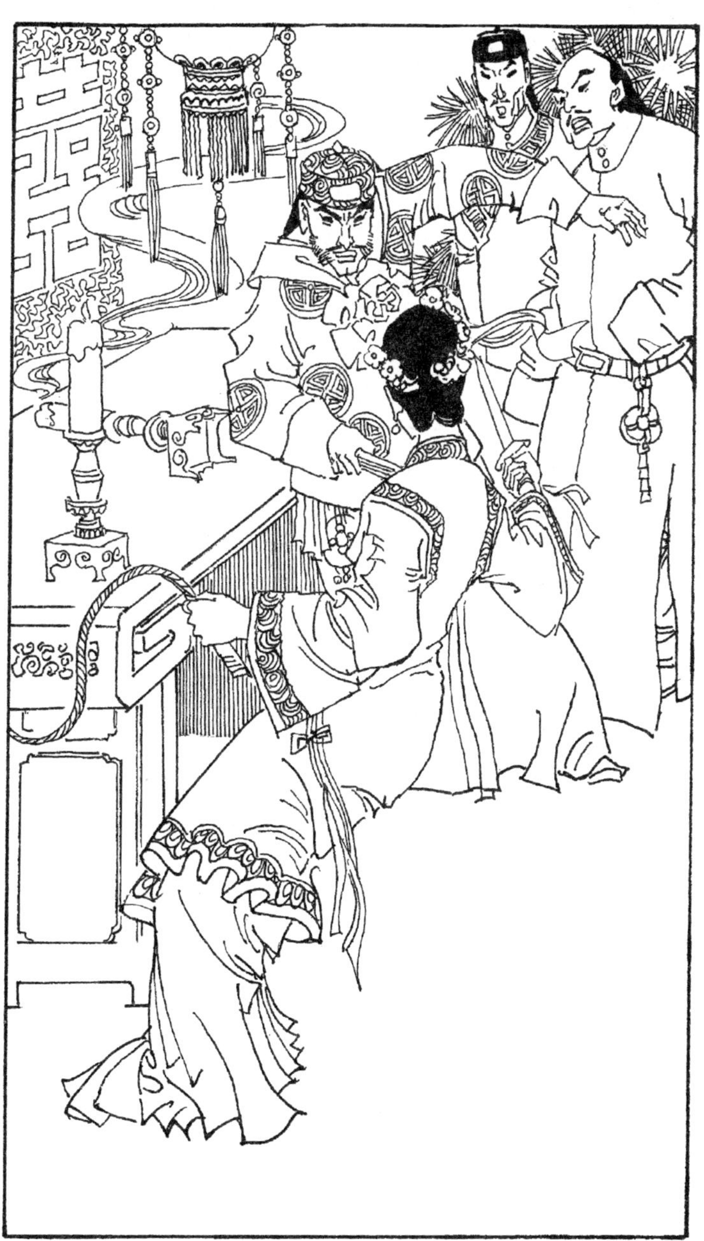
囍

史红英拔出短剑，“刷”地就向帅孟雄刺去！

厉南星也感到虎口酸麻，顾不得再劈第二剑，身形一晃，就从高大成身边掠过。

公孙燕跟着一剑刺去，高大成怒道："你这小丫头也来欺我！"狼牙棒横胸一挡，哪知公孙燕的长剑竟似会拐弯似的，"嗤"的一声轻响，高大成左臂着了一剑。

杜大业双钩盘旋刺出，双钩乃是克制刀剑的一种兵器，公孙燕疾刺七剑，剑尖虽没给他双钩锁住，却也破不了他的招数。高大成受了一点轻伤，越发大怒，狼牙棒舞得呼呼风响，浑身上下，泼水不进。公孙燕再想伤他，已是不能。这两人都是一帮之主，武功甚高，二人联手，把公孙燕迫得步步后退。公孙燕闪电剑法的威力发挥不出，渐渐落在下风。

院子里武功最强的是将军府的总管安俊庭，李敦夫妇联手战他，兀是感到吃力。

厉南星赶到，立即便是一招"力劈华山"，安俊庭听这金刃劈风之声极为强劲，吃了一惊，心道："这小子好横，只怕不能力敌。"他应招也是当真迅速，一个"移形换步"，避开了李敦夫妇的双剑，七节鞭轻轻一挥，使了个"带"字诀，将厉南星的玄铁宝剑拨过一边。可是厉南星的玄铁剑实在是太过锋利，端的有"吹毛立断"之能，安俊庭虽然能够解开他的招数，七节鞭却给他的宝剑削去了一节。此时院子里的卫士十九受伤，没伤的也插不进手。

厉南星疾劈三剑，安俊庭的长鞭又断了两节，"七节鞭"变成了四节鞭。安俊庭叫道："来人啦！"要知院子中的高大成、杜大业、郑雄图等人，本领虽然不差，却只能算是第二流的高手。第一流高手，都在礼堂之中。

院子里已经打得天翻地覆，礼堂里的人不会不知，但却不见有人来援。安俊庭觉得十分奇怪，迫不得已，只好出声召唤。

不料就在这个时候，只听得礼堂中也是人声鼎沸，同样的有人大叫："来人啦！"

礼堂中有人冲出来了，但却是仓皇逃命的一众宾客。原来礼堂里也出了事情，而且是更为惊人的事情！

且说史红英扶着牡丹，缓缓走入礼堂。从蒙头的罗帕缝隙偷窥出去，只见文道庄、文胜中父子，海砂帮的沙千峰、沙重山父子，以及当今之世唯一把修罗阴煞功练到第九重的阳浩等人，都在宾客之中。再加上她的哥哥史白都以及六合帮的三大香主，礼堂中当真可以说得是高手如云、群雄毕集。

史红英见了如此阵仗，心里也不由得暗暗吃惊！这吃惊并非是为了自己，她自己是早已拼着豁了性命的了。她是为金逐流担忧！

她还未曾发现金逐流，但她坚信金逐流是一定会来的。但在这许多高手环伺之下，金逐流除非不露面，一露面只怕也是难免有性命之忧！

心念未已，只听得“赞礼生”叫道：“新人上堂，新郎请出！”

帅孟雄喜洋洋地走上前来，手中拿着一把折扇。按照当时所行的习俗，他应该用折扇挑开新娘的罗帕，然后和新娘拜堂。

新郎已来迎接新娘，护送新娘的大舅子史白都自是要退过一边了。史红英携来的“陪嫁丫环”则还是跟在她的后面。

正当新郎伸出折扇的时候，忽听得新娘一声冷笑，新郎大叫道：“你——”陡然间只见新娘已是自己甩开了罗帕，右手拿着一把明晃晃的短剑，左手握着一根长鞭。长鞭横扫，短剑向着新郎的胸口直刺！

原来史红英已把那口毒针插进了帅孟雄的肩头。

帅孟雄也不是毫无戒备的，但小小的一口毒针，藏在史红英的指甲缝中，这却是他料想不到，也看不出来的。

史红英的软鞭、短剑则是藏在她那“陪嫁丫头”牡丹的身上。帅孟雄、史白都只注意到史红英身上没藏兵器，却没有注意她的丫头。这个丫头竟敢与史红英同谋，不惜牺牲自己的性命，这也是他们做梦也想不到的。

史红英射出了毒针，跟着取鞭、拔剑、进招，几个动作一气呵成，快如闪电！

惊呼骇叫之中，只见寒光一闪，史红英的短剑已是刺到了帅孟雄的胸口，纵有满堂高手，也是难以救他性命的了！

这刹那间，每一颗心都好像要从腔子里跳出来，每一个人都以为血溅华堂势所不免！但不料这一剑刺下，却只是听得轻轻的“嗤”的一声，帅孟雄倒跃三步，闪过一边，竟然没有倒下，身上也无半点血迹！

原来帅孟雄身经百战，武功又高，虽然变起仓猝，中了毒针，居然临危不乱。百忙中他来不及拔出随身佩剑，就用那柄折扇当作兵器，折扇一张，使出最上乘的卸力化劲的功夫，史红英一剑从他的扇面划过，剑尖登时就滑过了一边。折扇虽给戳穿，却没有刺到他的身上。

但这轻轻的“嗤”的一响过后，只听得“哎哟，哎哟！”、“扑通，扑通！”之声此起彼落。原来史红英这一招乃是左鞭右剑同时施展的，在短剑向前直刺之时，她的长鞭也在同时横扫出去。这一鞭就卷翻了几个观礼的客人，恰恰造成了帅孟雄与她之间的障碍。帅孟雄侥幸逃了性命，大怒之下，正要出手擒拿，有两个被绊翻的客人，却恰巧向他倒下。

有资格进这礼堂观礼的都是达官贵人，帅孟雄不敢伤贵宾的性命，双掌一出，抓住了那两个客人，轻轻推过一边。说时迟，那时快，史红英又已是“回风卷柳”，疾扫三鞭，这一来遭受“无妄之灾”的“贵客”更多了，横七竖八的倒满了一地。

史白都又惊又怒，喝道：“你这贱丫头反了反了！你，你，你，你是不想活啦！”史红英冷笑道：“不错，我是反了，我是不想活了。但这里最少有一个人要陪我死掉，他就是你所要巴结的帅孟雄！”

帅孟雄故作镇定，纵声笑道：“区区一口毒针，谅它也还不能就要了我的性命。史姑娘，你扔掉兵器，赶快向客人赔罪，咱们还可商量。”此时帅孟雄何尝不知史红英已是决不能再做他的新娘，但他却是有所顾忌，怕迫得狠了，史红英出手大伤宾客！

帅孟雄以为自己的内功深厚，初时的确是不大把这毒针放在心上，不料他笑声未了，只觉半边身子已经麻木，这才知道这枚毒针非比寻常。连忙调匀气息，运功御毒，不敢再动。

史白都道：“帅将军你进去歇歇，这贱婢我来替你惩治！”史红英鞭不停挥，喝道：“你敢上来！你要上来，陪我死的就不只一个了!”

史白都冷笑道:“你的功夫是我教的,岂能在我面前逞强?哼,我为什么不敢上来?”劈空掌发出,一股掌风荡开史红英的长鞭,大踏步就上。

帅孟雄的一个副官惊道:“史帮主,别鲁莽!”此时众宾客已是纷纷夺门奔逃,但给史红英打翻的那十几个客人,还是横七竖八的躺在地上,急切间哪里能够挣扎起来?

礼堂中高手虽多,但这十几个倒满一地的客人,却等于是安置在史红英周围的绊脚石。当真大打起来,这些人焉能保得性命?那个副官担忧的正是这层。

史白都道:“不碍事!”只见他迈步上前,连环起脚,把躺在地上的客人一个个地踢得飞向大堂的门口。说也奇怪,那些人挨了他的一脚,落下地时,却是站得平平稳稳。倒好像史白都不是用脚,而是用手将他们轻轻提起,再放下来似的。原来史白都的力道用得巧妙之极,踢在他们的身上,却能够令得他们丝毫无伤。史红英的长鞭给他的掌风荡开,也是施展不了辣手。

那些客人并没受伤,但有几个却吓破了胆,落在门边,竟然不会逃走,软绵绵地靠在别人身上,因此又跌下来。那个副官忙叫卫士扶他们出去。转眼间满堂宾客走得干干净净。

那个小丫环还在史红英身边,史白都扫清了“绊脚石”,大喝一声,腾地飞起一脚,就向她踢去。他恨这个丫环与史红英同谋,这一脚可就不是儿戏的了,而是当真要取这小丫头的性命。

史红英吸了口气,使出浑身气力,反手一鞭。史白都单凭掌风荡它不开,伸手一抓,抓住了她的鞭梢。那一脚势道略缓,但仍然向这小丫头踢去。

眼看这小丫头性命不保,史红英也难逃魔爪,就在这危机瞬息之间,忽听得“轰隆”一声,突然有个人从空中跳下来。这个人不是别人,正是金逐流。

原来金逐流昨晚进城之后,就悄悄地潜入这个礼堂,躲在“将军府”的匾额后面。他是早已估计到了今天不容易混进来的。

史白都一脚踢出,陡然间只觉足心一震,原来是给金逐流用一枚铜钱打着了他的足心。史白都穿着厚底粉鞋，又正是用猛力踢出去的，小小一枚铜钱自是不能令他受伤。但金逐流突然出现，饶是史白都胆大，也不能不吓了一跳。此时受了暗袭，又不知金逐流还有什么厉害的后着，只好赶紧缩脚松手，闪过一边。

那块“将军府”的大匾额给金逐流一拳打烂，从半空中跌下来，站在门口的卫士连忙闪避。有两个跑在最后面的宾客给木块打穿了头。

金逐流趁着史白都猛然受惊，闪身躲他之际，闪电般地掠过去，拦腰抱起那个丫头，在她耳边说道：“有我保护你的小姐，你快走吧!”振臂一抛，把这小丫头抛出了门外。

史白都喝道：“好小子，你当真是胆大包天!”金逐流哈哈大笑道：“多承夸奖，好，这就请你看我虎口拔牙的手段!”笑声未已，双方已是闪电般地交上了手，以剑对剑，以掌对掌，快速无伦地斗了三招。

金逐流左拳一晃，横肱撞出，陡的一拳击上，中指的节骨凸出，如同棱角似的，敲打史白都的耳门。这一招有个名堂，叫做“羚羊挂角”，看似拳打下巴，真正厉害之处却在他中指的敲击。耳门的软骨最为脆弱，倘给击碎，不死也要变成白痴。

史白都识得厉害，焉能给他打中?当下还了一招“天王托塔”，右臂一圈，掌背一挥，反手便施擒拿绝技。

史白都以攻为守，解拆得当真是沉稳狠辣兼而有之。不料金逐流这一招却是虚招，史白都一抓抓空，只听得“哎哟”一声，旁边有一个人跌跌撞撞的斜窜出去，嘴巴一张，喷出一口鲜血。金逐流笑道：“史帮主，你看我虎口拔牙的手段如何?”把手一扬，一股腥风向史白都劈面打去，史白都只道是什么喂毒的暗器，不敢手接，当下挥袖一卷，卷来一看，却原来是两颗带血的门牙!

这个被打落门牙的人乃是海砂帮的帮主沙千峰，原来沙千峰看见金逐流已在和史白都恶斗，金逐流似是处在下风，他想捡这个便宜，上来偷袭。哪知金逐流眼观六路，耳听八方，却故意装作不知，口中和史白都说话，剑掌也都在向史白都攻去，待到沙千峰来至背后，这才蓦地将击向史白都的那招虚招，移前作后，化虚为实，移来给沙千峰“受用”，一拳就打落了他的门牙。沙千峰是一帮之主，武功甚是不弱，倘若与金逐流面对面的认真较量，虽然仍是打不过金逐流，但也决不至于一个照面就吃大亏。

文道庄喝道：“金逐流休得逞能!”如飞扑上。史红英软鞭一挥，向沙千峰拦腰疾卷开，沙千峰脚步尚未站稳，哪里闪避得，只觉肋骨一麻，已给史红英软鞭卷着，倒提起来。

文道庄正在跑来，史红英长鞭一抖，把沙千峰当作“人球”向文道庄抛去。文道庄当然不能让沙千峰受伤，只好双掌平伸，使出卸力消劲的功夫，用柔和的力道把沙千峰接下来。沙千峰接连吃亏，气得哇哇大叫。

史白都的功力本在金逐流之上，但见金逐流如此神妙莫测的手法，也自不禁暗暗吃惊。金逐流笑道：“史帮主，我这虎口拔牙的手段，你要不要也尝一尝?”史白都怒道：“岂有此理，你这小子也敢来欺我?”但他虽然大言炎炎，心里却也着实有点害怕，生怕金逐流使出什么怪招，即使不能打落他的门牙，吃了亏也不是当要的。

此时金逐流在形势上是以寡敌众，十分不利。史白都料他逃不出去，于是打定了不求胜先防败的主意，见他扑来，本能的斜身一闪。不料金逐流又是虚招，就在这瞬息之间，只听得他一声长啸，身形拔起，俨如鹰隼穿林，掠波海燕，倏地掠到了帅孟雄的身边!

史红英叫道：“不错，射人先射马，擒贼先擒王！他中了我的毒针，不要让他有喘息的机会!”

帅孟雄想不到金逐流来得如此之快，大吃一惊。说时迟，那时快，金逐流反手一拿，已是抓着了他的手腕。

帅孟雄也是好生了得，手腕已给敌人抓住，居然并不慌乱，百忙中使出败中求胜的上乘武功，一个“脱袍解甲”，身躯一矮，力贯双臂，手腕一沉，交叉错步，借着腰部的一转之力，竟然把金逐流弹开。

金逐流暗暗叫了一声可惜，这一招若是他剑掌兼施的话，早就可以在帅孟雄身上捌个透明的窟窿。只因他想擒住帅孟雄作为人质，却不料帅孟雄虽然中了毒针，依然还能运用真力。金逐流一掌之力制不住他，良机已是错过。

就在此时，两条人影向金逐流扑来。左面的是阳浩，右面的是文道庄。阳浩的“修罗阴煞功”已练到了第九重境界，人未到，掌先发，饶是金逐流身有护体神功，也不由得机伶伶地打了一个冷战。

文道庄喝道：“哪里走！”使出了“三象神功”，拳风呼呼，一招“横身打虎”向金逐流背心猛击！

好个金逐流，在背腹受攻之下，身形平地拔起，使出了卓绝的轻功！文道庄的“三象神功”与阳浩的“修罗阴煞功”各有千秋，功力悉敌，拳风与掌风碰撞，发出郁雷般的声响，双方都是不由自己的后退三步。金逐流却已是捷如飞鸟般的从文道庄的头顶飞过去了。

金逐流的偷袭虽然未能成功，却也收了“围魏救赵”之效。礼堂中几个顶儿尖儿的高手，都忙着来救护帅孟雄，一时间却是无暇去攻打史红英了。

此时与史红英交手的只有一个史白都。史白都的本领虽是远远在他妹妹之上，但在金逐流突袭帅孟雄的这片刻之间，他也是心神不定，不知是去赴援的好，还是先把妹妹擒下的好？史红英打不过哥哥，但抵挡十招八招的本事总是有的，史白都稍一踌躇，金逐流已是闪电般的又回来了！

帅孟雄挣脱了金逐流的掌握，只觉全身发麻，显然是毒气上升的迹象。帅孟雄吃了一惊，心里想道：“得赶快把贺大娘找来才好！”他还未知，贺大娘早已给厉南星杀了。

此时众宾客正在纷纷向外逃跑，帅孟雄站在门口望出去，看不见贺大娘，连忙叫道：“快快把贺大娘找回来！”

话犹未了，只听得“嗤”的一声，一道蓝色的火焰飞上天空，片刻之间，只见南北西东飞起了无数流星花炮，此起彼落，在天空上蔚成奇景，元宵之夜的烟花，也无如此热闹！

院中的卫士哗然大呼：“有奸细，有奸细！”呼喊声中，已是隐隐听得有轰轰隆隆的土炮攻城的声响。

城中各处放起的流星花炮，显然是接应的讯号。不用说是有

“奸细”埋伏城中的了，而且为数还不少呢！

原来最初升起的那道蓝火是何彩凤射出的“蛇焰箭”，城里隐藏的义军方面的人，一见了这枝蛇焰箭就放起流星花炮，这是他们早已约好了的“里应外合”的讯号。

帅孟雄不愧有大将之才，虽惊不乱，一面叫人传令出去，命令守军镇定对付，一面调派好手，上前捉拿厉南星等人。可是他自己因为中了毒针，却不能亲自去指挥了。此时他固然担心外敌，但更紧要的则是给自己找寻解药，于是不顾礼堂中的打斗，就出去找寻贺大娘。

金逐流大喜道：“厉大哥在外面！”趁着这个混乱时机，运剑如风，就杀出去。

史白都抵敌不住他与史红英的联手急攻，只好让开条路。

礼堂中好手如云，但真正一等的高手也不过寥寥数人，阳浩与文道庄误拼了一掌，此时正在忙于调匀气息，以免受了内伤。沙千峰接连吃了两次大亏，伤得虽然不重，亦已是惊弓之鸟，一时间竟是不敢向前。其他诸人，如董十三娘、青符道人、圆海和尚、阳浩的弟子龚平野、文道庄的儿子文胜中等等，武功虽然各有所长，却都只能算是一二流之间的脚色，这些人也都是给金逐流杀怕了的，见金逐流似疯虎般地冲出来，人人都是有点害怕。

金逐流一声大喝，挺剑向守在门口的圆海刺去，圆海硬着头皮，横刀一挡，“喀喇”一声，戒刀折断，圆海吓得魂飞魄散，连忙窜过一旁，乒乓两声撞倒了两名卫士。

说时迟，那时快，金逐流一剑赶跑了圆海，第二剑已是向着董十三娘刺去，冷笑说道：“臭婆娘，昨日饶了你的命，你居然还敢回来与我作对，要不要我再剥掉你的衣裳？”

以董十三娘的本领本来可以抵挡金逐流的三二十招的，但此际心中又是羞愧又是害怕，气一馁了连最得意的神鞭绝技使出来都是不成章法，金逐流一剑拨开她的长鞭，跟着就是一招“剑中夹掌”！

董十三娘霍的一个“凤点头”，躲得虽快，还是闪避不开，只听得“啪”的一声，已是给金逐流用重手法结结实实地打了一记耳光，脸上登时开了花！

史红英长鞭挥舞，文胜中不知她的厉害，上前拦截，未能近身，已是着了一鞭，打得他哇哇大叫。青符道人挥剑袭击，史红英冷笑道："树倒猢狲散，我看你还是回去真正当个道士的好！"青符道人在六合帮中恶迹不多，和史红英也没有什么仇怨，见此情景，心里一凉，低声说道："多谢姑娘善言相劝。"果然就让开了路。

以青符道人的剑法而论，史红英未必可以胜他，不料他不战而退，这就给史红英轻轻易易地闯了出去。史白都大怒，"哼"的一声飞身掠出，把青符道人踢了一个筋斗，跟着就向史红英的后心抓下。喝道："待我抓了这个丫头，再和你这牛鼻子算账！"

金逐流反手一掌，替史红英接了一招。青符道人爬了起来，朗声说道："我是外人也不忍伤害史姑娘，你是哥哥，却要拿妹妹巴结权贵，我看不过眼，从今之后，各走各的路吧。我在三清观等你，但只怕你没找我算账的机会了！"

青符道人之所以敢于毅然反叛史白都，固然是由于给他踢了一脚，气愤难当所至；但另一个更重要的原因则是他看清了大势的确不好，此时城外千军万马厮杀的声音都可以听得见了，看来义军破城已是指顾间事，他生怕义军进了城，把他算做史白都的死党，是以不惜和史白都反脸，却向史红英讨好。

此时里里外外部在混战，将军府的卫士忙于对付敌人，谁也无暇去理会背叛六合帮的青符道人。不过青符道人也不敢向史白都反戈一击，他悄悄地溜走了！

史白都给金逐流击了一掌，大怒说道："即使西昌给你们的人攻破，城破之前，我也要取你这小子的性命！"文道庄接声说道："不错，无论如何，也不能放过他们！胜儿，随我来报这一鞭之仇吧！"

文道庄功力深厚，此时已是调匀气息，赶了出来，双掌盘旋飞舞，左攻金逐流，右攻史红英。他恨史红英打了他的儿子一鞭，十成攻势中倒是有七成向着史红英的。史白都心里想道："你知道金逐流的厉害，却让我来对付他。"不过他毕竟也还是有点不大愿意向妹妹痛下毒手，宁可让别人杀了她。是以也并不抱怨文道庄，当下挥剑运掌，接下了金逐流的八成攻势。

跟着阳浩亦已调匀气息，赶了出来。金史二人在三大高手围攻之下，再想向外闯出去已是不能了。正是：

石破天惊来刺客，刀光剑影闹华堂。

欲知后事如何？请听下回分解。

第三十七回　妙舞清歌腾杀气
神拳宝剑拼存亡

此时厉南星正在逐步向公孙燕移近，尚未会合。公孙燕的对手是高大成、杜大业二人，这两人都是一帮之主的身份，武功很是不弱。高大成的狼牙棒械重力沉，招数纯熟；杜大业的一对护手钩轻灵翔动，专克刀剑。双钩一棒，配合得很好。公孙燕使出浑身解数，兀是不能突破他们的钩棒联防。她的剑术虽然精妙，却吃亏在气力较小，时间一长，不觉香汗淋漓，渐渐有点支持不住。

厉南星这边，本来是他和李敦夫妇合战安俊庭的，此时已经来了另外四名将军府的武士，成为以三对五的局面。这四名武士不过是二流脚色，但他们却练有一套四人合使的棍法，四人如同一体，攻守谨严，足可以当得一个一等一的高手。他们所使的齐眉棍，都是重兵器，厉南星的玄铁宝剑可以损伤他们的兵器，但却不能在一招之间，将它削断。安俊庭的武功极高，得了这四个武士的协助，他从中策应，照顾四方，登时也扳回劣势，成了相持的局面。

厉南星听得金逐流在叫"厉大哥"，抬头望去，只见金逐流与史红英在三大高手围攻之下，激斗方酣，看情形似乎他们也是自顾不暇。这刹那间厉南星又惊又喜，又是微感辛酸。稍一分神，安俊庭觅得他的破绽，霍的一鞭打来，在厉南星的肩头抽出了一条淡淡的血痕！

但这一鞭却也把厉南星打得醒了过来，心里想道："为报知己，虽死何辞?"思念及此，登时血脉偾张，也不知哪里来的神力，呼的一剑，就把一根三十多斤重的齐眉棒劈为两段，剑锋一带，又将安俊庭的七节鞭削了一节。此时安俊庭的七节鞭已经是只剩下三节了。

那四个卫士是同进同退，宛如一体的，一根齐眉棍给斩断之后，阵法立即破了。厉南星从缺口冲出，一个起伏，已是如掠波巨鸟般地冲到了公孙燕这边。

高大成听得背后金刃劈风之声，大吃一惊，连忙回身招架。应招虽快，还是慢了半步，狼牙棒刚刚举起，厉南星已是一剑劈下来！高大成哪挡得住玄铁宝剑的威力，“当”的一声，狼牙棒当中剖开，高大成虎口流血，跌翻出一丈开外。

杜大业连忙逃跑，公孙燕剑招何等迅捷，“扑”的一声轻响，剑尖已刺进了他膝盖的环跳穴。杜大业双腿一软，跪在地上。

厉南星道：“燕妹，你快去接应李敦夫妻！”匆匆说了这句话，便即向金逐流与史红英那边奔去。

公孙燕本来是跟随厉南星的，可是回头一看，却见李敦夫妻正在陷于险象环生的苦战之中！

公孙燕与何彩凤情同姐妹，见此情景，大吃一惊，只好连忙回去，救援她与李敦。

厉南星掠过两座假山，恰好碰上了出来寻觅贺大娘的帅孟雄。

这正是仇人见面，分外眼红，帅孟雄喝道：“好呀，你这小子也来送死！”抢上假山，居高临下，要把厉南星打下去。

厉南星冷笑道：“那姓贺的老妖妇早已死了，你到黄泉路上会她去吧！”猛挥玄铁宝剑，立即抢攻。

帅孟雄不知是真是假，心里想道：“且把这小子打发了再说。”他以前和厉南星曾经交过一次手，那次厉南星给他一掌打得重伤，是以他虽然知道厉南星手中拿的是玄铁宝剑，却也傲然不惧。

不料刀剑相交，只听得“当”的一声，帅孟雄手中的一把长刀已是折为两段。

帅孟雄自以为功力胜过对方不止一筹，却不知那一次他之所以得胜是因为厉南星受伤在先，这一次情形恰恰相反，是他先中了毒针，此消彼长，如何还能挡得住厉南星玄铁宝剑的一劈？

帅孟雄大惊之下，人急智生，恃着占了居高临下的地利，脚尖一挑，把假山上的一块石头挑动，厉南星正在仰攻，这块石头照面就打下来。

厉南星把剑一挥，“克刷”一声，火星蓬飞，这块大石头又给他的宝剑劈为两半。帅孟雄连环起脚，第二块、第三块石头……接续而来！

厉南星一口气连劈五块石头，说时迟，那时快，已是抢上了这座假山。帅孟雄侧身一闪，反手擒拿他的左腕。厉南星一剑劈空，劈在假山石上，声如巨雷。

帅孟雄的大擒拿手法极为了得，厉南星一剑劈空，他已经拿着了厉南星的手腕。可是厉南星这一劈之力威猛无伦，帅孟雄给他的剑风一荡，脚步已是站立不稳，拖着厉南星就滚下来。厉南星无暇转身挥剑，大喝一声“去！”一个心窝腿踢出，登时把帅孟雄踢下了假山。

这几下兔起鹘落，迅疾异常。当帅孟雄与厉南星交手之时，府中好手已是纷纷赶来，可是仍是解救不了他这一腿之灾。

但是厉南星虽然踢伤了帅孟雄，报复了一掌之仇，他要闯过去与金逐流会合，却也是不能够了。

只见跑来救护帅孟雄的一群人中，有海砂帮的帮主沙千峰，有阳浩的弟子龚平野，有圆海与董十三娘。厉南星一个“鲤鱼打挺”跳起来时，这些人都已到了假山下面，转眼间史白都也飞一般地赶到了！

厉南星倒吸了一口凉气，心里想道：“单史白都一人，我有玄铁宝剑在手，只怕还是打他不过。何况还有沙千峰等许多好手？罢了，罢了，拼将一死酬知己，但求逐流贤弟与史姑娘能够脱险，我今日虽死，死亦瞑目！”史白都后发先至，此时已经抢上假山。

厉南星思念及此，心意立决，大叫道：“贤弟，接剑！”玄铁宝剑化作了一道银虹，隐隐挟着风雷之声，笔直地向金逐流飞去！

这样沉重的玄铁宝剑，从高处飞下来，威势何等惊人？史白都深知玄铁宝剑的厉害，功力虽高，也不敢抢接。一侧身，玄铁宝剑从他头顶飞过。

此时只剩下文道庄与阳浩和金史交手，金逐流的本领略胜他们一筹，史红英则是不及他们。以二敌二，一时间难分高下。

说时迟，那时快，玄铁宝剑已是挟着风雷之声笔直飞来，文道庄也是知道玄铁宝剑的厉害的，史白都都不敢接，他如何敢接？当下他和阳浩不约而同的左右分开，玄铁宝剑飞到了金逐流的面前。

金逐流身形微侧，伸掌一拍，拍着剑柄，玄铁宝剑转了个方向，去势立缓，金逐流左手一抄，已是紧紧地握牢了剑柄。原来厉南星曾得金逐流的父亲传授剑法，这一招掷剑的手法正是“大须弥剑式”的一招，金逐流对这一招掷剑接剑的手法比厉南星还更纯熟，是以厉南星敢于掷剑给他，而金逐流也果然不负所望，轻描淡写的就把玄铁宝剑接了下来。

可是金逐流接了宝剑，却是不由得心头一凛，毫不欢喜，反而慌了起来，想道：“厉大哥弃了宝剑，如何对付史白都？”

这柄玄铁宝剑重达一百多斤，从假山上掷下来容易，抛上去当然难得多。金逐流正要不顾一切，抛回去给厉南星。就在此时，忽听得厉南星大吼一声，原来他已给史白都一掌击个正着，骨碌碌的从假山的另一面滚下去了！

厉南星坠地之处乃是在两座假山之间，金逐流和公孙燕各在一边，厉南星坠地之后，情形如何，他们都看不见！但只见到史白都已经从假山上跳下去，不用说是去捉拿厉南星的了。

金逐流心痛如割，牙根一咬，想道：“我决不能让厉大哥为我送命！”当下运剑如风，霹雳一声大喝：“挡我者死，让我者生！”史红英跟在他的后面，便即向前硬闯。

阳浩使出了第九重的修罗阴煞功，还想阻止他们。可是修罗阴煞功的厉害之处不在于掌力，而是在于那股阴寒之气，金逐流不惧修罗阴煞功，挥剑硬劈，阳浩的掌力焉能挡得住这样沉重的宝剑？

阳浩眼看抵挡不住，蓦地一声大吼，抓起了一个卫士当作盾牌，金逐流一剑劈下，只见血光迸现，这个卫士当场了结。但阳浩却拾回了性命，扔下了卫士的尸体，跑了。周围的卫士看见阳浩如此残忍，生怕无辜陪丧，哪个还敢向前？

文道庄自恃三象神功已经练到炉火纯青之境，众卫士散开，他一人独上，“哼”了一声，说道：“我倒要试试你这玄铁宝剑的威力！”

金逐流喝道：“好，那就来吧！”使一招“横云断峰”，玄铁宝剑挟着风雷之声拦腰截斩！文道庄亮出一口细长的兵刃，还了一招“大漠孤烟”，其直如矢的向金逐流的重剑轻轻点下。

这口兵刃形式古怪，似刀非刀，似剑非剑，只有二指之宽，却有五尺多长。原来是文道庄用十几把缅刀打成的一把软剑。缅刀本身已是百炼精钢，聚十几把缅刀的精华铸炼而成的这柄软剑，当真是到了“百炼钢化作绕指柔”的地步。

原来文道庄是个武学的大行家，深知以玄铁重剑的威力，世间任何兵刃都不能与它硬碰，只有从“以柔克刚”方面着想，他铸成的这把软剑，就正是要用来对付玄铁重剑的。软剑有个好处，弹力极强，与重物相碰，决不会一碰即断。

只听得“叮”的一声，软剑的剑尖轻轻点在玄铁重剑的剑背上，软剑登时弯曲如弓，但玄铁重剑的那股大力，却也给他卸去了几分，这一招文道庄虽然是略处下风，但总算是招架得住了。

金逐流隐隐感到他的反击之力，也禁不住心头一凛，想道：“举重若轻还易，举轻若重更难，这厮能用一柄软剑发挥出威力极大的三象神功，委实是不可小觑！但我若杀他不退，焉能救得厉大哥脱险？豁了性命，也要与他拼了！”

金逐流一声大喝，玄铁宝剑疾劈出去。情急之下，也不知是哪里来的神力，百多斤重的重剑拿在他的手里，竟似轻若柳枝，运剑如风，横劈直刺，当真是翩如飞凤，矫若游龙，转眼之间，已是劈刺斫削交互运用，使出了七招进手的招式！

叮叮之声，宛如琵琶高手的轮指疾弹，震得文道庄的剑尖嗡嗡作响，颤动不休！文道庄本来自恃功力要比金逐流略高少许的，哪知七招过后，竟是虎口发热，软剑都几乎掌握不牢。每一次碰击之后，软剑就多弯曲一分。文道庄大吃一惊，心里想道：“若再硬拼下去，只怕当真要剑折人亡！”无可奈何，只好窜过一边，让开条路，放金逐流过去。

此时史红英亦已杀退了文胜中等人，追上了金逐流。金逐流听得她的呼吸声息似乎有点异样，吃了一惊，问道：“你怎么啦？”

史红英牙关打战，格格作响，应道："没，没什么。"原来她是受了阳浩所发的修罗阴煞功的寒气所侵，跟着又是一场激战，她的内功造诣远远不及金逐流，自是禁受不起。

金逐流一看她的面色，已知缘故，当下紧紧握着史红英的左手，一股内力透过她的掌心，助她驱除寒气。史红英道："别为我耽搁了，快去救厉大哥要紧！"金逐流道："是！"拉着史红英便跑，两人轻功不相伯仲，史红英得了金逐流以内力相助，跑起来不逊于精力充沛之时，两人同使"比翼双飞"的身法，转瞬间便已到达那座假山。

董十三娘、圆海、沙千峰、龚平野等人一见金逐流来到，都着了慌，连忙四下散开，不敢接战。金逐流翻过假山，叫道："厉大哥，厉大哥！"

只见史白都哈哈笑道："厉南星早已给我杀掉啦，你到黄泉路上会他去吧！"金逐流游目四顾，在这两座假山之间的平地上，影影绰绰的有十多个人，并无厉南星在内，地上横七竖八的有几具尸体，似乎也不是厉南星。

金逐流心想："厉大哥想必是翻过那一座假山去和李敦他们会合了。"但这只是从好处着想而已，若从坏处着想，厉南星失去了玄铁宝剑，决计打不过史白都，在这许多强敌围攻之下，他又焉能逃脱？

金逐流猜疑不定，勃然大怒，喝道："你敢诅咒我的厉大哥，吃我一剑！"当下也不理会史白都说的是真是假，立即便挥动玄铁重剑，痛下杀手！

史白都把长剑掷出，纵声笑道："金逐流，你偷了我的玄铁宝剑，你以为我就奈何不了你吗？休说一剑，十剑百剑，又有何妨？"

"克刷"一声，史白都掷来的长剑，已给金逐流削为两段。但史白都功力却在金逐流之上，这一掷之威亦是非同小可，金逐流竟然给他震退了三步。

史红英连忙赶来给他掠阵，金逐流道："你去找厉大哥吧！"说时迟，那时快，史白都已是从六合帮一个头目的手中，接过了一个独脚铜人，喝道："臭丫头，躲开！我不想亲手杀你！"

这个独脚铜人虽然不及玄铁宝剑的沉重，也有五十来斤。金逐流一剑刺去，只听得“当”的一声，火星飞溅，铜人身上给削去了一小片，金逐流虎口也是微感酸麻。史白都准备下这个独脚铜人，正是要用来对付玄铁重剑的。

霎眼之间，金逐流攻出了十七八剑，史白都挥舞铜人，一一抵住。只听得金铁交鸣之声震耳欲聋，铜人身上伤痕斑驳，但也毕竟是把玄铁重剑的威力抑制了。

沙千峰刚才被史红英打了一鞭，心中含恨，见金逐流已经和史白都交上了手，当下便放心上来捉拿史红英。阴恻恻地冷笑道：“乖侄女，有本领你就再打我一鞭吧！”

史红英的本领不在沙千峰之下，但却吃亏在久战之后，气力不加。十数招一过，香汗淋漓，罗衫尽湿。沙千峰双掌盘旋飞舞，迫得她步步后退。

龚平野见有机可乘，鼓起勇气，也来加入战团，从旁发掌，协助沙千峰，夹攻史红英。

龚平野的修罗阴煞功不及乃师深厚，但亦已练到了第五重。掌风发出，寒气侵肌。史红英在激战中正自浑身发热，突然给冷气一冲，不由得牙关打战，花容失色，更感支持不住。

沙千峰喝道：“撤鞭！”左掌一拨，右手已是使出“虎爪手”的功夫，抓住了史红英的鞭梢。

史红英银牙一咬，力贯鞭梢，坚不放手。她的鞭法委实是刁钻无比，虽然落入了对方的掌握，依然能够反击敌人。沙千峰只觉指缝间好像有一条小蛇要钻出去，啮得他手指隐隐作痛。

沙千峰大怒，喝道：“好呀，你这个臭丫头还要逞强！”一个沉肩坐马，使出了千斤坠的功夫，用力一拉。史红英已是用尽了气力，这一拉之下，登时将她牵动，身向前倾。龚平野一跃而上，五指如钩，朝着她的琵琶骨抓下！

眼看史红英难逃魔掌，忽听得金逐流一声大喝，声到人到，脚未沾地，已是挥剑向沙千峰斩去。

原来史白都的独脚铜人虽然足以与玄铁重剑相抗，但毕竟稍欠灵活。金逐流胜他不得，要摆脱他却并不难。

沙千峰本以为金逐流无暇兼顾的，此时见他突如而来，焉得不慌？史红英那条软鞭已给他拉得像绷紧了的弓弦，只见剑光一闪，鞭梢断了一截，沙千峰斜身窜出，吓得面无人色！原来金逐流的剑来得太快，他本来是要立即松手的，终于还是给他断了鞭梢。但也幸亏他躲避得快，否则手掌也要给割了下来！

龚平野那一抓本来可以抓着史红英的琵琶骨，但给金逐流一声大喝，不由得他不心头一震，这一抓势道略缓，金逐流反手一掌，"砰"的把他打得翻了一个筋斗。

史红英软鞭疾扫，冷笑说道："沙伯伯，这一鞭是你叫我打的！"沙千峰刚刚窜过一旁，惊魂未定，避过了玄铁重剑，却避不开史红英的长鞭，这一鞭刚好抽着他的面门，打得他皮开肉裂，眼泪鼻涕齐流，面上好像是涂上了各种颜料的画布。可惜史红英气力不足，未能打裂他的头颅。但也是够他受了。

金逐流握着史红英左手，一股真力输送进去，助她驱除寒气。说时迟，那时快，史白都又已扑到，铜人击下，隐隐挟着风雷之声。此时他已是暴怒如雷，即使把妹妹一齐击毙，也是顾不得了。

史红英叫道："别再顾我了，你自己逃吧。"她深知金逐流的轻功卓绝，手中又有玄铁重剑，要逃的话，无人能够将他拦阻。

金逐流道："生则同生，死则同死！"仍然紧紧握着史红英的左手，只用右臂之力，挥剑抵挡铜人。

当当当几声响过，史白都把独脚铜人向前推压，金逐流抵挡不住这股猛力，身形虽未移动，双足已是陷在泥中。

史白都叫道："快来人啦！"要知金逐流是把真力分作两股使用的，此时已是只能勉强支撑。倘若有人向他偷袭的话，此人不必武功很强，已足制他死命。可惜距离最近的沙千峰与龚平野二人，受挫之余，已是给金逐流吓破了胆，伤得虽然不重，但听了史白都的叫喊，依然是迟迟疑疑的不敢向前。

金逐流感觉史红英的掌心已经微微发热，这才放开了手。一声大喝，拔出双足，全身气力都运到剑上，猛的一挺一挥，史白都的铜人身上又添了一道伤痕，不由自己的退开一步。

忽听得有人叫道："可惜，可惜，我来迟了一步！但也不算太迟。”原来是文道庄匆匆赶到。

文道庄当然不是沙千峰等人可比，他以“三象神功”运剑，剑出如风，硬插进来，不过数招，已是把史红英和金逐流又隔开两边。

史白都道：“你替我拿这个臭丫头，金逐流这小子不是我的对手。”要知金逐流为史红英驱除寒气，业已耗了几分真力，他的功力本来就不如史白都，此时自是相差更远了。纵有玄铁宝剑在手，史白都自恃亦可胜他，是以不愿文道庄和自己争功。文道庄看出便宜，不过他对金逐流总也还有几分顾忌，于是微微一笑，说道：“好吧，既然是你的吩咐，那我就只好得罪令妹了！”这样一来，变成了各自为战的局面，强弱之势，越发悬殊！

忽听一个少女的声音叫道：“厉大哥，厉大哥！咦！厉大哥，你怎么啦？你在哪儿？”原来是公孙燕杀来了。

公孙燕被假山隔在一边，厉南星刚才和史白都交手的情形，她也没有瞧见，但厉南星那一声裂人心肺的呼叫，她是听见了的。

公孙燕一急之下，豁了性命，招招都是杀手。她本来是和李敦夫妇合战安俊庭与及另外四个武士的。那四个武士中有一人的齐眉棍早些时候已给厉南星的玄铁宝剑劈断，他们练熟了的一套棍法，缺了一人，威力大打折扣。不过片刻，另外三人亦都伤在公孙燕的剑下。对方高手，只剩下安俊庭一人未伤，公孙燕料想李敦夫妇足可以应付得了，于是赶忙过来找寻厉南星。

公孙燕家传的快剑乃是武林一绝，只见她指东打西，指南打北，衣袂飘飘，剑光如练，端的便似水蛇游走一般，龚平野、文胜中等人哪里拦得她住？转眼之间，又有三名武士中剑，公孙燕已是越过假山，到来与金、史二人会合了。

金逐流吃了一惊道：“你没有见着厉大哥？”要知金逐流一直以为是厉南星已经跑去和公孙燕会合的，哪知此刻忽然见到公孙燕跑来找他，金逐流焉得不惊？是以明知公孙燕没有见着厉南星，还是忍不住要问她一问。

高手比斗，哪容得分了心神？史白都趁此时机，陡地一声大喝，铜人使劲压下，金逐流的玄铁重剑竟也禁受不起，给他压得倒撞回来。史白都使上了“隔物传功”的本领，金逐流紧紧握着剑柄，只觉一股巨力倒撞回来，胸口竟似如受铁锤猛击一般，震得他胸中气血翻涌，五脏六腑都好像移了位置！

眼看金逐流就要给铜人压得重伤，史白都正自得意，叫道：“撤剑！”忽觉微风飒然，公孙燕一招“七星聚会”，长剑指到了史白都的后心。

史白都是个武学大行家，一听这金刃劈风之声，便知公孙燕这招，竟是同时刺他背心的七处穴道！

饶是史白都武艺高强，也不禁大吃一惊：“想不到公孙宏的女儿，年纪轻轻，竟是如此厉害！却不知公孙宏这老儿来了没有？”当下只好放松对金逐流的压力，左手反手一掌拍出，荡开了公孙燕的剑尖。

此时史红英在文道庄急攻之下，也正是吃紧非常。金逐流正面的压力一松，立即便回转头来，抡起玄铁重剑，当作大刀来使，一招“独劈华山”，朝着文道庄劈下。文道庄吃了一惊，连忙闪过一边，其实金逐流此时气息尚未调匀，文道庄倘若是敢于和金逐流硬拼的话，金逐流决计不是他的对手。

史白都一掌荡开了公孙燕的剑尖，立即变为大擒拿手，欺身进迫，强抢公孙燕的兵刃，曲臂回肘，按拍勾抓，掌劈指戳，招招险狠，每一掌都似乎就要打到公孙燕的身上。公孙燕剑走轻灵，居然在十招之中还攻了四招。但因距离太近，只觉掌风劈面，几乎透不过气来。

公孙燕一飘一闪，斜窜三步，叫道：“史白都这厮欺侮孩儿，爹爹，你还不快来帮我？”史白都心中一凛，一招凌厉之极的攻势按住不发，说道：“我和你爹爹是好朋友，你别胡闹，赶快走吧！”要知公孙燕的父亲乃是红缨会的帮主，红缨会是江湖上第一大帮会，势力尚在六合帮之上。公孙宏本身的武功也远远胜过史白都，正是史白都所最顾忌的人物之一。

史白都心里想道：“公孙宏这老儿难缠得很，不知他来了没有？但不管是假是真，却何苦与他结怨。这小妞儿放过也不打紧，金逐流这小子却决不能让他走了。”于是在逐退公孙燕之后，回过头来，又再与文道庄联手，攻打金逐流。

幸亏有公孙燕缠了史白都片刻，金逐流喘息一过，护体神功自然发挥作用，内力源源而来，虽没有完全恢复，亦已恢复了七八分。当下长剑划了一道圆弧，剑光闪缩不定，左攻史白都，右攻文道庄。攻向史白都的是虚招，不让他的铜人碰着，但剑凌势厉，却是在一招之内袭他七处大穴。史白都回转铜人护身，只听得“叮”的一声，文道庄却已给金逐流迫退两步。原来金逐流攻向文道庄的乃是实招，文道庄的软剑虽然不致给他折断，却是抵挡不住玄铁重剑的威力。

公孙燕寻觅厉南星不见，文胜中冷笑道：“姓厉这小子早已给史帮主杀啦，你这小妞儿还是跟了我吧！”文胜中生性好色，虽知公孙燕本领了得，但谅她一个单身女子，已陷重围，插翼难飞。于是就大着胆子，与郑雄图联手，上来拿她。

公孙燕刚才听得金逐流说没有见着厉南星，心中已是隐隐感到不妙。文胜中此言一出，俨如晴天打了个霹雳，公孙燕脑袋里“嗡”的一声，险险晕了过去。

文胜中见她惊得好似呆了，心中大喜，立即向她扑去，想捡这个现成的便宜。公孙燕瞿然一省，怒气陡生。郑雄图叫道：“小心！”话犹未了，只见剑光一闪，公孙燕已是痛下杀手，“噗”的一声轻响，剑尖穿过了文胜中的左肩。

公孙燕不理文胜中死活，抽出剑来，第二剑便向史白都攻去。史白都怒道：“我看在你爹爹份上，指点你一条生路，你自己要来找死，我可不和你客气了！”

公孙燕哑声叫道：“厉南星是不是你杀的，是不是你杀的？”史白都心想：“我若说不是我杀的，旁人一定以为我是怕了公孙宏。”当下傲然说道：“原来你是喜欢上这小子呀，这小子有什么好？不错，是我杀的！乖侄女，你莫伤心，我赔你一个女婿就是。”其实厉南星的确是给史白都打得重伤，但死活如何，史白都却也不知。不过料想他是必死无疑的了。

公孙燕叫道：“厉大哥死了，我也不想活啦！你杀了我，自有爹爹给我报仇。史白都，今日我和你拼了。”话犹未了，已是向史白都疾攻了十七八剑。

金逐流与史红英都是不约而同地想道："原来厉大哥已有了意中人，这位公孙姑娘对他当真是深情无限。"心中甚感安慰。但想及厉南星生死未卜，却又不禁心中悬悬。但在面对强敌之下，也只有振奋精神作战，无暇多所思虑了。

两座假山之间地方有限，金逐流、史白都、文道庄都是一等一的高手，在这三大高手剧战之下，旁人哪里插得进手来？郑雄图不自量力，恃着有铁砂掌的功夫，上来助战。给玄铁重剑荡起的劲风一撞，恰好撞在史白都的铜人身上，登时一命呜呼。

文道庄挂念儿子，叫道："胜中，你怎么啦？"文胜中嘶声叫道："我给那臭丫头伤了，爹，你要为我报仇！"文道庄不知儿子伤得如何，不觉心慌意乱。史白都说道："令郎决死不了，我听得出来，你放心吧。"文道庄道："他好像伤得很重。"

史白都冷冷说道："死不了的。就是死了，这也是为皇上尽力。"文道庄瞿然一惊，心道："不错，在这紧要关头，我是决不能退缩的了。我顾得了儿子，可就顾不了富贵功名啦！"但话虽如此，总是不免有点挂心。

此时双方成了以二敌三的局面，金逐流这边虽多了一人，但史红英、公孙燕不但本领较弱，而且都是在久战之后气力难以支持的了。幸亏史白都对公孙宏有点顾忌，不敢伤他女儿。而文道庄挂念儿子，精神也是不能集中，双方这才打成了平手。

激战之中忽听得炮声隆隆，越来越响。不久，连大军厮杀之声，马群奔驰之声，也隐隐可闻了。

且说帅孟雄正在到处找寻贺大娘，听得炮声，怔忡不安，忽见安俊庭给一双男女追着逃跑，原来他的助手给公孙燕全都杀伤之后，已是打不过李敦夫妻。

帅孟雄迎上前去，替安俊庭挡了一招，他虽然受了伤，功力还是远在李敦夫妻之上。帅孟雄击退了李敦夫妻，立即问道："贺大娘呢？"

安俊庭喘过口气，说道："贺大娘已给那姓厉的小子杀了。"帅孟雄失声叫道："什么，她已经死了？"心中一急，哇的一口鲜血喷了出来。

安俊庭大惊道："帅将军，你怎么啦？"话犹未了，只见有个人匆匆跑来，上气不接下气的也在叫道："帅将军，帅将军！"

帅孟雄吸了口气，定一定神，睁眼一看，认得这人是他派出去察看军情的一个参将，连忙问道："外面打得怎么样了？"那参将道："东西两面城门已给'贼兵'攻破，张孟两位统领请将军出去亲自督师，否则恐怕是守不住了。"

帅孟雄中了毒针，仗着深厚的内功支持了这许多时候，已经是元气大伤。贺大娘一死，解药又已无望。此时他正是意乱心烦，强自支持，哪里还有精神去亲自督师？但义军业已进城，指顾之间就要打来，守在将军府也不是办法。当下强作镇定，说道："好，我马上出去督师。安副将，你把府中的弓箭手尽都调来，叫他们换上毒箭，将这几个小贼乱箭射杀！"

安俊庭道："不怕误伤了史白都和文道庄吗？"帅孟雄怒道："哪还顾得了这么多！"要知他恨金逐流如同刺骨，宁可玉石俱焚，也决不能容忍金逐流与史红英结成连理。

帅孟雄口里说是"督师"，心中却在想道："北门未破，趁着混战之际，我且扮作一个小兵逃走。找个安全的地方疗伤，性命紧要，功名富贵不要也罢。"

心念未已，只听得厮杀之声已是越来越近，看情形似乎是已在进行巷战。帅孟雄蓦地抓着一个卫兵，剥下他的号衣，披在自己的身上，匆匆便跑。

刚跨出院门，迎面来了一个身材魁伟，髯须如戟的老者，两人打了一个照面，那老者猛地喝道："帅孟雄，吃我一掌！"这老者正是受过他一掌之伤的上官泰。

双掌相交，"砰"的一声响，帅孟雄倒跃出一丈开外，"哇"的又是一口鲜血吐了出来。上官泰不知他业已元气大伤，一掌将他震退，倒是颇感意外。愕了一愕，帅孟雄钻进乱军之中，出了院门。

董十三娘不知上官泰的厉害，喝道："哪来的这个老匹夫？"飞身扑上，一招"回风扫柳"，长鞭挥舞，便向上官泰打来。

何彩凤叫道：“这妖妇最为可恶，上官前辈，不能饶她！”上官泰道：“是吗？”口中说话，左手一抄，已是握着鞭梢，右掌斩下，长鞭断为两截，董十三娘跌了个四脚朝天。李敦、何彩凤两柄飞刀同时掷出，登时取了她的性命。李敦在六合帮之时，曾受过她不少的气，此时方得泄愤。圆海见董十三娘毙命，吓得扭头便跑。

将军府中本是好手如云，但此际人心慌乱，自顾不暇，哪还肯为帅孟雄卖命？安俊庭费尽力气，才找得十几名弓箭手，叫他们躲在假山上放箭。

史白都大怒喝道：“岂有此理，连我你们也要射杀了！”倒提独脚铜人，跃上假山，正要找安俊庭算账，忽地里一阵骤雨般的暗器打来，但这些暗器却不是向假山下面的金逐流射去的，只听得“哎哟，哎哟！”“不好了，不好了！”的惊叫之声四起，那十几名弓箭手都着了暗器，滚下假山。

只见墙头屋顶，东面几个，西面几个，十几条人影捷如飞鸟般的扑下来。他们是：宇文雄、江晓芙、李光夏、林道轩、上官纨、竺清华——这三对夫妻是江海天的门人弟子、女婿、女儿。——还有陈光照、石霞姑和秦元浩、封妙嫦两对情侣。

义军大队未至，但这十几个人如飞将军的从天而降，已是足以大寒敌胆。上官泰喝道：“义军已经破城，要性命的快快投降。”将军府的卫士有的逃跑，有的伤亡，还有更多的人自忖顽抗无益，乖乖的听话的放下了武器。帅孟雄延揽来的那些好手，则似没头乌蝇的到处乱钻。

史白都抡起独脚铜人，泼风般地打将出去，喝道：“不要命的就来送死！”宇文雄道：“好，你是六合帮的帮主是吗？我倒要看看你有什么厉害？”剑身合一，一道青光滚来，“当”一声，青钢剑劈在铜人之上，只觉虎口酸麻，宇文雄身形一晃，立即又是一招“醉八仙”的招式，斜身进剑。

史白都吃了一惊：“这小子居然没有跌倒。”心念未已，只觉微风飒然，竺清华的长剑刺到了他的背后。这一剑轻灵迅捷，委实是一招极精妙的剑法。史白都一个“旱地拔葱”，窜起七八尺高，铜人击下，竺清华给铜人击下的那股劲风一撞，胸口好似受了一锤，几乎透不过气，知道厉害，身形飘闪，史白都的铜人击了个空，不禁又是一惊。

说时迟，那时快，李光夏、林道轩左右齐上，一刀一剑，全都攻向史白都的下盘，刀劈胫骨，剑刺膝盖。史白都的铜人是重兵器，不够灵活，下盘正是弱点。史白都又是一惊："这两个小鬼的眼光倒是厉害。"双足连环踢出，林道轩长剑给他踢飞，李光夏气力较大，一刀斫着他的鞋跟，给他震退数步。这一招因为是以力碰力，史白都鞋跟给刀尖划破，立即便将他震退，是以没有受伤。但史白都亦已是吃惊不小，心想："哪里来的这几个小鬼头，竟然一个比一个厉害！若不快走，只怕是要在阴沟里翻船了。"原来史白都在与金逐流恶斗之后，功力已不及原来的一半，宇文雄等人却是生力军，这才能够和他勉强抵敌的。

李光夏叫道："小师叔，小师叔！"他和金逐流感情最好，一别年余，对这"小师叔"十分挂念。此际他尚未知金逐流是否平安，是以急于想与金逐流见面。

话犹未了，只听得一声长啸，金逐流应道："来啦！"一人应声，却有两条人影腾空飞起，一个从假山侧面掠过，一个跃上假山。跃上假山的是金逐流，掠过假山的却是文道庄。

文道庄无心恋战，避开了宇文雄这班小豪杰，便去找寻儿子。此时将军府的贺客和卫士或死或伤，剩下来的也大都逃了。文道庄游目四顾，不久就发现了文胜中，文胜中正在给一个女子杀得手忙脚乱，衣裳满是血污。

这个女子是封妙嫦。

原来和文胜中同在一起的龚平野先自逃了，文胜中身上受伤，生怕死在乱兵之中，只好勉力挣扎，爬起来想找个地方躲避。他还未钻入山洞，就碰上了封妙嫦。

封妙嫦恨他往日迫婚之辱，但也并无一定就要杀他之心，文胜中自己惊慌，一见了她就口不择言的说道："嫦妹，请念在昔日之情，放我过去吧！"在他以为这是求情，在封妙嫦却是勾起了旧恨。封妙嫦冷笑道："我与你有什么情？哼，我若放你过去，倒显得是我行为不端了！"不由分说，刷的便是一剑。

文胜中业已受伤，如何能是封妙嫦的对手？不过数招，封妙嫦一剑刺着他手腕，只听得“当”的一声响，文胜中手中的长剑脱手，飞上空中。但他身上的血污，却是刚才受了公孙燕的剑伤所致。

文道庄喝道：“休得伤害我儿！”声未到，掌先发，一记劈空掌把文胜中飞上空中的那柄长剑改了一个方向，流星闪电般地向封妙嫦背后的秦元浩射去；迅即奔到，左手抱了儿子，右手的软剑已是抖得笔直，攻向封妙嫦。

发掌、救子、攻敌，三个动作一气呵成，的确不愧是武学名家的身手。文道庄虽然刚刚是经过一场恶斗，但功力之高，仍是远在封秦二人之上。

幸亏秦元浩已得武当派的内功心法，当下长剑一圈，消了那柄青钢剑飞来的劲道，侧身一闪，那柄青钢剑插在地上，剑柄兀自颤动不休！

秦元浩化解他掷来的一剑较易，封妙嫦要抵挡他从手中刺出的一剑，可就难得多了。只见剑光闪处，封妙嫦的半截衣袖已是化作片片蝴蝶，随风飞起。秦元浩赶到，一招“白虹贯日”向他抱着的文胜中刺去。文道庄迫得回剑遮拦，封妙嫦这才得以脱离险境。

文胜中惊魂稍定，咬牙说道：“爹，你替我把这小子杀了！”正是：

祸福无门唯自招？死到临头尚不知。

欲知后事如何？请听下回分解。

第三十八回　众叛亲离终自毙
人亡城失叹途穷

文胜中声颤气促，显然是伤得不轻。文道庄也不知能否保得住儿子的性命，心中一痛，说道："好，我替你了这心愿！"声出招发，那把百炼精钢的软剑划出了一道圆弧，将秦元浩与封妙嫦都围在弧形圈内。

另一边陈光照也碰上了仇人——六合帮四大香主之中硕果仅存的圆海和尚。两年前圆海在冀鲁道上劫杀客商，恰值陈光照路过，二人交手，圆海给陈光照刺了一剑，陈光照也给他飞出的毒匕首所伤，险些送了性命。

陈光照遇上仇人，焉能放他过去？一声叱咤，青钢剑化作一道银虹，卷将过去。圆海戒刀一立，"当"的一声，刀剑相交，陈光照的剑尖顺着一荡之势斜飞，圆海陡然间只觉肩头一痛，已是着了一剑。论理两人的本领相差并不太远，圆海纵然较弱，也不该在见面第一招便给陈光照刺伤的，只因他在董十三娘惨遭诛戮之后，早已是意乱心慌，陈光照则是蓄意报仇，一照面就使出了绝妙的杀手！

剑从中路刺来，忽地肩头中剑，这一下大出圆海意料之外！圆海心胆俱寒，夺路而逃。陈光照施展连环杀手，追上去刷刷刷疾刺三剑，第三剑圆海已是躲不过去，背心的大椎穴中剑，一条性命登时了结。

站在一旁替陈光照掠阵的石霞姑，此时已看清楚了各方混战的形势，说道："宇文雄他们围攻史白都，有惊无险。秦元浩和封妙嫦力敌文道庄，只怕会有性命之忧!”陈光照道：“好，那么咱们快去!”

文道庄只道三招两式就可以取了秦元浩的性命，哪知秦元浩的本领虽然远不如他，却也不是他在十招之内所能打发。此时陈光照、石霞姑已是双双赶到，那一边，金逐流亦已跃上了假山，发出了一声长啸。

文道庄知道陈光照是江南大侠陈天宇之子，本领之强更在秦元浩之上，还有一个石霞姑擅于使毒，也是不可小觑。文道庄虽然不怕他们，但若他们四人联手，文道庄想要取胜，可也并不容易。何况金逐流已经脱险，倘若给金逐流追上，后果不堪想象。

文道庄暗暗叹了口气，心道：“中儿，不是为父不想替你报仇，实是敌人太强，只能先保你的性命了。”当下振臂一挥，一招“斗转星横”，把秦元浩、封妙嫦一同迫退，冲了出去。

陈光照急于救友，人未到已是把手一扬，发出了世上无双的暗器“冰魄神弹”。

“冰魄神弹”与任何暗器不同，是仗着万载玄冰的那股奇寒之气伤人的。但文道庄早已练成了三象神功，冰魄神弹虽然厉害，也还是难奈他何。文道庄一掌拍出，冰弹粉碎，化作了一团寒雾。

文道庄冷笑道：“米粒之珠，也放光华!”浓雾中身形窜出，作势扑向石霞姑，陈光照连忙上来策应，哪知文道庄乃是声东击西之计，诱他们二人聚在一路，他早已抱着儿子，从另一条路冲出去了。

文道庄出了将军府，心里稍宽，金逐流并没有追出来，他以为是可以脱险了，正想喂他儿子吃药，忽然发觉文胜中的身体已经僵硬。原来陈光照所发的冰魄神弹，文道庄虽然不惧，他的儿子可是禁受不起。文胜中假如未曾受伤的话，或许文道庄施展玄功，还可以挽救他的性命；受伤之后，再给奇寒之气侵入，血液登时冷凝，即使扁鹊重生，华佗再世，那也是回天乏术的了。

文道庄发觉儿子已死，心中伤痛自是难以形容，但此际他孤掌难鸣，焉敢回去报仇，只有抱了儿子的尸体先逃命了。

且说史白都在一班小豪杰围攻之下，挥舞独脚铜人，指东打西，指南打北，倒也未露败象，但虽然如此，心内亦已暗暗吃惊。不久，就见到文道庄从假山旁边掠过，金逐流却跳上来。

史白都更是着急，“文道庄这厮真不是个东西，只顾自己逃命。”心念未已，只觉微风飒然，一口明晃晃的利剑倏然间就指到了他的胸膛，史白都不禁又是一惊：“这女娃儿的剑法竟如此了得！”原来是宇文雄的妻子、江海天的女儿江晓芙到了。江晓芙自小得父亲传授，家学渊源，招数的精妙，还在宇文雄等人之上，不亚于金逐流。

史白都连忙吞胸吸腹，身躯陡然挪后半尺，饶是他化解得宜，左肩亦已给江晓芙的剑尖划破。

史白都大吼一声，腾身而起，倒提独脚铜人，拼着个两败俱伤，就要向江晓芙痛下杀手！金逐流喝道：“你死到临头，还敢猖狂！”史白都人在半空，已自感到玄铁重剑刺来的一股劲风。他的铜人若是击下来，固然可以伤了江晓芙的性命，但自己也必将死在金逐流的剑下。史白都硬生生的在半空中一个倒翻，铜人向金逐流抛去，金逐流挥剑打落铜人，史白都在半空中一个筋斗，已是翻过了另一座假山，脱出了包围圈外。

此时史红英也已上了假山，见哥哥败得如此狼狈，不禁叹道：“你若早知悔改，也不至于会有今日。”

金逐流低声道：“红英你歇一歇。”握着她的手，助她调匀气息，恢复精神。原来他们二人心意相通，金逐流一看她的面色，就知她的心里在想什么，是以借着为她调匀气息，使她静下来不致胡思乱想。同时也可以避免自己亲手去杀史白都。

史白都翻过两座假山，刚刚松一口气，不料一波未平，一波又起；背后的宇文雄等人虽然尚未追到，陈光照和石霞姑这一对未婚夫妇却已是迎面而来。

石霞姑曾经受过他的欺凌，此时正是仇人见面，分外眼红，一声喝道：“奸贼，往哪里走？”一条金光灿烂的蛇形兵器登时就卷过来！

这是石霞姑特别铸造的奇门兵器，名为金蛇索，用七个金环扣成蛇身，可以抖开来当作暗器使用。蛇头又藏有药粉，能令人中毒于不知不觉之间。这条金蛇索，石霞姑本来就是准备用来对付史白都的，在扬州之时，未有机会使用，此时方始用上。

史白都此时已经丢了独脚铜人，他深知石霞姑擅于使毒，生怕着了她的道儿，当下笼手袖中，喝道："霞姑，你也敢来拦我！"挥袖一卷，冷笑道："撒手！"登时把石霞姑的金蛇索卷了过来。

不料石霞姑的兵器虽然脱手，但那七个金环已是抖开。史白都恶斗连场，气力不加，衣袖只卷着了"蛇头"，那七个金环，他已是无力用袖风拂开了。

史白都也当真了得，虽然无力打落金环，但在这危机瞬息之间，居然还能够提起一口真气，身形平地拔起一丈多。只听得呼呼风响，一圈一圈的金光包围着史白都，几乎是夹着他的身子交叉穿插而过，史白都大吼一声，半空中一个筋斗倒翻下来，额角开了个洞，血流如注。但居然还没倒下。原来石霞姑特别铸造的这七个金环，边缘都是磨得锋利的。史白都避过六个金环，最后一个却割伤了他的额角。幸亏他那个筋斗翻得快，否则若给金环砸着天灵盖，更是不堪设想。

史白都随身带有金创药，百忙中连忙取药自敷，说时迟，那时快，陈光照见石霞姑的兵器脱手，恐防石霞姑遭他反啮，一个"燕子三抄水"便掠过来，长剑向史白都疾刺。

史白都喝道："好呀，你这小子也敢来欺我！史某纵然不济，杀你这小子谅还可以！"剑光人影之中，只听得"铮"的一声，陈光照的长剑竟然给史白都的中指弹个正着，这一弹乃是史白都毕生功力之所聚，虽然临死挣扎，力道也大得惊人，陈光照虎口迸裂，长剑掌握不牢，当啷坠地。

史白都一招得手，心想："我得不到霞姑，也不能便宜了你这小子。"正拟扑上前去，痛下杀手。忽觉浑身发痒，一口真气提不起来，脚步刚起，便即落地。本来他是准备一跃丈许的，结果这一步却只跨出了三尺之地，那一记劈空掌，当然也就伤不着陈光照了。

原来石霞姑用的那条"金蛇索"，"蛇头"中空，藏有药粉，这种药粉虽然不是致人死命的毒药，但只要沾上一点，却能令人奇痒难当。史白都刚才挥袖卷了“蛇头”，不知不觉之间，已是给药粉沾上。

疼痛还易忍受，痕痒最是难堪。史白都几乎忍不住就要抓痒。陈光照长剑落地，防他反扑，扬手打出三颗冰弹。

史白都机伶伶打了一个冷战，不但是肌肤起栗，而且是冷意直透心头。要知若在平时，区区三颗冰魄神弹，恐怕只能令他精神爽利而已，岂能伤得了他？如今他竟会感到奇冷难堪，那当然是元气大伤，快到油尽灯枯的征兆了。

史白都咬破舌尖，一阵疼痛之感令他稍稍感到舒服一些。因为这是转移注意力的方法，有了疼痛的感觉，痕痒的感觉就可以略为减轻。身上也没那么冷了。

史白都不敢恋战，陈光照也因不知他的虚实，有所顾忌，不敢强攻。史白都调匀气息，连忙冲了出去。但这么一来，他却是自暴弱点了。陈光照冷笑道：“史大帮主，你不是要取我性命的吗？怎的却变成了丧家之犬了？”石霞姑道：“管他是丧家犬也好，落水狗也要打！”陈光照道：“对，大伙儿打落水狗啊！”

史白都恨得牙痒痒的，但在此时，却已不由他逞凶作恶了，他只好忍住了气，赶快逃命。

上官泰守着大门，笑道：“我并不想打落水狗，但你要闯过我这一关，也得接我一掌！”史白都咬一咬牙，把残存的气力凝聚掌心，“蓬”的与上官泰对了一掌，上官泰退了三步，史白都却已是口喷鲜血。

上官泰是武林前辈的身份，故此不大愿意打落水狗。他觉得史白都在连番苦战之后，居然还有如此掌力，倒也不禁有点佩服。于是对过了一掌，便不为已甚，放他过去。

哪知史白都却是以小人之心度君子之腹，他当然不会相信上官泰的话，只道上官泰这一退一闪，乃是蓄劲待发，定有厉害的杀着留在后头。他是个武学名家，深明“制敌机先”的诀窍，一掌劈出，紧接着就施展“隔物传功”的本领，此时恰巧有一个将军府的小军官，以为可以借他掩护，跟在他的背后逃走，史白都反手一抓，把这小军官抓了起来，立即把人当作暗器，向上官泰打去。那小军官吓得尖声惊叫。

上官泰心中一软，想道："这小军官罪不至死，何必多伤性命？"此时他已闪躲不及，只好把这小军官接下来。岂知他一念之慈，几乎重伤在史白都的"隔物传功"之下。

要知史白都虽然是强弩之末，但他这一手"隔物传功"仍然是极高明的武林绝技，上官泰倘若以力碰力，把这小军官震开，自身当然不会受伤。如今他为了保全这小军官的性命，接他下来，这一下史白都所发的力道加上那小军官百多斤重的身体，登时就似巨石般的压到他的身上。这股冲击之力非同小可，饶是上官泰功力深湛，亦是禁受不起。

这刹那间，上官泰只觉如受巨锤一击，眼前金星乱冒，双手一松，那小军官跌了下来，一命呜呼。上官泰虽然一念慈悲，仍然救不了他，自己却反而受了一点内伤。幸亏他是立即松手后退，消解了对方一掷的几分力道，虽然受伤，伤得还不算重。

上官纨、竺清华、宇文雄等人见上官泰受伤，连忙赶来。上官纨道："爹，你怎么啦？"上官泰苦笑道："不碍事。但我想不到他竟似疯犬一般，放他过去，他还要反扑。"竺清华道："上官伯伯，陈大哥说得好，是落水狗也要打，谁叫你不打落水狗啊？"上官泰振起精神，说道："对，咱们这就打落水狗去！谅它这条落水狗也逃不了！"

史白都硬拼一掌，受的伤比上官泰更重。他逃出了大门，只觉半边身子已经麻木，原来他所着的药粉与及所受的冰弹寒气，在他身体的抵抗力大减之际，齐都发作。

史白都强运玄功，一面抵御奇冷奇痒，一面提了口气，高声叫道："六合帮的兄弟跟我突围！"他这次来西昌替妹妹主婚，帮中的大小头目都带了来，他的四大香主虽然一逃三死，大小头目也还有一百多人。这一百多人个个都会武功，纵然不是很强，也可当得千多劲卒。史白都倘若得到这一百多人跟他突围，那就可能有一线生机了。

六合帮这一百多人，此时正聚在将军府外的广场。史白都就是因为看见他们聚在一起，这才呼喊他们的。虽然他也有点奇怪，为什么这些人不是各自逃亡，却聚在一起呢？

史白都一向号令甚严，以为在自己的积威之下，帮众不会不听他的说话。哪知他的话犹未了，只听得这一百多人齐声叫道："史白都，你倒行逆施，谁还认你做帮主？""我们拥护史姑娘做帮主！"

原来这一件事乃是李敦的功劳，这百多个人在大混乱之际本来要逃走的，是李敦将他们劝住，说道："义军进城，要逃是逃不了的。你们充其量只是从犯，只须改邪归正，定得宽容。"六合帮的头目之中，不少人是李敦的朋友，本来就在等待时机改邪归正的，此时见大势已去，再加上李敦一劝，当然是个个依从了。

史白都红了眼睛，喝道："好呀，你们胆敢叛我，我要把你们一个个杀了！"咬破舌头，喷出一口鲜血，披头散发，像一只受伤的野兽似的扑上前去。原来他在众叛亲离之下，已是气得疯了。

六合帮的一众头目平素受他欺压惯了，此际见他疯狂扑来，虽然明知他是垂死挣扎，也是不禁有点畏惧。史白都把眼一看，看见他那匹坐骑正在由他的马夫牵着，瑟瑟缩缩的躲在广场的一个角落。史白都喝道："谁敢上来，我打死一个够本，打死两个就有得赚！"一声大吼，突然斜身窜出，奔向坐骑。他这匹坐骑名为"照夜狮子"，是一匹千中选一的良驹，若给他夺回坐骑，逃生就可能有望。

那马夫拔出短刀，吓得面色铁青，但仍然拦住马头。史白都喝道："你是什么东西，你也敢反我么？"飞步抢上，呼的一拳就向那马夫击去。

史白都以为在他的积威之下，这个马夫决计不敢反抗。不料这马夫竟然喝道："你不把我当人，我为什么不敢反你？好，你凶你狠，我的性命不值钱，我就与你拼了！"史白都一拳向他打出，他也一刀向史白都劈去！

原来这个马夫起初本来是想逃走的，他拔出短刀，只是为了自卫而已。但见史白都如此凶狠地对他，要取他的性命。这刹那间，他想起了史白都平日对他的种种凌辱，不由得怒气陡生，仇恨好像烈火一般从心中烧起，登时把懦夫变成了勇士，这刹那间他已是忘记了恐惧。

史白都见马夫胆敢和他动手，倒是不禁一怔。说时迟，那时快，只觉一阵刺痛，打出去的拳头已是着了一刀，斫得他指骨碎裂，血肉模糊。但史白都是何等功夫，着了一刀，立即一个进步欺身，反手夺刀，把那口短刀抢了过来，“砰”的一脚踢出，将那马夫踢了一个筋斗。

史白都哈哈大笑，跳上马背。不料笑声未绝，人也未曾落下马鞍，突然双腿一软，竟然也是一个倒头筋斗跌了下来。原来他早已是油尽灯枯，只仗着一股气疯狂反扑的。给那马夫斫了一刀之后，锐气顿挫，遂像泄了气的皮球一样，支持不住了。

那马夫爬了起来，哈哈笑道：“史大帮主，你也有今日么？你杀我啊，你杀我啊！你杀不了我，我可就要杀你了！”

史白都亦已爬了起来，他瞪着双眼看那马夫缓缓向他走来，不觉叹了口气。他这一脚踢不死马夫，已知自己是无能为力了。

六合帮的一众头目见一个马夫也敢与史白都硬拼，心中都是暗暗叫了一声“惭愧”，当下发一声喊，都围拢了来。

金逐流叫道：“史白都，你到了如今，还不知道悔过么？”

史白都与那马夫面面相对，对方那燃着仇恨的眼光，令他不禁心头颤战，想道：“我横行半世，平日对这些人是要打就打，要骂就骂，也难怪他们恨我。金逐流肯饶恕我，这些人肯饶恕我吗？即使这些人肯饶恕我，我也是威风扫地，今后再也挺不起腰板了。”

在史白都这一生中不知曾碰过多少强敌，却从无今日这样的令他感到害怕。一个“小小”的马夫，一个平日他根本就不会放在眼内的马夫，把他震慑住了。不是因为这个马夫的本领高强，而是因为从这个马夫的身上，他感到了众叛亲离的恐怖，感到了与众为敌的恐怖！“可惜”他现在才懂得这一点，这已经是太迟了。

尽管他是顽固之极的一个人，尽管他在临死前还想充一充英雄好汉，但在十目所观，十手所指之下，他已禁不住内心的震怯，在众人的面前低下了头了。他避开了那马夫的目光，叹了口气道：“不必你来杀我，我把这条性命交给你们就是！”“卜”的一声，史白都就用从马夫手中夺来的那把短刀，插进了自己的胸口，结束了自己的性命。

史红英早已知道哥哥会有如此下场，但也不忍见她哥哥的惨状。当下扭转了头，扶着金逐流。金逐流说道：“帅孟雄还没擒获，咱们找他去。还有……”史红英道：“不错，帅孟雄是首恶，决不能让他漏网。还有厉大哥的下落，咱们也应该寻个水落石出。”金逐流是怕史红英因哥哥之死而引起伤感，于是提出这两桩事情转移她的注意。

那马夫把史白都那匹“照夜狮子”牵到史红英跟前，说道：“史姑娘，你一向待我们好。你做帮主，我们都是心悦诚服。我迫死史白都，姑娘若是认为不当，我甘受——”史红英低声道：“这不能怪你，这是我哥哥罪有应得。你安心为本帮效力吧。”那马夫道：“是。这匹马请你骑去。”

“照夜狮子”是匹日行千里的骏马，用它追敌自是最好不过。史红英心情尚未平静，当下不愿多说，向那马夫点了点头表示谢意，便即跨上坐骑。

此时西昌城内巷战也差不多要结束了，官军伤亡的和投降的约占一半，还有一半弃城而逃。要知西昌的守军有十万之众，比攻城的义军多一倍有多，义军奇袭成功，不愿迫他们作困兽之斗，是以网开一面，不愿投降的官军就让他们逃生。

史红英向一个义军头目打听，听说清军大队是从北门逃跑，便即放马追去。转瞬之间，已是把金逐流甩在背后。金逐流怕她单骑深入，大为着急，只好在乱军中抢了一匹坐骑，随后追来。

西昌城外，正在展开一场追击战。清军士无斗志，四散奔逃。义军目的在于驱逐敌人，是以追到了城郊十余里之外，便即鸣金收兵。只剩下一部分担任警戒的小部队在前方巡逻。

史红英一路追去，既没有发现帅孟雄，也没有见着厉南星。史红英追出了十余里，碰见一个在前方巡逻的头目，这头目认不得帅孟雄，只是告诉她道：“有几个清军的军官逃入山区，咱们有个小队已经进去搜索了。敌人之中有没有西昌将军帅孟雄在内，这我就不知道了。”这头目劝史红英回去，史红英哪里肯听，于是又再策马追进山区。

到了密林深处，听得林中有高呼酣斗之声，史红英快马赶去，到达之时，战斗已经结束。只见一队义军捉获了三个俘虏，义军受伤的却有七八人之多，这三个俘虏已经问明身份，都是帅孟雄手下的高级军官。

史红英大失所望，问道："帅孟雄呢?"那三个俘虏闭口不言。史红英怒道："好呀，你们是不是想给帅孟雄陪丧?"挥动长鞭，就想迫供。

那义军头目劝道："史姑娘，他们已经放下武器，做了俘虏，咱们可不能将他当作在战场上的敌人看待了。他们自愿给口供固然最好，若是不愿，也只好由得他们。咱们只求打垮敌人，就是跑掉一个西昌将军，也不是什么大不了的事。"原来这是义军统领叶慕华颁布的命令，命令交代不可虐待俘虏。这义军头目因为史红英并不在义军之中任职，故此说得很是委婉，但这一条优待俘虏的政策，却还是交代明白了。

那三个俘虏起初以为落在敌人之手，必死无疑，此时见义军捉了他们不打不骂，连史红英要向他们迫供也受到阻止，不觉喜出望外，这才争着发言。一个说道："帅孟雄逃向何方，我们委实不知。"一个说道："但我知道他业已受了重伤，一定跑不远的。"一个说道："帅孟雄的下落我虽然不知，但刚逃脱的那个人，却是将军府的总管安俊庭。"

虽然仍是不知帅孟雄的去向，但总算是获得条线索。史红英道："哦，原来安俊庭刚刚跑掉。"义军头目道："怪不得那人手段如此狠辣，原来是安俊庭。但他已经跑得远了。恐怕追不上啦。"史红英道："不怕，我去追他，一定追得上的!"

义军头目劝道："史姑娘何必孤身犯险?"史红英道："我知道打一场仗不在乎跑掉敌方的一两个将军，但我与帅孟雄仇深似海，若不将他擒获，我实是难以甘心。"

义军头目见她不听劝阻，只好将安俊庭逃跑的方向告诉她，并说道："史姑娘，我知道你本领高强，但还是请你多加小心的好。那厮武功很是厉害，我们七八个人，都是他打伤的。"

史红英谢过了这个头目，立即上马就追。义军这一小队不过十多个人，受伤的人数已达一半，必须送受伤的人回去救治，他们的坐骑也追不上史红英的“照夜狮子”，只好先行回去，打算在与大队会合之后，再派人来接应她。

史红英快马疾驰，跑了一会，果然见着安俊庭骑一匹劣马，落荒而逃。史红英喝道：“安俊庭，你跑不掉啦！”

安俊庭的本领其实不在史红英之下，但因不知史红英的后面有没有人，他已是惊弓之鸟，当然不敢恋战。看见史红英迫得近了，扬手就是三柄飞刀。

这匹“照夜狮子”惯经战阵，神骏异常，一见危险，四蹄离地，驮着史红英，就像腾云驾雾一般，跳过了一边。史红英仗着马匹，避开了两柄飞刀，第三柄本来也打不着她的，她却挥出长鞭，特地将那柄飞刀卷了过来。

史红英的坐骑跳过一边，两人之间的距离又拉远了一些。史红英喝道：“来而不往非礼也，原物奉还！”鞭梢一抖，将那柄飞刀反射回去。只听得“扑”的一声，飞刀刺着了安俊庭那匹马的臀部。但因史红英气力不足，飞刀只能在马臀划开一道伤口，插不进去。史红英暗暗叫了一声“可惜”！拨转马头继续再追。

飞刀虽未伤着安俊庭，安俊庭亦已吃惊不小。心想：“我的马没受伤也跑不过她，如今是决计躲不开了。”有心与史红英一拼，又怕她的强援在后，始终提不起勇气。

不过片刻，史红英的快马又已追到了安俊庭后面，距离只不过数丈之遥了。安俊庭目光一瞥，忽地有所发现，连忙叫道：“史姑娘，你追我干嘛？我充其量不过助纣为虐而已，帅孟雄才是你的仇人！”

史红英道：“好，你把帅孟雄的下落说出来，我就放你过去。”安俊庭道：“远在天边，近在眼前，那边躲着几个人，帅孟雄就在里面。”

史红英道：“好，谅你也跑不掉。倘若你说的是假话，回头我再找你晦气。”

史红英向安俊庭所指的方向跑去，只见有几个清兵躲在乱草丛中。

史红英大失所望，心道：“安俊庭这厮果然是谎言骗我。”正想回去找安俊庭的晦气，草丛里几个清兵已是一哄而上，原来这几个清兵认不得史红英，见她是个年轻漂亮的小姑娘，险境未脱，色胆又生，竟然上来想要捉人、抢马。

史红英不愿滥开杀戒，长鞭一挥，在马背上打了一个盘旋，只听得叮叮当当之声不绝于耳，那几个清兵的刀枪剑戟，都给她卷脱了手，飞出老远。这才大吃一惊，连忙抱头鼠窜。

史红英正想回去，目光一瞥，忽见草丛里还伏有一个清兵，似乎是受了重伤的模样，俯卧地上，动也不动，也不知是死是活。

史红英起了恻隐之心，说道："义军不杀俘虏，你受了伤，我送你去给义军医治吧。"那人仍然是动也不动，史红英心想："只怕是当真死了？"忽地发觉这人的背影似乎很熟，史红英伸出长鞭，就想把他拉起来看一看他的庐山真貌。

不料那人忽地一个"鲤鱼打挺"翻起身来，反手一拿，抓着了鞭梢，大喝一声："下马！"这一拉的力道又急又猛，史红英毫无防备，骤吃一惊，竟然给他拉下马来。

原来这个人正是帅孟雄。他换了普通兵士的衣裳，涂黑了脸孔，逃出西昌。起初他本是和安俊庭在一起的，但事急之际，安俊庭却只顾自己逃命，将他抛下了。

帅孟雄伏在乱草丛中，看见史红英追来，情知自己倘若逃跑的话，一定会给她识破，只好装死，暗运玄功，积贮内力，准备骗得过固然最好，骗不过就和她一拼。

帅孟雄中了毒针，功力已不到原来的两成，但史红英也是经过连番剧战，疲劳尚未恢复的。帅孟雄的功力本来比史红英高得多，如今剩下了两成，恰好与史红英功力悉敌。但因他是出其不意的奇袭，故此大大占了上风。

帅孟雄利于急攻，一把史红英拉下马来，立即便是劈胸一掌。史红英身形一侧，右手夺鞭，左手点他穴道。帅孟雄沉臂一压，掌锋斜抹，以近身搏斗的小擒拿手法反抓她的酥胸。

史红英焉能给他抓着？柳腰一摆，骈指如戟，已是点向他掌心的"劳宫穴"。近身搏斗，力强者胜，力弱者败。史红英一指点着了帅孟雄的手心，帅孟雄手腕一颤，掌锋削过，亦已拂着了她的虎口，史红英长鞭坠地，身不由己的退了三步。帅孟雄给点中了“劳宫穴”，转瞬间一条右臂已是如同瘫痪一般，使不上力，大惊之下，生怕史红英还有厉害的后着，连忙跳过一边。

帅孟雄心思转得极快，起初他本是想把史红英擒为人质的，一发觉难以将她制伏，立即转了念头，抢史红英那匹“照夜狮子”。

不料这匹“照夜狮子”乃是只认主人的良驹，除了史白都、史红英兄妹可以骑它之外，别的人骑它，它非发脾气不可。从前金逐流抢这匹坐骑之时，它也曾踢了金逐流一脚，金逐流凭着一身武功才制服得了它。它的脾气之烈，可想而知。

帅孟雄若是没受重伤，要制服“照夜狮子”不难，如今却是只能自讨苦吃了。帅孟雄手按马鞍，侧身跳上马背，“照夜狮子”忽地四蹄离地，后脚一踢，臀背一掀，一跳跳起丈多高，帅孟雄身形刚刚跃起，额角给踢了个着，登时又再跌了下来。

说时迟，那时快，只听得金刃劈风之声倏然而至，史红英已是拔出短剑，扑上前来。帅孟雄在地上打了几个滚，拾起一根树枝，跳起来笑道：“史红英，你舍不得我是不是？俗语说得好，嫁鸡随鸡，嫁犬随犬。好，那你就随我到黄泉路上做对夫妻吧！”

此时他又已受了史红英的两处剑伤，杀机陡起，怒发如狂，当真是下了决心，要与史红英同归于尽了。

帅孟雄虽然已是强弩之末，但以他的武学造诣，拼起命来，也实是不可小觑，一根树枝，在他手中使出，居然兼有刀剑与判官笔的招数，招招都是指向史红英的要害穴道。

史红英刚才给他打了一掌，虽然未受内伤，气力又已损耗不少，在他猛攻之下，不过片刻，更是险象环生，只有招架的份儿。

幸而在彼此都是强弩之末的情形之下，一来是帅孟雄受的毒伤比她重得多；二来帅孟雄刚刚给她点中掌心的“劳宫穴”，右臂如同瘫痪，虽然经过他运气活血，急切之间，这条右臂也还未能灵活使用。这么一来，就等于缚了一只手来对付史红英。三来帅孟雄乃是败军之将，纵然决意与史红英拼命，心中也难免有些虚怯，怕有义军随后追来。

史红英看出帅孟雄的毒伤就快发作，当下沉着应付，她的轻功是比对方高明的，在数十招之内，只用腾挪闪展的小巧功夫招架，大约在过了五十招之后，帅孟雄猛攻不逞，已是再衰三竭，史红英觅得一个破绽，刷的一剑，削断他的树枝。帅孟雄也真够凶悍，抛下树枝，又展开了空手入白刃的招数。

忽听得蹄声得得，有一骑马在树林中出现，史红英心中大喜，叫道："逐流，快来！"不料抽眼一看，却原来是安俊庭去而复来！

原来安俊庭那匹坐骑受伤之后，越走越慢。史红英与帅孟雄苦斗，经过了差不多一支香的时刻，安俊庭还未走出这个林子。

安俊庭起初害怕有追兵跟后，本来是只想逃命的，但经过了一支香的时刻，他听得出还只是史红英与帅孟雄单打独斗，而且似乎还是帅孟雄占了上风。因此他又大着胆子回来了。

但他回来的目的，却并不是一定要帮忙帅孟雄，他只是想看风使舵，假如帅孟雄已是稳操胜券，他就顺手把史红英杀掉；假如看那形势，一时三刻尚未能制服史红英的话，他就打算抢了史红英那匹"照夜狮子"，独自逃生。

史红英看见来的不是金逐流，反而是帅孟雄的得力帮手，不禁心中暗暗叫苦。但也幸亏她有那么一叫，叫得安俊庭不能不有几分顾忌。安俊庭暗自思量："金逐流这小子果然是和她一同追来的，要不然她不会以为是金逐流来了。大约是因为'照夜狮子'跑得太快，金逐流一时跟不上。但这小子轻功卓绝，行动如同鬼魅，却也难保他不会随时来到。"

此时正是史红英已经削断了帅孟雄的树枝，大占优势的时候。安俊庭自忖要杀掉史红英不难，但只怕也得在数十招开外，是以就不免有点踌躇了。

帅孟雄见安俊庭踌躇不前，不禁大为着急，连忙叫道："安俊庭，你快上来把这丫头杀掉，我一定保举你升官，至少也做个参将。"心里即在暗暗咒骂："你看我势穷力蹙，居然想要出卖我。我若能逃出性命，慢慢再和你算账。"

要知道帅孟雄乔装打扮，逃向何方的，只有一个安俊庭知道，是以帅孟雄虽然没有看见安俊庭给史红英指路，但已知道必是安俊庭出卖自己无疑。

帅孟雄不封官许愿也还罢了，一封官许愿，倒是令得安俊庭心里暗暗发毛。心想："我给史红英指路，即使他不知道，但我今日也曾抛了他不理，他岂能不记恨于心？此刻他有求于我，当然是什么都可答应。事情过后，却又谁能保得他不翻脸！文道庄、史白都二人与他是何等交情，他也曾想要将他们乱箭射死，何况于我？"安俊庭因为太熟悉这位长官的脾气了，他想起刚才在将军府之时，帅孟雄吩咐他招集弓箭手，将文道庄、史白都和金逐流、史红英四人一齐乱箭射死之事，不由得更是寒心。

史红英七窍玲珑，见安俊庭徐徐不敢向前，已是猜到他们二人之间定有心病，登时计上心头，便即笑道："安总管，多谢你啦，你果然没有骗我，让我找到了这个奸贼！"

安俊庭吃了一惊，忙道："史姑娘，你别胡说八道！"史红英道："帅孟雄已经是一只快要死的老虎了，你还怕他作甚？好，你若是撕不下面子，那你就站在一边，也未尝不可。你给我指路的功劳，我当然还是不会隐瞒的。不过你若帮忙我打这只死老虎，功劳岂不更大了？"

帅孟雄沉声说道："我不会听信这鬼丫头的挑拨的，安俊庭你不必有所猜忌，快快上来把这丫头杀掉！"话虽如此，但安俊庭已是听得出来，他分明是已经对自己有所猜疑，否则不会用这样的口气央求自己。

就在此时，忽听得金逐流的声音似箭一般的穿过树林，叫道："红英，别慌，我来了！"

帅孟雄也叫道："俊庭，别慌，这小子起码还在数里之外，你我合力，快快把这丫头杀了。咱们可以用她这匹'照夜狮子'逃生！"

帅孟雄虽然受伤极重，但他仍然是个武学大行家，这个判断并没错误。原来金逐流迄今尚未发现史红英的所在，他是用传音入密的功夫，在数里之外的地方，将声音送过来的。

但安俊庭最怕的就是金逐流，他却是不能不慌。而且他本来也只是准备看风使舵的，风色不对，帅孟雄要想他卖命，焉还能够？

帅孟雄提起了"照夜狮子"，恰恰也是提醒了他。安俊庭心意立决，想道："不错，有这样的好马，我何必和他合乘？一个人逃跑不更好吗？省得还要照顾他这个病夫！"当下立即向"照夜狮子"跑去，一个飞身，跨上马背。

"照夜狮子"发起脾气，一掀一跃，但安俊庭未曾受伤，武功之强，却足以制服这匹骏马。他揪着马鬃，反手一拍马臀，"照夜狮子"不由得不负痛狂奔，跑出树林。

安俊庭这才远远的扬声叫道："帅将军，你武功盖世，一个小丫头哪有对付不了之理？即使再加上金逐流这个小子，也算不了什么！卑职不敢与将军争功，请恕卑职少陪了！"把帅孟雄气得发昏。

只听得金逐流的声音一忽儿东，一忽儿西，接连叫了几次："红英，别慌，我来了！"声已到，人却依然未见。原来他正在多方探测史红英的所在，方向尚未走对。不过距离却又已是近了一些。

史红英吸了口气，叫道："逐流，我在这儿，快来！快来！"声音甫出，随即便听得金逐流叫道："来了！"其实他还只是听见了史红英的回声而已，急切之间，哪里就能来到？就在金逐流这一声"来了"传来之际，帅孟雄也是蓦地冷笑道："来不及了！"

史红英为了让金逐流听得见她的声音，她是用尽了气力叫喊的。这一下登时给了帅孟雄以可乘之机，只听得他一声大吼，身形骤起，左掌骈指如戟，点向史红英面上双睛，右掌横掌如刀，径削史红英的皓腕。这一招"撑椽手"力雄势捷，史红英只觉虎口一麻，短剑虽然削了出去，但已是伤不了帅孟雄。"当"的一声，史红英的短剑掌握不牢，落在地上。

史红英短剑脱手，回身便跑。帅孟雄喝道："往哪里走？嘿，嘿，还是跟我到黄泉路上做对好夫妻吧！"脚尖一挑，把那柄短剑挑了起来，接到手中，立即就向史红英掷去。

史红英霍地一个凤点头，剑锋几乎是擦着她的鬓边飞过。史红英不敢再耗气力叫唤，唯有向金逐流发声的方向飞跑。她的轻功本来比帅孟雄高明，但可惜已是强弩之末，帅孟雄却鼓起了最后一口气，发誓要与她同归于尽。史红英不敢回头，只听得背后的脚步声越来越近。

史红英倒在金逐流的怀里，就在他们前面丈许之地，帅孟雄俯卧地上，背心上插着一口长剑！

忽见密林深处人影一闪，金逐流的身形已经出现，史红英大喜叫道：“逐流，快来！”不料金逐流的身形虽然出现，但两人之间的距离，也还有十数丈之遥，史红英猛力一冲，扑上前去，一不留神，脚尖绊着石头，一个踉跟，冲出了几步，收不住势，跌在地上。

帅孟雄哈哈大笑，叫道：“看你还逃得出我的掌心！”一个箭步冲前，五指如钩，指尖已是触及史红英的头发。

史红英打了个滚，帅孟雄一抓抓空，帅孟雄搬起一块大石，用力掷出，狞笑说道：“非得让你这臭丫头死在我的前头不可！”

史红英尚未爬起，这块大石落下，她是必死无疑。史红英听得风声，心里一凉，想道：“好在逐流已经来了，他会给我报仇的！”

史红英闭了双目，等待那块大石落下，不料忽听得“轰隆”一声，那块石头并没落下，却好似炸开了似的，碎石好像雨点一般从她头顶飞过，虽然也有几颗碎石子落在她的身上，却只是令她稍稍感到疼痛而已。

史红英一个鲤鱼打挺跳起身来，身形未稳，忽地给人抱着。史红英大吃一惊，只听得一声惨呼，听得出这是帅孟雄的叫声，随后才听得金逐流柔声说道：“红英，没事了。都怪我不好，来迟片刻，累你受了惊了！”

史红英这才知道是在金逐流怀里，睁眼看时，只见就在他们前面丈许之地，帅孟雄俯卧地上，背心上插着一口长剑，剑柄兀自颤动不休。

原来就在帅孟雄掷出大石之时，金逐流在七八丈之外也把玄铁宝剑掷出，宝剑撞碎了石头，余力未衰，好像箭一般地射过去，从帅孟雄的后心插入，前心穿出，将他牢牢地钉在地上。正是：

雨过天青逢爱侣，诛奸救美庆团圆。

欲知后事如何？请听下回分解。

第三十九回　幽谷落花埋侠骨
青天碧海证丹心

史红英惊魂未定，软绵绵地伏在金逐流怀中，只觉舒畅无比。金逐流在她耳边悄声说道："红英，多谢你的诗帕，我才知道我自己是个大傻瓜。咱们不必来生，今生已可结为连理。"史红英道："我还担心芍药不知什么时候才能见着你呢，原来你们当天就见着了。"

那条手帕是史红英叫她的丫头芍药拿去找金逐流的，手帕上写的那首诗是："愿做荆轲誓入秦，何惭流水遇知音。此生已矣他生在，犹有寒梅一片心。"如今史红英听得他提起诗中的言语，已知他收到了这条诗帕，不禁又是欢喜，又是害羞。

金逐流笑道："'掬水中之月，只接清辉；雨天上之花，但闻香气。'红英，若不是你说出来，我当真还不知道你爱我竟是爱得如是之深！但现在可不是镜花水月了，你让我闻一闻，唔，好香，好香！"史红英红晕满面，嗔道："让你知道我的心事，你倒取笑起我来了。嗯，别胡闹啦，有人来了。"

金逐流放开了史红英，抬头一看，只见叶慕华带领一队义军，正在向他们所在之处驰来。金逐流在帅孟雄的尸身上拔起玄铁宝剑，抹去血痕，纳入剑鞘，迎上前去，笑道："慕华，你来得正好，我送给你们义军一件礼物。"

叶慕华跳下马来，躬身行礼，说道："原来帅孟雄这贼子已给师叔杀了，恭喜师叔立了大功。这位是史姑娘吧？"金逐流说道："正是。"当下给史红英介绍叶慕华，说道："他虽然是我的师侄，打仗的本领可比我大得多，这一场大战就是他指挥的。”叶慕华道：“师叔太夸奖了，这一场仗固然是靠义军的兄弟们个个奋勇争先，但史姑娘在将军府中首先发难，这里应外合的功劳也是不小。我还未曾得向史姑娘道谢呢。”

李光夏、林道轩二人此时亦已来到，李光夏说道：“小师叔，你到现在还分什么‘你们’、‘我们’？我们早已把你和史姑娘当作咱们义军的自己人了。”林道轩也笑道：“大师哥，你还不知道吗，这位史姑娘是咱们的长辈，你应该叫她一声师婶才是。”原来林、李二人早已从李敦等人口中得知他们是一对爱侣了。史红英羞得满面通红，心中可是充满甜意。

叶慕华叫人把帅孟雄的首级割下，拿回去示众，跟着说道：“师叔，竺老前辈也已进了城了，很想见你，咱们这就一同回去吧。”金逐流道：“好。你的师父来了没有？”叶慕华道：“师父留在小金川还有一点事情要办，恐怕要迟几天才来。”

叶慕华挑了两匹坐骑给金逐流和史红英乘坐，故意稍稍落后，让他们走在前头。金、史二人并辔而行，回来时候的心情和去时当然是大不一样。

此时两人并辔奔驰，端的是：“身如彩凤双飞翼，心有灵犀一点通。”多少误会，都已冰消；无限相思，终偿宿愿。称心乐意，可想而知。此时他们只剩下一桩心事，那就是关于厉南星的下落了。

史红英道：“你得到了厉大哥的消息没有？”金逐流道：“没有。我赶着来找你，也许是看得不仔细，一路上没见着厉大哥。”史红英道：“将军府中并没发现他的尸体，但愿他是已经逃出去了。”金逐流道：“老天爷一定会保佑好人的，咱们回去请大伙儿一同帮忙找他。”

史红英道：“那位公孙姑娘是红缨会舵主公孙宏的女儿吧，我看她可是很关心厉大哥啊！”金逐流笑道：“何止关心。我曾经问过李敦，他说看情形他们恐怕早已是一对爱侣了。不瞒你说，我一直觉得有点对不住厉大哥，以为他心里只有一个你，如今才知道不是这样，他的心上人原来是公孙姑娘，这我就放下心了。”史红英嗔道："你的毛病就是老是对我放心不下，如果你相信我，即使有别人欢喜我，那又与我何干？"金逐流笑道："是，你责备得对。我现在明白了：你的心上只有一个我，我的心上也只有一个你！"史红英道："别叫叫嚷嚷了，当心人家听见了笑话！"

一行人回到西昌，秦元浩、封妙嫦、宇文雄、江晓芙等人出来迎接。金逐流不见李敦夫妻，正待询问，秦元浩已先告诉他道："李敦夫妻和陈光照、石霞姑等人已经分头出发，去找厉南星了。还有六合帮的帮众数百人，凡是认识厉南星的也都随着他们去寻找了。金兄，你大可放心，有这么多人寻找，只要厉大哥还活在人间，一定会找得着他的。"金逐流道："那位公孙姑娘呢？"封妙嫦笑道："公孙姐姐在战事尚未结束的时候，早已出城去了。她是第一个去找厉南星的。"

秦元浩道："庆功宴已经摆好，正等待你们回来。"金逐流知道有这么多人去找厉南星之后，稍稍放下心事，于是说道："好，那我先去拜见竺老前辈吧。"

竺尚父已得通报，亲自出来迎接，金逐流向他行晚辈之礼，竺尚父哈哈笑道："我和你的江师兄是儿女亲家，咱们可是平辈呀，你别客气。"金逐流道："不敢当！"当下仍然屈了半膝，作了一个长揖，竺尚父双手一抬，将他扶起，笑道："自古英雄出少年，这话当真不错。金少侠，用不着再过十年，你的成就只怕就要超过你的师兄了！"原来竺尚父这一扶乃是有意试金逐流的功力的。

庆功宴就设在将军府中，当下各人依次入座。金逐流、史红英、叶慕华等人陪竺尚父同坐首席。

竺尚父自从前年失了西昌之后，困处大凉山中，历时两载，今日方得重临旧地，心中快意，自是可想而知。喝了几杯，豪兴勃发，说道："当年我就是在这座客厅之中，遭了帅孟雄的暗算的。如今咱们在这里喝庆功酒，帅孟雄则已身首异处，虽然不是我亲手所杀，这个仇也总算报得痛快了！来，来，来！金少侠我先敬你三杯，多谢你为我取了帅孟雄的首级。"

金逐流道："这都是大伙儿的功劳，咱们在座的都喝三杯吧。"众人连尽三杯，竺尚父又道："当年我疏于防范，失了西昌，惭愧得很。今日幸得大伙儿帮忙我夺了回来，竺某是决不能容它再失了！清军若敢来犯，我誓必死守此城！”说罢，抄起一只酒杯，朝着石阶用力摔下。

忽地一条人影离座而起，刚好在酒杯落地之前的一刹那接了下来，这人是叶慕华。

竺尚父诧道：“叶兄，你何以不许竺某发此誓愿？”

叶慕华微笑道：“竺老前辈誓守此城，壮志可嘉。不过，依晚辈看来，还是放弃西昌的好。”

这话若是从另一个人口中说出，竺尚父一定会勃然大怒，但叶慕华却是实际指挥这场战事的人，竺尚父素知他精通兵法，计虑周详，听他这么说，心里虽然不同意，却不能不向他请问：“叶兄，你这么一说，我可是有点糊涂了。既然要放弃西昌，何必今日费这样大的气力将它夺回。竺某愿聆高见！”

叶慕华道：“晚辈谈不上有何高明的见解，只是依据兵法而言。目下咱们虽然夺回西昌，但清军的兵力还是比咱们大得多。他们倘若重新集合兵力，来攻西昌，咱们死守此城，那就变成挨打的局面了。”

竺尚父怫然不悦，说道：“你虽然说得不错，但若怕了敌人的强大，咱们还算什么英雄好汉？再说，以弱敌强，有决心和强敌拼的话，也未必就拼他们不过。”

叶慕华道：“这不是怕了敌人，不过打仗也等于做生意，要看合不合算。敌人兵力比咱们大得多，咱们即使一个拼掉他几个，也还是不合算的。

“因此依晚辈之见，要打胜仗，最好是选择有利于我的地点，有利于我的时间，有把握才打，没有把握就不打。驱除鞑虏，恢复中华，这是一件大事，应当从全局着想，不在乎一城一池的得失。在敌强我弱的形势之下，重要的在于消灭敌人的力量，逐步变咱们的劣势为优势，这才是上上之策。”

竺尚父憬然如有所悟，点了点头，说道：“好，请你再说下去。”

叶慕华道：“咱们这次奇袭成功，乃是因为各方面的条件都很有利。一来帅孟雄自恃兵多粮足，以为咱们不敢攻坚，于是一心备办喜事，防御松懈；二来咱们早就伏有内应，史姑娘又刺伤了帅孟雄，官军群龙无首，咱们的进攻才比原来的估计更为容易。三来有李大哥招降了六合帮的弟兄，等于是断了帅孟雄的一条臂膊，将军府不必怎么费力就攻下了。这一场仗咱们的弟兄损伤无多，却瓦解了敌人的一半以上的兵力，这等于用小本钱做了大生意，这样的仗当然是不怕打。

“但奇袭之事，可一而不可再。咱们若是死守西昌，那就变成敌人主动，咱们被动了。这样的仗对咱们很不合算。

“所以，我的意思是不必在乎一城一池的得失，不如到外面去，在山区，在乡村，选择有利于咱们的地点来和官军见个高下。外面有广阔的天地，老百姓绝大多数是帮咱们的，咱们在老百姓中间，如鱼得水！而且咱们还可以打得过就打，打不过就跑。如此打仗，岂不是对咱们大大有利。”

一席话说得竺尚父五体投地，竺尚父哈哈大笑道：“当真是听君一席话，胜读十年书。这么说来，咱们还是回大凉山的好?”叶慕华道：“晚辈之见，正是如此。但也不必急在一时，官军新败，急切之间尚难重聚兵力，咱们可以在西昌驻扎个十天八天，安顿百姓。百姓有愿意跟随咱们到大凉山的，咱们也可以让他们有个准备。”竺尚父道：“不错，我正为放弃西昌之后，老百姓如何安顿而担忧。这样倒是个两全之策了。”

计议已定，大家开怀痛饮。只有金逐流与史红英记挂着厉南星，却是难免有点郁郁不欢。竺尚父笑道：“已有数百人出去找寻厉少侠了，只要厉少侠还活在人间，七天之内，数百人找一个总会找得着的！来，来，来，咱们还是痛痛快快地喝酒吧。”

不料接连过了几天，出去找寻厉南星的人一批一批地回来了，厉南星的下落仍是未知。

到了第六天，李敦夫妻和陈光照、石霞姑最后也回来了。他们也没有找到厉南星。

出去找寻厉南星的人都回来了，只有一个人不见面，这人是公孙燕。她是在战事尚未结束之际就单独出城的，谁也不知道她的去向。

找不着厉南星，公孙燕又失踪，金逐流的焦急自是可想而知。于是他和史红英决意去找寻他们，一定要在找着他们之后，才回大凉山的义军基地。

暂且按下金逐流与史红英这一路不表，先说公孙燕的遭遇：她到哪里去了？她有没有见着厉南星呢？

金逐流与史红英俪影双双之际，正是公孙燕踽踽独行之时。

且说公孙燕那日独自出城，一路寻觅，不知不觉离开了义军的队伍。

公孙燕暗自思量，厉南星是在将军府激战之际，突然不知去向的。那么，如果他没有死的话，那就一定是给敌人俘虏去了。因为金逐流等人都在将军府中，厉南星如果是逃脱的话，他不会不回来的。

公孙燕还可以断定，厉南星若是被俘，俘他的人，一定不会是普通清兵，清兵逃命不暇，谁肯带一个受伤的俘虏走路？因此把厉南星俘虏的人，若不是帅孟雄手下的军官，就一定是帅孟雄邀请来的江湖好手。这些人知道厉南星的身份，捉了厉南星就可以将功赎罪。

公孙燕跟着清军溃逃的方向追去，却不理会沿途的溃军。溃军三五成群，集合不成大队，有些不知死活的上来招惹公孙燕，都给公孙燕杀了。

公孙燕一路抢溃军的坐骑，频频换马，跑了两天，溃军都已给她甩在背后，但她也没有发现厉南星的踪迹。将军府那些高手也没有见着一个。

第四天公孙燕正在路上行走，忽地碰上一个熟人，这人是红缨会的首席香主宫秉藩。红缨会中除了她的父亲公孙宏之外，地位最高武功最强的就是他了。

公孙燕喜出望外，说道：“宫叔叔，怎么你也来了？”

宫秉藩笑道：“正是为了你呀，你爹放心不下，叫我来找你的。听说西昌已给义军攻下，不知是真是假，我正想到西昌去呢？”

公孙燕道：“当然是真的。你的好朋友金逐流也在那儿。”

宫秉藩道：“然则你何以不在西昌，却独自一个人跑到这里来？”

公孙燕道：“我在找一位受伤的朋友，我怀疑他已给敌人俘虏了。宫叔叔，你一路上可曾发现有人押解着一个受伤的少年么？”

宫秉藩摇了摇头，说道：“没有见着。但不知你说的这个人是谁？”公孙燕道：“是厉南星。”宫秉藩道：“哦，原来是他。厉南星的武功很不错呀，是谁把他掳去的？”公孙燕道：“我只知道他是给史白都打伤，谁俘虏他我可就不知道了。宫叔叔，你认识他？”

宫秉藩道：“他去年和金逐流大闹萨府之时，我曾经见过他。如果我在路上碰上此人，不会不记得的。”

公孙燕大失所望，姑且再问一问，说道：“那么你在路上可曾碰见过形迹可疑的人？”

宫秉藩想了一想，笑道：“什么样的人才是形迹可疑，我倒没留意。但听你这么一说，我却是想起来了。我曾碰上一对很少在江湖上露面的师徒，或者可以说得是有点形迹可疑。”

公孙燕连忙问道：“这两师徒是谁？”

宫秉藩道：“是阳浩和龚平野。听说他们是孟神通一脉所传，阳浩的父亲阳赤符就是孟神通的师弟。孟神通、阳赤符相继死后，当今之世，中原武林人物懂得修罗阴煞功的只有他们师徒了。”

公孙燕道：“你别忙说他们的来历，请你先告诉我，你是在什么时候，什么地方碰上他们的？何以觉得他们形迹可疑？”

宫秉藩道：“前面有个小镇名唤黑石岗，我就是在昨天晚上在黑石岗的一间小客栈碰上他们的。我与阳浩并无交情，但也曾有过一面之缘。我踏进客栈之时，正巧他在外间和掌柜说话。按说他是应该向我打招呼的，却不知何故，他装作看不见我，就匆匆地躲进房间去了。我隐约听龚平野在房间里问他师父，外面是来了什么人，阳浩嘘了一声，说话的声音很低，我没存心偷听他们的说话，心想这厮既是自高自大，不理会我，我又何必睬他，因此也就不去留意他们是在说些什么了。”

公孙燕大喜道：“一定是他们了。可惜，可惜，你没有窥探他们的房间，厉南星多半是给他们点了穴道，藏在里面。”

宫秉藩诧道：“阳浩好像是很少与官府往来的，怎么他这次也曾出现在西昌的将军府中么?”

公孙燕道:“他们两师徒正是帅孟雄待如上宾的人物,在将军府激战之时,阳浩曾匆匆一现,似乎是与金逐流对过一掌,后来就不见了。龚平野则是与我交过手,稍后才不见的。现在听你这么一说,此事已是无可置疑,一定是阳浩捉了厉南星,趁着混乱,悄悄地就先溜了。”

宫秉藩瞿然一省,说道:“不错,不错,你说得是有道理。怪不得阳浩这厮不敢见我,敢情就是怕我盘查。”

公孙燕道:“咱们现在去追,或许还来得及。你可知道他们走哪一方吗?”

宫秉藩道:“我急于到西昌找你,今天一早,我是第一个客人离开那间客栈的,那时阳浩师徒还未起来。黑石岗前面有两条路,一条通向兰州,一条通向湟中,可不知他们走的是哪一条。”

公孙燕道:“好,那么咱们就分头去追!好在只有两条岔路,没有第三条!”

宫秉藩道:“且慢!”

公孙燕道:“宫叔叔有何吩咐?”

宫秉藩道:“阳浩武功深浅如何,我不知道。但想来他既然是练成了修罗阴煞功,咱们也不能小觑他了。咱们可以分头去追,但你若发现了他,可不要急着和他动手。我给你一支蛇焰箭,你一发现他们踪迹,立即发箭以做讯号。黑石岗东去这一带空旷无人,蛇焰箭一发,十里之内,是可以看得见的。我若发现他们,也是一样。”

公孙燕道:“好!”接过了蛇焰箭,便与宫秉藩分手,一个往东,一个往西,抄捷径绕过黑石岗,分头去寻找厉南星的下落。

公孙燕这匹坐骑是前天抢自一个清军的军官的,虽然是一匹很不错的战马,但跑了两天,也是有点累了。公孙燕一路快马疾奔,跑了一个多时辰,坐骑渐渐慢了下来,前面的山路,却是越来越见崎岖。

公孙燕大为着急,心想:“可惜官军都在后面,没法再抢一匹坐骑,换换脚力,只怕是追不上了。”

心念未已，忽听得一缕箫声，如怨如慕，如泣如诉，随风飘来，隐隐可闻。公孙燕一阵狂喜，不觉忘了宫秉藩的吩咐，失声叫道："厉大哥，厉大哥！"也不知前面吹箫那人是否厉南星，厉南星又是否听见了她，但她这两声"厉大哥"一叫之后，箫声却突然止了。

公孙燕蓦然一省，心想："不好，我这么一叫，阳浩知是我已追来，只怕对厉大哥有所不利！"但不错也已错了，她只好立即发出了蛇焰箭，猛挥皮鞭，催逼坐骑急赶上去。

过了一个山坳，果然看见有三个人在山岗上，这三个人也是正如她的所料，是阳浩、龚平野两师徒和厉南星。

阳浩本是点了厉南星的穴道的，但因此地离西昌已远，山路又崎岖难行，阳浩师徒不愿背着厉南星走路，是以阳浩才解了他的穴道，迫他自己步行。他料想厉南星已受了伤，解了他的穴道他也是无能为力。同时阳浩还想对厉南星有所利用，原来他这次俘虏厉南星，倒不是想献给朝廷，而是想利用他作为傀儡，重组"天魔教"的。同走长途，自不能老是点了他的穴道。反正他跑不了，乐得向他示惠。

厉南星求生不得，求死不能，满怀郁闷，吹箫自遣愁怀，不料却把一个公孙燕引来了，厉南星见了她，这一惊非同小可，连忙叫道："燕妹，你快回去！"

阳浩喝道："不许你说话！"龚平野"嗖"的便拔出一柄匕首，指着厉南星的嘴巴，冷冷说道："师父叫你闭上鸟嘴，你听见没有？你敢张开，我这柄匕首就插进去！"其实厉南星已无抵抗之力，龚平野大可不必如此做作，径自点他哑穴。如此做作，只是做给公孙燕看的而已。他知道师父心意是想迫使公孙燕就范。

公孙燕果然又惊又怒，叫道："你敢动他一根毫毛，我叫爹爹把你们全都杀了！"

阳浩哈哈大笑，说道："你爹爹又怎么样，你用你爹爹的名头就吓得住我么？再说，你爹爹的手也伸不得这么长吧，即使当真如你所愿，你爹爹将来可以杀了我们，但此刻我却可以先把你的情郎杀掉，你爹爹又能奈我何哉？小妞儿，我看你还是别说大话，咱们好好的商量商量吧!”

公孙燕给他一吓，不觉有几分害怕，嘴里虽然强硬，气已馁了。说道:“和你们有什么好商量的?”

阳浩说道:“老实对你说吧，我们对厉公子其实并无恶意，非但没有恶意，我们还想捧他做天魔教的教主呢！无奈他不受抬举，我们只好暂且委屈他了。公孙姑娘，你帮我们劝劝他好不好，劝得他动，他做教主，你做教主娘娘，岂不美哉?”

厉南星叫道:“燕妹，别受他的甜言蜜语欺哄，听我的话，赶快回去!”

龚平野一把揪着厉南星，噼噼啪啪，正手反手，掴了他两记耳光，喝道:“不受抬举的东西，你是敬酒不吃偏偏要吃罚酒是不是? 闭上你的鸟嘴，否则，哼，哼！我说的话可是算数的!”匕首在他面前晃了两晃。厉南星嘴角沁出鲜血，却还是挂着轻蔑的冷笑。

阳浩说道:“平野，别忙打他!”公孙燕气得浑身发抖，叫道:“你，你，你们竟敢这样欺侮他!”

阳浩笑道:“我这徒儿粗鲁得很，你别生气。公孙姑娘，这样好不好，我让你跟着我们一同走，你不肯劝他我也不勉强，你却可以在一路上照顾他了。”一面说话，一面向公孙燕走去，好像是在迎接她。

公孙燕稍一迟疑，忽地说道:“好!”刷的抽了一鞭，果然策马跑上山岗。原来公孙燕尚未深知阳浩的厉害，她是想乘其不备，出其不意地突然捉住阳浩，迫他交换厉南星。岂知阳浩也正是在同样的打算，要把公孙燕捉住，好威胁她的父亲。

厉南星蓦地纵身一跃，从悬崖上跳下去，人在半空，兀自叫道:“燕妹，听我的话，赶快回去!”

在厉南星的想法，以为自己一死之后，公孙燕纵然伤心之极，也是只好回去的了。厉南星一来因为业已受了重伤，二来不甘受辱，三来他又深知公孙燕绝计斗不过阳浩，不愿意连累公孙燕也落敌人之手，因此决意一死了之。

龚平野奉命监视他，却做梦也想不到他会自己轻生，待到听得他的叫声，要想伸手拉他，已是来不及了。

这刹那间，公孙燕与阳浩都惊得呆了！

公孙燕呆了一呆之后，只觉眼前地转天旋，脑中一片空白，好像连自己也消失了。她迷迷糊糊地叫了一声："南哥！"也不知是伤心还是悲愤，本能地就冲上前去！

阳浩一呆之后，却是动了杀机，他必须杀掉公孙燕灭口，以免日后公孙燕会把他迫死厉南星的消息泄漏出去，惹来公孙宏和金逐流等强敌来向他寻仇。

两人都是各自向对方奔去，阳浩力贯掌心，蓦地便发出了第八重的修罗阴煞功！

公孙燕的坐骑给这股劈空掌力一震，登时把公孙燕抛了起来。也幸而有此一抛，公孙燕的坐骑虽给阳浩的掌力击毙，但公孙燕却得以避开正面，只觉寒飙从她脚底卷过，阳浩的修罗阴煞功却尚未曾伤着了她。

一股奇寒之气刺骨侵肤，使得公孙燕稍稍清醒了些，半空中一个翻身，立即便是一招"鹰击长空"，头下脚上的倒持剑柄向阳浩刺去。

修罗阴煞功颇为消耗真力，阳浩来不及凝聚真力续发第八重的修罗阴煞功，只见寒光一闪，公孙燕的剑尖已刺到了他的顶心。

阳浩这一惊非同小可，百忙中一招"举火燎天"，挥袖一拂，袖中笼指弹出。只听得"铮"的一声轻响，阳浩的衣袖给削去了一幅，中指指尖也给剑锋划破，但公孙燕这一剑他却也毕竟避开了。

阳浩手段何等狠辣，一个转身，便即痛下杀手，五指如钩，一拂一拿，公孙燕剑走轻灵，避开了他抓向琵琶骨的一拿，但虎口给他指尖拂着，亦是火辣辣的作痛。

阳浩狞笑道："你想要报仇是报不了的，不如待我成全你们，让你和厉南星做一对同命鸳鸯吧！"

公孙燕蓦地想道："不错，我是应该看看南哥去了。"大叫道："滚开！"刷刷刷连环三剑，每一招都是两败俱伤的剑法，阳浩也有点吃惊，连忙侧身一闪。

公孙燕俨如水蛇游走，“嗖”的就窜过去，龚平野大吃一惊，只道她是要跑来取自己的性命，急切间无暇运气行功，只好硬着头皮上前抵挡。说时迟，那时快，但见剑光一闪，公孙燕已是刷的一剑指到了他的面门。龚平野右掌斜勾，左掌从肘底穿出托她手腕，这一招本来是“空手入白刃”的高明手法，岂知公孙燕的剑来得太快，龚平野的招数未曾使足，肩头已是着了一剑。公孙燕左掌一挥，又是一声喝道：“滚开！”龚平野的面门登时起了五条红印，给公孙燕结结实实地打了一记耳光，“扑通”倒地。

龚平野心头一凉，暗自叫道：“我命休矣！”不料公孙燕竟不理他，将他击倒之后，身形一纵，已是从他身上跨过，径自奔到了悬崖的边沿。

公孙燕俯身一看，只见下面云封雾锁，隐隐闻得扑鼻的花香，却哪里看得见厉南星的影子？虽然是看不见，但公孙燕的眼前却幻出了一幅画图，好似下面就是世外桃源，厉南星在繁花如海之中笑得比花更美，张开了双臂在迎接她。

公孙燕叫道：“南哥，你等等我！”就在此时，只听得宫秉藩的声音大叫道：“燕侄！不可！”可是已经迟了，公孙燕已经从悬崖上跳下去了。

宫秉藩一见蛇焰箭升起，立即飞骑赶来，不料仍是迟了一步，眼睁睁地看着公孙燕投岩自尽，无法挽救她的性命，不由得心头大怒，“嗖”的便似一枝离弦之箭，从马背上射出，半空中剑已出鞘，闪电般的直奔阳浩刺去。

阳浩叫道：“宫香主，这可是你亲眼看见的，公孙姑娘自己跳岩，可不关我的事！”

宫秉藩性烈如火，喝道：“放屁，不是你迫死了她，她怎会自己寻死？”一句话未曾说完，已是闪电般地疾刺了六六三十六剑！

宫秉藩是红缨会中第一把剑术高手，比公孙燕强得多了。阳浩在他急攻之下，哪有空暇从容运功，只能见招拆招，见式拆式，勉强招架，但求暂且保着一条性命了。

阳浩的绝技“修罗阴煞功”使不出来，只觉凉意飕飕，白光耀眼，头皮起栗。好像对方的剑尖就在他的面门划来划去，随时都

公孙燕叫道：“南哥！你等等我！”纵身跃下了悬崖。

可取他性命。阳浩吓得魂不附体，连忙叫道："平野，快用修罗阴煞功！"

龚平野也吓得慌了，但他知道师父若然死在宫秉藩剑下，自己决难逃命。当下勉强镇慑心神，运气贮力。躲在一边，觅机偷袭。

宫秉藩利于速战速决，剑招越展越快，猛地喝声："着！"反手一剑刺出，阳浩霍的一个"凤点头"，只觉头皮一片沁凉，头上的乱发已给剑锋削去了一大片！

宫秉藩这一剑未能杀掉阳浩，暗自叫声："可惜！"正待再施杀手，蓦地只觉一股寒风袭到，原来是龚平野躲在一棵树后，已是使出了修罗阴煞功，偷偷向他发掌。

龚平野的修罗阴煞功不过练到第五重，未足以制宫秉藩的死命。但宫秉藩被这奇寒之气一袭，也不由得微微发抖，剑招略缓，让阳浩松了口气，转危为安。

宫秉藩运气三转，驱散了体内寒毒，攻势刚刚又要展开，偷在树后的龚平野却也凝聚了真气，再次使出了修罗阴煞功向他偷袭。

阳浩本身的修罗阴煞功已练到了第八重，徒弟用第五重修罗阴煞功所发的阴寒之气，对他毫无影响，受到影响的只有宫秉藩。

宫秉藩连续受了两次干扰，心头火起，猛地喝道："好小子，我先毙了你！"说到一个"毙"字，已是身移步换，扑到了龚平野的藏身之处。龚平野吓得魂飞魄散，要想躲时，哪里还来得及？只听得一声惨呼，剑光匹练似的卷来，已是把他拦腰斩为两截。

宫秉藩虽然是不费吹灰之力就斩了龚平野，但在这一进一退之间，却给了阳浩运用修罗阴煞功的机会。

阳浩的修罗阴煞功当然远非徒弟可比，宫秉藩刚一转身，只觉寒风扑面，一股排山倒海般的掌力已是向他涌来。

宫秉藩大喝道："我与你拼了！"掌风剑影之中，阳浩大叫一声，倒跃出数丈开外，身上受了三处剑伤！

宫秉藩正要运剑再刺，手腕忽地一阵麻木，长剑几乎掌握不牢。原来他受了第八重修罗阴煞功之伤，血液几乎为之冷凝，关节也都僵硬了。

阳浩倚着一块大石，喘吁吁地叫道："你过来！"他不知道宫秉藩伤得如何，不敢冒险进攻，但料想宫秉藩伤得不轻，胜负的关键在于谁能支持更久，故而他决定了以逸待劳的战略。

幸而阳浩不敢冒险进攻，宫秉藩发觉不妙，心里想道："看来此仇今日是不能报了，我得留着一条性命，回去禀告舵主。"当下作势前扑，却突然一个转身，和身滚下山坡，他那匹坐骑是久经训练的战马，见主人滚下来，立即就跑上去迎接他。宫秉藩强力支持，运一口气，手掌按地，挣扎起来，跳上马背。

阳浩这才知道宫秉藩确实是比他伤得更重，暗自悔恨刚才不敢下手除他，给他跑了。但随即心想："他受了我的修罗阴煞功之伤，无药可治，谅他也跑得不远，终必毒发而亡。"阳浩受了三处剑伤，伤得也很不轻，幸而不是内伤，敷上了金创药，还能够行走。他怕有义军找来，只求走得越远越好，自是不敢再走回头路去追踪宫秉藩。

宫秉藩上马奔驰，果然不出阳浩所料，跑了一程，只觉浑身发冷，越来越是难受，终于支持不住，从马背上摔了下来，便即晕了过去。

且说金逐流与史红英联袂去找厉南星，这日正在路上行走，忽地有个农夫迎面而来，向他们打量了一眼，便问金逐流道："你们可是从西昌来的么？"金逐流道："不错。"那农夫道："义军不知是否尚在西昌？"金逐流道："你找义军有什么事？"那农夫道："不是我要找义军，是我们村子里的张大伯托我带个口信给义军里的一个人。"

金逐流道："我们正是义军，不知那位张大伯要找的是谁，你说给我听听，或许我会知道。"

那农夫喜出望外，说道："我猜你们是义军中人，果然猜得不错。张大伯托我带的口信，是带给一个名叫金逐流的好汉，不知你可认得？"

金逐流大为诧异，说道："你说的这个金逐流正是我最要好的朋友，你要带什么口信给他，告诉我吧，我给你转达，也省得你跑一趟。"心想："那个什么张大伯何以会知道我呢？"

那农夫道："这就最好不过了。张大伯前日救了一个人，这人受了重伤，不能移动。他说他在义军中有个好朋友名叫金逐流，请张大伯带话给金逐流，叫金逐流马上来看他。张大伯家里只有一个幼孙，他自己跑不开，因此又转托我。”

金逐流又惊又喜，只道这个人是厉南星，连忙说道：“既然是义军的朋友在张大伯家里养伤，我们应该先去看看此人，设法替他治伤。”

那农夫道：“不错，是该如此。请两位随我来。”当下在前领路，把金、史二人带到了一家农家。

金逐流进去一看，只见炕上躺着一个人，却原来是宫秉藩。金逐流大吃一惊，叫道：“宫兄，你怎么啦?”那姓张的老农夫黯然说道：“你这位朋友恐怕是不成了，今天一早就昏迷过去，现在手脚都僵硬了。”

金逐流试探他的脉息，只觉触体生寒，其冷如冰，但脉息尚未断绝。史红英悄声问道：“还有得救么?”金逐流道：“他是受了修罗阴煞功之伤，寒毒已侵入脏腑，只怕他这一身武功是难以完全复原了。”史红英喜道：“这么说性命是可保无虞了，那你就赶快施救吧。”

金逐流默运玄功，以本身真力替宫秉藩推血过宫。过了半个时辰，只见金逐流头顶冒出热腾腾的白汽，汗如雨下；宫秉藩本来像是一张白纸的脸上，渐渐有了几分血色，终于缓缓张开了眼睛。那老农夫又惊又喜，叫道：“活过来啦！活过来啦!”

宫秉藩认出了金逐流，脸上绽出一朵笑容，嘴唇微微开合，金逐流把耳朵凑到他的嘴边，只听得他说道：“你来啦，我有一事恳求……”金逐流道：“宫兄，你歇歇，好了再说。”宫秉藩脸上的笑容消失，黯然说道：“好不了啦，除非你有起死回生的灵药。这，这只是徒耗你的功力而已。你听我说……”金逐流笑道：“我正是有起死回生的灵药，你不要担忧，天大的事情都暂且搁在后头，保养你的身体要紧。”

史红英把金逐流拉过一边，轻声问道：“你哪里来的灵药?”要知修罗阴煞功的寒毒侵入了脏腑，即使金逐流的内功多好，也决不能驱除净尽，只能替病人苟延残喘而已。故此史红英半信半疑，只道金逐流的说话是说来安慰病人的。

金逐流笑道："一点不假。这灵药还是你家的东西，你怎么忘了？"史红英怔了一怔，道："我家的东西？"金逐流笑道："你忘记你哥哥送给萨福鼎的寿礼了么？"史红英这才恍然大悟，说道："哦，原来你说的是那支千年何首乌！"

原来史白都在去年给萨福鼎祝寿之时，寿礼曾经三次更换，由于夜明珠和玄铁先后被李敦与金逐流盗去，他千方百计，最后又找到了一支业已成形的千年何首乌当作寿礼，不料这支何首乌在群雄大劫寿堂之时，又落入了金逐流之手。

金逐流道："这支何首乌我本来是准备留给你用的，一直带在身边。这次幸亏你没受伤，用不着它，正好给宫大哥救命。"

金逐流取出那支何首乌，切成片状，请那老农夫帮忙，煎成药茶，给宫秉藩喝下。一支何首乌可供三次服用。金逐流道："若无意外的变化，三日之后，他应当可以起床了。"

情况比金逐流预料的还要好些，宫秉藩服了一剂之后，第二日一早已是气爽神清，说话也不用怎样费力了。于是他急不及待地便将他要央求金逐流的事情说出来。正是：

鸳鸯患难甘同命，知己相逢说此情。

欲知后事如何？请听下回分解。

第四十回　岂知陌路逢强敌　却喜荒村遇故人

宫秉藩道："金兄，我想请你报一个讯给我们红缨会的舵主，公孙舵主的女儿不幸、不幸，已是身遭惨死。迫死她的仇人是阳浩。"

金逐流大惊道："公孙燕死了？"

宫秉藩黯然说道："我亲眼看见她从一个悬崖上跳下去的。"

金逐流道："她一身轻功，说不定或许会死里逃生。"

宫秉藩道："但愿如此。不过，当时的情形，固然她是受阳浩所迫，但看来她也是自愿求死的。"

金逐流道："为什么？"

史红英心念一动，说道："公孙燕是出去找寻厉南星的，莫非她得到了厉南星的什么不幸的消息？"思念及此，声音不觉都颤抖了。

宫秉藩叹口气道："正是如你所料，她在跳崖之时，口中还在叫着厉南星的名字。我一直没有知道，原来他们早已是一对情侣。"

金逐流道："你见着厉南星没有？"

宫秉藩道："没有。但我听得公孙姑娘叫喊着'南哥、南哥，你等等我！'依此看来，恐怕厉南星已是在她之前，命丧幽谷。"

金逐流道："那个地方在何处？我要去查个水落石出。即使他们真的死了，我也该收丧他们的骸骨。"

宫秉藩说了当日的情形，叹口气道："我自愧本领不济，给阳浩打得重伤，伏在马背上逃命之时，已是神智迷糊。只知那个地方是在黑石岗的东面，是乱山之中一个陡峭的山头，也不知离此多远。”

宫秉藩说不出具体的所在，要在乱山之中找到公孙燕跳崖的地方可是极不容易，金逐流想道：“要待宫秉藩身体复原，恐怕至少也得在半月之后。”他急于知道真相，哪能等到宫秉藩复原之后才带他去，不由得心急如焚，频频搓手，说道：“那怎么办？万一他们是受了重伤，侥幸未死，咱们去得迟了，他们也饿死了。”

宫秉藩蓦地想起，说道：“那座山头的土色与别处不同！”

金逐流道：“怎么不同？”

宫秉藩道：“土色殷红如血，山上遍是野花。”

那姓张的老农夫忽道：“我知道那个地方，那座山叫赭石山，下面有一个深谷名为桃花谷。如果是赭石山上的悬崖上跳下去，那一定是跳落花谷了。桃花谷离此不过七十里路，从这里村口出去，一直向南走，沿途可以嗅到花香，很容易找得到的。”

金逐流喜道：“好，那我马上就去！”

那老农夫道：“但这地方，这地方却是不好去的！”

金逐流道：“为什么？”

那老农夫道：“桃花谷是群山环抱中的一个幽谷，没有入口的。要下去必须从赭石山的山顶爬下去。”

金逐流道：“这难不倒我。”那老农夫道：“从山上爬下去或许还不算太难，但这谷底却是奇险之地！”

金逐流道：“有什么危险，请老丈见告。”

那老农夫道：“这桃花谷中有千万棵野生的桃花，现在正是春天。”

金逐流诧道：“和季节又有什么关系？”

那老农夫道：“每到春天，桃花谷中就会有桃花瘴。”

金逐流道：“桃花瘴？可是一种邪毒的瘴雾么？”

那老农夫道：“正是。谷中千万树桃花自开自落，谷底地气湿热，每到春天，落花腐烂，瘴气蒸发得特别厉害，好像云雾似的，颜色十分美丽。十多年前我们村子里有几个胆大的少年，看到这种鲜艳的瘴雾，想下去看个究竟，一去无回！”

金逐流道："老丈不必担心，我有解毒的灵丹，瘴气纵然厉害，料想也难奈我何。"

这老农夫见他能够把垂死的宫秉藩救活，对他的话也有几分相信。于是说道："好，你既是为了救人而去，我不便拦阻。但你可得千万多加小心！"

金逐流谢过了那老农夫，留下史红英帮他一同照料宫秉藩，便即到赭石山去。

依照那老农夫的指点，金逐流上了赭石山，果然很容易地就找到了桃花谷。

从当日公孙燕立足的悬崖之处望下去，只见谷中瘴气果然是蔚若云霞，浓烈的花香直冲鼻观，金逐流深深吸了两口气，脑袋微觉晕眩。

金逐流有深厚的内功，自是不惧中毒，但他为了小心起见，口里还是含了一颗能解百毒的用天山雪莲炮制的"碧灵丹"。

金逐流以绝顶轻功，捷若猿猴地从峭壁爬下去，也差不多用了一支香的时刻，方才脚踏平地。金逐流不由得暗暗心惊："从百丈悬崖之上跌下深谷，瘴气又是如此浓烈，只怕他们是凶多吉少的了！"

但脚踏平地，金逐流却是不由得啧啧称奇。原来地上是厚厚的一层花瓣，就似走在软绵绵的鹅绒铺成的地毡上似的。试一用力，踏下去却是一团残泥。金逐流心想："落红本是无情物，化作春泥更护花。这大约就是落花所化的春泥了。"

金逐流朗声叫道："厉大哥！公孙姑娘！"听不到回答。踏遍了桃花谷，也看不到一个人影。

行到桃林尽头，只见一道瀑布，俨似银河倒挂，从峭壁上奔腾而下，发出轰轰发发的声响，前面已无去路。

金逐流好生奇怪，心里想道："即使他们死了，也应该遗下骸骨。"但金逐流也不敢存着侥幸的念头，虽然不见骸骨，也只好当作他们死了。要知他们二人跳崖之时，身上都是受了伤的。厉南星受的是修罗阴煞功之伤，伤得尤其严重。从那么高的悬崖上跳下去，下面又有瘴气，如何能够死里逃生？这根本就是不可想象之事！

金逐流心痛如绞，想起在将军府激战之际，厉南星把玄铁宝剑抛给他，他得了玄铁宝剑，方能力敌史白都、文道庄两大高手，自己这条性命可以说是厉南星救的。“唉，厉大哥若不是把玄铁宝剑给我，阳浩未必伤得了他。他为我而死，我却连他的骸骨都找不着。”金逐流越想越是伤心，从谷底爬上山头，整整花了一天工夫。

第三天回到那姓张的老农夫家里，宫秉藩已能扶着墙壁试着走动。金逐流把在桃花谷中所见的情形，告诉了宫秉藩和史红英，宫秉藩也以为他们是必死无疑，想起自己有负帮主所托，不禁黯然泪下。

史红英呆了半晌，却道：“你说谷底铺满落花，泥土又很松软，这样的情形，从高处跌下，说不定也未必就一定会死——”

金逐流道：“但愿如此。不过，他们是受了伤的，如果还活着的话，那也决不会逃得出桃花谷的。如今不见他们，只怕是——”“凶多吉少”四字，不忍说出口来。

宫秉藩叹口气道：“咱们还是设法替他们二人报仇吧。我这伤恐怕不是短期间好得了的，这报讯之事——”

金逐流道：“给公孙宏老前辈报讯，此事我自是义不容辞。不过，你也应该先找个地方安顿下来才行。”

金逐流请那老农夫代雇一辆骡车，将宫秉藩护送到义军的基地大凉山去。众人得知厉南星与公孙燕命丧桃花谷的消息，无不嗟叹。

义军放弃了西昌，军事行动，暂时停下。金逐流与竺尚父相约，替厉南星报了仇之后，便即回来。而报仇的步骤，首先就是向公孙宏报讯。

金逐流南归报讯，史红英自然和他同行。李敦夫妇已经带领六合帮帮众先回扬州去了，留下话给史红英，请她偕同金逐流回扬州正式接任六合帮的帮主之位。

金史二人离开大凉山，此时已是厉南星出事之后的一个月了。金逐流的计划是先见公孙宏，然后才往扬州，史红英当然是毫无异议。

一路平安无事，这日到了陕西的华阴县，著名的西岳华山，就在华阴县的南边。

此时正是暮春三月的季节，杂花生树，群莺乱飞。两人从华山脚下经过，纵观山景，精神为之一畅。金逐流谈起武林旧事，说道："华山上从前有位天下第一的名医，是我爹爹的老朋友，又是我大师兄的义父。据说此人医术通神，什么疑难杂症，到了他的手里，都能医好。可惜他的医术，现在已经失传了。"

史红英道："你说的可是华山医隐华天风么?"金逐流道："正是。你也听过他的事迹?"

史红英道："他虽然早逝世，但他的医术可并没有失传啊。"

金逐流道："不错，他是有一个女儿，传了他的医术。但我听得爹爹说，这位华女侠嫁了西域一个小国的国王，做了王后，当然是不会替人看病的了。而且华老的医术流入了西域，对中原而言，也可以说是失传了。"

史红英道："不，这位华老前辈还有一位传人，不过，或许不如他的女儿医术之精妙罢了。"

金逐流道："是么，这我倒不晓得了。"

史红英道："这人是服侍他的一个道童，现在恐怕也有五十开外的年纪了。这位道长法名漱石，我们帮中的青符道人十年前中了淮阴双煞的毒镖，就是他医好的。所以我知道他的来历。"

金逐流道："可能是因为爹爹认识华老前辈的时候，这位漱石道长年纪还小，所以爹爹没有和我道及。但华山医隐与我爹爹渊源极深，又是我大师兄的义父，这位漱石道长既然是华山医隐的弟子，那也就是我的世交长辈了。可惜咱们还要赶路，否则倒是应该上山去拜见这位道长的。"

正在说话之间，忽见一个农妇，哭哭啼啼地从山上下来。史红英不觉动了怜悯之心，上前劝慰她道："大婶何事伤心，可以说给我听么?倘若有什么为难之处，只要是我力所能及，我一定给你帮忙。"

那农妇哭道："小姑娘，多谢你的好心。但你是帮忙不了的。"金逐流道："究竟是什么事情?"

那农妇边哭边道："我的命好苦啊！我的儿子患了痨病，好不容易求亲问友，借了钱请一位城里的大夫来看，这大夫一看就摇头，说是绝症，无法可医。除非华山上的一位道长肯医，或者还有得救。"

史红英插口道："这样说，你是来华山求医的了？怎么，这位道长不肯医么？但据我所知，这位道长一向是慈悲为怀，对穷苦人家，还赠医赠药的呀！"

农妇抽抽噎噎地说道："你说得不错，这位道长心地慈悲，只是怪我，怪我运气不好。"

金逐流道："可是这位道长出外云游去了？"

农妇说道："不是出外云游，也不是他不肯医，是这位道长恰巧昨天死了！"说至此处，不觉又哭起来。

史红英大吃一惊道："这位道长死了？"心想："漱石道人不过五十多岁年纪，本身既懂武功又通医术，人未衰老，怎的就会死了？"

那农妇道："他的棺材还停在观中，吊丧的人也还未散呢，哪能有假？呜哇，呜哇，这位道长死了，我的儿子也保不住了，我、我也不想活啦！"

金逐流道："大婶莫要伤心，痨病并非绝症，我也会医。"

那农妇登时收了眼泪，半信不信的神气，瞅着金逐流道："你会医？"

金逐流道："这颗药丸你拿回去给儿子服下，另外我送你十两银子，多买点滋补的东西给你儿子补身。"

原来这颗药丸乃是从前姬晓风从少林寺偷来的"小还丹"，"小还丹"功能培元固本，是医治内伤最好的灵药。姬晓风最疼爱金逐流，所以当金逐流和他分手之时，他把偷自少林寺的"小还丹"一古脑儿都赠给了金逐流。

金逐流虽然不懂医术，但心想俗语说"五痨七伤"，痨病也是内伤的一种，"小还丹"想必能够治好。城里的那个大夫不肯医，不过是嫌一个农家付不起可观的诊金而已。

这农妇见金逐流年纪轻轻，难免半信半疑，但人家既是一片好心，自己的儿子又别无指望，只好抱着“姑且一试”的心理，对金逐流千多谢万多谢，拿了药丸和银子回家。

这农妇走后，史红英道：“逐流，我觉得这事情有点奇怪。”

金逐流道：“不错，漱石道人之死定有蹊跷。咱们虽然是要赶路，但一位世交前辈死了，论理咱们也该去灵前行个礼的。”

于是两人一同上山，到了半山，只见一座道观，门口挂有蓝灯笼，里面隐隐有吵闹的声音传出。原来华天风本是住在华山绝顶的，到了漱石道人，为了方便乡民前来求医，在半山建了一座道观。

金逐流道：“这想必就是漱石道长的道观了。奇怪，他人已死了，却为何有人在他观中吵架？”

两人走进道观，只听得有个人粗声嚷道：“我不相信，把棺材打开来给我看！”另一个声音道：“家师委实是已经死了，棺材也都已钉上了盖了。”那人叫道：“封了也要打开！”随即听到“蓬”的一声，金史二人进入灵堂之时，正好见着那人揭开了盖。

那人打开了棺盖，两旁的几个大汉，齐都拥上去看。“咦，当真是漱石道人！”“我说家师死了，你们不肯相信，偏要打开他的棺材。哼，现在你们相信了吧？”“奇怪，好像是中毒死的！”“不用说了，一定又是天魔教下的毒手！”群豪的惊诧、失望与那小道士的埋怨、伤心，在揭开棺材的这一瞬间都嚷了出来，乱哄哄闹成一片。

金逐流吃了一惊，心里想道：“何以他们怀疑是天魔教下的毒手？”当下连忙挤了进去，说道：“让我也来看看。”

只见棺材里躺着的尸体，眉心的一团黑气仍然浓得像墨一般，鼻孔也还在流出一滴滴的血水。金逐流曾经见识过天魔教毒针的厉害，看了这个情形，更是惊疑不定。想道：“看来倒是有点像中了天魔教的毒针，但那姓贺的老妖婆已经死了，还有谁会用这种毒针害人呢？李敦当然是决计不会的。”

那两个给金逐流挤开的人怒道：“你这小子是哪条线的，干嘛乱冲乱撞？”揭开棺材盖的那人回过头来，忽地失声叫道：“史姑娘，你也来了！这位朋友是——”史红英怔了一怔，蓦地想了起来，说道："你是长鲸帮的孙香主吗？"那人道："姑娘好记性，我正是长鲸帮的孙百寿。各位别闹，这位姑娘是六合帮史帮主的妹妹。"史红英道："这位金少侠是江海天的师弟金逐流。"

原来长鲸帮乃是黄河两岸的一个小帮会，帮主孙百禄正是这个孙百寿的哥哥。长鲸帮是六合帮的"属帮"，每一年都要向六合帮进贡的。孙百寿曾经到过六合帮替他哥哥送礼，是以认得史红英。但他却不知道史白都已经在西昌死了，现在是史红英接任六合帮的帮主。

江海天与史白都的名头，江湖中人谁个不知，哪个不晓？这些人听得他们二人一个是江海天的师弟，一个是史白都的妹妹，都是又惊又喜，连忙赔罪。

孙百寿道："史姑娘，怎的你也来找漱石道人，难道天魔教竟敢在太岁头上动土，欺负到你们六合帮的头上么？"又道："金少侠，你来得正好，这件事情，恐怕也只有令师兄江大侠才能给我们主持公道了。"

金逐流道："这是怎么一回事情，正要请教。"

孙百寿盖上棺材，向那小道士赔了罪，说道："我们这些人都是来找漱石道长治病的，想不到他也遭了毒手，一时着急，以至失仪，教金少侠见笑了。"

金逐流看看这些人，却不似有病的样子，正要动问，孙百寿已接着说道："不是我们自己看病。我们是分属五个帮会的，是我们的帮主都遭了天魔教的下毒！"

金逐流道："天魔教不是早已在二十年前就已烟消云散了的么，怎的现在又死灰复燃，闹得如此猖獗？还有，你们又怎知道准是天魔教下的毒呢？"

孙百寿道："不错，天魔教在二十年前是听从令尊的劝谕，解散了的。但现在出了一个新教主，天魔教又已重开香堂了。我们这几个帮会与天魔教结怨，就是因为此事而起。"

金逐流道："天魔教的新教主是谁？"

孙百寿道："听说是天魔教祖师厉胜男的侄孙，名字叫厉南星！"

金逐流大惊道："怎么是厉南星？你们有没有弄错？"

孙百寿道："他重开香堂之时，曾有帖子叫我们前去观礼，帖上的具名'厉南星'三个字写得清清楚楚，怎会弄错？不过，他的身份，却是我们打听到的，想必也不会是假。否则天魔教的旧属怎肯奉这样的一个小伙子做教主？金少侠，你可是认识此人？"

这班人所属的帮会都不是光明正大的帮会，金逐流不愿和这班人说明他与厉南星的关系，当下含糊答道："我知道有这个人，他曾经在京中闹过萨福鼎的寿堂，当时我也在场的。按说他不似是一个暗中下毒暗算人家的卑鄙之徒。"

孙百寿愤然说道："当然不会是他亲手下毒，但他的手下，若不是奉了他的意旨，想来也不敢如此胡作非为。而且我们都是事先受过警告的，警告我们的人，正是他所派来的使者。金少侠，俗语说得好，知人知面不知心，即使这厉南星是你的朋友，他如今做了邪教的教主，你也不能太相信他了。"

金逐流急于知道真相，说道："你这话也说得是。不过，你们到底是怎样和天魔教结怨的，可否请道其详？"

孙百寿道："好，那我就把我们长鲸帮的遭遇说给金少侠听吧。他们的遭遇大概也是和我们长鲸帮一样。

"这是上个月初的事情，有一天来了一个自称是天魔教使者的人，他说天魔教即将重开香堂，到时请你们的帮主前去观礼。还说：你们长鲸帮以前是服从天魔教的，现在有了新教主了，你们应该用什么礼数前往拜谒，你们自己斟酌吧。言下之意，天魔教竟是借邀请观礼为名，要我们重归它的统属。

"史姑娘，我们长鲸帮这十多年来是已经归属了贵帮了，怎能再听天魔教的号令。因此，他这么一说，我们索性连观礼也不去了。"他说这话，当然是想博史红英赞他一句"忠心"。

史红英心想："可惜他没有前去观礼，否则就可以知道是真是假了。但相信这个天魔教的新教主一定不会是厉大哥。"当下说道："大家都是一帮之主，帮会纵有大小之分，切无尊卑之别，他既然仗势欺人，那也就怪不得你不给他面子了。"

孙百寿道："姑娘你是明理的人，说出的话，令人心服。可是厉南星这小子却是丝毫不讲道理，狗嘴里不吐人言。”

金逐流皱了皱眉头，说道：“你先别骂人，他怎么说？”

孙百寿道：“他派来的使者说道：厉帮主有言在先，请你们观礼是给你们的面子，你们愿意喝敬酒最好，愿意喝罚酒也行。去不去随你们的便，你们自己仔细琢磨吧。

“我们都是在刀尖上讨生活的人，不至于就怕了他的恫吓。不过我们对天魔教亦不敢小觑，小心戒备，自也不在话下。不料他果然不是虚声恫吓，我们虽然有了严密的戒备，帮主还是遭了天魔教妖徒的毒手。

“那日我们的帮主从外地做了一件案子回来，在路边的茶亭喝了一碗茶，茶亭的老头儿是和我们十分熟稔的人，有时还替我们做眼线的，帮主对他当然是没有疑心。岂知喝了这碗茶之后，只不过走了一程，帮主体内如焚，越来越觉不对，这才知道是中了毒。好在有两个弟兄跟着帮主，一个送帮主回家，一个便去找那老头算账。

“回到那座茶亭一看，只见那老头儿已是给人杀了，尸体旁边留有一封信，信中只是寥寥数字：‘欲求活命，速到天魔教求医。’用意不问可知，是要挟我们长鲸帮臣服于天魔教的了。我们不愿向他臣服，这才到此求治于漱石道长的。唉，不料如今漱石道长也给他们害死了。”

孙百寿说完之后，其他各人依次说出他们帮中的遭遇，果然和长鲸帮遭受的大同小异。

孙百寿道：“金少侠，你瞧这姓厉的小子手段是何等狠毒，他新任帮主，为要扬威立万，竟不惜残害江湖同道，还害死了一个无辜的漱石道人。使我们求救无门，只能向他屈服。我们自问斗不过天魔教，如今只有请你们两位帮忙，代我们恳求江大侠和史帮主出头主持公道了。”金逐流道：“好，这件事情我一定给你们查个水落石出。不过，六合帮的帮主史白都则是早已死了。”

孙百寿大惊道：“史帮主武功盖世，难道、难道也着了厉南星这小子的暗算？”

金逐流道：“杀史白都的不是厉南星，是他自己！”

孙百寿莫名其妙，睁大两只眼睛诧道：“这是什么意思？”

金逐流道："多行不义必自毙，这句话你们总听过吧？史白都空有一身武功，可惜他竟甘愿做朝廷的鹰犬，到头来众叛亲离，走投无路，终于他自己结束了自己的性命。"

这些人听了金逐流的话，不由得都是面面相觑，不敢搭话。

金逐流知道他们是顾忌着史红英，说道："你们大概还未知道在西昌发生的事情吧，史白都跑去做西昌将军帅孟雄的帮凶，六合帮的大小头目不值他的所为，在他自尽之后，已经拥立史姑娘做帮主了。这位史姑娘和她的哥哥虽是一母所生，可毫不一样。帅孟雄就是她刺杀的，六合帮如今亦已加入了义军了。"

史红英道："我哥哥罪有应得，我不能劝他改邪归正，我也很是惭愧。但愿你们能够把他当作一面镜子，不要再蹈他的覆辙。"

孙百寿听了史红英这么说，这才率领众人，向史红英行礼，说道："属下参见帮主，谨遵帮主教诲。"

史红英道："我刚刚说过，帮会纵有大小之分，却无尊卑之别，我哥哥以前做六合帮的帮主，恃强凌弱，要你们听他的号令，年年纳贡，做他的属帮，从今之后，一切陋规，全都免了。六合帮和你们各帮，愿意结为兄弟盟帮，有事大家商量，彼此共勉。订了盟约，大家都一样遵守。你们说好么？"

孙百寿这些人一向臣服于六合帮，其实都只是口服心不服的，只因势力不敌，受了欺压无可奈何而已。听了史红英的话，皆大欢喜。

史红英道："敝帮新任副帮主的李敦，能解天魔教所下的毒，你们不用担心，我叫他替你们的帮主解毒便是。各帮订盟之事，那就以后再说吧。"

众人越发大喜，再次向史红英道谢。史红英道："对付天魔教之事，敝帮自然也当尽力。但其中疑窦颇多，我和金少侠意欲先行探明真相。在未曾水落石出之前，请各位稍安毋躁，不必与天魔教冲突。"孙百寿道："是，一切听史帮主安排。"史红英道："好，那么咱们后会有期，我和金少侠先走了。"正是：

琴剑相交情谊厚，死生未卜自萦心。

欲知后事如何？请听下回分解。

第四十一回　豪杰胸怀遭误解　鬼蜮伎俩最难防

二人离开道观，路上史红英问道："这件事当真是奇怪极了，逐流，你的看法怎么样？"

金逐流道："一定是假的无疑，据我所知，阳浩曾经用过种种威胁利诱的手段，要厉大哥做天魔教的教主，当时厉大哥宁可和他们翻脸，以寡敌众，在秘魔崖和他们恶斗一场，死也不肯答应。你想，别人拥立他他都不屑，岂有自己去找麻烦，重组天魔教之理？"

史红英道："我当然知道这是假的，以厉大哥的为人，他决不会做出那些狠毒的事情。不过，我却有一个疑团，百思莫得其解。"

金逐流道："你是否怀疑厉大哥可能还活在人间？"

史红英道："是呀。若然他真的死了，这个假的厉南星又是从哪里钻出来的？武林中人认识厉大哥的人虽然不是太多，却也不止三个五个。比如说你的师兄江大侠和红缨会的帮主公孙宏都是认识他的，这个假的厉南星难道不怕给人瞧出破绽？"

金逐流道："你的意思是厉大哥可能受了别人的挟持？这个——"

史红英道："我知道厉大哥的倔强脾气，决不肯受人挟持。不过，假如说阳浩是给他服了一种什么药，使他神智不清，将他当作傀儡，是不是也有这个可能呢？"

金逐流沉吟半晌，说道："天魔教使毒的法子稀奇古怪，难保没有这个可能。不过，仍是有个老大的破绽，这个推想恐怕、恐怕不能成立。"

史红英道："什么破绽?"

金逐流道："据宫秉藩说，那日他和阳浩斗个两败俱伤，宫秉藩固然伤得很重，阳浩带了几处剑伤，也决不会太轻。当时的处境，义军可能随时来到。阳浩受了伤，他还不赶紧逃跑?再说，即使他存心要把厉大哥作为人质，那百丈悬崖，幽谷中又有毒雾笼络，他一个受伤的人敢下去吗?就算他有这个胆量，也没有这个本领了!"

史红英道："这么说只有咱们亲自到天魔教去求见这位新教主，方能揭开真相了?"

金逐流说道："去总是要去的，但我以为还是多获得一些线索才去较好，免得坠入人家的陷阱。"

史红英道："依你之见如何?"

金逐流道："还是依照原来的计划，先去见了公孙宏再说。一来宫秉藩托咱们替他报讯，此事不宜耽搁；二来红缨会是江湖上第一大帮会，天魔教重开香堂，一定会请公孙帮主前去观礼的。但不知公孙宏是否亲自去，去了又是否已经见到了那新教主了?这两件事情，见了公孙宏就可以问个明白。"

史红英道："对，还是你想得周到，就这样吧。公孙宏家住山东武邑，与天魔教总舵所在的徂徕山也不过只是数百里之遥。"

计议已定，两人遂即兼程赶路，前往武邑。一路无事，平安抵达。

公孙宏的名字在武邑乃是家喻户晓，金逐流毫不费力就打听到他的地址。

一路行来，接连碰到好几个骑马的人赶过他们的前头，每个人都回头向他们张望，好似对他们甚为注意。

史红英道："这些人多半是红缨会的，知道咱们要去拜访他们帮主，赶回去报讯了。"金逐流笑道："咱们本来不想张扬的，想不到还是惊动了他老人家。不过他老人家恐怕还未想到竟会是咱们一同来看他呢。"

史红英道："不错，你是名门大侠的弟子，我却是恶名昭彰的六合帮帮主的妹子，他当然想不到咱们会在一起。"

金逐流道："你说到哪里去了，我可不是这个意思。我是说，……嘻嘻，咱们的事情，他一定还未知道。"

史红英面上一红，说道："别胡扯了。说真个的，我倒有点担心呢。红缨会与六合帮一向是不大和好的，不知他们欢不欢迎我呢。"

金逐流笑道："他们如果知道了你的身份，欢迎都恐怕来不及呢。你是六合帮的新帮主，你一做了帮主，'恶名昭彰'的六合帮，就要变成了善名昭彰啦。"

史红英道："红缨会的消息虽然灵通，西昌所发生的事情，料想他们还不会这样快就知道了。不过，好在我是跟你来的，你的师兄与公孙宏交情非浅，他不欢迎我，也会欢迎你。"

公孙宏家住城南的一条山村，金史二人穿过一个松林，远远地望见一座大屋，金逐流笑道："咱们只顾谈话，不知不觉已经到了。那人说村里最大的一座屋子就是公孙帮主的，想必是这一间了。咦，你瞧，有人出来啦!"

史红英凝神望去，只见一帮人已经在山坡上列阵以待，史红英认得其中二人是在红缨会中坐第三把交椅和第四把交椅的庄远和秦冲。

史红英道："这倒奇了，刚才在路上碰见的那几个人都是不认识我的，逐流，但却不知他们是不是认识你?"

金逐流道："当然也是不认识的，否则他们还不和我打招呼吗？但这却有什么奇怪?"

史红英道："这庄远和秦冲二人，在红缨会中的地位仅次于帮主和宫秉藩，他们若是事先不知道来的是你，决不会率众出迎的。逐流，这次可是沾了你的光啦。"

金逐流笑道："不，是我沾你的光。那几个人虽然不认识你，但闯荡江湖的女子能有几人，一个女子来拜会他们的帮主，他们回去一说，公孙宏这老儿猜也猜得到是你了。我倒有点奇怪他为什么不亲自出迎呢。"

史红英心花怒放，说道："有这两位香主出迎，已经是给了咱们天大的面子啦。礼尚往来，咱们应该快去答谢。"金逐流道：

“不错。”于是两人加快脚步，迎上前去，金逐流道：“不敢有劳……咦，你们这，这是什么意思？”庄远、秦冲带领的几十个人，倏地从两翼包抄上来，将他们困在垓心。人人都是咬牙切齿，对他们怒目而视。

庄远道：“金逐流，不关你的事，你站过一边。”秦冲则已指着史红英骂道：“红缨会还不至于怕了你们六合帮，你这臭丫头竟敢如此猖狂，欺侮上门来啦！”

史红英大惊道：“这话从哪里说起？我是来拜见贵会的总舵主的！敝帮过去行事不当，容我见了公孙舵主……”

话未说完，只听得喝骂之声已是闹成一片。庄远尤其怒得双眼好似就要喷出火来，戟指骂道：“公孙舵主还没有死，你来打听消息未免早了点儿！”秦冲道：“什么打听消息？她说这些风凉话儿，分明是来戏侮咱们！庄大哥，不用和她多说废话，她既敢如此猖狂，咱们就不能让她看小了！是你上还是我上？”

庄远喝道：“史红英，我和你单打独斗，省得你说我们以多欺少。亮兵器吧！”

金逐流心里想道：“若然只是为了两个帮会间的宿怨，他们决不会如此气怒，内中想必另有原因。”当下挺身上前，叫道：“有话好说，容我们先见了公孙舵主如何？”

秦冲喝道：“金逐流，我是看在令师兄份上，才没有将你和这妖女一样看待，你可要识相点儿！倘若你定要卫护这个妖女，那就休怪我不客气了！”

这一边话犹未了，那一边庄远已然对史红英出手。庄远喝道：“你不用兵器，咱们就在掌上见个高下！”左手一抬，一招“玄鸟划砂”，拇指和食指扣成一个缺口的环形，按下的方位正当史红英胸口的“金楼”“玉阕”两处麻穴。右手则是横掌如刀，一“刀”削向史红英的颈项。庄远的大擒拿手法和绵掌功夫乃是武林一绝，史红英的长处在于鞭法剑法，拳脚上的功夫远远比不上他。仗着轻功，一个“风飐落花”的式子，恰恰避开。但给庄远掌风刮面而过，亦已隐隐生痛。

金逐流喝道：“住手！你们讲不讲理？史姑娘的来意你们尚未

知道，为什么不让她说话!”此时，金逐流亦已忍不住发怒了。

秦冲拔出了折铁刀，冷笑道：“这丫头的来意我们早已知道，倒是阁下的来意我们未知！你究竟是帮哪一边的!”红缨会的帮众有人叫道：“这还用问，这小子受了妖女的迷惑，当然是帮她来欺压咱们的了!”

有人说道：“但听说这小子也是史白都的对头，他总不该邪正不分吧?”另一个说道：“你是只知其一，不知其二。他是史白都的对头，但也是厉南星的好朋友。”先前那人“啊呀”一声叫道：“这么说来，他也是咱们的仇人了，和他客气作甚?”

秦冲横刀拦着金逐流，想是因为看在江海天的面子，只想阻止他去救援史红英，尚未曾向他动手。红缨会的帮众则是对他议论纷纷，有些人且已咬定他是变节，主张把金逐流也一并拿下。

庄远的大擒拿手法何等厉害，就在金逐流这边闹哄哄的时候，他已是把史红英迫得退无可退。要知红缨会的帮众是列成阵势，将他们围在垓心的，故此虽然说是单打独斗，但史红英却给限制在包围圈内，四周都是人墙，轻功再好，也无回旋的余地，自是难免大大吃亏。

在这样情形之下，金逐流知道已是不能让他从容辩解。就在此时，只见庄远一个进步欺身，使出了“连环奔雷掌”的手法，双掌隐隐挟着风雷之声，眼看就要打到了史红英的身上。

金逐流无暇思索，一声喝道：“让开!”陡然间身形一起，滑似游鱼，从秦冲肘下穿过，秦冲想不到他身法如此古怪，折铁刀未曾斩下，金逐流早已到了史红英的身旁。

金逐流随手一招“八方风雨”，双掌起落如环，掌力向四面八方反击出去，庄远只觉一股柔和的掌力突然挡在自己面前，这股掌力虽然并不霸道，但庄远本身所发的掌力却给荡了回来，反震自身，不由得倒退三步。原来金逐流用的是只守不攻的大须弥掌式，虽然也能反击对方，但却不能伤人的。

这股掌力是向四面八方反击出去的，不但震退了秦冲，四周的帮众也给这股掌力推动，不约而同地都向后退，包围的圈子登时扩大。

秦冲大怒道："好小子，给你面子你不要，这你可就莫怪我要对不住你了！"猛地扑来，一刀斩下。不过他口里骂的是金逐流，刀锋却是朝着史红英插去的。他对江大侠的师弟，还是不能不有点儿顾忌。

金逐流听得背后金刃劈风之声，不管他是向谁斫来，都不能不出手了。当下，金逐流头也不回，随手夺过一名帮众的青铜锏，这柄锏正是在他前面打来的，夺过了锏，反手一撩，"当"的一声，秦冲的折铁刀飞上了半空，但这柄青铜锏也给他劈开两半。金逐流举锏一撩，立即抛开，没有给他伤着，对秦冲的气力，也是相当佩服。

红缨会的帮众见这柄折铁刀在空中落下，不禁都是大吃一惊，连忙闪躲。

金、史二人手挽着手，就在这瞬息之间，使出了"比翼双飞"的绝顶轻功，捷如飞鸟般的从众人头顶越过，落在一座笔架形的石台之上。

秦冲一纵身抓着那柄跌下来的单刀，气得满面通红，指着金逐流喝道："有种的你别跑，咱们再来决个雌雄！"

金逐流笑道："我是特地来拜见贵会的总舵主的，公孙舵主未曾见着，你赶我我也不跑！不过，你我无冤无仇，我又何必与你决甚雌雄？"

秦冲怒道："公孙舵主不见你！"

金逐流淡淡说道："你怎么知道？即使他当真不肯见我，我也得问他一声。"

庄远做好做歹地劝道："金少侠！令尊与令师兄与敝帮乃是两代交情，你既然不是蓄意和我们做对，我们也不能难为你。我劝你还是莫管闲事，趁早走吧。你是无论如何不能见着我们舵主的了，我们不会替你通报的。"

庄远的武学造诣比秦冲高得多，刚才金逐流用大须弥掌力将他震退，他已知道金逐流乃是手下留情，不肯伤他。他阻止秦冲与金逐流动武，固然是因为明知秦冲绝非敌手，但也是因为知道金逐流并无敌意的缘故。

金逐流道："多谢好意，但我见不着公孙前辈，我也是无论如何不能走的。不劳你们禀报，我自己通名求见就是。"

说罢，蓦地朗声说道："金逐流、史红英求见公孙舵主，不知何故，贵会香主加以阻拦，请公孙舵主准予拜谒。"

金逐流用的是"传音入密"的内功，声音并不很大，但却震得众人耳鼓嗡嗡作响。金逐流心里想道："听他们的口气，公孙宏似乎遭了什么意外，也可能是正在病中。但只要他在家里，他一定会听到我的声音。"

红缨会诸人给金逐流用"传音入密"的内功震得嗡嗡作响，无不骇然失色。金逐流有意炫露武功，一不做二不休，拔出了玄铁宝剑，自言自语道："这块石头不好坐，我只好多费点功夫了。"挥动玄铁宝剑，一阵乱削，只见白光飞舞，石屑纷飞，转瞬之间，那座笔架形的大石头，凸出的棱角，都已给削得平平整整，笔架形的石台，变成一面硕大无朋的明镜！

秦冲本来已是率领了帮众，围着石台，想要捉拿史红英的。此际，见了玄铁宝剑的威力，无不吓得目瞪口呆，不待庄远劝阻，他们也不敢冒昧上前了。

金逐流微微一笑，说道："红英，咱们就暂且歇一会儿，等候公孙舵主传见吧。"两人大马金刀地坐了下来，气得秦冲敢怒而不敢言。

金逐流通名求见之后，不到半支香的时刻，果然便有一个人出来，高声说道："金少侠，敝会公孙舵主请你进去。"这人是在红缨会坐第五把交椅的内三堂香主石玄。

金逐流道："这位史姑娘呢？"石玄说道："史姑娘请在外面稍候，公孙舵主想与金少侠单独谈谈。"金逐流游目四顾，见秦冲等人的脸上颇有悻悻之色，金逐流实在有点放心不下，暗自思量："单独留下红英，要是这班人与她为难，岂不糟糕？"

石玄似乎知道金逐流的心事，跟着就道："舵主有令，六合帮的帮主史白都虽是咱们的仇人，却不应迁怒到他妹妹身上。史姑娘既然是与金少侠同来，你们对她也应该好好的以礼相待。"庄远低头应了一个"是"字，秦冲虽不应声，但也不敢再说话了。

金逐流这才放下了心，当下就跟石玄走进公孙宏的住宅。途中，金逐流请教他的姓名，始知石玄就是和秦元浩同时在水云庄做过客人的那位石香主，水云庄庄主的女儿云中燕被大盗罗大魁恃强迫婚，他与秦元浩曾经帮过云庄主很大的忙。

金逐流知道他是石玄之后，对他很有好感，心想石玄是个忠厚正直的人，或者会说实话，因问他道："贵会与六合帮素有隙嫌，这个我也知道。但这也是由来已久的了。今日贵会几位香主对史姑娘好似十分痛恨，似乎不该是由于两帮的旧怨而起，不知是否另有原因？"

石玄道："这个我现在还不便说，金少侠见了公孙舵主，舵主想是会告诉你的。"金逐流道："请恕我胡乱猜疑，公孙舵主不知是否病了？"石玄说道："要说是病也未尝不可，反正你就可以见着他了。"这样含糊的答复，令得金逐流更起疑心，心想："病就是病，什么叫做未尝不可？"

金逐流狐疑满腹，但石玄既不肯多说，他自也不便再问。石玄带领他至公孙宏的卧床，便即退下。

只见公孙宏躺在床上，面如黄蜡，眉心有一股淡淡的黑气，金逐流大吃一惊，这才知公孙宏是中了毒。"难道他也是受了那个天魔教新教主的暗算不成？但他这么高强的武功，岂能轻易受人暗算。"

公孙宏有气没力的说道："逐流，你来了，很好。坐下来吧，咱们谈谈。"

金逐流行过了礼，正想问他，公孙宏已先说道："我知道你定有疑团，想要问我。我也正有几个疑问，想要问你。"

金逐流道："不知公孙前辈想要知道什么？"公孙宏道："你是从西昌回来的吧？"金逐流道："不错。"公孙宏道："我有个女儿名叫公孙燕，也在西昌，不知你见过她没有？"

金逐流颇感踌躇，心里想道："我本来是要替宫秉藩报讯的，但想不到公孙前辈会中了毒，此际他正在病中，我若把他女儿的不幸消息告诉他，只怕会加重他的病情。"

公孙宏叹了口气，说道："可是我的女儿已遭不幸了么？金少侠，你不必瞒我，我已经知道了。只是我还存着一线希望，希望这消息不是真的。”

金逐流不觉好生纳罕，心里想道：“这消息是谁告诉他的？除了我与红英之外，义军中人，可并没有谁回来啊！”但听得公孙宏已经知道，只好黯然说道：“老前辈既然业已知道，那我就不用说了。但我曾经在桃花谷中找过令爱，却并未发现令爱的尸身，说不定正如老前辈所说，还有一线希望。”

公孙宏莫名其妙，诧道：“你说什么？我的女儿不是在西昌城中死的么？”

金逐流更是奇怪，连忙问道：“公孙前辈，你听到的是什么样的消息？”公孙宏道：“她若不是在西昌中死的，害死她的又是何人？”原来两人都是急于知道真相，不觉同时发问。

金逐流情知内中定有蹊跷，先回答道：“是阳浩迫得令爱和厉南星坠下深谷的！”

公孙宏失声叫道：“什么，你说我女儿的仇人是阳浩？厉南星也与我的女儿同时遇害，这，这未免太难令人相信了？”

金逐流道：“那么据老前辈所知，这仇人却又是谁？”

公孙宏道：“不是六合帮的帮主史白都吗？”

金逐流道：“这消息是谁告诉你的？”

公孙宏道：“就是厉南星！”

金逐流大为惊诧，说道：“你见到的当真是厉南星吗？”

公孙宏怫然不悦，说道：“就在十天之前，我曾与他相会，他亲口对我说的，焉能有假？”

金逐流心念一动，说道：“公孙前辈，你好像是中了毒，这毒又是谁人下的？”

公孙宏道：“也是厉南星所下！”

金逐流道：“这可令晚辈糊涂了，厉南星既然替你传讯，那是出于好意的了，何以又暗中下毒？”

公孙宏是个老经世故的人，听得金逐流这样说，亦已猜想得到内中定有蹊跷，当下说道：“此事说来话长，咱们还是一步一步弄清真相吧。金少侠，你说我的女儿是阳浩害死的，是你亲眼见到的吗?”

金逐流道:“是宫秉藩亲眼见到的。但史白都自杀身亡,则是我亲眼见到的。史白都死的时候,令爱可还是活着的啊!因此不管那个天魔教的新教主是否真的厉南星,他告诉老前辈的这个消息,则绝对是假的了。”

公孙宏道:“既然是宫秉藩亲眼见到的,他为何不自己回来报讯?”

金逐流道:“因为他也受了阳浩的修罗阴煞功之伤。”当下将宫秉藩那日的遭遇,和自己在桃花谷中的所见,原原本本地告诉了公孙宏。

这些事情,若是从另一个人口中说出,公孙宏一定不会相信;但如今是金逐流告诉他,他知道金逐流是决不会说谎的,是以虽然诧异之极,也是不能不信了。

公孙宏叹口气道:“如此说来,我是当真上了他们的当了。”金逐流道:“听说有一种改容易貌之术,精通此术之人,可以扮得像另一个人,惟妙惟肖。老前辈所见的那个厉南星,我想一定不是真的。”公孙宏沉吟半晌,说道:“听你这么一说,我是有点疑心了。好,我就把那日的经过告诉你吧,咱们一同参详参详。”

公孙宏歇了一歇,喝了半碗参汤,继续说道:“去年我和小女在长江边碰见厉南星与封妙嫦,小女跟随他们同往西昌,此事想必你已知道?”

金逐流点了点头,说道:“封姑娘已经告诉我了。那日厉南星身上负伤,斗不过文道庄那个宝贝儿子,她也几乎落在文胜中的手上,幸亏得令爱拔剑相助,赶跑了文胜中。说起此事,封姑娘对你老和令爱感激不尽。”公孙宏道:“此等小事,何足挂齿。那位封姑娘好吧?”金逐流道:“封姑娘和武当派的秦元浩上个月已在大凉山成婚,我就是在喝了他们的喜酒之后才回来的。他们的姻缘非常美满,所以封姑娘常说,她之得有今日,都是出自老前辈父女所赐。”

公孙宏微笑道:“哦,原来封姑娘已经得了称心的女婿,这倒是可喜可贺的美事。”心里想道:“我只道这位封姑娘和厉南星是对情侣，原来不是。”原来公孙宏也曾有过想把女儿许配与厉南星之意的，只因有此误会，不敢出之于口。如今听说封妙嫦与秦元浩已经成婚，不觉勾起他当初的这段心事。但随即想道：“我的女儿死了，厉南星是真是假，是善是恶，如今犹未可知，这事我还想它作甚?”思念及此，不觉黯然。

金逐流知道他在伤心，安慰他道：“厉南星若然未死，令爱就可能还在人间。如今咱们先要查明，那个天魔教的新教主‘厉南星’究竟是真是假。”

公孙宏道：“不错，咱们还是回到原来的话题吧。”接着说道：“小女和他们去了西昌，久无音讯，我很挂念。不料我把宫秉藩派到西昌之后，宫秉藩还未回来，那一日我却接到了厉南星的一封请柬。”

金逐流道：“可是他邀请你观礼的请柬?”公孙宏道：“正是。不过，他派来的使者特别声明，要请我早两天去，说是有要事和我商量。结果我只是和他见了一面，观礼却是没有份了。唉，其中缘故，我不说你也应该知道，那是因为我已经中了毒了!”想起自己几十年的阅历，身为江湖上第一大帮会的总舵主，到头来竟然会着了一个小子的暗算，不禁苦笑。

金逐流道：“那个新教主与你商量的是什么‘要事’? 你又是怎样着了他的暗算的?”

公孙宏继续说道：“说老实话，厉南星重组天魔教之事，我是极不赞同的。当年他的父母组教之时，滥收徒众，以致龙蛇混杂，良莠不齐，纵有好人，也是极难整顿。故此令尊早在二十年前，就劝他们解散了。如今各处都有义军，江湖上也有了几个光明正大的帮会，何必还要费偌大的心力，把早已烟消云散了的天魔教重组起来，弄得不好，反会给妖邪之辈利用。”

金逐流道：“老前辈说得不错，厉南星曾经拒绝过阳浩邀他重开香堂之请，就是因为这个缘故。”

公孙宏道：“哦，原来早就有过一次这样的事吗?”金逐流道：“是呀，所以我不相信厉南星会在阳浩胁持之下，改变初衷。”

公孙宏接下去说道：“我虽不赞同此事，但因我要知小女的消息，所以我还是如他所请，提早两天，到徂徕山去与他相会。同时，我也想劝他打消这个重开香堂的念头。”

金逐流心念一动，问道：“你到了徂徕山，可见着了阳浩没有？”

公孙宏道：“就是他出来接待我的。可惜我当时不知道他是害我女儿的仇人，否则早把他一掌打死了。”

金逐流道：“阳浩和你怎么说？”

公孙宏道：“他说厉教主新从西昌回来，仆仆风尘，途中染病，现在尚未痊愈，恐怕不能多说话。”金逐流插口道：“对了，这里就是一个破绽。他恐怕那个假的厉南星，多说了就会露出破绽！”

公孙宏接下去说道：“当时我说，贵教主欠安，我理该探病。我也不会让他多说话的，只想知道他要和我商量的是什么要事，也就行了，阳浩说道：‘这个当然。老前辈屈驾到此，敝教主岂能不见？我不过说明一下，以免老前辈怪他失礼而已。’当下他就陪我到内堂与厉南星相见。”

金逐流不禁又再问道：“你看清楚了真是厉南星？”

公孙宏道：“此人面带病容，相貌与厉南星倒是很像，只是瘦削一些。我当时以为这是因病所致，没有怎样留心辨别。”

金逐流心里想道：“这就怪不得了，公孙前辈先后和厉大哥不过见过两次面，一次是大闹萨府寿堂那天，当时双方正是在混战之中，只能算是匆匆一面；第二次是在江边，他们父女救了厉大哥之后，便即分道扬镳，他与厉大哥虽然已是相识，也还未曾稔熟。阳浩找一个相貌相似的人冒充厉大哥，这个人又假装有病，公孙前辈事先没起疑心，当然就容易将他骗过了。”

公孙宏接下去说道：“现在我想起来了，除了相貌比厉南星瘦削之外，这个新教主还有一个可疑之处，他说话的声音嘶哑，和厉南星的口音也很不相同。可惜我当时只道是病人应有的现象，丝毫没有对他起疑，以致遭了他的毒手。”

金逐流道：“只要查明真相，咱们慢慢和他算账不迟。”

公孙宏道：“对，事情已经过去，追悔也是没用。我还是告诉你那一天的事情吧。

“那个新教主说，他与小女到了西昌之后，便即参与义军攻打将军府之役，小女不幸死在史白都之手，他也受了伤，幸得师叔阳浩之助，逃了出来。

“我听了这个消息，当然是悲愤交加，他就乘机劝我，红缨会与天魔教联手去对付六合帮，趁史白都尚未回来，先把六合帮吞并，剪除了他的羽翼，这就更容易报仇了。”

金逐流听到这里，不禁失声说道：“好毒辣的一条计策！”

公孙宏道：“我对此事正是想得不很明白，要向老弟请教。史白都的六合帮是依附朝廷的，如今老弟已证实了阳浩和史白都乃是一路，这个新教主既然是阳浩的傀儡，何以他又要吞并六合帮？”

金逐流道：“老前辈有所不知，六合帮现在已经换了帮主，新帮主就是史红英姑娘。史白都早已在西昌死了。阳浩他们一定料想得到：史姑娘接任了帮主，六合帮决不会再依附朝廷而是要加入义军的了，故此他们就要先下手为强，用这个借刀杀人之计，让你们红缨会替他去收编六合帮。”

公孙宏道：“幸亏我没有上他的当。当时我虽然是相信他的话，但我的为人，老弟你是知道的，我要报仇，就得光明磊落的去报仇，岂能乘着史白都不在，去欺负他的手下？何况六合帮中也并非全是甘心依附朝廷之人？

“因此我当时就拒绝了他这个提议，反过来我以长辈的资格，劝他打消了重组天魔教的企图。

“一来双方话不投机，二来我也不愿多耗病人的精神，当下便要告辞。那新教主依照礼节，端茶送客。”

金逐流虽然早已知道结果，听到此处，仍是不禁大为紧张，叫起来道：“这杯茶一定有鬼！你喝了啦？”

公孙宏道：“我一直把他当作厉南星，虽然话不投机，但决想不到他会下毒，他向我敬茶，我当然是毫不怀疑的就喝下去了。

“一喝下去，我就觉得有点不对，可是已经迟了，只听得当啷一声，那厮摔下茶杯，兔子似的立即溜进内室，在他那张病床的后面，原来是暗藏门户的。

“我一抓抓空，阳浩立即使出了修罗阴煞功向我打来，冷笑说道：‘公孙帮主，你既然来了，就请你留下来吧！’

“哼，我虽然是中了毒，凭着阳浩这点功夫，想要留我，可还不能！他笑声未绝，我已打断了他的两条肋骨，叫他的狂笑变成了惨号！只可惜我的掌力发挥不到五成，未能取他性命！

“那间密室是藏有机关的，阳浩给我震出门外，立即开动机关，落下了三重铁闸，将我困住。他在外面狞笑道：‘这杯茶里也没什么，不过放下了一撮断肠散，公孙帮主，你内功深厚，或者无需我们的解药。但万一你抵受不住，我劝你还是不必逞强，和我们好好地谈一谈条件！’哼，他以为这样就可以要挟我，真是太不懂得我公孙宏的脾气了！”

金逐流吃惊道：“但他们布置得如此周密，你后来怎么脱困的？”

公孙宏笑道：“布置得虽然周密，却也有百密一疏。他们没有想到我会在屋顶开个天窗，硬冲出去！”

金逐流惊道：“你是用绵掌击石如粉的功夫，把屋顶硬揭了一块？”

公孙宏笑道：“不错，我冲了出去，还抢了他们的一匹坐骑，无人敢阻拦我。我跑回家里，这才没有办法不躺下来的。但在他们的魔窟里，我却是连腰也未曾一弯！”

金逐流大为佩服，笑道：“这并非他们的布置百密不疏，他们怎会想到，你服了断肠散，居然还能够使出绵掌击石如粉的功夫，他们的三重铁闸加上了阳浩的修罗阴煞功仍然困不了你！”

公孙宏苦笑道：“但如此一来，我要凭本身功力解毒，可能多用一个月的时间了！”当下又向金逐流抱歉道：“只因我不能起床，致有今日的误会。否则我决不能让他们对你和史姑娘如此失礼的。”

金逐流道：“这也怪不得他们，我和厉南星的交情，他们是知道的，真假未曾清楚之前，他们当然不敢让我见你。何况他们也一定是把史白都当作杀害令爱的仇人呢。”

公孙宏道：“虽然如此，也是不该。”当下把石玄叫来，问道：“庄远、秦冲二人是否在外面监视着史姑娘？”石玄甚是尴尬，说道："庄、秦两位香主是在客厅陪史姑娘坐，他们遵守舵主的命令，对史姑娘不敢无礼。"公孙宏道："叫他们和史姑娘进来。"石玄应道："是。"

双方把事实一一说了出来，真相虽然尚未大白，但天魔教的新教主乃是冒名行骗之徒，这一点已是无疑的了。于是庄远秦冲两位香主，在公孙宏病榻之前，当面向金史二人赔罪。

史红英道："事情弄清楚了就好，些须误会，何足介怀？"

公孙宏叹道："可惜我误遭竖子之算，恐怕还得卧床十天半月。"

金逐流道："不劳前辈费神，我打算和史姑娘马上就到徂徕山去。阳浩这厮，晚辈料想还对付得了。"

公孙宏道："阳浩利用那个假厉南星作为傀儡，打出了天魔教的旗号，重开香堂，据我所知，他所聚集的妖邪，为数恐怕还真的不少呢。金少侠深入虎穴，须得当心！"

石玄说道："不如待咱们的舵主病好了，大伙儿都去，那就可以稳操胜算了。"

金逐流道："好虽是好，但一来我想早些探明真相，二来趁他们根基未固，动手也比较容易。倘若假以时日，阳浩羽翼已成，以贵会之力，虽然可以翦除他们，但只怕伤亡就要多了。"

公孙宏沉吟半晌，说道："但你们只有两人，这个——"秦冲是个直性子的人，说道："我愿意陪金少侠去，将功赎罪。"

金逐流道："若然只是去探查真相，人多了恐怕反而不好。公孙舵主放心，晚辈不会和他们群殴的。晚辈的打算是智取而非力夺。"公孙宏道："请道其详。"

金逐流道："我意欲潜入天魔教的香堂，将那冒名的新教主揪出来。只要揭穿了他是假冒的，天魔教的旧部定然倒戈相向，那时只剩阳浩一班妖邪，也就无能为力了。"

公孙宏道："以你的轻功而论，未始没有成功的希望，不过也要看机缘是否凑巧，风险恐怕还是相当大的。"

金逐流笑道："冒点风险，倘能免掉大动干戈，这个生意也还是很上算呀。"

公孙宏道："我从天魔教的总舵闯出来，对里面的建筑、地形大致还记得一些，我绘一张地图给你，或者可以对你有点帮助。"金逐流喜道："那就更好了。"

计议已定，于是金逐流在公孙宏家里住了一晚，第二天取了地图就和史红英前去探天魔教的总舵。正是：

黑白混淆容不得，为明真相探魔宫。

欲知后事如何？请听下回分解。

第四十二回　疑雨疑云终大白
亦真亦幻说前因

一个月色朦胧的晚上，徂徕山的黑丛林中，风不吹，草不动，却偶尔有几片树叶落下，伴随着一阵极轻微的沙沙声响。这不是宿鸟惊飞，而是有两个轻功极高明的夜行人经过，这两个人就是金逐流和史红英了。

徂徕山是金逐流旧游之地，此际重来，心情却是非复旧时。过去他是个游戏人间的小叫化，在徂徕山上漫游，乃是随兴之所至，如今则是有所为而来，恨不得马上赶到天魔教的总舵，去揭开厉南星的生死之谜了。

金逐流走在前头带路，走了一会，隐约已可见到前面山岗高处的一座破庙。金逐流说道："这座破庙本是天魔教旧日的神庙，据公孙舵主说，阳浩已在山上天魔教的遗址重建香堂，但这座破庙，想是无暇及此，仍是任它搁置，未曾重修。说起这座破庙，倒是有一段故事，和我有关。间接也和你有关。"

史红英悄声笑道："哦，什么故事和你我都有关的，我倒想听听了。"

金逐流道："我就是在这座破庙中认识李敦的。那晚他躲在庙里烤山芋，我进去向他讨化，恰巧碰着你的哥哥派来追踪他的青符道人和焦磊，我把庙里的一口大钟罩着他，戏弄了青符和焦磊一顿，这才帮忙他躲过了那次难关。那口大钟里刻有天魔教的《百毒真经》，李敦反而因祸得福。

"后来我才知道他是因为偷了你哥哥的一串夜明珠，这串夜明珠是你的哥哥准备送给萨福鼎的寿礼，故此非要将他捉回去不可。”

史红英笑道：“那串夜明珠是我帮他偷的。”

金逐流道：“是呀，所以我说与你也间接有关。若不是为了那晚之事，引起了我也想劫夺史白都送京的寿礼，后来我还不会认识你呢。”

说话之间，距离那座破庙已是越来越近，史红英忽地咦了一声，说道：“庙里有火光！我似乎闻到一股香味，难道又有人在里面烤东西吃不成？”

话犹未了，只见金逐流身形疾起，已是箭一般的向前射出，史红英却觉得金逐流好似还在她的耳边低声说话一样：“你快去搜那座破庙，小心一些！”原来金逐流一面使出绝顶的轻功向前追去，一面却用“传音入密”的内功向她传话。是以他的身形虽然早已距离十数丈之遥，仍好像是在她耳边说话一般。

史红英感到有点奇怪：“为什么他不进去？”她的轻功稍逊于金逐流，在她进了那座破庙之后，不过一会，金逐流也就回来了。

史红英道：“庙里只见有这堆火，却不见有人。你刚才去哪里？”

金逐流道：“我到林子里找一个人。”史红英诧道：“找什么人？”金逐流道：“你刚才有没有看到一个人影，躲在庙背的那堵短墙后面，隐隐约约的好似露出半个头？”

史红英大为奇怪，说道：“真的吗？我却没有看见。嗯，也许是因为我未曾怎样留意吧。”

金逐流道：“我刚一发现，那人就像鬼影似的一闪不见。庙后并无可以藏身之处，除非是躲进树林之中。”

史红英笑道：“怪不得你突然跑上前去，倒吓了我一跳。你在树林里发现了什么？”

金逐流道：“什么也没有发现，连半点声息也没有听到。”

史红英道：“以你的轻功而论，当今之世，及得上你的寥寥可数，既然你是一发觉就追上去，距离又不到半里之遥，按说是应该追得上的。”

金逐流道：“是呀，就是追不上也该看见那人的背影。林中的树木并不很密，我兜了一个圈子方才回来，什么也没发现。我真不相信这个人会躲得这样快。不过，天外有天，人外有人……”

史红英道：“假如真的是有一个轻功比你更高明的人，这件事就更奇怪了！”

史红英想到的金逐流也想到了，于是接下去说道：“不错，假如真的有人，这个人是朋友的话，就该出来相见，是敌人的话，就该出声报警。但如今已过了这许多时候，还是毫无动静，这可真叫我猜想不透了。”

史红英若有所思，忽地抬起头来，说道：“莫非是——”金逐流道：“你猜疑是厉南星？”史红英点了点头，说道：“不知怎的，我好像有个预感，厉大哥一定还没有死，他知道有人冒充他，他也一定会来查探的。说不定他也是凑巧在今晚来了。”

金逐流笑道：“我是但盼你的愿望成真的。”史红英道：“你不相信他还活着？”金逐流道：“即使他还活着，但他是受了阳浩的修罗阴煞功之伤的，岂能负了重伤，从数千里外的西昌来到此地？来到此地，还能施展如此高明的轻功？再说，厉大哥见了咱们，还有不喜出望外地赶快出来和咱们会面吗？”

史红英道：“猜想不透，那就暂且不必理它。反正咱们今晚就是要来探查真相的。不过，这庙子里刚才却定是有人无疑。你看，这堆火还未熄灭，煨熟了的山芋也还未吃完呢。”

金逐流笑道：“这情景倒是和我那次会见李敦的情景一模一样。但这个人当然决不会是李敦。他的轻功和那个人差得太远。”

史红英道：“在庙里的这个人，可能是在咱们未曾上来之前，就已跑开了的。倒是你追踪的那个人，不知是真是幻？”

金逐流笑道：“这人神出鬼没，给你这么一说，我也有点怀疑，不知是否真有其人了。嗯，或许是我眼花也说不定。不必管它，这几个煨的山芋好香，我倒是不由得食指大动了。你一个我一个分食了吧。”史红英笑道：“瞧你这副馋相。”

金逐流道：“吃饱了肚子，正好到天魔教的总舵去大闹一场。”史红英道：“你别忘了，咱们是不能惊动众人的呀，怎么可以大闹一场呢？”金逐流笑道：“我这个人性喜胡闹，不知不觉，说溜了嘴了。但话说回来，咱们虽是不想打草惊蛇，但事到其时，只怕未必能如咱们所愿。”

此时已是将近三更时分，寒意加浓，天色也变得更阴沉了。这晚是三月初四，一弯眉月，月色本就朦胧，变了天色，连淡月疏星也已给乌云卷盖。天上落下霏霏细雨，十数步之外，视线已是模糊。金逐流喜道：“这正是夜行人的好天气，咱们去吧！”

到了山上，只见一座堡垒形的建筑，矗立山头，金逐流道：“阳浩这厮倒也真是不容忽视，在短短的两三个月之中，居然能够重建天魔教的香堂，看来他所纠集的妖邪为数的确是不少了。”

当下两人施展轻功，攀上一棵数丈高的参天古树，居高临下，俯瞰堡中形势。只见外面是一道围墙，有四座铁门分立四方。围墙之内，参差不齐的约莫有数十幢房屋，当中一座最高的，依照公孙宏的图示，就是那个假厉南星所住的教主“内香堂”了。

四座铁门是业已关闭的，铁门外面，各有一个看守，抱柝打更，来回踱步。门帘上挂着一盏风灯，甚为光亮，若是有人想偷进去，决逃不过他的眼睛。

史红英悄声说道：“围墙虽高，难不倒咱们。难的是怎样打发看守。”要知看守是兼管打更的，若是把他杀了，里面听不到击柝之声，登时就会发觉。

他们面对着东面的一座铁门，那看守自言自语道：“应该是换班的时候了，怎么还不见来？”过了片刻，果然见有两个汉子来到，一个是巡夜的大头目，一个是接班的看守。那头目问道：“可有发现什么可疑的迹象没有？”看守苦笑道：“这样的落雨天，又冷又湿，连夜枭都躲进巢里去了，哪会有什么夜行人来呢？”

那头目道：“好，那你们就换班吧。天色虽然不好，但下半夜仍是要小心防备。”

说罢，到别处巡查去了。接班的那个看守叹气道：“真倒霉，刚轮到我接班就下雨。你可以歇息了，我却不知怎样才能挨到天亮。”

接班的这个守卫身体比较瘦弱，似乎比上一个看守更怕寒冷，只见他在寒风冻雨之中“卜卜卜”的一声声打更，“唉唉唉”的一声声叹气。

这个守卫唉声叹气，金逐流却是喜笑颜开，蓦地里计上心来："有了，有了!"摘下一颗松子，当这守卫转过身的时候，对准了他背心的晕睡穴一弹。

这守卫叫都未曾叫得出来，突然就像着魔似的，晃了两晃，身躯倒下。

金逐流自树顶一跃而下，捷如飞鸟，不待他的身子倒地，已是抓着了他。一手抢过了打更用的"柝"，跟着"卜卜卜"地打了起来。

此时，那个巡夜的大头目早已回去了。堡垒的四座门虽然各有一个看守，但却只是击柝之声彼此相闻，不能相见的。打更的声音并没中断，其他三个看守当然是不知道这里发生的事了。

史红英跟着跃下，悄声问道："你打算怎样?"金逐流道："快，换上他的外衣，披上他的斗篷。"

这守卫身材瘦小，史红英穿上他的外衣，披上他的斗篷，只是稍嫌宽大一些，但斗篷遮过了半边脸孔，在阴暗的雨夜，若不是走近了就着灯光来看，急切间那是决计看不出破绽的了。

金逐流笑道："红英，你权且冒充更夫吧。"史红英接过柝木，卜卜卜地打起来；金逐流提起那个看守，跑到林中，把他藏在两块岩石合抱的空隙里，笑道："朋友，这里暖和多了，便宜你啦!"

处置了那个守卫，金逐流回到史红英跟前，低声说道："这样坏的天气，料想巡夜的头目不会这样快又出来的。若然有人出来，你把他杀了就是。只须半个时辰之内我没给人发觉，我想也足够我用来调查真相了。"

天魔教的总舵防范得相当严密，三丈多高的围墙上面还插满了铁钉，但这可以难倒别人，却难不倒金逐流，他根本不用攀登，一个"黄鹄冲霄"，已是捷如飞鸟般地越过。

金逐流依照地图的指示，蛇行兔伏，神不知鬼不觉地到了天魔教教主所住的内香堂。

只见房中灯火未灭，纱窗上现出一个人影，金逐流伏在一块假山石的后面，凝眸看去，不由得吃了一惊："这厮果然是假得惟妙惟肖，若然不是我早就知道他是冒充，在别处见着他，一定会把他当作厉大哥了！”

那人好似发觉了什么，作出侧耳细听的模样，忽地吹灭了灯。金逐流技高胆大，不理他房中有没有埋伏，立即跳出，一掌推开窗户，纵身跃入。那人沉声喝道：“是谁？”声犹未了，金逐流已是一把抓住了他。可是金逐流听到他的声音，却是禁不住好生诧异！

这个假冒厉南星的人，不但是相貌惟妙惟肖，连说话的声音也是一模一样！

金逐流记得公孙宏曾经对他说过，说是那个新教主声音嘶哑，和厉南星并非一样的。他在事后想起，兀是一直后悔，后悔当时没有看出这个破绽。

但此刻，金逐流听到的却是厉南星的声音！

“天下哪有假得如此相似的人？”金逐流当然是禁不住怔了一怔了。

那人的武功很是不弱，给金逐流一把抓住，迅即就是一个“脱袍解甲”，反手点向金逐流胁下的愈气穴，黑夜之中，认穴竟是不差毫厘。

金逐流“咦”了一声，一招“拂云手”荡开那人的指抓，失声叫道：“你是谁？”

金逐流并非震惊于那人的武功，而是因为那人使出的招数，正是他父亲独创的一门掌法！

不约而同的那人也在骇然惊叫道：“你是逐流贤弟么？”他与金逐流闪电般的交手两招，也已认出了金逐流的招数了。

金逐流吃惊更甚，心道：“难道当真是厉大哥不成？不对，不对！厉大哥岂能变节投降，自甘堕落，与阳浩这老贼同流合污？但为什么他也会大须弥掌式？”心里惊疑不定，先闪过一边，横掌胸前，提防偷袭，另一只手就去摸索灯台，准备点着了灯，再看个仔细。

那人说道：“不必着灯！”随即低声吟道：“脱略形骸迈俗流，相交毋负少年头。调弦雅韵酬知己，出匣雄芒斩寇仇。休道龙蛇归草莽，莫教琴剑付高楼。中原自有英豪在，海外归来喜豁眸。”

金逐流惊叫道:“你是谁?”不约而同的,那人也骇然惊叫:“你是逐流贤弟么?”

这是厉南星送给金逐流的一首诗，当年他们琴剑相交，厉南星谱了这首诗送给金逐流表示友谊的。这是厉南星自己做的诗，除了他和金逐流之外，别人决计念不出来！

金逐流听了这首诗，已是不容他再有怀疑了。当下说道：“原来你果然是厉大哥，但这，这却是怎么一回事呢?”要知金逐流虽然不再怀疑这人是假厉南星，但厉南星何以会给阳浩利用，做了天魔教的教主，他仍是百思莫得其解！

就在此时，忽听得又有脚步声走来，厉南星道：“我请你看一场戏，你就会明白了。”把金逐流一拉，两人躲到床壁后面。

只听得阳浩的声音说道：“今晚你好好想一想，明儿咱们再谈。”

厉南星贴着金逐流的耳朵说道：“和阳浩一起的这个人，就是冒我之名的那个教主了。”

那教主忽地轻轻的“咦”了一声，说道：“阳师伯，我还想和你谈谈，请你进来再坐一会。”原来他记得出来之时门窗都是已经关好了的，现在发现窗子打开，已知内里定然有变，不能不提防有人藏在房中。他不敢明言，只能向阳浩暗示。

金逐流在厉南星耳边笑道：“他们来得正好！”话犹未了，只听得“砰”的一声，阳浩已是一掌推开房门，双脚未曾踏进，修罗阴煞功的掌力已然发出！

阳浩以为躲在房中的是内奸，做梦也想不到是金逐流和厉南星二人。他的修罗阴煞功在天魔教中是无人能敌的，心想且先叫这厮吃点苦头再说。

不料吃苦头的不是奸细，反而是他！说时迟，那时快，金逐流早已一跃而出，骈指如戟，点向他胸口的璇玑穴。

阳浩也当真了得，骤然遇袭，虽惊不乱，反手一勾，使出小擒拿手法反扣金逐流的脉门！金逐流化指为掌，一个大须弥掌式向他胸膛印下。

双掌相交，阳浩禁不住连退三步，给金逐流的掌力将他震出了门外。但金逐流也只是稍占上风，未能将他抓住。

阳浩这一惊才当真是非同小可！要知他的修罗阴煞功已经练到

了第八重，寻常之辈，在他掌风笼罩之下，已是要冷得僵硬，哪里还能和他动手？但如今这个人非但能够和他动手，而且还能够硬接他的第八重的修罗阴煞功的掌力，硬碰硬地将他一掌击退！

阳浩是曾经和金逐流交过几次手的，此时虽然未曾看见金逐流的面貌，亦已知道来的是他了。

那教主跟在阳浩后面，正要进来，阳浩连忙叫道："快跑！"金逐流笑道："跑不了啦！"身形疾起，兀鹰扑兔般的凌空向那教主扑下，阳浩情知他的师侄决禁不起金逐流的这一掌，只好也是依样画葫芦地跳起身来，和金逐流在空中对了一掌。

那教主一面跑一面叫道："有奸细，来人哪！"刚跑得几步，陡然间只觉肩上的琵琶骨一麻，原来已是给厉南星将他抓住了！

阳浩和金逐流对了一掌，胸口如受重压，落了下来，翻过一座假山，占了有利的地形，准备应付金逐流的攻击。他冷笑说道："金逐流，你纵有三头六臂，今晚也是逃不出去的了！你不要以为拿住了我们的教主，就可以要胁我们，咱们还是好好地商量商量吧！"

天魔教上下人等，听到了教主的叫声，此时已是纷纷地赶来捉拿奸细。厉南星把那教主拖进房中，叫道："贤弟，回来！"

金逐流莫名其妙，心里想道："厉大哥好糊涂，敌众我寡，拼命冲出去或者还可以死里逃生。躲进房中，那岂不是变成了让人家瓮鳖了？"但因厉南星已经进去，他自是不能单独突围，只好也跟着进去。

阳浩本来有点害怕金逐流冲过来和他拼命，此时见金厉二人都已躲入房中，不禁哈哈大笑，朗声说道："金逐流，你们总不能做一辈子的缩头乌龟吧？人来，毒箭、喷筒伺候！"此时阳浩的党羽和天魔教的大小头目都已来到，在阳浩指挥之下，片刻之间，已是把那间房子团团围着！

阳浩得意之极，大笑说道："先让你们知道一点厉害！"从一个头目手中取过一副弓箭，"嗖嗖"两声，两枝箭破窗而入，插在墙上。阳浩冷笑说道："厉南星，你是使毒的行家，你可以验看这两枝毒箭，是不是见血封喉的毒箭？"接着又取过一支喷筒，一按机括，喷出一溜火光，登时窗子着火。金逐流一记劈空掌打出，把烧着的木头打掉，落在窗外，那一溜火光，转瞬即灭，没有烧进房来。但一股焦臭的气味，已是弥漫房中，显然从这喷筒喷出的也是毒火。

阳浩接着说道："金逐流，若只是几副弓箭几支喷筒，那自是奈你不何，但现在不是几副几支，而是成千上百，你纵有三头六臂，十条性命，也是决计难逃的了！嘿嘿，再说你想做缩头乌龟也不成，大不了我让师侄陪葬，一把火就把这房子烧了！"

金逐流从烧破的窗口望出去，只见箭簇的寒芒宛似繁星，一支支乌黑的喷筒俨如无数毒蛇昂头对着窗口。

阳浩笑道："看清楚没有？现在我给半个时辰让你们商量，识趣的乖乖投降，否则休怪我下辣手！"

金逐流暗自寻思："如此阵仗，看来冲出去也是难逃性命的了。不过，总胜于束手待毙！"正想与厉南星说话，厉南星已在他耳边悄声说道："我有办法平安脱险，你看牢这厮，但不必点他穴道。"

金逐流抓着那教主的琵琶骨，说道："你动一动我就要你的命！"只见厉南星搬开那张大床，伏在地上摸索，自言自语道："离墙三尺六寸，青砖上有环状凹痕为记。是这里了！"当年厉南星的父母建造这间教主的寝房之时，用的是特别坚厚的大青砖，故此经过二十余年，尚无损坏。此次阳浩重修房屋，只是加上上盖，地下的砖头并无掉换。

厉南星揭开了两块青砖，露出一个洞口，一股霉臭的气味冲了出来。

金逐流取出两颗颜色碧绿的丸药，这是用天山雪莲炮制的碧灵丹，功能祛毒解秽，分了一颗给厉南星，纳入口中，当下便把那个假冒厉南星的天魔教教主，一同拖进地洞。

厉南星亮起火折，只见是一条望不到尽头的地道。入口处有两扇石门，厉南星从里面把石门关上，笑道："他们不懂开关之法，要凿开这个石门，至少也得花三两天工夫。"

那个教主做梦也想不到就在他的卧床底下，竟然藏有这么一条秘密的地道，不禁“咦”的一声叫了出来，口一张开，积聚在地道中的秽气吸进去的就更多了。这一下熏得他的五脏六腑就似要在肚子里造反一样，登时大呕特呕。金逐流口里含着碧灵丹，也不禁捏着鼻子。

厉南星冷笑道：“你虽然冒充我的身份，做了教主，谅你也不知道这个所在。快快从实招来，你与阳浩串通，干下这等无耻的勾当，有甚阴谋?”

那个教主只好忍受秽气，苦着脸求饶：“这不关我的事，这都是阳浩摆布的。他是我的师伯，他说我的相貌有点像你，要我冒充教主，我是不敢不从。他想利用我做傀儡，重组了天魔教之后，就可以向朝廷卖身投靠，讨得更大的价钱。请教主饶命!”

厉南星“哼”了一声，说道：“我才不稀罕当这教主！哼，你这厮虽然不是首恶，但贪图富贵，也应该让你吃一点苦头。死罪饶了，活罪难饶。”当下点了他的麻穴，只是令他不能动弹，知觉则未消失，冷笑说道：“你在这里躺两天吧，阳浩弄得开石门，自然会放你出去；弄不开石门，那就活该你倒霉了!”那教主暗暗叫苦，心想要在这二十年从未打开过的地道中，忍受两日两夜的臭气，这已经是倒霉透了。

厉南星处置了这个假冒他的教主之后，这才得有空暇问金逐流道：“贤弟，你是怎么知道这里的事情的？史姑娘呢，怎的不见她与你同来?”金逐流道：“她在外面，不知给人发现了没有?”又道：“我已经见过公孙宏了。公孙燕呢？该不至于已遭不幸吧?”心想厉南星既然没死，公孙燕想必也还活着。果然便听得厉南星说道：“她也是在外面等我。好，咱们这就出去接应她们吧。”

厉南星带领着金逐流，一面行走，一面说出他们那日的遭遇。

那日他在赭石岗上，从悬崖上跳下去，自分必死无疑，不料身体着地之时，只觉好似跌落在一张厚厚的地毡上一样，虽然还是不免有点疼痛，但却毫发无伤。过后他才知道，原来这是幽谷中化作春泥的落花，保全了他的性命。

桃花谷中地气湿热，此时方是冬尽春来的时候，外面犹自苦寒，谷中的千树万树桃花已在盛开。厉南星缓缓坐了起来，放眼一看，但见花光如海，精神为之一爽。叹为平生未有之奇遇。

不料还有更大的奇遇尚在后头！山风吹过，隐隐听得上面呼喝之声，厉南星吃了一惊："怎的公孙燕好似还没有走？"心念未已，只听得呼呼风响，一个人跌了下来，刚好跌在厉南星的身旁。厉南星连忙将她扶起，定睛一看，可不正是公孙燕是谁？

两人死里逃生，相逢如在梦中！厉南星心情尤其激动无比，要知他跳下幽谷，本来是不想连累公孙燕陪他送命的，满以为公孙燕见他死了，便会自己逃生，哪知公孙燕竟然跟着跳了下来，与他料想的刚刚相反！

不知不觉之间，两人都已是满眶泪水，双手紧紧相握，厉南星道："燕妹，你，你何苦如此？"公孙燕道："你死了我岂能独活！"厉南星道："可是想不到咱们都没有死。但峭壁千丈，咱们又都是受了修罗阴煞功之伤的，只怕是逃不出这幽谷了。怎么办呢？"公孙燕道："反正我已打定了主意，是死是活，咱们都在一起。逃不出去，那又有什么打紧？"

这几句话说得斩钉截铁，令得厉南星又是感愧，又是自惭。本来他是怀着"曾经沧海难为水"的心情，在此之前，虽然明知公孙燕对他有意，他却一直佯作不知，将公孙燕当作妹妹看待的。此际深深受她感动，不禁想道："想不到她对我竟是如此痴情！古人说得好：易求无价宝，难得有情郎。在女子而言，固然如此，在男子而言，何尝不也一样？燕妹为我不惜轻生，我可不能再辜负她的芳心了。"想至此处，不觉把死生置之度外，将公孙燕揽在怀中，笑道："现在我倒不想死了。你呢？"公孙燕也笑道："我不是早说过了吗，你活着我当然也陪你活着。"

厉南星道："就不知天公是否能如咱们所愿？"公孙燕道："能活得一天就是一天。我想大难不死，必有后福。咱们一定会逃得出去的。"厉南星道："不错，在这里先养好了伤，慢慢再想办法。"

话虽如此，这不过是厉南星在无可奈何之中，姑且安慰公孙燕的说话而已。有什么办法可想呢？修罗阴煞功之伤，是没有药物医得好的。除非本身的内功已到登峰造极的地步，方才可以自己运功，驱除寒毒。莫说公孙燕做不到，厉南星也还差得远。修罗阴煞功无药可医，公孙燕或许不知，厉南星是懂得各种邪派毒功的大行家，却是十分明白的。

但正如公孙燕所说："活得一天就是一天。"厉南星但愿在毙命之前，多过几天幸福的日子，当然是要想法求活的了。

要活下去，首先就要找寻食物。他们二人受的都是修罗阴煞功之伤，这伤乃是寒毒之伤，虽然无药可医，但在寒毒未发作之时，却并不怎样痛苦，行动也无妨碍，只是不能运用内功罢了。

桃花谷中瘴气极浓，不但人畜难以存活，飞鸟也不能栖息。厉南星是懂得毒物学的行家，在桃林中走了一会，已知这幽谷中的桃花瘴厉害无比，只能采摘野生的桃子充饥了。但既然有桃花瘴，桃子当然也是有毒的。

公孙燕笑道："管它有毒无毒，反正咱们只是打算有一天就活一天。"厉南星道："且慢吃它，待我再找一找，看看还有什么可吃的东西。"

厉南星暗自思量："这真是福无双至，祸不单行，跌落这幽谷之中已是绝路，谷中还有奇毒的桃花瘴，莫说找不到食物，就是找得到可以吃的东西，恐怕最多也只能活三两天了。"

公孙燕又笑道："厉大哥何必愁眉不展，你看这里的桃花开得多美，咱们若能在这洞天福地之中死去，也不枉此一生呀！"厉南星听她把这瘴气积聚的幽谷称作洞天福地，不觉苦笑。

厉南星正自以为绝望，忽地心念一动，想道："奇怪，我为何吸了瘴气，却并不觉得头昏目眩？"一看公孙燕的面色，只见她也好像是反而更精神了。

厉南星道："燕妹，你试深深吸气，胸中有无烦闷之感？"公孙燕并不知道有桃花瘴，深深呼吸几次，笑道："好香！好香！真是舒服极了！"

厉南星一时想不到其中道理，心道："莫非当真是老天保佑，本来是应该受瘴气之毒的，却反而连原来的寒毒也减轻了。"

不知不觉，走到了那道瀑布旁边，公孙燕拍手笑道："南哥你快来看，有东西吃了。"原来瀑布下面的寒潭，游鱼无数。

厉南星不禁大为奇怪，在这桃花谷中，飞鸟不能栖息，水中却有游鱼，大大出乎他意料之外。

公孙燕道："可惜找不到钓钩。好，我先喝饱水吧。"厉南星道："不可!"公孙燕已经伏在潭边，喝了好几口水了。抬起头来，笑道："有何不可，这水清甜得很呢!"

厉南星想道："桃花瘴毒害不了我们，这水想必也是可喝的了。水中的游鱼恐怕也是一种特别的鱼类。反正是要死的，潭水毒鱼，喝了吃了，大不了也是死得快些而已。"

厉南星精通水姓，说道："不必钓竿，我给你捉鱼。"这一晚他们就用烤鱼作为晚餐。

从桃花潭中捕获的这几条鲜鱼，又肥又嫩，吃到口中，还有一种特殊的香味，似是中人欲醉的花香一般。俗语说饥不择食，何况是这样鲜美的珍馐？两人把鱼骨都吞咽下去，吃得干干净净。公孙燕笑道："每天有这样的鲜鱼可吃，我和你在这桃花谷中过一世，已是心满意足的了。"

不料乐极生悲，吃过了烤鱼之后，忽觉丹田有股热气上升，不多一会，竟然浑身发热起来。热得难受，公孙燕呻吟道："我要死了，我要死了!"不顾一切，跳进潭中，让冰冷的潭水浸着自己。厉南星惊道："潭水恐怕是有毒的!"跟着跳下去想把她拉起来，公孙燕笑道："舒服极了，我宁愿中毒而死，胜于受体内如焚之苦!"

厉南星蓦地心念一动，想道："我们本来是中了修罗阴煞功的寒毒的，何以浸在潭水之中，丝毫不觉寒冷？难道这瘴毒和潭中的毒鱼，竟然是可治寒毒的灵药？"

厉南星熟读《百毒真经》，此际蓦然省悟了"以毒攻毒"的道理，于是不再阻拦公孙燕的所为，和她同在寒潭戏水。笑道："你说得对，天无绝人之路，看来咱们是可以得救了。"

果然在连吃了三天烤鱼之后，两人试一运功，真气已是能够运行无阻。到了第五天，体内的寒毒已经去净。

厉南星试出了寒毒已经去净，说道："这鱼是不能再吃了，再吃，咱们就要中热毒啦。"

公孙燕道："不错，我也觉得今天有点不对，好像精神反而不如前两天了。厉大哥，你是否感到有些儿晕眩?”

厉南星道：“这是因为咱们的寒毒已经去净，开始感受到瘴气的侵袭了。就是有可吃的东西，这个桃花谷也不能再住下了。”

公孙燕道：“糟糕，那怎么办?咦，厉大哥，你在想什么?”要知求生乃是人类本能，公孙燕虽然说过宁愿在这桃花谷中过一世，但此际已经有了生机，她自是不愿困在谷中待毙。

厉南星若有所思，忽地跳起来道：“咱们可以脱困了！你跟我来!”

公孙燕半信半疑，说道：“你发现了什么?我的功力尚未完全恢复，要爬上去恐怕还不能够。”

厉南星笑道：“不用那样费力，这幽谷是另有出路的。”公孙燕喜出望外，还疑是厉南星哄她欢喜，说道：“真的?但这谷底的桃林，咱们都已踏遍了，出路在哪里?”

厉南星一指瀑布，说道：“就在这瀑布后面!”正是：

山穷水尽疑无路，柳暗花明又一村。

欲知后事如何?请听下回分解。

第四十三回　幽谷落花藏侠影
晓星残月证鸳盟

公孙燕又是欢喜，又是惊奇，说道："你怎么知道？"

厉南星道："潭里的鱼是随着瀑布冲下来的，你注意到了没有？"公孙燕道："这又怎样？"厉南星道："鱼在瀑布中决难存活，可以推想决不是在山上冲下来的。我这几日留心观察，随着瀑布流下的鱼，最高也不过是在离地三丈多的高处出现。在这个高度以下，水量突然加大，水流的色泽也稍微深暗，这是两股水流会合在一起之时才会发生的现象。因此我推想瀑布后面，定然另有一处活水水源，咱们只须探明这股活水的水源通向何处，就可找到出路。"

厉南星精通水性，公孙燕是在长江边长大的，水性虽不如他，也不很弱。当下两人施展轻功，爬上三丈多的高处，以"燕子穿帘"式跃进瀑布，果然穿过了一道水帘，发现了瀑布后面别有洞天。

那是一个山洞，有一股活水从洞中流出，好在洞中的水并不很深，仅是齐腰而已。公孙燕在厉南星帮助之下，走出了这个狭长的山洞，果然发现了一条出路，从山的另一边钻出，重见天日了！

金逐流听到这里，笑道："我那天到桃花谷中寻找你们，也曾发现这条瀑布，可惜我没有跳进去看，却想不到瀑布后面别有洞天。"

厉南星接下去说道："我们脱困之后，本来想找你的。但在路上一打听，西昌的义军已经撤退，大凉山的义军基地亦已迁移。我们无法打听到义军的消息，只好暂且放弃寻找你的念头。公孙燕怕她爹爹牵挂，要我与她南归，也好请她爹爹报仇。但我们没有去红缨会，先到了此地，这却是始料不及的。你已经见过她的爹爹，内里原因，想必你是应该知道的了?”

金逐流道：“你们在南归途中，已经知道了公孙舵主遭受暗算之事?”

厉南星道：“不错，我们知道了有人冒充我重组天魔教，公孙燕的爹爹又受了伤，权衡缓急轻重，回去探病之事可以从缓，这个冒名行骗之徒，则非马上揭破不可，因此我们就先来这里了。我想以公孙宏老前辈的功力，阳浩的修罗阴煞功纵然能够令他受伤，也决不能致他死命，这一点伤公孙宏老前辈自己就可以医好。”金逐流道：“你料得不差，公孙前辈最多在十天半月之后，便可恢复如常。”

厉南星道：“我离家之时，家母曾给我一幅天魔教总舵的秘密地图，本来她是要我来查探那口刻有《百毒真经》的大钟的下落的，顺便叫我察视一下旧址，给我这幅地图。后来我知道《百毒真经》已给李敦取去，铜钟亦已毁了，我一直没有来，想不到这幅地图如今却派上了用场了。”

金逐流笑道：“原来如此，怪不得你有恃无恐。这么说来，公孙姑娘想必是在这地道出口之处等候你了?”

厉南星道：“不错，我叫她在外面把风，一有危险，就躲入地道，出口之处是后山一个僻静所在，也是藏有机关，外人决不会知道的。史姑娘呢?”

金逐流道：“她扮作守夜的更夫，如今里面已经闹得天翻地覆，她在外面，不知给人发现了没有?”此时他们已经走到接近地道的出口，金逐流如有所觉，忽地“咦”了一声，说道：“外面似乎有兵器碰击之声!”

且说史红英在外面打更，天上下着米粒般的细雨，寒风冷雨中，史红英却是心急如焚，迟迟不见金逐流出来，不知他在里面怎么样了?过了已是差不多相近一个更次了，仍然听不到有什么动静，史红英不敢擅自离开，只好等待。

正自等得心焦，忽见有四个头目模样的人，两人一边，从左右两边向她走来。史红英心头一凛，想道：“巡夜的头目刚才只是一人，何以如今增到四人之多?”感到有点不妙，但又怕打草惊蛇，误了大事，一时间踌躇未决，不敢出手。

哪知史红英不敢出手，对方已是先下手为强了!

陡然间只听得呼呼风响，那四个人同时出手，四枚暗器一齐打来，配合得恰到好处，史红英的前后左右，都有暗器封着去路，不论躲向哪一方，都是难免受伤。

史红英一听这暗器破空之声，就知来的都是高手。她的长剑尚未出鞘，空手只怕接它不住。

好个史红英，剑未出鞘，身形一转，披着的斗篷已是抖开，霍的一个“凤点头”，斗篷飞舞，登时变成了一面盾牌，四枚暗器竟然给她的一张斗篷尽数荡开。

这一下行藏顿露，那四个人纷纷喝骂道：“这小子果然是奸细!”“什么小子，她是史家贱婢!”“我道是谁，原来是六合帮吃里扒外，谋害兄长的妖女!” “阳老前辈神机妙算，果然所料不差!”

原来此时在堡中正是阳浩开始发现金、厉二人的时候，阳浩已经在调兵遣将了，但史红英在外面尚未知道。

阳浩是个老谋深算的人，金逐流何以能够逃得过守卫的耳目，潜入这堡垒来呢?他一加琢磨，立即料到金逐流在外面定有党羽，至少有一个守夜兼打更的人是给金逐流的同党替换。因此他派出的这四个人，当然就不是寻常的头目，而是天魔教中第一流的高手!史红英打落暗器的功夫，乃是史家的“沾衣十八跌”的家传绝技，这四名高手，有三个人是曾经见史白都使过的，当然也就立即知道了史红英的身份了。

这四个人喝破了史红英的行藏，立即一拥而上。一个使的是厚背斫山刀，一个使的是水磨钢鞭，一个使的是青铜锏；最后一个却是双手空空，什么兵器都没有的黄衣老者。但在四个人中，却以他的本领最为厉害。

黄衣老者后发先至，史红英把斗篷一挥，使出“夜战八方”的招数，配合上独门的“沾衣十八跌”的功夫，荡开了斫山刀和水磨钢鞭，不料却挡不住那双手空空的老者，只听得声如裂帛，那张厚厚的斗篷，竟给这黄衣老者以鹰爪功硬生生地撕成两片。

史红英一个移步换形，唤道："来得好！"陡然间，只见剑气森森，白刃耀眼，一柄明晃晃的利剑已在斗篷裂开之处伸了出来。

黄衣老者想不到她出剑如此之快，慌忙一缩右手，左臂一弯，却以肘锤攻去。只见寒光一闪，黄衣老者的长袖给削去了一截，幸亏他笼手袖中，剑锋削过差了半寸，否则连他的手指也将割掉，史红英也险些给他的肘锤撞中，踉踉跄跄地斜走两步，抛开撕破的斗篷，左手解下围腰的软鞭。

这一招双方各以凌厉的杀手攻扑，当真是险到了极点！史红英固然是心头暗暗叫苦，只怕不能在这四名高手围攻之下突围；那黄衣老者也是不由得不吃了一惊，本来他的鹰爪手是连环三招的，给史红英以凌厉的剑法，迫他缩手之后，第三招已是变为双掌护胸，不敢攻敌了。

使青铜锏的那个汉子见史红英似乎脚步不稳，以为有机可乘，喝道："并肩子上呀！"一招"举火燎天"，青铜锏向上磕去，准备磕开史红英的长剑，青铜锏就可以打碎她的琵琶骨；使水磨钢鞭那个汉子和他一向是"焦不离孟，孟不离焦"的伙伴，两人配合有素，使水磨钢鞭的汉子听得他一打招呼，根本不用看他出的是什么招数，立即便是一招"铁犁耕地"，长鞭霍地扫来，打史红英的双足。

一个是"举火燎天"，一个是"铁犁耕地"，配合得恰到好处，若是史红英应付得稍微失宜，顾得了头，顾不了脚，顾得了脚，顾不了头，那就一定要重伤在这两人的鞭锏之下了。

不料史红英的脚步看似踉跄，其实却是奇妙莫测的"醉八仙"步法！

她轻功超妙，鞭剑双绝，这两人配合得虽然极好，也还是难奈她何。此时她已解下软鞭，以鞭对鞭，软鞭一绕，缠上那人的水磨钢鞭；以剑敌锏，剑锋一晃，偏旁一引，使了个"卸"字诀，轻描淡写地就把青铜锏拨过一边去了。使水磨钢鞭那个汉子沉腰坐马，猛力一拉！

史红英吃不住这股猛劲，身向前倾，脚下仍然踏着“醉八仙”步法，顺着前倾之势，刷的一剑，从那使青铜锏的汉子所意想不到的方位刺来。“波”的一声，剑尖穿过这人的“护肩”，这人本来是想打碎她的琵琶骨的，反而几乎给史红英刺穿他的琵琶骨。幸亏他的“护肩”乃是三寸多厚的皮革所制，史红英的剑尖刺入了一寸有多，尚未穿过，那黄衣老者又已扑上来了。

史红英陡觉劲风飒然，不用回头，已知是本领最强的那个黄衣老者在她背后攻到，当下顾不得伤这使青铜锏的汉子，立即反手一剑，化解了对方“鹰爪功”的擒拿手绝招！迅即软鞭抖开，放松了那使水磨钢鞭的汉子，身形一飘一闪，软鞭以“风飐落花”的招数扫出，恰恰又扫开了从侧面斫来的一柄厚背斫山刀。

以史红英的本领，若然是单打独斗，这四个人都不是她的对手。但在他们联手围攻之下，史红英却是有点应付不暇。情知久战下去，定要吃亏，心里想道：“不知逐流在里面怎么样了？但我如今已经给人发现，那也无须顾忌打草惊蛇了。”当下便即用“传音入密”的内功叫道：“逐流，快来！”她哪里知道，金逐流此时已是和厉南星在那地道之中，“传音入密”也传不到他的耳朵。

这四人乃是天魔教中一流高手的身份，觉得以四人围攻一个女子，已是有失体面的事，既然胜算在握，为了保持身份，自是不愿再向堡中求援。

那黄衣老者连使几招极为凌厉的擒拿手法，把史红英迫得东躲西闪，得意洋洋，哈哈笑道：“你那相好的姓金的小子早已在里面束手就擒啦，你喊破了喉咙也没人来救你了。你要见这姓金的小子，只有乖乖地放下兵器，跟我们进去吧！”

话犹未了，忽听得暗器破空之声，跟着一个银铃似的声音冷笑道：“还有我在这里呢！用不着金逐流亲自动手，我和史姐姐就可以将你们这班妖人收拾。”

使厚背斫山刀的那个汉子在四人之中气力最大，身法却是最笨，听得暗器破空之声，脚步尚未迈开，只觉腰间一麻，已是给一枚钱镖打中，哎哟叫道：“好丫头，你、你敢暗算……”“老子”两字未能吐出口来，已是“卜通”倒下。这枚钱镖正好打中了他的愈气穴！

说时迟，那时快，只见一个黑衣女子，手持双剑，旋风般地杀了到来！史红英又惊又喜，叫道："公孙姐姐，你、你，原来——"公孙燕笑道："不错，我尚未报仇，还舍不得死呢！"

围攻史红英的这四名高手，看见公孙燕突然来到，不由得都是大吃一惊！他们并非是害怕公孙燕，而是害怕她的父亲——在武林中声名仅次于江海天的红缨会总舵主公孙宏！

那次公孙宏在此误遭暗算，中了毒又受了修罗阴煞功之伤之后，仍然能够只凭一双肉掌，独自一人就闯出了天魔教总舵。那一仗杀得天魔教上下人等，人人都是胆战心惊！生怕他伤好之后，就要赶来报仇。

此时他们看见公孙燕来到，心中都是不免如此想道："公孙宏这老儿决不会让他的女儿独自来的，一定是他的伤已经好了。哎呀，说不定这老儿就躲在一旁，看咱们是怎样对付他的女儿呢！"

说时迟，那时快，公孙燕已是旋风般地扑到，双剑矫若游龙，左一招"大漠孤烟"，剑直如矢，指向那黄衣老者的咽喉，右一招"长河落日"，剑势如环，圈斩那个使厚背斫山刀的汉子。

黄衣老者吓得连忙叫道："我对令尊素来钦敬，不敢得罪姑娘。姑娘有话好说！"但公孙燕出剑何等之快，这黄衣老者话犹未了，只觉胁下一麻，已是给公孙燕刺中了穴道。本来以这黄衣老者的功夫，虽然不及公孙燕，但也相差不远，至少可以斗到百招开外的，只因心里一慌，斗志消失，这就冷不防的一个照面便着了公孙燕的道儿了。

使厚背斫山刀的那个汉子，本领较弱，但却是阳浩的心腹，胆量也较那黄衣老者大些，是以当公孙燕的左手剑向他刺来之时，他立即就使出刚猛的刀法招架，心里想道："就算公孙宏这老儿来了，我也得把她的剑打落再说，总不能平白让她伤了。"

公孙燕一剑刺中那黄衣老者的穴道，说道："看在你钦敬我爹爹的份上，饶你不死！"跟着一声冷笑，左剑一圈，圈着了那人的厚背斫山刀，右剑抽了出来，刷的就从圈中刺进，冷笑说道："你这厮无礼，我可不能饶你了！"

使厚背斫山刀的这个汉子，在天魔教中虽然算得是个高手，在武林中只不过是二三流的脚色，公孙燕的剑法已尽得乃父真传，狠辣奇诡，岂是他所能抵敌？只听得“咔嚓”一声，这人的一条手臂已给公孙燕斩掉，胸口也着了一剑，登时痛得晕了过去。

在公孙燕收拾这两个敌手之际，史红英也是当仁不让，好像和公孙燕竞赛似的，鞭剑翻飞，一鞭打碎了那个使水磨钢鞭的汉子的琵琶骨，跟着又一剑刺伤了那个使青铜锏的汉子。这两个人也都倒在地上，要爬也爬不起来了。

史红英欢喜得几乎说不出话来，公孙燕笑道：“你想不到会在这里见着我吧？听说你做了六合帮的帮主，我还未曾向你道贺呢。”

史红英道：“这些事慢慢再说，厉大哥呢？”公孙燕道：“有人冒他的名做天魔教的教主，他跑去找这个人算账了。”

此时正是阳浩指挥党羽包围金厉二人的时候，香堂里面呐喊的声音已是隐隐可闻。史红英道：“我和逐流正是为了此事而来。嗯，你听！里面好像已经打起来，咱们赶快进去吧！”

公孙燕笑道：“不用进去，你跟我来，包管你见得着他们。”

话犹未了，只听得好几个声音同时叫道：“捉奸细，快来捉奸细呀！”

公孙燕道：“快走，快走！咱们犯不着在这里和他们厮拚。”

史红英不知她的葫芦里卖什么药，只好跟着她跑。阳浩的得力手下，除了派出来那四个高手之外，其余的人都在里面。此际跑出来捉拿“奸细”只不过是几个巡夜头目，哪里能够追得上她们？

公孙燕跑在前头带路，不消片刻，已是到了后山，把追兵远远甩在背后，连呼喊声音也听不见了。

公孙燕停下脚步，自言自语道：“不错，是这里了。”

史红英诧道：“你带我到这里做什么？”原来她们立足之处，正是荆棘丛中。

公孙燕道：“这里有一条地道，可以进去天魔教的内香堂的。厉大哥和我约好，里面倘若出了事情，他会从地道走出来的。”

史红英这才明白，说道：“原来如此，但不知他们二人已经会面没有？”

公孙燕道："你若是心急，咱们也不妨进去看看。反正这里没有人，不怕泄漏秘密。"

公孙燕正要教她开启地道的方法，史红英忽地"咦"了一声，说道："好像有什么声息，莫非是——"话犹未了，只听得衣襟带风之声，果然是有一个夜行人来了。

史红英吃了一惊，心道："此人不知是谁，轻功可是高明之极。"公孙燕喝道："是谁？"陡然间一条黑影出现在她们的面前，阴恻恻地冷笑道："原来是你们这两个臭丫头，好呀，今晚你们撞着了我，正好叫你们抵偿中儿的性命！"

这个人不是别个，正是在西昌漏网的文道庄。他的儿子文胜中死在义军之手，他立誓要为儿子报仇，看见义军的人就杀。

史红英知他本领了得，立即先发制人，刷的一剑就攻过去，刺他的左肩井穴。公孙燕斜身掠进，剑如飞凤，与史红英配合，刺他右肩。

她们二人的剑法都是以轻灵迅捷见长，不料她们出剑虽快，依然是刺了个空。

掌风剑影之中，只听得"蓬"的一声，一条粗如人臂的树枝应手而折。文道庄的掌力排山倒海般地涌来，史红英绕树疾走，幸而没有给他伤着，但见他如此声势，也是不由得暗暗吃惊。

文道庄狂笑道："知道厉害了么？"呼的一掌又向公孙燕打去。公孙燕回剑防身，但听得嗡嗡之声不绝于耳，剑尖竟是被掌力震荡得晃动不休！

史红英见势不妙，连忙挥剑抢攻，说时迟，那时快，文道庄的第三掌又至，适才那两掌威猛之极，这一掌打出，却是无声无息，史红英怔了一怔，陡地心中一凛，只觉那股掌力有如暗流急湍，力可吞舟。幸亏史红英轻功超卓，一觉不妙，立即便是一个"细胸巧翻云"倒纵避开。闪避得虽然巧妙，但胸口也好似受了巨锤一击似的，五脏六腑都几乎翻了转来，原来文道庄已是用上了"三象神功"。

史红英又是吃惊，又是诧异。她并不是没有见识过文道庄的"三象神功"，在西昌之时，她也曾与文道庄单独交过手，当时虽是敌不过他，但在十数招之内，也还抵挡得住，远不若今晚的吃力，只不过两个照面，就几乎伤在他的掌下。史红英心想，怎的相隔还未有三个月，他的三象神功竟然精进如斯。

史红英有所不知，原来文道庄所练的“三象神功”乃是一种介乎邪正之间的内功，可以有两种练法，走正宗内功的路子来练，功力只能渐进，但却精纯，而对身体没有妨害；倘若走邪派的霸道路子来练，见效极快，但对身体却极为有害。

文道庄的火候距离炉火纯青的境界尚远，本来不敢用邪派的方法练功的，但在他的儿子死后，他一心只想报仇，已是陷于半疯狂的状态，竟然不择手段地走最霸道的路子来练“三象神功”。大功告成之后，方始发觉已有走火入魔的预兆，多则一年，少则半载，就将成为废人。他业已走入魔道，自是不知后悔，发觉了有走火入魔的预兆，更是急于要在这一年半载之内，杀尽仇人了。这次他来徂徕山，就是想与阳浩联手，计划怎样把他心目中的强仇大敌一一除掉的。

史红英这几个月与金逐流朝夕一起，得益不少，尤其在正宗的内功心法上，得了金逐流的传授，已有小成。是以虽然感到吃力非常，也还可以勉强抵受。当下运气三转，气沉丹田，胸口的痛楚登时消失。

公孙燕剑法极为精妙，但功力不足，比之史红英尚要稍逊一筹。在文道庄的三象神功猛攻之下，史红英勉强可以支持，公孙燕却已是感到气也透不过来了。

此时公孙燕正站在地道的出口，盼望金逐流与厉南星出来，迟迟不见，心里大为着急。

当下虚晃一招，绕树而走，稍稍松了口气，连忙发出一声长啸。

她发啸的用意当然是向金厉二人报警，文道庄却以为是她催促父亲快来的讯号，心里想道：“公孙宏这老儿料想不会让她女儿独自来此，堡中有呐喊厮杀之声，想必是这老儿已在里面和阳浩他们打起来了。这老儿若是赶来助这两个丫头，倒是有点棘手。”

公孙燕甚是机灵，察觉文道庄怔了一怔，掌力也似乎稍微减弱一些，立即猜到了对方的心思，叫道："爹爹，快来！"

公孙燕原是想扰乱对方的心神，只盼能够多支持一刻便有转机。哪知她不叫喊还好，一喊出来，反而激使文道庄必须痛下杀手了。

文道庄猛地一声狞笑，阴恻恻地说道："即使公孙老儿来了，我也不惧。但你却已是不能活着等到见你的爹爹了！"

猛听得"轰隆"一声，文道庄一掌劈倒了一棵树，公孙燕正在这棵树的后面，几乎给它压着。

地道的出口是一片长满荆棘茅草的荒地，只有这一棵树可以用来掩蔽。树一倒下，公孙燕的轻功已是难以闪游。文道庄呼呼的连发三掌，竟是隐隐挟着风雷之声！

史红英鞭剑齐施，长鞭缠足，短剑欺身而进，冒险攻他的上三路。这一招是她家传剑法的精华所在，剑尖颤动，同时攻他的三处要害。左刺胸前的"乳突穴"，右刺他的琵琶骨当中的"肩井穴"，中刺他小腹的"愈气穴"。而以刺"肩井穴"为主，其他两处作为陪衬。

这一招杀手剑招凌厉非常，文道庄不得不暂时放松公孙燕，一个转身，大怒喝道："先毙了你这臭丫头！"掌力奔雷闪电般的倏然而至，剑光登时又被震散，有如波心荡月，闪起了千点银光，又如黑夜繁星陨落如雨。

就在这个当儿，史红英只觉肩头微痛，"嗤"的一声，右肩的上衣已是给文道庄撕破！原来文道庄是要抓碎她的琵琶骨，以报复她剑刺自己的肩井穴的，史红英在间不容发之际，恰恰避开。同时公孙燕亦已快剑疾攻，她这一招也正是攻敌之所必救的精妙剑法。

三方面动作都是快如闪电，文道庄来不及向史红英追击，一个转身，"铮"的一声，弹开公孙燕的青钢剑！迅即化指为掌，划了半道弧形，双掌同时击下，又是一招"雷电交轰"！

公孙燕的功力比之史红英尚要稍逊一筹，这一招"雷电交轰"乃是威猛无伦的杀手，文道庄已经把"三象神功"发挥得淋漓尽致，公孙燕如何能够抵挡？

只听得"当"的一声，公孙燕的青钢剑已是给文道庄打落！

公孙燕身形急起，离弦箭般的向前疾窜，文道庄喝道："哪里跑！"如影随形的一个起伏就追了上来！

眼看文道庄就要抓着了公孙燕的背心，猛听得又是"轰"的一声巨响，震耳欲聋！地道出口处的那块大石滚开，金逐流、厉南星一齐冲出。

史红英受了掌力的震荡，不由自己的在地上打了几个盘旋，此时兀是未能稳住身形。

金厉二人都是大吃一惊，金逐流奔向史红英，厉南星急忙跑过去挡住文道庄。

文道庄狞笑叫道："还我儿子的命来！"双臂箕张，左手是大擒拿手法，五指如钩，向厉南星的天灵盖抓下；右掌蕴藏着"三象神功"的威力，劈向他的胸膛。左脚同时飞起，踢他小腹！这一招三式全是拼了性命的打法。

厉南星吃了一惊，心想："这人敢情是疯了！"百忙中使出"天罗步法"，避开了文道庄的飞脚，双掌合抱如环，以柔劲荡开了文道庄的一抓。但文道庄向中路劈来的掌力厉南星仍是不能躲过。两条人影倏分倏合，厉南星大叫一声，陡地一个筋斗倒翻出一丈多远。"天罗步法"和大须弥掌式乃是金世遗亲自传授的上乘武功，厉南星用出这两种武林绝学，竟然只是一个照面就败在文道庄的手下，此时连金逐流都是不由得大大吃惊了！

史红英甩开金逐流的手，急声说道："我没受伤，你快去！"无须她的催促，金逐流已是一跃而前！

文道庄大喝道："好呀，金逐流你这小子也来了！哈哈，哈哈，哈哈哈！这正是天堂有路你不进，地狱无门你偏进来！好极了，好极了！还我儿子的命来！"

金逐流一溜烟般地滚到，闪电般的在地上打了几个盘旋，文道庄双掌快刀也似的劈下，狂笑声中，金逐流陡然跃起，只在这一起一伏的刹那之间，他已是接连使出了七手怪招，把文道庄的刚猛绝伦的掌势一一化解开去！

史红英叫道："使玄铁宝剑，玄铁宝剑！"

金逐流和文道庄交上了手，心中也是好生诧异，不解他的武功何以会忽然高了这么多。

激战中文道庄一掌劈下，金逐流“哎哟”一声，倒在地上！厉南星失声惊呼，正要跑上去，不料刚刚迈出一步，只觉胸中气血翻涌，原来他刚才受了文道庄掌力的震荡，虽未至于受了内伤，但急切之间，气息已是难以调匀，一双脚都不听自己的使唤了。

厉南星自知有心无力，暗叫“糟糕！”忽听得史红英笑道：“厉大哥不用担心！”厉南星抬头一看，只见金逐流已经跳起身来，手中拿着玄铁宝剑，朗声说道：“文道庄，亮兵器吧，咱们较量较量剑法！”文道庄手里却拿着一幅破布。

原来金逐流得史红英提醒，但却腾不出手来拔剑，因此只好用一个古怪的身法，佯作跌倒，伏地打了个滚，这才能够抽空拔剑。文道庄身手何等矫捷，立即疾抓下去，撕破了金逐流的衣裳。不过这也在金逐流意料之中，算准了有惊无险的。此时他已拔剑出鞘，文道庄仍是空手，本来他可以凭着玄铁宝剑的威力，立即进招，杀个文道庄措手不及的，但金逐流却不愿意有失名家风范。

文道庄领教过玄铁宝剑的厉害，心里想道：“幸亏这小子骄傲得很，否则给他抢了先手攻势，今晚只怕难逃一败。”

史红英吃了一惊，叫道：“可惜，可惜！”文道庄大笑道：“可惜已经迟了！”笑声中只见一道黑油油的光华已是倏地向金逐流卷去！

原来文道庄所用的软剑也是一件宝物，那是百炼精钢化成的绕指柔，不用之时可以当作腰带的。在西昌那次交手，文道庄用软剑对付金逐流的玄铁宝剑虽然不敌，但吃亏亦非常大。

厉南星叫道：“贤弟小心，这是毒剑！”原来文道庄在那次斗剑败给金逐流之后，重新用毒药淬过软剑。只要给他伤了一点皮肉，就会见血封喉。

金逐流心道：“怪不得他这把剑现出黑油油的光华，原来是‘喂’了毒的。”当下加多了几分提防，但却也傲然不惧，恃着玄铁重剑的威力，一招“五丁开山”，就劈下去！哪知文道庄已经练成了邪门霸道的“三象神功”，同样的一把剑，在他手中已是大大的不同了！

双剑一交，只听得铮的一声，文道庄的软剑弯曲如弓，但玄铁宝剑却也不能将它削断。文道庄喝道："看剑！"倏然间那柄软剑弹了起来，刺向金逐流的胸口。金逐流平剑一堕，软剑再次弹开，但迅即又刺到了他的肩井穴。金逐流以天罗步法游开，解招反招，不过片刻，双剑已是碰击了十七八下！

最初几下，没有什么。交手了十数招之后，金逐流只觉对方的力道逐渐加强，俨如一股股的浪潮冲来，一浪高过一浪！

文道庄的软剑只有二指之宽，薄如木片，比起金逐流的玄铁重剑，简直不成比例。金逐流以全力挥动玄铁重剑，初时还能把他的软剑压弯，到了后来，每一下重手法的劈刺，竟然都给他挡住。

到了三十招过后，金逐流的剑尖就像坠了一块大石似的，越来越觉沉重，剑法的灵活已是大不如前。

金逐流不由得暗暗吃惊，他是个武学的大行家，业已知道文道庄是使出隔物传功的本领，想把他的五脏六腑震伤。金逐流暗自思量："在中原的武林人士之中，隔物传功的本领，当推史白都第一。但现在看来，这厮的隔物传功，即使史白都复生，只怕也是不及他了！若不出奇制胜，久战下去，定必吃亏。"

激战中，金逐流连使几个古怪的身法，每一剑都从文道庄意料不到的方位刺来，杀得文道庄也不禁有点吃惊，想道："当今之世，若论招数的精妙，只怕连江海天在内，谁也比不上这小子！"

但文道庄也是个武学的行家，在未摸清对方的路数之前，便即改变战术，暂采守势。金逐流的玄铁重剑劈得虎虎生风，却总是劈斫不到他的身上。在离身三尺开外，就给他的软剑荡开。

厉南星等人看得惊心动魄，但公孙燕已是稍稍受了一点内伤，厉南星和史红英的气力亦尚未恢复，自知插不进手去。硬要插手的话，反而会给金逐流增加困难。不仅帮不了忙，而且要变成他的累赘。

厉南星无计可施，只好索性闭目运功，免得观战分神。只盼真力早点凝聚，才可以帮得上忙。

双方越斗越紧，猛听得文道庄一声大喝："好小子，且叫你也知道我的厉害！"双剑相交，"当"的一声，这一次不是软剑压弯，而是金逐流的玄铁重剑受不住对方的压力，不由自己的要连连后退了！

原来这是因为金逐流的气力已给他消耗了一半，故而玄铁重剑的威力也大大的打了折扣。

厉南星本来是闭目运功，此时听得公孙燕与史红英的惊叫之声，情不自禁地睁开眼睛来看。一看之下，也是不由得暗暗吃惊，再想静心运功，已是不能了。

他们还未知道，金逐流此际所受的威胁还超乎他们的想象之上。

文道庄的剑是淬了剧毒的，虽然未能刺破金逐流的皮肉，但也令得金逐流受到了影响。

金逐流忽觉掌心有麻痒痒的感觉，原来在双剑密如联珠的碰击之下，金逐流的玄铁宝剑也沾了毒。毒质侵入他的掌心。

这是见血封喉的剧毒，幸亏金逐流没有受伤未曾见血，尚无大碍，但是虽然如此，必须运功防毒，以免毒性蔓延。

此时他们已恶斗了将近半个时辰，金逐流的攻势受挫，本来就已是处于下风的了，再加上必须运功防毒，当然是感到吃力非常，显得左支右绌。不过，文道庄毕竟也还有些顾忌他的玄铁宝剑，金逐流“天罗步法”的奇妙亦非文道庄所能相比，是以虽然处在下风，但在急切之间，文道庄也还胜他不得。

厉南星的功力不过恢复四五分，自知帮不上忙，正自着急。不料福无双至，祸不单行，又有一个强敌来到。

且说阳浩在里面率领手下，包围了那间屋子，过了半个时辰，不见金逐流出来回答，限期已到，便即喝令众人，破门而入。

他不知道躲在屋子里的金厉二人早已走了，破门之际，如临大敌，毒箭喷筒都对准了门窗，大门撞破，里面鬼影也没一个，阳浩始知中计。

房中发现了地道的入口，但地道中的那两扇石门已经给厉南星在里面关闭，要凿开石门，可就没有那么容易了。

阳浩并非笨蛋，当下便即想道：“这两个小子决不会在地道中束手待毙，此时料想已经从地道的另一端出去了。”他不知道出口

文道庄见胜利在望，狂态毕露，哈哈笑道："中儿！中儿！为父给你报仇！"

之处，于是便亲自出去搜查。文道庄与金逐流高呼酣斗之声，从后山隐隐传来，终于给阳浩找到了他们的所在。

阳浩也是个武学的大行家，一看便看出了文道庄已是稳操胜算，不禁喜出望外。要知他最忌惮的只是金逐流，厉南星、公孙燕、史红英三人，他是不放在心上的。何况他以为厉南星、公孙燕受了他修罗阴煞功之伤，一定还未痊愈。只须他一出手，不难将敌人一网打尽。当下哈哈笑道："姓厉的小子，我以为你已经夹着尾巴走了，却原来你还未逃出我的掌心！好，你就和这两个丫头一齐上来送死吧！"

厉南星大怒道："我正要找你算账！"与公孙燕并肩一站，占住了地利，以逸待劳。阳浩一掌拍出，寒飙卷地，登时把方圆十丈之内，变得如同冰窟一般！

厉南星与公孙燕晃了两晃，但却连"乞嗤"也没打一声，倒是在旁边的史红英，给冷得禁不住牙关打战。

原来他们二人在桃花谷中治好了修罗阴煞功之伤后，身体中已是自然而然的产生了一种抵抗寒毒的功能，不再怕阳浩的修罗阴煞功了。

不过，厉南星虽然不怕寒毒，但因气力未曾恢复，仍是不免吃亏。阳浩的修罗阴煞功并非以掌力称雄，但功力毕竟是在他们三人之上。

公孙燕丝毫不觉寒冷，知道对方的修罗阴煞功已是伤害不了自己，心中大喜，胆气壮了许多。剑法一展，身似水蛇游走，笑道："阳老贼，多谢你给我拨凉，好凉快啊！"清脆的笑声中，抖起了三朵剑花，连袭阳浩腰部以下的风市、环跳、维阳三处麻穴。史红英的剑法和她同属于轻灵迅捷一路，不用事先练习，自然配合得丝丝入扣。刷、刷、刷三剑连环刺去，剑尖点的是阳浩腰部以上的悬枢、中陵、崇明三处麻穴。

史红英的内功颇有根底，这几个月又得了金逐流以正邪合一的内功心法相赠，根基巩固。是以虽然感到寒气侵肤，但却也还可以勉强禁受得起，就像厉南星一样，吃亏的只是气力不加。

阳浩双掌交叉拍出，左掌荡开了公孙燕的长剑，右掌以大擒拿手法，施展空手入白刃的功夫，迫退了史红英。陡的一个鸳鸯连环腿，又解开了厉南星的招数。以一敌三，依然稍占上风。

虽然稍占上风，有一处穴道却险些给公孙燕刺着。阳浩也禁不着心头一凛："奇怪，何以他们都不怕我的修罗阴煞功了？"他的独门功夫失了功效，不觉有点怯意。正是因此，疲兵奋战的厉南星、公孙燕、史红英，才能够和他逐渐打成平手。

他们这边打成了平手，金逐流那边的形势却是越发危险了。此时金逐流的真力已经给文道庄消耗了一半以上，文道庄的真力当然也有消耗，却不如金逐流之甚。他练的是极霸道的邪派内功，此时把三象神功发挥得淋漓尽致，步步紧迫，金逐流的玄铁重剑渐渐施展不开，虽然仍能挥动，招数使出，已是难以得心应手。

文道庄胜利在望，狂态毕露，哈哈笑道："中儿，中儿，为父给你报仇，先杀金逐流这小子，再杀史红英这臭丫头，公孙宏的女儿和厉南星这小子当然我也不能放过。哈哈，哈哈，四条性命为你陪丧，你也该瞑目了。你若嫌不够，我还可以把封妙嫦抓来，在你坟前焚化！"神情俨似疯人，但那柄软剑的力道却是丝毫不减。

原来文道庄此际已是开始感到胸口一团火热，这是走火入魔将要发作的预兆了！本来他的走火入魔是应该在三个月之后才发作的，只因这一场恶战的触发，使得他难以控制，不能不提前发作了。此时文道庄的神智已是渐渐模糊，只有一个念头非常清澈，那就是要为儿子报仇。正是：

祸福无门唯自召，无名妄动便遭殃。

欲知后事如何？请听下回分解。

第四十四回　走火入魔难自拔　传功运剑显神通

金逐流本来是天不怕地不怕的，但见文道庄好像疯狂的野兽一般，连声狞笑，向他猛扑，也是不禁有点心悸。忽觉对方攻来的力道好像潮水般的从四面八方涌来，金逐流施展天罗步法，都避不开，登时就似一叶轻舟，在惊涛骇浪之中挣扎，禁不住摇摇晃晃。

金逐流大吃一惊，暗自想道："奇怪，怎的他的气力突然增强了这么多?"原来在走火入魔发作之前，一个武功高明之士，陷于疯狂的状态，身体蕴藏的潜力就会全都发挥出来，但这却是"回光返照"的现象。

史红英眼光一瞥，见金逐流被攻得好像招架都招架不住了，痛痒相关，不觉失声惊呼。高手搏斗，哪容得稍有分神？阳浩猛的一个肘锤撞出，迫退了欺身进剑的公孙燕，倏地化为"龙爪手"抓下，"嗤"的一声，撕破了史红英的一条袖子。

金逐流并不知道文道庄已是"回光返照"，心里只是想道："我不能令红英为我担心!"当下抱元守一，使出了一套大须弥剑式，这是一套防守得非常严密的剑式，创自天山派的始祖凌未风，后来金逐流的父亲金世遗得了天山派掌门唐晓澜所传，又加以改进的。使出这套天下无双的防御剑法，可以抵挡武功比自己高明得多的强手，加上金逐流有玄铁宝剑，使了这套剑法，防御的力量比用普通的刀剑何止倍增？因此他虽然并不知道对方是"回光返照"，但采用的战术却恰恰对了。虽然仍是只有招架之功，并无还手之力，文道庄的强攻猛扑，一时间却也难奈他何，形势比刚才稳了许多。

文道庄猛攻了数十招之后，渐渐成了强弩之末，金逐流松了口气，朗声说道："红英，我对付得了，你不必为我担忧！你们打发了阳浩这老贼，再来助我不迟。"

阳浩以一敌三，稍占一点上风，但久攻不下，亦是心急。本来他以为文道庄很快就可以打发金逐流的，此时不禁大失所望，暗自想道："金逐流这小子武功极是邪门，分明败象毕呈，不知怎的，转眼之间，却又给他稳住了。万一文道庄打不过他，这可糟糕！"此时形势，只要任何一方的一个人先行获胜，就可以帮助同伴，掌握全局。阳浩害怕文道庄克制不住金逐流，更是要急于求胜了。

史红英放下了心，凝神对敌。厉南星、公孙燕气力未曾恢复，三人之中，以她功力较高。阳浩频频使出杀手，都给她化解开去。公孙燕避开正面，采用绕身游斗的战术，剑走轻灵，乘瑕抵隙，专袭阳浩的要害穴道。她与厉南星不惧阳浩的修罗阴煞功，敢于欺身进袭，也给了阳浩很大的威胁。

阳浩强攻不下，不由得心急如焚，暗自想道："奇怪，为什么还不见他们来呢？"要知他们恶斗了已将半个时辰，后山的地道出口之处，距离前山不过数里之遥，按理阳浩的手下应该是早已听到声音，赶来的了。

殊不知阳浩固然着急，厉南星却比他更为心焦。此际，金逐流的形势虽是较为好转，但也不过勉强稳住而已。表面看来，还是文道庄占尽上风的。

厉南星十分珍视金逐流对他的友谊，心里想道："逐流这次为了我不惜冒险犯难，深入虎穴，探查真相。我岂能让他伤在文道庄的手下？"此时他的气力已经恢复了五成，集合三人之力，当然可以帮忙金逐流取胜，但必须先把阳浩击败才行。

厉南星情急之下，一个欺身抢进，冒险急攻，给阳浩找到了破绽，只听得阳浩一声大喝，五指如钩，抓着了厉南星的肩头！

公孙燕紧紧跟着厉南星，一见不妙，双剑立刻便刺过去。两方面的动作都是快到了极点，阳浩无暇抓碎厉南星的琵琶骨，掌心劲力一吐，便即移形换位，对付公孙燕的剑招。

幸亏阳浩的力道未能使足，厉南星像皮球一般地抛了起来，在半空中翻了两个筋斗，跌下地来，居然没有受伤，一个“鲤鱼打挺”，又跳起来了。

剑光人影之中，只听得阳浩喝声：“撤剑!”公孙燕的两口青钢剑化成了两道银虹，飞上半空。公孙燕的身子也跟着“飞”了起来，倒纵出三丈开外。原来她是给阳浩用大擒拿手法夺了双剑的，好在她的轻功超卓，剑一脱手，人即跃开。

就在此时，只听得一个苍老的声音沉声喝道：“谁敢伤害我儿!”

这一喝有如青天起了个霹雳，阳浩心头大震，不由自己地退了几步，顾不得再向史红英攻击。其实那人只是声到人还未到，阳浩若是敢于乘胜攻敌的话，史红英决挡不了他全力的一击。但阳浩一听，已知此人是谁，只凭此人的声威，已是足以把他吓退有余!

原来此人不是别人，正是红缨会的总舵主公孙宏。

而且还不仅是公孙宏而已，和公孙宏一同现身还有一个人，这个人竟然是武林公认的天下第一高手江海天！阳浩抬头一看，看见了江海天，更是心惊胆丧。

公孙燕喜出望外，叫道：“爹爹，孩儿没事!”公孙宏抓着她的双手，好生诧异，说道：“你一点都不觉得冷么?”公孙燕笑道：“阳浩的区区修罗阴煞功岂能伤得了我，孩儿正打得发热呢。”

公孙宏看出女儿果然没有中毒的迹象，不由得大感奇怪，心里想道：“以燕儿现在的内功造诣，至少须得再练十年，方能抵御阳浩的修罗阴煞功。难道她有什么奇遇不成？这且不必管它。但她既有抵抗寒毒的本领，我倒是可以假手于她，叫阳浩这厮受个大大的折辱了。”

公孙宏想不出缘故，便不再问，当下哈哈一笑，说道：“不错，阳浩这点微末之技，也想拿来欺负人，当真是太不自量了。打下去他当然不是你的对手，我其实是不必为你担心的。”

公孙燕握着父亲的双手，忽觉掌心有股热力传来，片刻之间，流遍全身，四肢百骸无不舒畅。原来公孙宏是以本身真力，为女儿打通奇经八脉，帮助她内息运行。这是一种最上乘的内功，所注入的内力虽然不能保持长久，但在一两个时辰之内，公孙燕的内功却是远胜平时。

公孙燕深深吸了口气，只觉气达重关，浑身精力弥漫，无处发泄。不禁大喜叫道："南哥，快来!"

厉南星在半空中翻了两个筋斗，跌下地来，试一运气，知道自己并没有受伤。喘息过后，便上前与公孙宏相见。

公孙宏向他上上下下打量一番，哈哈大笑。公孙燕莫名其妙，撅着小嘴儿道："爹，你难道还不认识南哥，怎的这样看他?"公孙宏笑道："燕儿，你不知道，爹的确是上了一次大当，把一个冒名的天魔教教主，当作你的南哥了。"

厉南星听得金逐流谈过此事，当下说道："这都是阳浩这厮捣的鬼。那个冒名之徒，是他的师侄，其实也是个可怜虫，一切都得听他的摆布的。"

公孙宏道："好，阳浩这厮如此可恶，待会儿你去教训教训他吧。不必生气。"

公孙宏与女儿欢聚倾谈，好像压根儿就不把阳浩放在眼内。阳浩僵在一边，既不敢动手，又不敢逃走。他深知公孙宏的武功胜他十倍，逃走不成，只怕更受凌辱。

阳浩无可奈何，只好把心一横，说道："公孙老儿，你武功远胜于我，但也无须把我如此奚落。好，死在你的手上总还值得，你要如何，只管来吧!"

文道庄此时已是陷于疯狂状态，公孙宏与江海天二人他是认得的，但却不知道害怕了。他听了阳浩的说话，忽地也哈哈大笑起来，手舞足蹈地叫道："阳浩，你这老浑蛋不可抢我的对手。公孙宏，江海天，哈哈哈哈，你们来得正好，我要杀掉你们为我儿子报仇！你们所有在场的人，通通都得斩尽杀绝，为我儿子报仇!"

文道庄手舞足蹈，看似不成章法，但举手投足，随意所之，却又都是极厉害的杀手。江海天看了，好生骇异，心里想道："师弟的招数，确实是比我高明得多。假如我不凭功力取胜的话，只怕还当真对付不了这样疯狂的打法呢!"

金逐流看见师兄来到，精神大振，文道庄不依章法，他也自创新招，文道庄许多稀奇古怪的攻法，都给他随意化解。不过，由于文道庄在走火入魔之前，气力特别来得大，金逐流仍是不免要屈居下风。

公孙宏握了厉南星双手，依法施为，不过片刻，厉南星本来是苍白如纸的面上，现出一片红光。此时刚好是阳浩开声，向他挑战的时候。

公孙宏放下双手，哈哈笑道："你是什么东西，也配和我交手。燕儿，你和厉大哥替我废掉他的武功吧！"公孙燕、厉南星齐声应了一个"是"字，双双跃出。

阳浩心里暗喜，却佯作怒容，说道："公孙老儿，你竟然如此小觑我！要是我失手打伤了你的女儿、女婿，你可怨不得我！"

公孙宏笑道："谅你这点本领也伤不了他们，有什么能为，尽管施展便是。倘若你在他们的手下能够逃生，今后我也不会再找你的晦气了。"

阳浩把厉南星称作公孙宏的女婿，公孙宏并不否认，等于是默许了他们的婚事。公孙燕粉面娇红，芳心暗喜。

阳浩听得公孙宏答应绝不出手，也是心中大喜，立即说道："好，君子一言，快马一鞭！公孙姑娘，你就和厉公子上吧！"

史红英不知他们已得公孙宏之助，业已恢复了功力，正自踌躇，好不好上去和他们二人联手？公孙燕笑道："史姐姐，你和金大哥打文道庄，咱们比一比看谁先取胜，好吗？"

史红英见她说得甚有把握，心想："一定是他们已有稳操胜券的方法，否则公孙舵主绝不会夸下海口。她和厉大哥是一对，既然公孙舵主这样安排，我倒是不便与他们联手了。"于是说道："好吧。我只能尽力而为，要比是一定比不过你们的。"

文道庄怪笑道："小妖精，你也来了！你有胆害死你的哥哥，就应该有胆量陪我的儿子。嘿嘿，史白都呀史白都，我给你报仇，请你在泉下给我的儿子主婚。我的儿子不要封妙嫦了，要你这妹妹小妖精！"史红英斥道："疯子，别胡说八道！看剑！"一招"玉女投梭"，剑尖上碧莹莹的光芒指到了文道庄的后心。

文道庄反手一掌，背后就像长着眼睛一般，荡开了史红英的剑尖，三指便扣她的脉门。竟是一招空手入白刃的大擒拿手法。

金逐流喝道："休得逞凶!"玄铁重剑当头劈下！文道庄虽然神智不清，应付强敌却是毫不含糊，反应极为灵敏，一个侧身错步，黑玉软剑反弹削出，架住了金逐流的玄铁重剑，剑锋一抖，光芒电射，居然又是一招非常凌厉的剑法，刺向金逐流胁部的愈气穴。

此时文道庄的走火入魔已是快将发作，在此消彼长的情形之下，双方功力已是相差不远。文道庄架住了玄铁重剑，虽然还是能够反攻，但打向史红英那一掌已是气力不足了。史红英手背一挥，化解了他的大擒拿手法，喝声："着!"立即便是一招"金针度劫"，刺到他的丹田。

文道庄叫道："乖乖不得了，中儿，中儿，你的媳妇儿要不成啦!"脚步踉跄，宛如醉汉，但却恰好避开了史红英的这招杀手。史红英满以为这一剑可以致他死命的，不料竟给他古里古怪的在间不容发之际闪开，心里也是不禁骇然。不过文道庄在背腹受敌之下，刺向金逐流的一剑当然也是落了空了。

另一边，厉南星与公孙燕并肩而上，亦已和阳浩开始交锋了。

阳浩不知他们的功力非但已经恢复，而且更胜从前，暗自思量："我若重伤了这个丫头，公孙宏这老儿虽是有话在先，只怕也是不会放过我的。女婿总是隔一层，对，我叫厉南星这小子受点轻伤也就是了。"

心念未已，哪知厉南星一剑刺来，劲力竟是大得出奇。阳浩是个武学的大行家，一觉不对，不觉大吃一惊！说时迟，那时快，公孙燕已是刷刷刷连环三剑，刺咽喉、削左肩、挂两胁，杀得阳浩手忙脚乱。厉南星欺身进剑，阳浩横掌一封，只听得"嗤"的一声，左肩已是给公孙燕削去了一片皮肉。原来他以八成的掌力荡开厉南星的长剑，已是无力兼顾公孙燕那奇诡迅捷的剑招。

公孙宏哈哈笑道："连我的女儿你都打不过，还想与我动手么?"阳浩忍着疼痛，说道："公孙老儿，你知道我是看在你的份上，……"公孙燕冷笑道："谁要你讨好我的爹爹，你有多大本领，尽管献丑吧！只要你在我的剑下能够逃生，爹说过的话岂有不算数的?”

阳浩此时已是知道难以取胜，但心想要逃走总还能够，当下喝道：“这是你们父女亲口说的，可别反悔了!”双掌齐出，登时使出了第八重的修罗阴煞功，全力向公孙燕攻击!

公孙燕笑道：“哈！狗急跳墙了!”厉南星道：“对付疯狗，只有打之!”运剑如风，一招之内，连刺阳浩的七处大穴。公孙燕刷的一剑，从他意想不到的方位刺来。三方面动作都快，阳浩的掌力未曾尽发，左肩又着一剑。但公孙燕却也给他的掌力震得连退几步，方能稳住身形。要知公孙燕虽然是不惧他的修罗阴煞功，且又得了父亲的真力之助，但本身功力究竟还是稍逊一筹。

阳浩接连中了两剑，幸亏都只是皮肉之伤，但也痛得难受。当下气得哇哇大叫，拼命反扑。

厉南星笑道：“不能让疯狗跑掉，又去咬人。”公孙燕道：“它跑不掉的!”她和厉南星在桃花谷相处那几天，相互切磋，早已练好了一套并肩对敌的剑法，刚才因为气力不济，难以配合，此际正好拿阳浩来一试身手。

厉南星的功力较高，从正面御敌，化解阳浩的攻势；公孙燕身法轻灵，剑如飞凤，侧袭敌人。两人虽是第一次并肩御敌，拿阳浩试招，但一攻一守，却也配合得无懈可击。公孙宏看得心花怒放，不住的掀须微笑，想道：“得此佳婿，夫复何求!”

不过一会，只见双剑盘旋飞舞，织成了一道光网，把阳浩罩在光网之下。阳浩俨似受伤的野兽，左冲右突，总是冲不出去。此时方始知道，果然是连逃走也不能了。

江海天看得也是有点诧异，笑道：“公孙前辈，恭喜你调教出这样一位本领高强的女儿。年纪轻轻，居然能够破解第八重的修罗阴煞功！当真是长江后浪推前浪，一代胜于一代。可喜可贺！可喜可贺!”

公孙宏道：“江大侠过奖了。实不相瞒，她这抵御寒毒的功夫，并不是我所教的。我还以为是厉少侠代令师转授的呢。谈到破解修罗阴煞功，当今之世只有令师能够。想当年令师在嵩山千嶂坪大败孟神通，那才是真正破解了第九重的修罗阴煞功呢!”

江海天怔了一怔，有点觉得奇怪，心想："何以他在这个时候，竟有兴致谈论武林旧事?"想了一想，随即恍然大悟："原来他是借这机会，希望我提醒厉南星如何破解阳浩的修罗阴煞功。他是说过要废掉阳浩的功夫的。"当下说道："家师曾经言道，只要内功练到不惧寒毒，要破修罗阴煞功，那就是易于反掌了。令爱如今已是不惧寒毒，谅阳浩这厮逃不出她的掌心!"江海天说话之中，接连提了两次"掌"字，厉南星听了，登时心领神会。

原来凡是修罗阴煞功练到第六重以上的人，阴寒之气必定是凝聚掌心，只要将他掌心的"劳宫穴"刺穿，就能将他的武功废掉。

江海天不便明言，那是因为要让小辈成名的缘故。同时他以武林宗主的身份，若是公然指点制敌的诀窍，也嫌有失身份。是以他只是反复地说了两个"掌"字，希望厉南星自己领悟。表面上他是在夸赞公孙燕，其实是说给厉南星听的。不过，他这样提醒厉南星，却也等于是救了阳浩一条性命，因为厉南星废掉他的武功，就用不着杀他了。阳浩倘若知道江海天的用意，那还是应该感激他的。

厉南星小时候也曾听过金世遗打败孟神通的故事，不过当时没有怎样留心，此时得江海天提醒，登时心领神会。暗自想道："金大侠传我正邪合一的内功心法之时，曾说过邪派高手的命门要穴，不外三处：一是丹田；一是下阴的归藏穴；一是掌心的劳宫穴。金大侠当年如何破解孟神通的修罗阴煞功，我虽然是知而不详，但如今江大侠一再说起一个'掌'字，说到这个字时，声音也特别大些，想必是教我刺穿他掌心的劳宫穴了。"当下欺身进剑，向阳浩掌心刺去，阳浩果然神色惊慌，连忙缩掌。

阳浩的武功非同泛泛，厉南星想一下子就刺着他的掌心"劳宫穴"，当然也是并不容易。

江海天一看厉南星如此出剑，就知他已领悟，于是不再理会这边，回过头来，看金、史二人和文道庄的恶斗。

金逐流的功力与文道庄本来相差不远，得了史红英之助，大占上风。

文道庄"呵呵"怪叫，忽然一口鲜血喷了出来，神态更是疯狂！江海天吃了一惊，叫道："师弟小心了！"

公孙宏诧道："这厮虽是疯狂，但亦已是强弩之末，如今又受了内伤，依我看来，他恐怕是命不久长了。江大侠难道还怕他反扑么？"

江海天道："老前辈说的不错，看这迹象，他似乎已是走火入魔、性命难保了。不过他现在口吐鲜血，却并非是因为受了内伤，而是他在使用天魔解体大法！"

"天魔解体大法"是一种极歹毒的邪派内功，使用的人在自残本身、见血之后，功力可以陡增一倍。但使用这种功夫，极伤元气，过后不死也将残废。是以邪派高手，只有在准备与对方两败俱亡的时候，方敢使用。

文道庄咬破舌尖，使出了天魔解体大法，果然攻势大炽，金逐流的玄铁宝剑都几乎遮拦不住。史红英更是近不了他的身。

公孙宏吃惊道："既然如此，咱们也不用和他讲什么江湖规矩了。江大侠，由你出手，还是由我出手？"

江海天道："不劳前辈费心。"言下之意，当然是要自己出手的了。但说了之后，却仍然是意态悠闲的在旁观战。

文道庄狂笑道："金逐流，你有玄铁宝剑，也不能伤我毫毛，我的武功天下第一，你服不服？哈哈哈哈，我的武功现在是天下第一了！你这小子若然不服，赶快把你的老子叫来，包管你的老子也不是我的对手！哈哈哈哈，哈哈哈哈！"狂笑声中，双掌起落如环，将掌力向四面八方反击出去。金史二人，展开了天罗步法，左避右闪，给他迫到离身一丈开外，兀自感到胸口如受重压，几乎透不过气来，哪里能够分神说话。

文道庄笑声未已，忽地又似哭丧一样的叫道："中儿，中儿，你在九泉之下孤孤单单，好不凄凉！为父给你找个标致的小娘子做伴，你欢不欢喜？鞭炮噼噼啪啪响，唢呐的的打打吹。噼噼啪啪，的的打打。史红英呀史红英，你这丫头好上花轿啦！"

阴恻恻的嚎叫好似利针一样，"制"得史红英心里发慌。说时迟，那时快，文道庄已是乘虚攻入，剑削掌劈，"咔嚓"一声，把史红英的软鞭削去了一截。金逐流大吃一惊，连忙抢在史红英面前，挥剑遮拦。但在文道庄排山倒海般的掌力之下，玄铁重剑竟是施展不开。金逐流使出了“千斤坠”的重身法，仍然有如一叶轻舟，在惊涛骇浪之中摇摇晃晃。

公孙宏深知江海天武学通神，他既然答应出手，那自是胸有成竹，不怕金史二人受到伤害的了。但虽然明知如此，公孙宏仍是情不自禁地替他们二人着急。回头一看，只见江海天仍是意态悠闲的袖手旁观。

猛听得文道庄一声大喝，身子像旋风似的打了一个圈圈，软剑一弹，金逐流的玄铁重剑给他弹开，文道庄打了一个圈圈，恰恰转到史红英面前，五指如钩朝着她的天灵盖就抓下来！此时史红英与他面面相对，只见他脸上肌肉变形，显得十分可怖，史红英不觉“啊呀”一声，叫了起来！

公孙宏看见文道庄猛下杀手，叫声“不妙！”无暇思索，不自觉地就迈步出去，但他刚一迈步，只觉得衣襟带风之声，在他身旁掠过，江海天的身法快得难以形容，霎眼之间，只见他已站在文道庄对面。而金史二人，手携着手，正在使出一个“比翼双飞”的身法，脱出了文道庄掌力笼罩的圈子。江海天是怎样救史红英脱险的，竟然连公孙宏也看得不很清楚。公孙宏不禁面上发热，暗自想道：“江大侠这武功天下第一的名头确是名不虚传！这也当真是一山还有一山高了！”

文道庄翻起一双白渗渗的眼珠，盯着江海天，怪里怪气地说道：“我认识你，你是江海天！你的师父不在中原，人家都说你的武功是天下第一。你敢和我打么？”江海天冷冷说道：“武功是没有第一的。我的师父虽然打遍天下无敌手，但这句话却正是他一再和我说的。”

文道庄哈哈笑道：“谁说武功没有第一，我就是天下第一。你怕了我是不是？哼，你怕了我，我也要打你，谁叫你杀了我的儿子，我要替儿子报仇！”此时他已是神智完全错乱，见了什么人都当作是杀子的仇人了。

江海天道：“我不怕你，我也不想杀你。”文道庄道：“你不杀我，我要杀你！”刷的一剑就向江海天刺来。

只听得“铮”的一声，文道庄那柄黑玉软剑化作了一条黑龙，脱手飞上半空！公孙宏赞道：“好个弹指神通的绝顶神功！”

文道庄道：“你有神功我也有神功！”抛了软剑，双掌齐出，方圆数丈之内，登时沙飞石走，隐隐挟着风雷之声。这是他毕生功力之所聚的一击！要知他虽然神智错乱，也知江海天是个最大的强敌，三象神功使出，已是把最后一点的精力都挤出来了！公孙宏心中自忖：“假如是我应付他这毕生功力之所聚的一击，败给他那是不会的，但要胜他，只怕也是很不容易。”

江海天兀立如山，动也不动。只听得“波”的一声，四掌相交，就像胶着了一般。

不过片刻，文道庄只觉掌心好似给利针刺穿了一个小孔，体中真气源源不绝地从小孔喷出。登时像是泄了气的皮球一样，四肢无力，失惊无神地呆呆望着江海天。

但说也奇怪，他的真气源源不绝地外泄，他的神智却渐渐地清醒起来。待到半点气力都使不出来了，他也完全醒过来了。此时他虽然四肢无力，但却有说不出的舒服！

江海天缓缓说道：“你死了一个儿子，就要到处找人报仇。你们父子杀了多少人，别人都来向你报仇，你怎么办？”

文道庄知道自己的武功已给江海天废掉，听了江海天这话，如受当头一棒，不觉点了点头，叹口气道：“不错，我要人家给我儿子偿命，我也应该给人家偿命。江大侠，我打不过你，你杀了我吧！”

江海天道：“放下屠刀，立地成佛。你若从今改过向善，还可做个好人。”文道庄心灰意冷，说道：“如今我已是个废人，活在世上，又有何用？”江海天道：“不然，不然。你的三象神功虽然是没有了，至少还可以将这门武学传之后人。”原来江海天废了他的武功，但却给他治好了走火入魔的死症。

修炼邪派内功的人，最怕的就是走火入魔，因为走火入魔之苦，苦不堪言，故此文道庄虽然失了内功，但得免除此难，也是心甘情愿的了。他神智清醒之后，求生之念，油然而兴，只好满面通红，向江海天表示感激。

江海天道："家师当年也曾如此对待令叔，为的就是要让贵派的三象神功不致失传，我如今不过效法家师所为而已。但愿文先生善体家师的苦心。"

公孙宏道："文道庄，我不和你说客气的话，我劝你以后好好选择徒弟，依我之见，第一是教他做人，第二才是教他武功。你要拿你自己做面镜子，免得你的徒弟再坠覆辙。"

文道庄满面羞惭，说道："多谢两位大侠的金玉良言。"公孙宏挥了挥手，说道："好，你记得就好。那你走吧。"

文道庄武功虽失，体力仍是不逊常人，当下折了一根树枝当作拐杖，一步一步地走下山去。公孙宏笑道："江大侠，我真是佩服你的气量，你不但医好了文道庄身体的病，连他心上的病也要给他医治，但愿都能治好。"

金逐流、史红英上前与公孙宏相见，说道："贺喜公孙前辈，你老的身体已经完全好啦！"公孙宏笑道："这都是多亏了你的师兄，否则我恐怕还要再过十天才能起床。"原来前几天江海天到他家里，知道他正以上乘内功治毒疗伤，当下便以本身修习的纯阳内功助他驱除寒毒。江海天少年之时曾服下奇药天心石，练成的纯阳内功正是寒毒的克星。不过公孙宏之所以好得这样快，这也是因为他的本身功力仅次于江海天而已，换了别人，就不行了。

金逐流向厉南星那边望去，见他和公孙燕联手，已是占尽上风，稳操胜券，放下了心，笑道："快了，快了，阳浩这老贼就要获得和文道庄同样的结果了。不过，有一事我却觉得有点奇怪，阳浩的党羽和天魔教的徒众为何不见有一人来到？咱们在这里已经不止半个时辰啦！"

公孙宏道："你就会明白的了。"正想说下去，忽听得史红英惊叫道："不好！"

金逐流大吃一惊，抬头一看，只见阳浩正在飞身跃起，双掌向公孙燕的天灵盖拍下！这是一招拼着双方同归于尽的绝招！

原来阳浩并不相信公孙燕与厉南星肯饶他性命，更不知道厉南星得了江海天的指点，刺他的"劳宫穴"，只不过想废掉他的武功。他以为厉南星一定是要在废他武功之后，慢慢将他折磨，终于难逃一死的。故此他把心一横，趁着厉南星未曾得手之前，便要与公孙燕拼个同归于尽。因为厉南星功力较高，他要杀厉南星不及杀公孙燕那么容易。

只听得一声骇人心魄的呼叫，两道银光飞上半空，公孙燕斜掠出数丈开外，阳浩却跌在地上，四脚朝天，血流满面。

原来在阳浩双掌拍下的当儿，厉南星已是刺着了他掌心的“劳宫穴”。阳浩的掌力震得公孙燕的双剑脱手之后，真气已是从“劳宫穴”泄出，后劲无力，是以虽然给他拍着肩头，但却毫无妨碍。公孙燕跃出数丈开外，不过是本能的反应而已。其实阳浩武功被废，已是无能为力的了。

而且公孙燕在双剑给他掌力一震的那刹那间，剑尖划过他的面门，也刺瞎了他一只眼睛。

公孙宏把女儿扶稳，看出她并没有受伤的迹象，这才放下了心，说道：“为父也是大意点儿，累得孩儿受惊了。不过，这也是一个教训，教训我们，虽然在稳操胜券的情形之下，也是不可轻敌。”

厉南星骂道：“你这瞎了眼的狗贼，我本来是要饶你的性命的，你却这样狠毒！”

阳浩爬了起来，说道：“公孙舵主，你说过的话算不算数？”

交手之前，公孙宏是吩咐过厉南星和女儿只废掉他的武功，并没有说要取他性命。

公孙宏道：“我说过的话，当然算数。”厉南星收剑入鞘，冷笑说道：“谅你今后也不能作恶的了，好，就便宜你这老贼吧。”

阳浩像文道庄刚才那样，折下一枝树枝，当作拐杖，就要下山。公孙燕恨恨说道：“这厮比文道庄还更可恶，同样的结果，可真是便宜他了。”

公孙宏忽地喝道：“且慢！”阳浩大吃一惊，说道：“公孙老儿，你要反悔？”公孙宏道：“你怕什么，我说过不取你的性命，你就是跪在我的面前，让我杀你，我也嫌污了手。但你可不能一走了之，天魔教的事情还未了结呢，你请来了许多助拳的朋友，难道你不要向他们交代交代么？”公孙燕笑道：“对，叫他去亮一亮相，也好叫那些妖孽知道他是怎么个下场!”

阳浩恨不得有个地洞钻出去，心里自思:“如此受辱，倒不如死了还好!”但又转念一想:“这仇我是不能亲自报复的了，但我的修罗阴煞功，却还可以传给我的师侄，这一代报不了，下一代再报。只要我还有一口气，就不能算完。”他比文道庄更为老奸巨猾，当下决定了“忍辱负重”，就佯作感激涕零的说道:“公孙舵主，多蒙你不杀之恩，我当然应该听你吩咐。”

当下江海天、金逐流一行人等遂与阳浩上山，转过山坳，听得一片喧闹之声。正是:

一念慈悲留祸患，从来恶草要除根。

欲知后事如何?请听下回分解。

第四十五回　中原并驾英豪在
海外连枝剑客来

金逐流抬头一看，只见山上黑压压的一片人头，似是两阵对圆的形势。

公孙燕恍然大悟，说道："爹爹，原来你不是单身来的。"

公孙宏道："内外三堂的香主听说我要到徂徕山找阳浩算账，大家都要跟来，他们一片热心，我想压也压不住，只好让他们来了。"要知红缨会乃是江湖上的第一大帮会，帮主给人暗算，受了重伤，帮中一众弟兄，自是认为奇耻大辱，是以他们虽然明知公孙宏与江海天联袂上山，决不会吃亏，也非跟来不可。

公孙宏又道："史姑娘，贵帮的李副帮主，也带了许多人来了。他们的消息很是灵通，我还未曾派人向他们报讯，他们已经知道你和金少侠上徂徕山了。"公孙燕道："怪不得不见阳浩的党羽跑来助阵，原来是给他们堵住了。"

史红英大喜道："李敦也来了吗？"公孙宏道："他们夫妇都来了。"

金逐流笑道："李敦精明干练，一定早已识穿了那个假冒厉大哥的天魔教教主，料想咱们必然会来查探真相的。李敦能解天魔教所下之毒，他这一来，来得正好。"

厉南星担忧道："不知他们会不会和天魔教的人冲突起来？莫要为我一人，连累了许多无辜的人受伤才好。"

公孙宏道："我已经告诉他们，这次只找阳浩一人算账，他们绝不会乱打一场的，天魔教的人，亦已知道我和江大侠同来，料想他们也没有这个胆量，先行动手。”

说话之间，他们已经到了山上。两方面的人也都发现他们了。

只见红缨会的三大香主——石玄、秦冲、庄远，全都在场，李敦则正在和对方一个老者说话。

金逐流定睛一看，说道：“不但六合帮的人来了，还有其他帮会的人呢，咱们在华山碰见的那六个人也来了。”

阳浩那班党羽，看见阳浩一副丧家之狗的神气，给他们押来，都是吃惊不已。天魔教的徒众看见了厉南星，更是惊奇。他们明明听得“教主”在地道中呼救的声音，那扇石门也还未曾凿开，不解何以“教主”忽然会从外面回来。

李敦哈哈笑道：“这才是你们的真教主，如今水落石出，你们可相信我的说话了吧？”

与李敦说话的那人，是天魔教的老人，对厉南星父母最是忠心，不过他却是未曾见过厉南星的。此时看见厉南星和那个假教主面貌甚为相似，但仔细看时，又似乎有点不像，而且装束也不一样，不禁惊疑不定，说道：“这究竟是怎么一回事情？”

厉南星道：“你是忠字堂的副香主韩正达吧？当年家父在冀南负伤，多得你护送他回山，家父时常和我提起你的。”

这件事情，韩正达从未向别人说过，他在天魔教的职位，也是只有几个旧人知道，那个假冒厉南星的“教主”，却只知道他是资历甚深的旧人而已。

韩正达又惊又喜，说道：“你，你果然是我少主人！那么，那个教主是假的了。”

厉南星点了点头，说道：“这都是阳浩布下的骗局。我现在就和你去把那个假冒我的人揪出来，让他亲口告诉你们他是什么人？”

天魔教的人都不禁哗然起来，有些人还在半信半疑，说道：“这是阳浩布下的骗局，为什么他要如此作弄我们？”

厉南星道：“事情真相，让阳浩自己说吧！”

阳浩无可奈何，只好当着众人，一五一十地说了出来。

厉南星在他说话的时候和韩正达进入天魔教的内香堂，打开地道的石门，把那个假教主放出来。那人在地道中饱吸秽气，苦不堪言，幸而还未气绝。

厉南星把他带到外面的广场，这时阳浩刚刚说完了他所干的坏事，正好叫那个假教主接上去说明他给阳浩摆布的真相。

事情水落石出，天魔教当然是人人痛骂阳浩，阳浩邀来的一班妖人，更是恐惧公孙宏和江海天将他们一同治罪，争着也都痛骂阳浩，把罪责推到阳浩身上，希望能够获得赦免。

公孙宏笑道："阳浩已经受到应得的惩处了，由他去吧。至于他请来的朋友嘛——"故意顿了一顿，那些人纷纷叫道："我们也是受骗的！""他恃势欺人，我们敌不过他，不敢不来！""这件事我们毫不知情，公孙舵主，你高抬贵手。"

公孙宏哈哈一笑，说道："不必惊慌，我们只是惩治首恶，不问胁从。至于你们平日的作为，是好是坏，你们自己反省反省，是否做了坏事，有则改之，无则加勉。好了，你们要走的也都可以走了！"

那班邪派人物如奉大赦，登时四散，只有天魔教的人留下来。公孙燕对史红英悄悄说道："依我爹爹往日的脾气，决不会如此宽容，看来他是受了江大侠的影响了。"史红英笑道："逐流，人家称赞你的师兄呢，你凡事都不正经，倒是应该学学你的师兄才好。"忽然发现金逐流已经不在她的身边。

史红英吃了一惊，失声叫道："咦，逐流哪里去了？"公孙燕也是好生诧异，说道："我刚才还看见他在你的身旁的，怎的一转眼就不见了？不过，你可不用担心，文道庄武功已废，邪派之中还有谁的武功比得上金少侠？或许他是碰上熟人，与朋友叙旧去了。决不会有什么意外的。"

史红英道："他是拴不住的野马脾气，我才不管他呢。"话虽如此，心里总是有点疙瘩，暗自想道："就是碰上了熟人，也应该和我说一声呀。"此时阳浩和他的那班党羽已经走了，但留在山上的六合帮、红缨会和天魔教三方面的人还有一千多人，史红英用眼光搜索，想在人丛之中发现金逐流，谈何容易。

公孙宏遣散了阳浩的党羽之后，说道："南星老弟，天魔教的事情我可不便越俎代庖了。"

韩正达朗声说道："少教主，我们都是冲着你才回到徂徕山的，想不到上了阳浩这老贼的当。如今假的赶跑了，真的自当即位。少教主，重开香堂，继任教主，你可是义不容辞啦！"一呼百应，天魔教的旧人都表示拥护。

厉南星道："各位盛情可感，但请听我一言。家父二十年前，遵金大侠之嘱，关闭香堂，如今又何必多此一举？再说我年轻识浅，德薄能鲜，也不配做各位的教主。"

韩正达说道："此一时，彼一时。当年金大侠劝教主解散本教，这是因为本教龙蛇混杂，邪正难分，恐怕会受人利用的缘故。如今那些坏人死的死了，散的散了，未死的也早已另谋'出路'去了。我们这班人都是为了怀念故主，才回来向少主效忠的，我不敢说在我们里面没有一个坏人，但却绝对是正多邪少。我们之中，还有许多人是带了子弟来的，少教主，你可不能辜负了他们的好意。"

厉南星甚是为难，想了一想，说道："我倒有个两全之策，希望各位考虑。目前在此的红缨会与六合帮，正是江湖上最大的两个帮会，红缨会行侠仗义，人所共知，不必多说。六合帮如今由史女侠新任帮主，也是一个光明正大的帮会了。各位若是有心重端'海底'（帮会术语，即加入帮会之意），大可分别投入这两大帮会之中，何须重起炉灶？"

天魔教众人见厉南星坚辞教主之任，而且说的也是正理，商讨之后，也都表示同意了。韩正达道："今日喜事重重，难得各位光临，天魔教弟兄也有了归宿，请让我们稍尽地主之谊。"于是众人都进入天魔教的总舵，参加韩正达所设的庆功宴。

史红英正要去找寻金逐流，忽有几个汉子走来向她行礼，原来就是那天在华山清风观所碰见的那五个人。那天金史二人上华山探访华山医隐的弟子漱石道人，不料漱石道人已给阳浩派人毒死，这五个人分属五个帮会，他们的帮主因为拒绝天魔教新教主即位的观礼邀请，也都给阳浩的人暗中下毒，弄得半死不活，这五个人替他们的帮主上山求医，恰巧与金史二人相遇。这才揭发了有人假冒厉南星之事的。

他们恭恭敬敬地向史红英施礼，史红英只好向他们叙话。问明来意，始知他们是听得风声，赶来相助，并来求医的。

为首的长鲸帮帮主之弟孙百寿说道：“那天我们听得史姑娘和金少侠要来徂徕山找那个冒名的假教主算账，我们一向听令贵帮，如今史姑娘做了帮主，尽改过去的苛规，我们更是感激不尽。因此，我们虽然明知帮不了忙，也该来摇旗呐喊。史姑娘那天又似乎说过，贵帮有一位副帮主能够解天魔教之毒，我们的帮主业已毒发，只怕难以拖延，是以我们只好将帮主护送来此，请史姑娘允准贵帮的李副帮主为我们的帮主医治。”助拳为名，求医是实，但这份人情，却是史红英乐意做的。

史红英道：“贵帮的帮主在哪儿?”孙百寿道：“多蒙天魔教的韩老前辈照料，如今正在静室歇息，只等史帮主施恩了。”

史红英道：“孙舵主言重了，这是应该的。”当下叫李敦过来，与他们相见。厉南星道：“李大哥，我给你帮忙。”那些人知道他是天魔教教主之子，解毒的本领料想比李敦更为高明，人人大喜过望。

说起那天的事情，这些人不免要问及金逐流。史红英道：“我也正想找他呢，却不知他到哪里去了?”此时已是日影西斜，将近黄昏的时分，江海天见师弟尚未回来，也是不禁惊疑不定，于是就和史红英一同出去找寻。那五个人和六合帮的头目也都跟着出去，帮忙他们，分头找寻。

金逐流到哪里去了呢?原来他在阳浩那班党羽之中，发现了一个相识的人，这个人是封妙嫦的父亲封子超。

在那些人纷纷下山的时候，金逐流看见一个人混在人丛之中闪闪缩缩的向后山逃去，这人拉起披风，罩过头部，但从他的背影，金逐流隐约还可以看得出是谁。

金逐流想起替秦元浩做媒之事，此时发现了封子超，不由得心中一动，暗自想道：“此事尚未有个交代，封子超可是来得正好!他又是萨福鼎的旧属，曾经做过大内侍卫的。说不定此来或许还有别的阴谋，我倒是不能不找他问个明白了。”

此时封子超已经走得远了，金逐流不便声张，立即追去。他轻功超妙之极，是以连在身边的史红英也没发觉。

转过一个山坳，只见封子超和两个人同在一起，低下头来小声说话，却听不到他说什么。阳浩的党羽都是向山下跑的，只有这三个人向后山，似乎是不愿和那些人同行。

金逐流看清楚了封子超，立即使出“燕子三抄水”的绝顶轻功，一个起伏，到了封子超后面，伸掌向他肩头拍下，笑道：“你还记得起我这个媒人么。你的女儿就要出嫁了，你还没有谢媒呢。”

金逐流这一掌拍下，掌势已是把封子超身形罩住，不论他如何躲闪，都是难以避过给金逐流点中穴道。

金逐流艺高胆大，根本没有把那两个与封子超同行的人放在眼内，他准备以迅雷不及掩耳的手段点了封子超的穴道之后，再看看那两个人如何，那两人若敢干涉的话，再对付他们也还不迟。

哪知他这一掌拍下，忽听得右面那个汉子一声冷笑，说道：“好个姓金的小子，你也未免太猖狂了。公孙宏都让我们走了，你却要来截人。好，我倒要看看你这小子有何本领，胆敢目中无人！”

双掌相交，金逐流只觉得对方的掌心有如一块烧红的烙铁一般。登时热得他几乎透不过气来，不由得心中大骇！

那人口中说话，掌力却是一浪高过一浪，连发出的掌风都像是从鼓风炉中喷出来似的，触体如烫。金逐流接连用了几招刚柔并济的大须弥掌式，竟然摆脱不开。

虽然摆脱不开，但也逐渐化解了对方的掌力。那人刚刚说到“我倒要看你这小子有何本领”的“本领”二字，只听得“扑”的一声响，金逐流中指一弹，弹中了那人掌心的“劳宫穴”。

“劳宫穴”并非那人的命门要穴，但给金逐流弹个正着，也是不由得陡然一震，急忙收掌。金逐流冷笑道：“我道是什么人，原来是仲帮主的手下败将。哼，我的功夫虽然比不上仲帮主，但你的雷神掌也未必就能胜得了我！”

原来此人名叫欧阳坚，乃是武学世家欧阳伯和之子。他们的家传绝学名为“雷神掌”，与孟神通的“修罗阴煞功”一冷一热，异曲同工。二三十年之前，欧阳伯和在邪派中也是声名仅次于孟神通的一个大魔头。后来欧阳伯和在华山与丐帮的帮主仲长统较技，给仲长统废了他的武功。（事详《冰河洗剑录》。）

三年前欧阳坚为父报仇，在徂徕山与仲长统相遇，双方恶斗一场，结果仍是欧阳坚败下阵来。那天恰巧金逐流和秦元浩到封子超家里找他女儿，封家也是在徂徕山上离天魔教旧址不远的，是以恰逢其会，目睹了这场恶斗。

仲长统是武林中顶儿尖儿的人物，欧阳坚败在他的手下，本来不算得是什么耻辱。但因他极为自负，他败给仲长统之时，仲长统已经是个六十开外的老头，而他则正在壮年，他为父报仇，志在必胜，是以惨败之后，引为奇耻大辱，最忌别人揭他疮疤。

此际，他给金逐流点着了“劳宫穴”，虽无大碍，毕竟也是输了一招，加以又听了金逐流的冷嘲热讽，不由得老羞成怒，“哼”的一声，冷笑说道：“好，你不惧我的雷神掌，那就让你再试一试吧！”

两人再次交锋，欧阳坚双掌齐发，热浪四溢。金逐流知道厉害，当下避免与他硬拼，使出“天罗步法”，绕身游斗。一见有隙可乘，便以追风掌式进袭。

论真实的本领，金逐流并不在欧阳坚之下，但却吃亏在和文道庄剧战了一场，此时虽然过了一个多时辰，精力仍未完全恢复。而欧阳坚经过了三年苦练，功力又比斗仲长统之时高了许多，此消彼长，斗了一会，金逐流好像置身在烘炉之中，不禁呼呼喘气，大汗淋漓。

封子超站在一旁观战，好像有点惶恐不安的模样，频频搓掌。金逐流见他没有逃走，倒是觉得有点奇怪，心里想道：“我纵使打不过欧阳坚，但有江师兄和公孙宏老前辈在这里，迟早会赶来的。封子超既然帮不上欧阳坚的忙，为何他不趁这机会逃走呢？”

袖手旁观的还有一人，是个书生装束的中年汉子，只见他折扇轻摇，意态潇洒，看了一会，笑道：“好热，好热！恭喜欧阳兄，你的雷神掌已是大功告成，更胜令尊当年了！”

欧阳坚得他一赞，大为得意，哈哈笑道：“扶桑岛武功绝世，区区这点微末之技，怎当得牟兄谬赞。不过用来对付这小子大约还可以取胜罢了。”

金逐流吃了一惊，暗自想道：“听说扶桑岛的武功久已失传，怎的又钻出了这个姓牟的汉子？难道他竟是牟沧浪的后代子孙么？”

原来扶桑岛这一派武功源远流长，始祖是唐代的虬髯客。其时天下大乱，虬髯客本有逐鹿中原之心，后来见了唐太宗李世民，为李世民的气度所慑服，不敢与李世民争霸，遂远走扶桑，自立为王。虬髯客传给牟沧浪，也是唐代一位鼎鼎有名的武学宗师，与当时的空空儿、铁摩勒二人不相上下，鼎足称雄（事详拙著《大唐游侠传》）。牟沧浪之后，经过宋、元、明、清四个朝代，也不知在什么时候早已失传了。许多年前，金逐流之父金世遗到过扶桑岛，想找牟家的后人，但也没有找着。

金逐流暗自想道：“虬髯客、牟沧浪不但是当时的大侠，也是后世景仰的武学宗师，这人若然真是扶桑岛的一脉所传，他不与侠义道往来，却与妖邪结纳，这岂不是自毁家风？”

欧阳坚得那人一赞，正自洋洋得意，不料那人赞了他之后，跟着忽然又赞起了金逐流来，说道：“儿子如此，老子可知。人人都说金世遗的武功天下第一，果然名不虚传。这位小哥也当真不愧是金大侠的儿子！”

欧阳坚听了，极不舒服，“哼”了一声，却不说话，双掌加紧进攻。心里想道：“你赞这小子了得，我就把他打得狼狈不堪给你看看。”

金逐流吃亏在恶斗之后精力尚未完全恢复，在欧阳坚猛攻之下，虽然还可以勉强应付，但大汗淋漓，好像落汤鸡似的，也的确是有点狼狈不堪的样子。

姓牟的那个汉子摇了一摇扇子，又道：“听说金世遗所创的剑法博采众家之长，精深博大；而玄铁宝剑又是兵器中之王。这位小哥何以不用剑呢？”

欧阳坚一怒收掌，说道：“金逐流，你亮剑吧！免得有人说我是欺负了你！”

本来金逐流若然使用玄铁宝剑，便可立于不败之地，偏偏他是争强要胜的人，姓牟的提醒他用剑，他却偏不肯用。欧阳坚掌式一收，他的双掌便攻过去，喝道：“接招！”欧阳坚怒道：“叫你用剑，你聋了吗？”金逐流冷笑道：“我不用玄铁宝剑，也正是为了避免给人说我欺负你呀！你用什么我就用什么，决不占你便宜。”

金逐流的追风掌式飘忽莫测，欧阳坚给他抢了先手，还不能不认真对付。他恨不得一掌打死金逐流，躁急之下，反而给金逐流一口气抢攻了数十招。

姓牟的汉子摇了摇头，心道：“好个倔强的小子。”他是个武学的大行家，情知金逐流虽然暂时抢到先手，但再战下去，必定又要吃亏。于是禁不住又再说道：“高手比拼，应该各尽所长。雷神掌是欧阳兄的家传绝技，大须弥剑式则是金家的剑术精华。我说呀，金逐流你不肯用剑，你自讨苦吃不打紧，但这场比武也就不能算是公平了。你这不是故意要令欧阳兄受人耻笑吗？这如何使得！”

欧阳坚是极要面子的人，他刚刚抢回攻势，受了这人的奚落，不由得面红耳赤，大感尴尬。收掌也不是，不收掌也不是。

就在他进退两难之际，忽听得一个苍老的声音说道：“欧阳坚我和你比掌！我要看看你这三年来的功夫高了几多！”

金逐流笑道：“仲帮主，我刚才不过和这厮戏耍戏耍，还未真正决个雌雄呢！”原来他是因见仲长统年纪老迈，而欧阳坚的武功却是大胜当年，恐防仲长统万一不敌，损了英名，故此不愿仲长统替他。他说这几句话也是话中有话的，既然是要“真正决个雌雄”，就有借口可以使用玄铁宝剑了。

仲长统哈哈笑道：“老弟，你是怕我这几根老骨头经不起打么？不妨事的，我正想活动筋骨呢。老弟，你就站在一旁等着瞧吧。”

说话之间，仲长统已是抢到了欧阳坚面前，接着说道：“你先打一场，但我年纪比你大了一倍，你总不能说我占你的便宜吧？”

欧阳坚情知金逐流若用玄铁宝剑，自己绝计没有取胜的把握；但若金逐流不用宝剑，自己又是胜之不武，还要给那姓牟的耻笑。是以他正乐得趁此落台，心里想道：“这老叫化子的一只脚已是踏入棺材的了，三年前我打他不过，难道现在还打不过他？”

欧阳坚自忖可以稳操胜券，便即冷冷说道：“老叫化，你既然自己愿意送死，我只好成全你了。不过，我也不想取你性命，当年你毁了我爹爹的武功，今日只是一报还一报罢了！”

仲长统哈哈笑道：“我已是活得不耐烦了，你可不必手下留情。不过，谁废掉谁的武功，这可还要等着瞧呢！”

仲长统执意要上，听他说得又是甚有自信，金逐流是知道这位老前辈的倔强脾气的，只好让他。

欧阳坚纵声大笑，说道：“老叫化，今天恐怕不能容你猖狂了！好，那咱们就骑驴读唱本，走着瞧吧！”

欧阳坚一掌劈下，隐隐挟着风雷之声，仲长统却似漫不经意地轻轻一掌拍出，双掌一交，彼此都不由得心里暗暗吃惊。

欧阳坚只道仲长统老迈可欺，不料一经接触，只觉对方的掌力柔和之极，但却像碰上了一团厚厚的棉花，自己的劲力竟是无从发挥。这才知道仲长统虽然年纪老迈，但内功却是比三年前更精纯了。

仲长统也是暗暗吃惊，想道：“这小子口出大言，功夫果然是比三年前强得多了。一百招之内，我是一定可以抵挡得住的，百招之外，这可就难说了。”

金逐流不知仲长统已是用上全力，见他轻描淡写的化解了“雷神掌”的猛攻，心里暗暗佩服，想道：“毕竟姜是老的辣，可笑我还为他担心呢。”放下了心上的石头，眼光一瞥，只见封子超也正抬眼望他，似乎是有点话要和他说。

金逐流正想过去和他说话，忽见那姓牟的汉子轻摇折扇，已是来到面前。金逐流有心与他结纳，抱拳说道：“阁下武学高深，小弟佩服得紧。不知有何指教？”心里想道：“封子超这老家伙似乎并无逃走之意，要跑谅也跑不出我的手心，待会儿向他问个明白，也还不迟。”

那姓牟的汉子说道：“俗语说，旁观者清。我在旁边说说，倒还可以。认真较量起来，只怕还未必是你老弟的对手呢。”

金逐流怔了一怔，不知他说这话是何用意，心念未已，只听得那姓牟的汉子跟着说道：“就不知老弟有没有精神再打一场？”

金逐流不由得气往上冲，心想：“原来他是要伸量我！”他本来是个有几分狂傲气质的人，此时虽然喘息方定，气力不加，却也不甘示弱，立即说道："久仰扶桑岛的武林绝学，我只道早已失传，难得还有眼福见到，我正想向阁下请教。"

那汉子哈哈一笑，说道："金少侠不必客气，不错，敝祖师虬髯客的修为的确当得'武林绝学'四字，但那是一千年以前的事情，数十传之后，小可所得，只怕已不及前人十一。令尊才是当世首屈一指的武学大师呢。小可冒昧，想见识见识金少侠家传的天下无双的剑法。"

金逐流料想此人的武功必定远在欧阳坚之上，当下就不客气地拔出玄铁宝剑，说道："恭敬不如从命，请阁下亮剑！"

那姓牟的摇了一摇折扇，说道："金少侠已经打了两场，咱们虽然只是彼此切磋，我也不能占少侠的便宜。我就用这柄扇子接少侠几招，希望少侠不要误会我是小觑你的本领。"

金逐流初时的确是有几分生气，以为他是存心轻视的，如今给他把话抢在前头说了，倒是不便发作，心想："我败给他不打紧，只怕折了爹爹的威名。我气力不济，仗着玄铁宝剑之利，那也只是扯了个直。不能说是胜之不武。"于是说道："好，既然只是彼此切磋，那咱们就点到即止吧。请阁下赐招！"那汉子道："客不僭主，还是请金少侠先行赐招！"

金逐流性情豪爽，不耐烦与他婆婆妈妈，当下便道："如此有僭了！"刷的一剑刺将过去。

那人折扇一指，扇头轻轻一按剑脊，竟然把百斤重的玄铁宝剑牵过一边，金逐流吃了一惊，立即变招，宝剑一伸，将他的粘黏之劲化解，一招"夜叉探海"横削那人手腕。那人赞了一个"好"字，折扇忽地指到了金逐流胸前的"愈气穴"，竟然也是一招极高明的剑法！

这一招是攻敌之所必救，金逐流本来不是想和他拼命的，既然不愿输招，只好回剑遮拦。姓牟这汉子见他变招神速，不禁又赞了一个"好"字！

金逐流却是不禁暗暗惭愧，心里想道："怪不得扶桑岛的武功名垂后世，受人景仰，果然是不同凡响，可笑我刚才还恐怕胜之不武呢，谁知我用了玄铁宝剑，竟斗不过他一把折扇！"

姓牟的汉子也是好生佩服，心想："倘若他真个和我拼命的话，我即使不致落败，也是难以对付的了。玄铁宝剑的威力固然是出乎我的意料之外，但他却是剧战过两场的，依此看来，金世遗武功天下第一的名头，的确是殊非幸至了！"原来这人本来是想去找金世遗比试的，想不到未找着金世遗，却先碰上了金世遗的儿子，对方连斗两场之后，自己也不过稍稍占了一点便宜，不觉冷了半截。

两人惺惺相惜，但为了本门荣誉，却也是谁都不愿输招。金逐流自知气力不足，当下仗着玄铁宝剑之利，展开了大须弥剑式，紧紧封闭门户，不让对方有可乘之机。姓牟的汉子把一柄小小的折扇使得出神入化，时而当作五行剑使，时而当作判官笔用，一柄扇子，竟然可以变作许多种不同的兵器。但虽然如此，一时间却也攻不破金逐流严密异常的防御。

忽听得一个苍老的声音说道："居然还有人敢在这里撒野，我倒要看看是谁？啊，原来是仲帮主来了！这小子是欧阳坚！"跟着一个清脆的声音说道："江大侠，你快来看，逐流恐怕不是这个人的对手！"原来是公孙宏、史红英、江海天三人联袂来到，公孙宏首先注意的是仲长统与欧阳坚这一对，史红英则当然是关心金逐流。

公孙宏抬眼向金逐流这边望去，一看之下，不由得大吃一惊："这人是谁？如此了得？看来也不过三十左右年纪吧，我若是在他这个年纪，恐怕还当真不是他的对手呢！"

江海天看了也不禁啧啧称异，对公孙宏道："这人的武功不知是什么门派的，但看来却似乎并无恶意。咱们不必忙于干预，免得造成无心之失，得罪了朋友。"

公孙宏点头称是，却又说道："但欧阳坚这小子可是和仲帮主拼命啊！咱们不能不管吧？"

仲长统哈哈笑道："老叫化和这小子玩玩，公孙老弟，你可不许多事！"

此时欧阳坚与他已经斗到百招开外，刚刚扳成平手。仲长统固然是气力不加，他的雷神掌甚耗元气，斗到了百招开外，亦已是渐渐成了强弩之末了。

公孙宏与江海天虽然只是袖手旁观，但欧阳坚看见他们来了，却是不由得越发心慌。激战中猛听得仲长统喝声：“去!”双掌相交，声如郁雷，欧阳坚一个倒头筋斗，翻出数丈开外!

仲长统冷笑道：“你回去再练十年吧，但十年之后，老叫化只怕是见不着你了。但愿你懂得老叫化饶你的一番心意，十年后重新做个好人。”原来仲长统已是用“混元一炁功”破了欧阳坚的“雷神掌”，欧阳坚的武功虽未全废，但这最厉害的“雷神掌”若想再练成功，至少也得十年之后了。

欧阳坚哪里还敢答话，一个筋斗翻出数丈开外，立即便似一溜烟地跑了。封子超“啊呀”一声，一副失魂落魄的模样望着欧阳坚跑下山去，也不知他打的是什么主意，心里似乎正在踌躇不决，但却没有跟着逃跑。

仲长统叫了一声：“好险!”笑道：“江大侠，公孙老弟，幸亏你们两位来到，给我掠阵。你们虽没出手，却也吓坏了欧阳坚这小子了。说老实话，若不是他心里发慌，只怕我还当真胜不了他呢。”

公孙宏笑道：“毕竟姜是老的辣，想不到你非但是宝刀未老，而且是功力越老越纯，老叫化，我算是服了你了。但你何以不废了他的武功，以免后患?”仲长统笑道：“公孙老弟，你别给我脸上贴金。我的一只脚已是踏进坟墓的了，哪里还有与少年人争强斗胜之心？欧阳坚这小子虽然屡次找我麻烦，但他只是代父报仇，未明邪正而已。本身作恶倒是不多。老叫化已经废了他父亲的武功，又何妨适可而止，给他十年工夫，让他有个反省的机会。”

封子超走近了来，望了望仲长统。又望一望江海天，脸上一阵青一阵红，似乎是有什么话要说，却又吞吞吐吐，欲说还休。

仲长统道：“封子超，你也来了。你有什么话说?”

封子超道：“我、我、我是有一件事情，想、想、想和江大侠说!”仲长统喝道：“有话快说，有屁快放!”

封子超给他一喝，底下的话更说不出来了，就在此时，只听得史红英“噫”了一声，江海天抬头望去，只见金逐流正在一剑劈下，姓牟的那汉子折扇轻轻一按，贴着剑脊，把玄铁宝剑引过一边。金逐流似乎想要抽剑变招，但却抽不回来。对方的那把折扇贴在剑上，也拿不开。两人登时僵在当场，好像变成了两尊石像，动也不动。但头上却都是冒出了热腾腾的白气。

江海天道："好，封子超你想好了，等会儿再说不迟。"说话之间，已是走到金牟二人之前，笑道："你们胜负未分，正好适可而止了！"说罢，轻轻在玄铁宝剑上一弹。

金、牟二人，同时觉得虎口一热，玄铁宝剑移开数寸，那把折扇也才能收了回去。两人各自倒跃三步，不由得都是暗暗叫了一声"惭愧"。

原来他们两人都不愿意输招，姓牟那汉子使出了以柔克刚的绝顶内功，想把金逐流的玄铁宝剑夺出手去，哪知金逐流亦是早已练成了正邪合一的内功的，他虽然不识扶桑岛的内功心法，但那姓牟的汉子借力打力，却是不能。双方既然都不能够化解对方的力道，剑扇相交，这就变成了内力的比拼了。金逐流吃亏在剧战了两场，内力自是稍逊一筹，但他却占了兵器之利。姓牟那汉子用一把折扇与他的玄铁宝剑相抗，万一支撑不住，就有杀身之祸。金逐流也是一样危险，他的内力不及对方，倘若支撑不住，过后不死也得重伤。

他们本来只是相互切磋，变成了内力比拼，实非始料所及。高手搏斗，最忌的就是比拼内力，一到了这个地方，谁也不能罢手，除非有个功力更高的人出来化解，否则就只能拼个两败俱伤了。

江海天出来化解，其实也是颇为冒险的。假如他的内力不是胜过金牟二人的总和，那就非但化解不了，而且两人的内力都将反震到他的身上，他自己也要重伤。

姓牟那汉子见江海天举重若轻的只是一弹指就将他们分开，不由得又是感激又是惭愧，心里想道："金世遗的徒弟尚且如此，我凭什么与他争雄？"当下连忙收了折扇，向江海天施了一礼，说道："江大侠绝世神功，佩服佩服！"

金逐流道："这位牟先生是扶桑岛的传人。"江海天吃了一惊，也连忙拱手道："贵派武功，千年之前已享盛名，我只道久已失传，不料今日有此眼福，得见贵派的惊世骇俗的武林绝学，当真是名不虚传，在下更是好生佩服!”

江海天说的绝非虚伪的客气说话，原来他的当世无匹的内力，大半是由于他在少年之时幸得奇遇，服食了对于增进内力最有功效的奇药“天心石”所至。江海天自忖：“本门的内功心法固然是奇妙无比，但我若不是服食了天心石，循序渐进，在他这个年纪，决不能有他的功力。这人只用一把折扇，能使出各种不同兵器的招数，虽说也未必就能够胜得过师父所传，但却是非我所及了。”

公孙宏哈哈大笑，走上前来，说道：“扶桑岛武功重现中土，这当真是武林中一大喜事。但老朽却有一事不明，不解牟先生何以会与欧阳坚同在一起，莫非牟先生不知他的来历么?”正是：

岂有明珠投暗室，从来泾渭不同流。

欲知后事如何？请听下回分解。

第四十六回　郁郁但求忘旧怨
　　　　　　惺惺相惜结新知

此时金逐流喘息已定，也上来和他重新见过了礼，并请教他的姓名。

那汉子道："我名叫牟宗涛。说起我何以和欧阳坚结识，倒是和江大侠有点关系。"江海天诧道："是么，这我倒要请牟先生告诉我了。"

牟宗涛道："此事说来话长，江大侠既然问起，我想先说一说我来到中原的原因。"

江海天正想知道他的来历，说道："这就更好了。"

牟宗涛道："先祖沧浪公的门人弟子不多，但经过了千年之久，也分成了三支，并未失传。扶桑岛早已给倭人占领，非复我有，牟家子孙大都隐姓埋名，不敢露面，武功亦早趋式微，到了如今，尚能保存先祖武学的十之一二者，据我所知，不过寥寥数人而已。其他的牟家子孙，或者隐居深山，或者改名换姓，从事其他职业，就是让我碰见，我也不知道他们乃是同宗了。"

金逐流心道："原来如此，怪不得我爹爹到扶桑岛寻觅牟家后人，毫无结果。"

牟宗涛继续说道："其他两支，分散海外，究有多少，我也不知。但我有个心愿，想在有生之年，遍访各地同门，希望能够把失散了的先祖所传的武学，重新整理，恢复本来的面目。"

江海天赞道："牟先生这一宏愿倘若成功，定能为武林放一异彩！"公孙宏却想道："原来他是想开宗立派，继承祖先遗业，野心倒是不小。”

牟宗涛道：“我遍访海外各地同门，虽不能说是毫无结果，但亦收获甚微。我想时历千年，可能也有若干同门，回到中原了的，因此我又兴起了来中原一游，寻觅同门之念。

“令师金大侠金世遗的大名，我在海外也是早已知道的了。金大侠相识遍天下，中原海外的武林人物，都有他的朋友，是以我在访查同门的期间，也曾到过金大侠的小岛，可惜他恰巧外出去了，无缘相会。”

金逐流道：“这是什么时候的事情？”牟宗涛道：“距今不过半年，我找不着令尊，才来中原的。”

金逐流暗自想道：“爹爹说过要回中原一行的，莫非他已经来了？”问道：“那么你可见着我的姬伯伯么？他有没有告诉你我的爹爹去了何处？”

牟宗涛道：“神偷姬晓风前辈不幸已经逝世，我在岛上什么人也没见着，只见到了令尊给姬老前辈所建的新坟。”

金逐流失声叫道：“啊，姬伯伯死了！”姬晓风是个游戏人间的神偷，晚年厌倦了江湖生活，跑到海外和金世遗一家同住。他的年纪虽然比金世遗还大得多，但却是不失其赤子之心，金逐流和他最合得来，一老一小，经常在一起戏耍的，因此也可以说得是金逐流童年时代唯一的朋友。金逐流想起这位儿时朝夕与共的老爷爷，心里十分难过。

仲长统道：“这位姬老前辈有八十岁了吧？”金逐流道：“我离家那年，他已经八十一岁了。”仲长统道：“人谁无死，姬老前辈得享高寿，无疾而终，你也不必伤心了。”

牟宗涛继续说道：“我找不着令尊，在回程中经过一个风景绝佳的小岛，却碰到了一位武功高明的人物，虽然未必比得上令尊和江大侠，但在下得以和他结交，也算得是意外的奇遇了。”

公孙宏颇感诧异，心里想道：“扶桑岛的武功已是足以惊世骇俗，除了金大侠之外，还有什么人值得他如此佩服？难道海外流传的武学，竟是不逊中原？这可真是天外有天，人外有人了。”

仲长统听到此处，已是恍然大悟，说道：“你碰见的这位高人，是不是姓叶的？”

牟宗涛道：“不错，这位岛主姓叶，大名冲霄。”公孙宏心道：“哦，原来是他。”原来叶冲霄乃是西域一个小国的王子，为了要把王位让给弟弟，避居海外的。公孙宏只道他说的是一位本来就在海外生长的高人，故此一时没有想到。

牟宗涛继续说道：“我与叶岛主谈论了三天三夜的武功，承他青眼有加，许我为忘年之交。他知道我要回国一游，托我两件事。他说他与江大侠乃是郎舅之亲，第一件事，便是叫我来拜访江大侠，代他问候。”江海天的妻子谷中莲正是叶冲霄的妹妹，掌门弟子叶慕华又正是叶冲霄的儿子，可以说得是亲上加亲，听到他的消息，甚为欢喜，说道：“我听说他三年前就想回来的，不知现在何以还未回来？”

牟宗涛道：“他现在正在潜心研究般若掌的上乘武功，他说他要在练成之后，方能回来。”

江海天微微一笑，心里想道：“叶大哥的好胜脾气，还是不减当年。”原来叶冲霄兄妹乃是幼年失散的，当年江海天初次出道，还未知道叶冲霄是谷中莲的哥哥，曾经和他较量过般若掌的功夫，叶冲霄输了给他，甚不服气。发誓要把般若掌练得超过前人，不仅仅只要胜过江海天而已。

牟宗涛接下去说道：“第二件事就是叶岛主代他夫人托我的了。她要知道她家人的消息，是以我才去找寻欧阳坚的。”

原来叶冲霄的妻子欧阳婉正是欧阳伯和的侄女，与欧阳坚乃是同气连枝的姐弟排行。不过她年长得多，当她嫁给叶冲霄的时候，欧阳坚尚在襁褓之中。

他们的婚事并没有得到作为一家之主欧阳伯和的同意（欧阳伯和本来是要她嫁给文道庄的，事详《冰河洗剑录》），当时他们乃是私奔的。待到叶冲霄隐居海外之后，与岳家更是断绝往来了。欧阳婉的父母后来郁郁而死，欧阳伯和给仲长统废了武功之后，过了几年亦已死了。如今欧阳婉的外家剩下的就只有欧阳坚一人。这也是仲长统为何不忍杀他的原因之一。

欧阳这一家乃是武林一霸，一向恶名昭彰，是以后来虽然由于欧阳婉嫁给叶冲霄，江海天和他们也有了亲戚关系，但两家仍是没有往来。

牟宗涛继续说道："本来我是应该先去拜访江大侠的，但听说江大侠已到小金川去了，我只好先找欧阳坚。我只知欧阳坚与叶岛主有郎舅之亲，至于他的为人如何，那就不是我所能知悉的了。"

公孙宏抱歉道："我也不知阁下是初到中原的，刚才说话无礼，还请不要见怪。"

牟宗涛道："物以类聚，方以群分。公孙前辈责备我不该和欧阳坚同在一起，这也是一番好意。"

金逐流笑道："你要见我师兄，那么今日正是踏破铁鞋无觅处，得来全不费功夫了。却何以你不早说？"

牟宗涛道："欧阳坚带我来找阳浩，说是阳浩于正邪各派相当熟悉，天魔教教徒众多，也可能帮我寻觅同门，我不知就里，跟他来到这儿。到了这儿，真假天魔教主的真相揭露，江大侠与公孙前辈亦相继而来到，我才知道阳浩和他的'天魔教'是怎么一回事情。

"我是和欧阳坚一同来的，在未曾解释清楚之前，你们当然把我算作是阳浩的党羽，但要解释清楚，却是说来话长。而且我因为碍着叶岛主夫妇的情面，我一到中原，就得到欧阳坚的款待，与他也有着主客的情谊，我也不愿令他太难堪。是以我只好跟着他离开，打算等到你们在这里的事情告一段落，我再独自来与江大侠见面。不料金少侠已经发现我们的行藏，跟踪追到，倒是教我不能不提前露面了。"

江海天哈哈笑道："咱们能够早点见面不更好吗？红花绿叶同是一家，海外中原，何分彼此。贵派武功我是钦仰已久，今日幸得相识，便请一同回去，让我借花献佛，敬牟先生一杯。"此时天色近晚，江海天恐防总舵中众人等得心焦，故此便即邀请牟宗涛同赴庆功宴。

牟宗涛道："我和你们的朋友都不相识，你们也有正事商议，我不想打扰你们了。他日若有机缘，我再到两位前辈跟前请教。"

金逐流道："你不是要查访同门吗，今日有许多帮会的人来到，说不定可以帮你的忙。"金逐流对他颇有好感，很想留他多聚一会。

牟宗涛道："此事暂时我还不想张扬。再说中原的帮会中人，恐怕也还未必知道有个扶桑岛呢。"

江海天见他去意坚决，说道："好，牟先生既是有事在身，我也不留你了。但愿你的宏愿能够早日完成，为武林放一异彩。咱们后会有期。"

封子超站在一旁，看着牟宗涛下山，好像心事很重的样子，一双眼睛闪烁不定，但他却也没说要走。

公孙宏道："好，封子超，现在轮到你说话了，有屁就快放吧!"

金逐流道："他刚才没有乘机偷走，倒好像有点悔过之意，咱们且听听他说些什么。"

言外之意，即是请公孙宏不要令他太难堪。江海天好生欢喜，心里想道："师弟在江湖上历练了几年，轻浮倒是减了几分，宽厚却加了几分了。"

封子超满面通红，说道："我，我是有一些话想要禀告江大侠和金少侠，就不知你们肯不肯原谅?"

封子超望了金逐流一眼，一副惶恐不安的神气，话在舌尖打滚，说不出来。

金逐流笑道："对啦，你还没有向我谢媒呢!"

封子超道："我丧心病狂，当日妄想倚靠女儿，求取富贵，辜负了金少侠你的好意。我不但没有面目见你，也没有面目见我女儿。不过，我却很想知道她的消息，你可以告诉我她的下落吗?"

金逐流道："这么说来，你是愿意答应这门亲事，肯把女儿嫁给秦元浩了?"

封子超道："秦少侠是武当派的名门弟子，就只怕他不肯要我这个岳父。"

金逐流笑道："只要你痛悔前非，我这个做媒人的，当然会叫你的女婿向你磕头认亲。他们现在都在大凉山竺尚父那儿，平安无事，你不必挂念。"

封子超大喜过望，说道："当年我多承令尊不杀之恩，如今又多得你玉成我女儿的婚事。我不知如何报答你才好。好，现在我可以放心和你们说了。”话虽如此，惶恐不安的神色仍是未能消除。

金逐流道：“对啦，你不是有话要和我师兄说的吗？不必老是向我道谢了。”

封子超讷讷说道：“江大侠，我，我有一件事情对不住你。”江海天一时没弄清楚他的意思，以为他说的是过去之事，便道：“我早已说过原谅你了。”公孙宏道：“他说的好像是现在的事。”封子超道：“不错，此事正在进行之中，我必须让你知道。”江海天道：“好，既然如此，那你就说吧。”

封子超道：“我这次从京中出来，萨福鼎有个命令给我，要我害你的家人！”

金逐流哈哈一笑，说道：“萨福鼎倒是很看重你啊！”要知江海天的妻子乃是邙山派的掌门，武功之强，纵然不及丈夫，也足可列入当世十大高手之内，莫说一个封子超，就是十个封子超也不是她的对手。

封子超面上一红，说道：“萨福鼎当然不是叫我独自去干这件事情，他是要我做欧阳坚的助手。”

公孙宏怔了一怔，说道：“要你做欧阳坚的助手？哦，原来这小子也已投靠了清廷啦。仲帮主，这么说刚才你倒是放错他了。”心想：“怪不得欧阳坚刚才走的时候，封子超好像有话要说又不敢说。”

公孙宏笑道：“说到要对付江夫人，欧阳坚这小子恐怕也还差得远吧。”

江海天沉吟半晌，问道：“是不是另外还有高手？”

金逐流道：“除了文道庄和阳浩二人，萨福鼎哪还能找得到什么高手？”

江海天正容说道：“天下之大，何处没有能人？比如刚才的牟宗涛就是一大高手！”金逐流面上一红，默然不语。

封子超道：“江大侠说得对了，的确是另外还有高手。”

金逐流道：“这高手是谁？”

封子超道：“我并不知道，但也很可能就是牟宗涛！”

此言一出，众人都是骇然，江海天道：“不会吧。他刚才已经把他与欧阳坚做伴的原因说得很清楚了，我看他也不像是个阴险小人。”

公孙宏道：“江湖险恶，人心难测！”仲长统点了点头，说道：“咱们暂时不必揣测，且听封子超细道其详。”江海天心中一动，想道：“听仲帮主的语气，好像他也知道了一些什么。”

封子超说道：“事情是这样的，文道庄从西昌逃回京城，带回消息，说是江大侠以及门人弟子都在小金川和西昌两地，萨福鼎一听，就说这是一个大好的时机，可以为朝廷一雪百年之耻。”

史红英莫名其妙，问道：“萨福鼎要暗算江大侠的家人，却怎的扯上了这么大的一个题目？”

金逐流笑道：“这倒不是萨福鼎故意夸大其辞，我曾听得爹爹说过这个故事的。”

金逐流道：“邙山派的开山祖师独臂神尼是明朝的公主，清廷早已知道这个秘密，却不敢宣扬出去。后来雍正皇帝给独臂神尼的弟子吕四娘刺死，清廷自是更把邙山派视作眼中钉，肉中刺，恨不得拔之而后快了！可是这件事情，对皇室乃是奇耻大辱，皇帝在深宫给人刺死，说出去颜面何存？是以只能暗中设法报仇，表面上还要遮瞒呢。既是要暗中报仇，那就不能兴师动众了。百多年来，清廷曾屡次派遣高手暗算邙山派的首脑人物，均未得逞。吕四娘是邙山派的第二代掌门，我的母亲是第三代掌门，她们都是清廷所要缉捕的钦犯，一生之中，不知经历过多少风险。如今我的师嫂乃是第四代掌门，时间虽然过了百年，这重公案尚未了结，所以身为清廷大内总管的萨福鼎，要暗算她一点也不稀奇，他所说的替朝廷雪百年之耻也是一点都不夸张的。”

封子超继续说道：“萨福鼎起初本来想请文道庄主持此事，后来因为文道庄强练三象神功，走火入魔，疯癫日甚。萨福鼎认为他不堪重任，只好另请能人。可惜这个能人是谁，我现在还未知道。他交给我的命令是要我到徂徕山来与欧阳坚会合，做欧阳坚的助手。欧阳坚在萨福鼎跟前夸下海口，说是能够请到足与江大侠匹敌的能人，这才得到重用的。至于要我去做他的助手，那是因为我曾到江大侠家里，可充识途老马之故。欧阳坚可能是已经把这个能人的名字告诉了萨福鼎的，但萨福鼎却没有告诉我。或许不只一个能人，亦未可知。

“起初我以为这个能人是阳浩，到了徂徕山，始知阳浩忙于重组天魔教之事，虽然答应了欧阳坚阴为臂助，但他自身却是不肯露面的，这个能人当然不是他了。

“此事欧阳坚本来打算在天魔教开坛之后进行的，不料金少侠突如其来，落得今日这个下场，实非他们始料所及。

“逃走之时，我跟着欧阳坚，我并不知道这个姓牟的是谁，但见他也跟着欧阳坚一齐走，是以我就不能不怀疑欧阳坚夸下海口说是可以请到的能人就是他了。”

众人仔细一想：“足以与江大侠匹敌的能人，而又与欧阳坚有交情，确实与牟宗涛的身份吻合。”

金逐流暗自思量：“假如牟宗涛刚才的言语，当真只是骗我师兄，却抽身跑去暗算我师嫂的话，倒是有点可虑呢。师嫂与他单打独斗是不会输给他的，但要胜他却也很难。如果他另外有个武功与欧阳坚相当的助手，师嫂就决计应付不了。”

公孙宏想起封子超那次说假话骗厉南星之事，对他的话半信半疑，问道：“封子超，你说的可都是真话？”

封子超满脸委屈的神气，正要回答，忽听得仲长统已在说道：“封子超诚心弃暗投明，老叫化倒是可以给他作个证明：他这次说的都是真话！”

公孙宏“哦”了一声，说道：“丐帮消息素来灵通，仲帮主这么说，想必也是听到什么风声的了？”

仲长统道：“不错。实不相瞒，老叫化就是因为听说江大侠在这儿，特地赶来告诉他这个消息的。江大侠，我劝你还是回家一趟的好。”

江海天道：“我还是不相信牟宗涛会给清廷利用。而且欧阳坚刚才已给你破了他的雷神掌，阳浩也给厉南星废了他的武功，牟宗涛即使真的要去暗算我的家人，他孤掌难鸣，也未必奈何得了内子。”

金逐流道：“仲老前辈，你听到的消息，欧阳坚所请的‘能人’之中，可有牟宗涛在内?”

仲长统道：“我听到的消息是萨福鼎这次志在必得，据说已经请来了平素从未在江湖上露面的好几个高手，但我不知欧阳坚也是参与此事的。否则我刚才就不会放过他了。不过封子超说的和我听来的消息相符，所以我敢断定他说的乃是真话。”他既然不知欧阳坚参与此事，那就不用再说他也是不知道牟宗涛是否与此事有关的了。金逐流吁了口气，心情轻松了一些。

但仲长统却接下去说道：“我虽然不知牟宗涛是否参与此事，但封子超带来的消息我既然可以证明是确实的，牟宗涛也就脱不了嫌疑，说不定那几个从未在江湖上露面的高手，就是他的同门兄弟了。”

公孙宏道：“老叫化，这就是你的不是了。你既然知道此事，何以不替江夫人防备?听你这么说，萨福鼎派来的人不只一伙，欧阳坚、牟宗涛不过其中一伙而已。你老远的赶来这儿报讯，这固然也是要做的事，但万一萨福鼎派来的那些人，等不及和欧阳坚会合，就到江大侠家里的话，江夫人岂不是很危险么?而且牟宗涛已经跑了，他也可以赶在咱们的前头到江家。”

仲长统笑道：“公孙老弟，想不到你的性子比老叫化还急，老叫化尚未说完呢，你怎么知道我没有防备?我已经通知了邙山派，叫邙山派的四大弟子火速赶去赴援了。”

公孙宏道：“邙山派的四大弟子武功固然很是不弱，但比之牟宗涛恐怕还是有所不如吧!”

仲长统叹了口气，说道：“这就是我为什么要催促江大侠回家的原因了。”

仲长统接下去说道：“说老实话，我听到这个消息之后，起初我仍是未把萨福鼎请来的什么能人放在眼内的，我想中原的武林人物，哪一个我不知道?即使有从未露过面的，料想本领也决不会高得过江大侠夫妻，有邙山派的四大弟子率众赶去赴援已是足够的了。但如今我见了牟宗涛的武功，始知海外尚有高明之士，武功绝不逊于中原，我倒是料敌太轻了。江大侠，我看你还是回去一趟吧。这里的事，叫公孙老儿给你料理，也就是了。”

江海天道：“今天来的朋友，有许多是想要和我见面的，我不能让他们失望，抛下他们就走。再说趁着红缨会、六合帮的人都在这里，咱们正好和其他各个帮会商议结盟之事，这样可以大大有助于反清的义军，我又岂可为了家事，抛开大事不管。”

公孙宏道：“萨福鼎要害你的家人，这也不能说是小事呀!”仲长统道：“不错，这也不仅仅是你的家事呀!”

江海天笑道：“比起义军的事情来，那就是小事了。何况仲帮主所担心的只是一个假设而已，那些人未必就会有这样快下手，牟宗涛也未必就是萨福鼎所邀请的‘能人’。又何况有邙山派的弟子已经来了。”

仲长统知道江海天的脾气素来说一不二，知道劝他不动，只好说道：“好在府上离这儿也不过二百多里，那就这样吧，明天一早，老叫化陪你回去，你可不能再耽搁了。”

江海天笑道：“是呀，庆功宴现在想必已经摆起来了，咱们先回去喝酒再说吧。明天我答应你回去就是。封先生，你这次弃暗投明，这庆功宴的酒，你也是可以喝得的，咱们一同走呀!”

封子超满面通红，讷讷说道：“这个，这个……”公孙宏道：“别这个那个了，江大侠既然请你去，你就去吧。”

金逐流道：“封先生，你是不是还有一些话要说?”

封子超瞿然一省，说道：“不错，我还有一个消息要告诉你，人多的地方，不便说的。”

公孙宏笑道：“你的消息倒是很不少呀，好，那就赶快说吧，别耽误了时间了。”

封子超刚要说出这个消息，公孙宏忽地“咦”了一声，说道：“又是谁人来了?”

话犹未了，只见林中现出两个人影，封子超抬头一望，不由得惊喜交集，叫道：“嫦儿，你们回来了!”

原来来的这对少年男女，正是他的女儿封妙嫦和秦元浩。

封妙嫦看见父亲和江海天、金逐流等人同在一起，也是大出意料之外，一时间竟不知说些什么话好。

金逐流笑道：“你们来得正好，我的媒已经做成功了，秦兄，你快来向岳父叩头呀!”

金逐流笑道："你们来得正好，我的媒已经做成功了。秦兄！你快来向岳父叩头呀！"

秦元浩只道金逐流是开他玩笑，心里想道：“他是清廷的大内侍卫，叫我如何能够向他叩头认亲？”封妙嫦不知道父亲与他们一起究竟是怎么一回事情，面上也不由得一阵青一阵红。

金逐流哈哈笑道：“好教你们得知，封姑娘，你的爹爹如今已是痛悔前非，不但答应了你们的婚事，而且也是咱们的自己人啦。”

仲长统笑道：“金老弟虽然平日喜欢开人玩笑，这次说的却是一点不假，封先生的确是弃暗投明。元浩，你就过来叩头吧。”

秦元浩与封妙嫦听了仲长统的话，才相信这是事实，两人的喜欢那就不用说了。当下封妙嫦欢天喜地地叫了一声“爹爹！”秦元浩也心甘情愿地行了大礼，红了面孔，高高兴兴的对封子超叫了一声：“岳父。”

封子超眉开眼笑的将秦元浩扶起，心里想道：“幸亏我回头未晚，否则不但富贵难求，连女儿女婿也要失掉了。”

金逐流道：“秦兄，你们怎么也回来了？”

秦元浩道：“公孙姑娘出去找厉大哥，不见回来；你和史姑娘跟着出去寻找，又不见回来。竺老前辈很是担心，是以我们回来找你，倘若找不见你，就到红缨会报讯。我到了红缨会总舵，知道公孙舵主在这儿，所以马上和妙嫦赶来。”

公孙宏道：“多谢你们为朋友奔走的一片热心，小女和厉少侠平安无事，如今正在山上，等会儿你就可以见到他们了。”

封子超道：“听说你们在义军之中，我很高兴。你们过得好吗？”

封妙嫦道：“竺老前辈这支义军，藏在大凉山中，日子当然过得苦一点，但大家都似家人一般，十分快活。”秦元浩接着说道：“日子过得苦，这也是‘拜’官军之‘赐’，谁人也不埋怨！”

封子超又是高兴，又是惭愧，说道：“过去我投靠朝廷和义军作对，说来真是惭愧，但如今却有一个机会，或者可以令我稍赎罪衍。”

金逐流心中一动，说道：“你刚才所要说的那个消息，敢情就是和义军有关的消息！”

封子超道：“不错，正是萨福鼎透露出来的，朝廷准备如何对付你们这支义军的事情。

“萨福鼎说你们这支义军躲在深山里面，官军‘进袭’不易，他准备用借刀杀人之计，笼络青海的五个盟旗酋长，叫他们与义军为难。”

江海天吃了一惊，说道：“这条计策果然毒辣无比，若是给他阴谋得逞，不但竺尚父这支义军难以在大凉山立足，弄得不好，只怕还会演成汉回之争。”

原来西康青海一带，乃是民族复杂的地区，最主要的两个民族乃是汉族与回族，在西康汉族的人数差不多等于其他几个少数民族的总和，但是在青海则是以回族为主，汉族反而是少数民族了。

倘若萨福鼎笼络青海各盟旗酋长的计划成功，义军是要从青海取得补给的，因此即使那些酋长不助清军来打义军，义军的粮食也要发生问题。如果打起仗来，义军就更要陷于极为难的境地，因为义军是绝不能伤害少数民族的利益的。

金逐流道：“好在咱们知道得早，咱们可以赶快去通知竺老前辈，请他设法阻止那些酋长上清廷的当。”

封子超道：“据我所知，我出京之时，萨福鼎已经派出使者，准备去游说那些酋长，他的手段不外两种：许以重利，封以官爵。”

江海天道：“咱们就晓以大义，说以利害。我想回族之中，一定不乏见识高明之士，即使那些酋长受眼前的小利所迷惑，他们也不会跟着走的。不过，义军派出去的使者，最好能够赶在萨福鼎使者的前头，否则去得太迟，所下的功夫就要加倍了。”

金逐流道：“我愿意担当这个差使，明天一早便走。”

江海天本来想要自己去的，听见金逐流自告奋勇，心想：“师弟的功夫在我之上，有他赶去，我倒是可以放心。”当下谢过了封子超报讯之功，一行人等，回转天魔教总舵。韩正达正等着心焦，看见他们回来，大喜说道：“酒席都已摆好了，我正要派人去找你们呢。嗯，想不到仲帮主也来了，还有这两位少年侠士，今儿可真是热闹了！”他没有问封子超，显然是因为不知底细，感到难以措辞。

江海天给他介绍了秦元浩、封妙嫦二人，跟着向他说明封子超弃暗投明之事，韩正达喜上加喜，说道："请你们进去，我也有个好消息告诉你们。"

进入香堂，只见长鲸帮的帮主孙百禄带领其他几个帮会的首脑人物出迎，原来他们的毒伤得了厉南星、李敦二人医治，虽然尚未痊愈，但已是可以行动如常。

孙百禄谢过了史红英的大恩，说道："我们一向唯贵帮马首是瞻，今后也是这样。说老实话，我们对令兄只是'畏威'，如今对史姑娘则是'怀德'。史姑娘对我们如此宽厚，又有救命之恩，我们人人心悦诚服，今后若有差遣，我们赴汤蹈火，亦不敢辞！"

史红英道："红花绿叶，同是一家。患难相助，份所应为。些须小事，何足挂齿？咱们各自所属的帮会虽或有大小之分，却无尊卑之别。六合帮愿与诸位结盟，集江湖大小帮会之力，同助义军，不知诸位意下如何？"

孙百禄道："史帮主高瞻远瞩，给我们指出了这一条明路，孙某不才，甘愿执鞭随镫，请史帮主就做我们的盟主。"此言一出，其他几个小帮会的帮主异口同声，一致赞同。

史红英道："我年轻识浅，如何能够担当此一重任。依我之见，还是请红缨会的公孙舵主做咱们的盟主最好！"

公孙宏哈哈笑道："我年纪老了，这个担子恐怕是挑不起来的了。倘若我年轻三十年，我一定不会推辞的。史贤侄，你就体恤体恤我吧。"言下之意，即是劝史红英不必推辞。

仲长统道："你们不必推来让去了。我老叫化子倒是想做，可惜我的年纪比公孙老弟更大。"

公孙宏笑道："史姑娘，你听，仲帮主也是认为你做更合适呢！"

史红英坚辞不允，仲长统道："好了，好了，我都听得不耐烦了。你们既然推来让去，我心目中倒有一个人，比你们更合适的。你们不会怪我这话说得太直率吧？"

史红英大喜道："既然有这样一个人，那就更好了！"

红缨会的几个香主颇为诧异，心里也都有点儿不服气，俱是想道："江湖上最大的两个帮会就是六合帮和我们的红缨会，哪里还有第三个人配做我们的盟主?”于是红缨会排名第三的香主石玄首先问道:“不知仲老前辈说的这位大英雄是谁?”

仲长统道:“我请这位大英雄出来之前,先得请你们把名目改一改。不是要他做各个帮会的盟主,而是要他做武林盟主,这才适合他的身份。”

石玄蓦地省悟过来,说道:“哦,我明白了!仲老前辈,你说的莫非是——”

仲长统道:“不错。远在天边,近在眼前,这位其实是早已有了武林盟主之实的人就是江海天大侠!”

江海天早已是武林公认的第一号人物,但因他不是帮会中人,所以众人一时没想到可以请他来做“盟主”。仲长统一说出了他的名字,红缨会、六合帮等一众帮会头目都是心悦诚服、异口同声地说道:“就只怕江大侠不肯屈就。”仲长统笑道:“你们还未听清楚吗?我是请他做武林盟主啊!他若是嫌屈就的话,我老叫化可就要生气了。”

江海天道:“这怎么可以,这不是变成了私相授受了吗?”

仲长统道:“什么私相授受,这正是实至名归!不错,今日在这里的朋友尚未能包括武林各方面的人物,但今日之会,纵然不能算是武林大会,也可以算得是武林小会了。目前正是多事之秋,要开成武林大会恐怕不很容易,但抗清兵、援义军却是当务之急!俗语说蛇无头不行,清兵在各地大举进攻义军,咱们也必须同心戮力才成!既然等不及开武林大会推选盟主,那就不妨由咱们这个武林小会推举你做盟主的候选人,然后再征求各大门派、各路好汉的同意,料想提出了你江大侠的名字,绝不会有一个人不点头的。江大侠,你这一生不是以驱除鞑虏恢复中华为职志的吗?你又正在年富力强,难道还会畏惧艰难,挑这重担?”

仲长统责以大义,江海天无可推辞,只好应承,说道:“承蒙各位看得起我,那就暂且由我充个‘头人’,联络各方,共商抗清的大业吧。至于武林盟主的尊称,武林大会在目前既是不可能召开,那就理该留待贤者,请恕我不便接受了。”

仲长统哈哈笑道:“只要你答应就行,你愿意叫做盟主也好,总之你是咱们的头儿。将来也绝不会有人和你争的。”

大事议定，虽然江海天谦辞“武林盟主”的尊称，众人已是无不将他当作盟主看待了。当下筵席摆开，人人开怀畅饮，轮流向江海天敬酒道贺。

众人喝得酒酣耳热，自然少不免要兴高采烈地谈论武功，大家对江海天的本事，自然也少不免要张大其辞，说得神奇之极。

在殿角的一张台上，同席的八个人有七个是小帮会的小头目，另外一个青袍汉子却不知是什么来历，但因为座位安排在这张桌子都是次一等的人物，大家也就以为他是个不足轻重的某一个帮会中人，而且那七个小头目也是各不相识的，是以大家也就没有怎样盘问他。

席中有个长鲸帮的头目，曾经跟随帮主，在三年前到过江海天家中做客，喝过江海天嫁女的喜酒的。这个人要炫耀自己的见闻广博，与众不同，说道：“不错，江大侠的武功现在当然是天下第一，但将来就恐怕不会是他了。”

另一个小头目是江海天的崇拜者，怫然问道：“那又是谁?”长鲸帮的小头目道：“是他的师弟金逐流。那次我亲眼见到他三招两式打败了文道庄，亲耳听到江大侠说他师弟的武学造诣在他之上的，只是目前功力尚稍有不如而已。”

发问的那小头目这才开怀笑道：“我道是谁，原来你说的是金少侠。师兄也罢，师弟也罢，总之是一家人。我倒不必为江大侠和你辩了。”

席上有两个人谈起了金逐流，大家的话题也就不约而同地转移到金逐流身上。

第三个人说道：“还有更精彩的呢，金少侠今天一天之内，连败三大高手，你们可知道么?”

长鲸帮那小头目道：“我只知道金少侠在大破天魔教总舵之时，和阳浩打了一场，后来听说他在后山，也有一场剧战，但却不知那两个高手是谁了。”

“其中一个就是文道庄。虽然同是一个文道庄，但今日的文道庄的本领，已是远非三年之前的文道庄所能相比。听说他的三象神功已经练成，当真是有降龙伏虎之能，开碑裂石之力。但结果，还是败在金少侠的手下。”

“啊，真是了不起！可惜我没有眼福见到。那么还有一个高手是谁呢？”

“哈，这个高手嘛可比阳浩和文道庄又更厉害了。听说他是虬髯客的第二十七代传人，扶桑岛这一派的宗主！”

“虬髯客是谁？扶桑岛这个名字我也没有听过，是在哪里的？”席上诸人听得津津有味，听到这里，好几个人同时发问。

于是那人又口沫横飞的“细说”虬髯客与扶桑岛这派武功的渊源和厉害之处，所谓“细说”，无非是耳食之言加上自己的揣测之辞而已。听的人不知真假，但表现出来的神气，却好似都相信了他的说话，他说一句，大家就摇头晃脑的赞叹一声。甚至还有邻席的人放下杯筷，过来做他的听众。那人见这么多听众给他捧场，越说越是高兴，指手划脚，加枝添叶，讲得历历如绘，就好像他亲眼见到金逐流打败牟宗涛一般。

其实金逐流和文道庄、牟宗涛这两场恶斗都是处在下风，尤其和牟宗涛交手那场，更是陷于苦战的境地，若不是得师兄替他解困，他只怕早已受了重伤，此际连庆功酒也喝不成了！

听众之中只有一个人始终不发一言，也没有跟着众人同声赞叹，这个人就是那个谁也不认识的青袍汉子。

那人讲完了之后，赞叹之声纷起，有的说道：“如此说来，只怕金少侠的武功如今已是天下第一了。”有的说道：“不，现在还是他的师兄江大侠强些，不过，再过几年，那就一定是他的武功天下第一了！”

在众人夸赞金逐流的声中，那个青袍怪客突然“嘿嘿嘿”的冷笑三声，笑声十分刺耳，宛如金属交击！

这一笑登时令得众人尽都惊愕，长鲸帮那个头目怒道：“阁下因何冷笑？”

“没有什么，我只是笑你们乃是井底之蛙而已！”正是：

伏虎藏龙人未识，天外有天君可知？

欲知后事如何？请听下回分解。

第四十七回　玄功绝技惊豪杰
高士神拳显异能

这人淡淡道来，声音并不响亮。但却宛如金属敲击，铿铿锵锵，听进耳朵，就好像给利针扎了一下似的。大堂上筵开百席，将近千人，竟是每个人都听得清清楚楚。

这几句话本来十分“刺耳”，加上他这样怪异的声音，更是名副其实的“刺耳”了，众人的目光，不禁都集中在他的身上。

长鲸帮那个小头目气得满面通红，霍地跳起身来，紧握拳头，就想动武。幸亏旁边有个武学的行家，将他一把拉住。这小头目瞿然一省，心里想道：“这厮好像有点邪门，只怕我不是他的对手。他得罪的又不只我一个，自会有人出头。”但这口气仍是咽不下去，忍不住问道：“何以见得我们是井底之蛙，倒要向阁下请教。”

那人冷冷笑道：“天下之大，你们曾经见过多少个高人？动不动就是天下第一，这不是太令人好笑么？”

红缨会四大香主之一的秦冲是有名的“霹雳火”脾气，听了这话，不由得怒火上冲，说道：“你这么说，敢情你是自认高人，把江大侠和金少侠都不放在眼内了？”

江海天名震武林，自他成名之后，二十年来，从没有人敢对他说过一句无礼的说话，不料这个人竟是傲然说道：“不敢，我不过是个山野匹夫，怎当得高人二字？不过你说的那两位什么江大侠和金少侠嘛，嘿，嘿，依我看来，本领虽然不错，但恐怕也未见得就是天下第一吧！”

秦冲怒道：“好，江大侠不算天下第一，你是天下第一！我秦某人只会几手三脚猫的功夫，倒要向阁下领教领教！”

那人嘴角挂着一丝冷笑，说道：“第一，我没有说我自己的功夫是天下第一；第二，我也没有说你老哥是三脚猫功夫。这都是你自己说的，我只是说过江海天和金逐流不见得是天下第一，你们若是不相信的话，我倒愿意向他们二位领教领教！”

此言一出，四座皆惊！近千之众，人人都悚然动容，心里想道：“这厮端的是好大胆，竟敢向江大侠师兄弟公然挑战！”

秦冲怒气冲冲地叫道：“江大侠，你一定要教训教训这狂妄之徒，你不教训他，我可忍不住了！”

江海天仔细一看，只见这人冷冰冰的，面部毫无表情，不禁好生纳罕，暗自想道：“此人有心来较量我，却又处处弄假，好像是害怕我识破他的本来面目，他是谁呢？”

原来江海天一听这人说话，就知他是用上乘内功，把声音从喉咙里迫出来的，并不是他原来的声音。面上毫无血色，显然也是戴了人皮面具。

江海天惊疑不定，走过去向那人施了一礼，说道：“江某肉眼不识真人，怠慢了朋友，实是惭愧。请问阁下高姓大名？”

那人笑道：“何必着忙，待我向江大侠请教过了，再通名道姓也还不迟。”

江海天心里想道：“为什么他要比试过后才肯通名呢？难道他是怕我知道了他的来历，就不肯和他比试么？”要知江湖上有许多顾忌，如果说出了名字，彼此是有渊源的话，那么动起手来，就不能不顾住情面了。此人这么一说，大家更认定了他是有心来挫折江海天的了。

江海天却不动气，说道：“真人不露相，露相不真人。阁下既是不愿赐示大名，江某也不敢勉强。不过，刚才众位朋友给我面上贴金，所说的那些捧场的说话，阁下可千万不要当真。江某这点微末之技，正如阁下所说，岂能当得天下第一的称号？请阁下上坐，容江某讨教。至于比试么，江某可就不敢献丑了！”

那人摇了摇头，说道：“说句公道话，你纵然算不得天下第一，也算得是位高手。实不相瞒，我是有心来开开眼界，看看你的本领的。你不肯赐教，可真是令我太失望了！”

江海天越谦虚，那人越狂妄，而众人听了，也就越发生气。秦冲怒道：“江大侠岂能和你一般见识？你一定要比试的话，我和你比试。你打赢了我，再向江大侠挑战也还不迟。”

公孙宏道：“秦冲，你少说两句吧，别让人家笑话！这位朋友高明得很，我都不敢班门弄斧，你凭什么向人家领教？”仲长统点了点头，说道：“不错，我想江大侠自有分数，咱们也就不用多事了。”

这两位武林前辈说出话来，众人方始知道此人果然是个武功莫测高深的人物，无不骇然！

公孙宏跟着说道：“武林同道，彼此琢磨，互相印证，亦属寻常。这位朋友盛意拳拳，江大侠若不下场，岂不辜负了这位朋友的一番心意？”仲长统也道：“是呀，江大侠和这位朋友印证一番，我们也乐得开开眼界！”

江海天在两位老前辈怂恿之下，正自踌躇，金逐流忽地说道：“师兄不愿下场，由我替代如何？反正这位朋友也曾说过要指教我的。”

原来金逐流也看出了那人是遮掩了本来的面目，而且是改变了原来的口音的。是以他也像师兄一样起了疑心，不过他却疑心这人是扶桑岛的人物，甚或可能就是牟宗涛。

金逐流一来是年轻气盛，二来忍不着好奇心，要想揭开这青袍怪客的身份之谜，是以自告奋勇，替他师兄出场。

青袍怪客打量了金逐流一眼，说道：“你今日连斗三大高手，精神恐怕未曾完全恢复吧？”

金逐流道：“咱们点到即止，胜败不论。你若胜得了我，我决不用任何借口掩饰败绩，向你低头认输便是。”

要知金逐流在日间曾与牟宗涛见过高低，那时他刚在剧战之后，尚自可以勉强打成平手，如今他的气力已恢复了八成，当然是有恃无恐了。“纵许这人真的是牟宗涛，我不用玄铁宝剑，最少也可以和他斗到三百招开外，未必就会输给了他。”金逐流心想。

青袍怪客微微一笑，说道：“你勇气可嘉，但我却不能占你便宜。这样吧：我本来想看看你们两人的本领，你们就一齐上吧，也省得我多费功夫！”

此言一出，人人都是给他吓了一跳，秦冲忍不住叫道：“你们听听，天下竟有这样狂妄之人！”青袍怪客淡淡说道：“这句话你待我输了再说也还不迟。此际未分输赢，怎见得我是狂妄？”

金逐流也是又惊又气，说道：“你单独一个，要斗我们两人？”青袍怪客点了点头，说道：“不错，这有什么稀奇？”

金逐流心道：“这人想必是个疯子！”不料心念未已，忽听得江海天说道：“师弟，恭敬不如从命。多蒙这位老前辈看得起你我，咱们理该奉陪！”

江海天忽然说出这个话来，众人不禁又是大为惊诧。要知江海天乃是天下第一高手的身份，许多年来，都未曾有过与人单打独斗的事了，如今反转过来，他却愿意和师弟联手斗这青袍怪客，当然是大大出乎众人意料之外！

还有一层，江海天一直是谦下自持，不愿和这人交手的，为什么他又突然改变了主意呢？

师兄何以突然改变主意，金逐流也是猜想不透，但他知道师兄素来稳重，心想：“师兄既然不顾身份，莫非这人真的是有惊世绝学，连我也还未曾看透？”

青袍怪客道：“到底是江大侠爽快，好，那咱们现在就开始吧。”早已有人搬开桌椅，腾出一块空地。青袍怪客走进场心，当中一站，抱拳微笑。

金逐流气往上冲，想道：“这人也未免太自大了。”当下便要立即过去和他动手。江海天忽地将他一拉，与他并肩站在下首。这是把对方当作前辈，不敢站在平等地位和他交手的意思。

江海天把师弟拉在下首，不敢以平辈自居，对那人的尊崇可说是已到了极点。众人不禁又是大为惊讶。要知江海天的年纪虽然不过四十多岁，但以辈分而言，中原各大门派，任何一位名宿，最多也只能与他平辈论交。众人都知道江海天为人谦虚，但总觉得这样的谦虚也未免太过分了。

金逐流不敢违拗师兄，忍住气在下首立足，抱拳说道：“好啦，我们师兄弟遵命奉陪，这就请老前辈赐招吧！”口中说的是“老前辈”三字，但语气已是不甚恭敬了。

青袍怪客侧目斜睨，说道：“你的玄铁宝剑呢，为什么不亮出来！”

金逐流冷笑道：“你要空手和我的玄铁宝剑较量？”

青袍怪客道：“不错，我听说玄铁宝剑是天下威力最强的兵器，我想见识见识！”金逐流冷冷说道：“可是我的剑上却是不长眼睛的！”青袍怪客哈哈一笑，说道：“你的剑上不长眼睛，我的脸上却是有长眼睛的。你放心吧，玄铁宝剑虽然厉害，要想伤我，只怕也还不是那么容易！”

秦冲躲在人丛里忍不住嘀咕道：“这人不是疯子，就是想要自己找死了！”这话正是人人心中想说的话，连公孙宏和仲长统这两位武林前辈，虽然看出了青袍怪客身怀绝技，也觉得他未免太过狂妄。但见江海天的面色却是越发沉重，而且眉头紧皱，若有所思。众人越发惊疑不定。

江海天恭恭敬敬地说道：“师弟，既然这位前辈要你用玄铁宝剑，想必是要指教你几路剑法，机缘不可错过，你就应该谦虚领教！”

金逐流想道：“你既然这样狂妄，没办法，我也只好给你一点厉害瞧瞧了。”心中生气，貌作恭敬地应了一个“是”字，当下就拔出了玄铁宝剑。

江海天道：“请前辈赐招。”青袍怪客道：“你们要我指教，先得抖露两手给我瞧瞧呀！”众人听了，无不摇头，想道：“真是三分颜色上大红，江大侠越客气，他就越不客气了！”

江海天道：“是！”使了一招天山派的“请手式”，双掌合十，向那人击去，这是晚辈和长辈过招，表示尊敬对方的开首招式，但虽然是一招“请手式”，在江海天手中使出，威力之大，却是可以裂石开碑，武功稍差一点的，恐怕都会筋断骨折。公孙宏看出江海天这一出手已是用了八成以上的功力，绝非手下留情，心里想道：“江大侠这一招请手式只怕我也禁受不起，且看这厮如何应付？”

心念未已，只见青袍怪客随手一拨，根本就没有任何招式可言，但奇怪的是，他只是这么随手一拨，江海天的拳头竟然给他拨开，而且还似有点禁不起的样子，身形晃了一晃。

公孙宏与仲长统面面相觑，不约而同地叫了一声："奇怪！"

这两位武林前辈都觉得奇怪，众人当然更是大惊失色了。但因他们没有这两位武林前辈的眼力，看不出江海天的确是输了一招，许多人仍是不免如此想道："江大侠乃是谦谦君子，倘若见面一招，就把对方击倒，未免有失君子之道。对，一定是因为这个缘故，所以江大侠有意让他一招。"

金逐流全神注视对方路数，倒没有怎样留意师兄。不料对方使的根本不是什么招数，而他的师兄已是退了下来。金逐流看不清楚师兄因何落败，不觉也是莫名其妙，不知师兄是真的输招还是有意让招？心里想道："待我试他一试。"当下使出天罗步法，倏地欺身直进，左掌划了一道圆弧，以迅雷不及掩耳的手法，向对方的胸膛击去。

金逐流这一掌已是用了九成有多的力道，满以为即使不能击倒对方，至少也可以试出对方的深浅，哪知对方扬起右掌，斜斜一挥，指尖轻轻地在金逐流的掌缘擦过，金逐流那股极为刚猛的力道，竟然给他拨得转了一个方向，登时化解于无形。

金逐流一点也没有感到对方运劲反击，对方的深浅如何，当然他也是试探不出的了。

青袍怪客随手化解了金逐流的攻招，淡淡说道："大须弥掌式讲究的是纯正和平，你用的这股猛劲，恐怕不大对吧？"

大须弥掌式乃是天山派祖师凌未风所创，金逐流的父亲金世遗三十年前从天山派前任掌门唐晓澜那里学来，又再加以增益，变化的奥妙精奇，在天下各派掌法之中堪称第一。识得这套掌法的，只是寥寥几位武林前辈而已。

如今这青袍怪客不但识得这套掌法，而且还能指出金逐流的缺点，金逐流纵然少年气盛，也不禁大吃一惊，暗暗佩服。

可是他虽然佩服对方的见识高明，未曾试出对方深浅，究竟尚未完全心服。青袍怪客好似看出他的心思，说道："你的玄铁宝剑还未用呢，放心刺过来吧！"

金逐流刚才不敢用剑，乃是因为还有几分顾忌，恐怕误伤对方。此际已知道这青袍怪客的武功深不可测，当然是不敢再客气了。当下说道："多谢指教！"玄铁宝剑扬空一闪，刷的就是一招"大漠孤烟"，笔直地向对方刺去！

青袍怪客赞道："这一招还算使得不错！"金逐流这招"大漠孤烟"乃是一招凌厉非常的上乘剑法，多少剑术名家梦寐以求，尚未能达到他的造诣，不料只落得"还算不错"的四字评语！青袍怪客的"称赞"完全是一副长辈奖掖后辈的语气，众人听了，都不服气。

可是"行家一出手，就知有没有"。只见金逐流一剑刺到对方面前，青袍怪客"不错"二字刚刚吐出，倏地就是一个转身，衣袖轻轻地一拂一带，金逐流的玄铁重剑竟然歪过一边。青袍怪客笼手袖中，严格来说，根本还没"出手"，就把他这一招凌厉非常的上乘剑法化解了。而且他的衣袖上连一个小孔都没有。众人方始大吃一惊，知道这青袍怪客果然是个身怀绝技的高手。

金逐流的吃惊比众人更甚，要知他的玄铁宝剑重达一百多斤，衣袖都是又轻又软之物，只是这么轻轻一拂，就能把金逐流以玄铁重剑攻出的力道转移，这种功夫正是上乘武学中"四两拨千斤"的绝技！

金逐流也曾学过这种功夫，可是像这青袍怪客使得如此出神入化，不仅他是自愧不如，而且是他有生以来，根本就未曾见过的，包括他的父亲和师兄在内。

金逐流剑掌兼施都未试出对方的深浅，虽然已经心里佩服，但却不肯就此罢休，心里想道："我败下阵来，连对方是何家何派都不知道，岂非笑话？无论如何，我也得迫他露出三招两式才行。"当下再攻上去，叫道："师兄，人家是要较量咱们二人，你为什么还不上来？"此时他已知道与师兄联手也未必能够取胜，不过，最少可以迫得对方"出手"。

青袍怪客哈哈一笑，接声说道："不错。江大侠不必客气，并肩子上吧。你才不过使了请手式，咱们也还未见输赢呢！"

江海天心里自知，其实他已是输了一招。以他的身份，输了一招，本来就应该当众认输的，但因他一来也是忍不着好奇之心，二来也怕师弟吃亏，心想："万一我猜得不对，我认输不要紧，师弟受了伤我可就对不起师父了。"原来他已想到了一个人，料想这个青袍怪客十九就是这人，但却还不敢完全断定。

青袍怪客既然有话在先，是让他们二人联手，他刚才单独输了一招，论理也还不能就算输了。于是江海天又再抱拳说道："请恕晚辈放肆，晚辈不敢说是较量，只是想求前辈指点。"青袍怪客笑道："你不出手，我如何指点你呀？别啰唆了，你有些什么本领，快点使出来吧！"江海天恭恭敬敬地应了一个"是"字，双掌就向那青袍怪客打去。

江海天双掌齐出，金逐流也是剑掌兼施，师兄弟左右夹攻，那青袍怪客只有一双手，"四两拨千斤"的功夫无论如何神妙，也决不能同时化解他们的招数。金逐流心里想道："好，看你还能够不露出本门的武功么？"金逐流通晓正邪各派的武功，心想此人露出一招半式，我就不难知道他的来历。

青袍怪客赞道："到底是师兄高明得多，这大须弥掌式差不多可以说是炉火纯青了！"江海天的武功久已被武林公认天下第一，这一式大须弥掌更是他武功的精华所在，不料在青袍怪客口中，也只不过落得个"差不多"的三字评语。

掌风剑影之中只见青袍怪客仍是不慌不忙地轻轻一拨，金逐流的玄铁重剑首先攻到，宝剑给他拨得突然转了方向，竟是不由自主地向师兄刺去。江海天双掌改劈为推，一股劈空掌力把玄铁重剑荡开。师兄弟不约而同地各自斜窜三步。

这一招青袍怪客用的手法更是出人意外的神妙，不仅是"四两拨千斤"，而且是借力打力，利用了金逐流的玄铁宝剑来对付江海天。他本身的真实本领仍是丝毫未露。

江、金二人左右分开，青袍怪客并没乘机进击，反而定下身形，说道："再来，再来！江大侠，你这一式大须弥掌稍嫌出手快些，慢一点更好！"

江海天道："多承前辈指教！弟子可不敢当大侠之称。"青袍怪客笑道："这你倒不必客气，我不是称赞你的武功，我是称赞你的行事，你的行事并不愧于‘大侠’二字!”

师兄弟退而复上，江海天全神贯注地使出大须弥掌式，那一丝不苟的神气就像在师门习技之时练给师父看似的。青袍怪客随手化解，一面连连点头，表示赞许。

金逐流道：“我们的本领都已拿出来了，请老前辈也让我们见识见识吧!”他见师兄对此人如此恭敬，不觉也是起了疑心，说出话来，也就不敢不恭敬了。

青袍怪客哈哈一笑，说道：“我会的只是最寻常的功夫，其实你不见也会识的。你既然定要见识，那就让你见识吧。”

笑声中青袍怪客煞有介事地立了一个门户，沉腰坐马，一拳捣出，迫退了江海天；一掌斜飞，格开了金逐流。才使了两招，众人诧异的窃窃私议之声已是此起彼落，“咦，这不是四平拳吗?”“奇怪，他怎会使出这种普通的拳法对付江大侠?”

原来青袍怪客使的“四平拳”正是最寻常不过的拳法。

这套“四平拳”乃是最普通的入门拳脚功夫，也是当时最流行的一套拳术，但却为武学高手所看不起的。一般二三流的拳师，给弟子启蒙，教的就大都是这一套“四平拳”。

青袍怪客胆敢向江海天师兄弟挑战，而且未曾真正“出手”，就占了上风，谁都以为他一定有惊人的技业，一出手就不知是如何神奇奥妙的拳术了。哪知他使出来竟然是一套平平无奇的“四平拳”，众人都是不禁啧啧称异。

不料这一套大家都瞧不起的“四平拳”，在青袍怪客手中使出，却竟然令到江海天和金逐流都似乎有点难以应付。众人不禁又是大为惊愕。

“四平拳”就是“四平拳”，青袍怪客并没加上任何变化，打出来的一招一式都是众人见惯的认为粗浅不堪的“四平拳”。可是说也奇怪，江海天使出了奥妙无穷的大须弥掌式，金逐流以玄铁宝剑使出了凌厉非常的天山剑法中的追风剑式，竟然一点也奈何他不得，而且还给他迫得只有招架的份儿。但见他信手一拳的打向江海天，江海天就要双掌齐出，方能抵挡得住，随手一掌，向金逐流劈去，金逐流就要连忙闪避。众人都是看得莫名其妙。

公孙宏看了一会，不觉大大吃惊，悄悄对仲长统道：“这人的功夫端的已是到了出神入化之境，老叫化，你可看得出这人的来历么？”仲长统道：“看来这人不论是任何普通的拳术，他只须信手拈来，就可以发挥无穷威力。金世遗当年在嵩山少林寺大败孟神通之时，也似乎没有他这样的武学造诣。”

除了公孙宏与仲长统之外，人人都是看得莫名其妙。他们根据江金二人的性格猜测，还以为金逐流是有心戏弄，而江海天则是故意让招。哪知江金二人的确是“棋差一着，束手束脚”。此时心中都在暗暗叫苦。

原来这人使的虽然是一套再也寻常不过的“四平拳”，但江金二人的每招每式，却似乎全部在他意料之中。比如说金逐流一剑刺他左肩，他随便迈上一步，打出来的一拳就刚好是攻向金逐流的“空门”，令得金逐流非要闪避不可，对付江海天也是一样，每一招都是制敌机先，攻敌之所必救。可是他的拳法步法，却又丝毫没有特异之处，的的确确是粗浅不堪的“四平拳”。

金逐流本以为除非他不出手，一出手就能看出他的门派的，哪知他使出了“四平拳”，“四平拳”既然人人会使，金逐流又焉能看出他的来历？

金逐流不由得心中烦躁，暗自想道：“我们师兄弟败给人家，连人家的边儿都未摸着，这岂不是天大的笑话！”蓦地一声长啸，使出了一招古怪之极的剑法，玄铁宝剑横空一划，剑尖伸缩不定，如封似闭，若守若攻。

在场观战的将近千人，各派的剑术都有人知晓，但却无人识得金逐流使的这一招是什么剑法。

原来是金逐流一半偷来，一半是自创的新招。是从牟宗涛所使的扶桑岛独门剑法中变化出来的。

金逐流聪明绝顶，日间和牟宗涛比武之时，牟宗涛所使的那些奇诡绝伦的招数，他虽然未能全部领悟，但最精妙的十几招剑法，他已是牢牢地记在心中。

牟宗涛是用一把折扇当作判官笔和五行剑使的，折扇是分量极轻的东西，牟宗涛以扇代剑之时，使出的剑招讲究的是“神似”

而非“形似”，唯其“神似”，因此就特别难以捉摸。好在金逐流悟性极高，剑术上又有极深厚的基础，比武过后，仔细琢磨，这才能够心领神会。但如今金逐流是用玄铁重剑使出对方的招数，当然不可能与牟宗涛用折扇使出的招数一模一样，倘若“依样画葫芦”的话，那就必定是弄巧反拙了，故此他必须加以变化，保存对方剑法的神髓而自创新招。

金逐流用这样一招古怪的剑法对付青袍怪客，也是有他的用意的，青袍怪客武功高明之极，这一招剑法虽然奥妙，但要胜他，金逐流自己也知道这是妄想。不过，金逐流的用意倒不是在于胜他，而是希望试探出对方的本门家数。

金逐流起初疑心这青袍怪客是牟宗涛，后来一看不像，但仍然疑心他是扶桑岛的高手。因为中原各派的武林人物，委实找不到一个有青袍怪客这般本领的人，而扶桑岛虬髯客这一脉所传的武功，据牟宗涛之言，后来演变成三个支派，牟宗涛所得的先祖所传尚未到十分之一，焉知没有比牟宗涛更强的高手。

不论武学如何高明之士，突然碰到本门的精妙招数，十居八九，一定会用本门的招数化解的，因为这是一种本能的反应。

金逐流这一招使出，青袍怪客好像有点惊异的样子，微微“噫”了一声。金逐流暗暗欢喜，心里想道：“好，这一下子，看你还能不露原形么?”

哪知青袍怪客虽然诧异得“噫”了一声，但在金逐流的剑招攻到之时，他仍然是用一招平平无奇的“四平拳”就把金逐流这招别出心裁的剑法化解了。

金逐流大为失望。可是突然心念一动，在失望之中又找到了希望。

原来当金逐流以家传武功与这青袍怪客对敌之时，青袍怪客以“四平拳”随手化解，毫不费力。如今金逐流用这一招新创的剑法，虽然他也一样的用“四平拳”随手化解，并不费力。但金逐流却看得出来，他已是稍微多用了一点神。

金逐流连忙向师兄抛了一个眼色，随即连续使出一半偷学、一半自创的新招，暴风骤雨般向那青袍怪客攻去。

江海天心里暗暗好笑："师弟忒也好胜，好在对方并无恶意，否则如此完全不顾防御的进攻，碰上这样高明的对手，不给对方伤了才怪！"但为了不让师弟失望，同时也是为了恐防自己所料不中，万一师弟受伤的话，这可不是当要的。因此江海天虽然心里早已服输，仍然不能不与金逐流紧密配合，催紧掌力，尽其所能地与金逐流联手。

金逐流一口气攻了十多招，众人正自看得眼花缭乱，忽听得"当"的一声，金逐流的玄铁宝剑脱手坠地，人也跌出了一丈开外！原来在他攻到第十三招之时，竟然不顾危险，直欺到青袍怪客的身前，给青袍怪客在他虎口一弹，玄铁重剑登时脱手！

江海天大吃一惊，不知师弟伤得如何，正要跑过去想要扶他起来，不料金逐流已是自己跳了起来，叫道："爹爹，原来是你和孩儿开这玩笑！"

江海天放下了心上的石头，大喜说道："师父，果然是你！"连忙跪下磕头。

青袍怪客哈哈笑道："海天，你很不错呀，功夫的确是长进了许多了。"一抹脸孔，除下了人皮面具，露出庐山真相，果然是江海天的师父金世遗。金世遗年纪已经六十多岁，但因内功深湛，驻颜有术，望之仍似四十多岁的样子。老一辈见过金世遗的人全都认得。

仲长统大笑道："我真是老糊涂了，早应该想到是你的。但想不到你这喜欢开玩笑的脾气仍是和当年一模一样，丝毫未改。怎么和徒弟儿子也开起玩笑来了？"

金世遗笑道："我不是这样试一试他们，焉能知道他们背了我有没有偷懒。哼，说起来我还得怪你呢！"

仲长统道："咦，你自己教训徒弟，怎么怪起我来了？"

金世遗道："你们做长辈的把他们捧成了天下第一，我若不挫折挫折他们，岂不是要助长他们的骄气了？"

仲长统道："哈，你有这样的好徒弟，难道还不满意么？"

金世遗道："我对海天无话可说，他的功夫练得不错还在其次，难得的是他这一份谦虚。逐流，你比起师兄来可就差得远了。

武功固然不及师兄沉稳，涵养更是不及师兄十一。你应该好好地向师兄学学。”

仲长统笑道：“金大侠，这可就有点不公平了。令郎的功力虽然不及师兄，但他自创的新招，却是精妙绝伦，人所难能！功夫不及师兄，这也是年纪还轻的缘故。”

江海天道：“不错，师弟的聪明我是望尘莫及。若不是他叫出来，我还不知道是你老人家呢。”其实江海天也早已怀疑青袍怪客乃是师父的了。不过首先识破金世遗的却的确是金逐流。

金世遗道：“可惜他的聪明却不用在正道上。海天，你也给他骗过了。你以为他是从我的武功识破我的么？哼，他是拿姬晓风教他的那套本领，在我的身上施展了。我罚他跌一跤，还算便宜他呢。”

原来金逐流是在欺身进扑之际，在青袍怪客身上偷了一样东西，这才知道是他的父亲的。

仲长统哈哈大笑，说道：“金大侠，原来你是输了一招给儿子，心里不服气，这才教训他的。哈哈，依我看来，妙手空空的本事，只要用得其当，那也是好得很呀！”

公孙宏笑道：“金大侠，有你回来，这武功天下第一的名头，令徒令郎应当是要让给你了。”众人听了这话都笑起来。

金世遗忽地正色说道：“天下之大，何处没有能人？我刚才说的话可不是乱说的。你们以为我就是天下第一，错了，错了！”

仲长统以为他是又开玩笑，说道：“我以为你的脾气丝毫未改，原来也有一点变了。从前你可没有这样谦虚的啊，这是跟你徒弟学的吗？”

金世遗道：“从前我是不识天下之大，如今才知自己是井底之蛙。不瞒你说，昨天我和人家斗剑，就栽了一个老大的筋斗！”

仲长统见他神情不似说笑，大为诧异，说道：“我不信天下还有谁能够在剑法上赢得你的一招。”

金世遗道：“你不信么？逐流，把你从我身上偷了去的寒玉戒指拿出来！”

金逐流满面通红地拿出了寒玉戒指，金世遗接了过来，指给仲长统看道："你们仔细看看，戒指上是不是有一条裂痕？"公孙宏是个剑术大行家，不由得大吃一惊，说道："这可是剑痕么？"正是：

海外异人履中土，千年绝学放光芒。

欲知后事如何？请听下回分解。

第四十八回　诧见剑痕留碧玉　为完心愿访同门

金世遗说道："不错。当时我用弹指神通的功夫弹开对方的剑，他的剑虽然脱手，可我这枚寒玉戒指也留下了剑痕了。也幸亏我是戴着这枚戒指，否则性命虽可无忧，一根指头却恐怕是保不住了！"

众人听了金世遗的话，无不骇然，尤其是知道"寒玉"来历的几位老前辈，更是大惊失色！

"寒玉"乃是一种可以防身的宝贝，金世遗所得的乔北溟"三宝"之中，有一副弓箭就是"寒玉"所制。后来金世遗把那张玉弓打成一件玉甲，送给了江海天的妻子谷中莲。三枝弓箭则打成了三枚寒玉戒指，一枚给厉南星，一枚给金逐流，剩下的一枚留给自己。寒玉坚硬无比，任何利器都不能损伤。如今居然会留下剑痕，可知那人使的不但是宝剑，而且功力之深，即使比不上金世遗，也是差不多的了。

金世遗的"弹指神通"功夫乃是独步天下的绝技，他弹得对方的长剑脱手，倘若是正式比武的话，当然是他赢了。但假如他没有戴这枚戒指，真的给削了一根指头的话，一个兵器脱手，一个受了伤，那就只能算是平手了。但无论如何，金世遗说他自己在剑法上输了一招，这话是并没有说错的。

众人大惊之下，当然免不了纷纷问道："这人是谁？现在哪里？"连江海天也不禁惊疑不定，问道："师父因何和此人交手，他是咱们的敌人么？"

金世遗道：“这些人的来历我不知道，但我知道他们是冲着你来的。换言之也就是你的敌人了。他们若知道你在这里，说不定还会找到这里来呢！”

金世遗说的是“这些人”，显然碰上的不止一个高手，众人听了，更为惊诧！

金世遗话犹未了，忽听得外面喧闹之声：“什么人？”“你来这里做什么？”“我们都不认识阁下，阁下就是要找江大侠，也得等待我们通报。”看来外面是有陌生人要闯进来，而且正是“冲着”江海天来的。看守不让他进来，故而吵起来了。但因为看守人多，只听得喝问之声，来人的话语却听不见。

仲长统哼了一声，怒道：“果然真的找上门来了，咱们都出去看看，看这小子长的是三头还是六臂？”

江海天也以为这人就是师父碰上的人，既是冲着自己而来，当然是应该亲自去会会他了。于是江海天抢在众人之前，先跑出去，刚到门口，和来人碰个正着。只见那人一招“童子拜观音”式，向江海天作了一个长揖。站在江海天旁边的人，登时立足不稳，跌跌撞撞地向两边分开！

公孙宏跟在后面，大吃一惊，说道：“老叫化，这是佛门正宗的般若掌力！”

仲长统笑道：“不错，不错！公孙老弟，你的眼力委实不差！”

江海天还了一揖，只见那人肩头微微一耸，江海天穿的青布长衫，却像被春风吹皱了的湖水似的，荡起了一圈圈的波纹，看来还是江海天的功力较高，但在这般若掌的较量上，却是技逊一筹了。

公孙宏不认得这人，心里正在有点奇怪：“江海天的敌人找上门来，这老叫化为什么还有兴趣说笑？丝毫也不担心？般若掌力能伤奇经八脉，江大侠若受了伤，这可不是当要的啊！”

心念未已，忽见江海天与那人双手紧紧相握，哈哈笑道：“叶大哥，你的大乘般若掌果然是练得功德完满了，小弟自愧不如。佩服，佩服！”那人说道：“廿年不见，你的功力也比当年更高了啊。我无论怎样练，总是胜不过你。这回我可真是输得心服口服了！慕华呢？听说你立了他做掌门弟子，我还未曾替他谢师呢！哈哈，哈哈！”

公孙宏这才知道此人是友非敌，众人也都松了口气。

原来这人乃是江海天的妻舅叶冲霄，江海天的掌门大弟子叶慕华就是他的儿子。叶冲霄足迹罕至中原，而且在二十多岁就到海外去了，所以中原的武林人物，认识他的寥寥无几。不过大家虽不认识他，却也知道江海天有这门亲戚，一经介绍，大家也就一见如故了。

金世遗笑道：“如何，我说武功没有天下第一，这不又是一个证明了吗？各有各的专长，岂能每一样功夫都是登峰造极？比如般若掌海天就比不上冲霄，论剑法我也未必就胜得过昨日所见的那几个后生小子。”

叶冲霄道：“世伯太夸赞我了，我和江兄相比还差得远呢。不过，那几个人的剑掌和暗器功夫，却的确是世所罕见，昨日若不是世伯在旁，小侄这个亏只怕是要吃定的了。”

仲长统道：“你们说的昨日之事，究竟是怎么一回事？”

叶冲霄道：“我以为金大侠已经告诉你们了。”

金世遗道：“我刚刚说到输了一招的事。”

回到原来的话题，每一个人都是好奇之心大起，想要知道赢了金世遗一招的人是谁。

金世遗忽地笑道：“她们来了，海天，还是让你的妻子告诉你吧。”

话犹未了，只见好几个人兴冲冲地跑进来报道：“这可是大喜事呀，邙山派两代掌门人都来了！”

江海天大喜道：“原来师母也一同回来了。”金世遗的妻子谷之华是邙山派的前任掌门。因此江海天听得“邙山派两代掌门驾临”的禀报，便知是师母和妻子一同来到。

话犹未了，果然便看见谷之华与谷中莲一同进来，而且和她们一起的还有叶冲霄的妻子欧阳婉和邙山派四大弟子之首的甘人龙。

仲长统哈哈笑道：“这下子可真热闹了，你们几家人都团聚啦。”

江海天恍然大悟，说道：“师父，你遭遇的那些高手，敢情就是在我的家中碰上的吧?”

金世遗道:“不错,那些人正是清廷派遣的高手,来对付你们夫妇的。”

谷中莲道:“昨天早上,甘师兄和三位同门从邙山匆匆赶来,说是听到风声,清廷将有所不利于我,果然晚上那些人就来了。好在我们早有防备,否则恐怕更是不堪设想。

“昨晚那些人也不知是从哪里钻出来了,一共来了七个,有男有女,有老有少,竟然是个个武艺高强!惭愧得很,对方共有七人之多,任何一个人的来历我们都不知道。

“一场恶战,白师兄、路师兄、李师兄都受了重伤,我与甘师兄侥幸未伤,但亦已力竭筋疲,不堪再战。那些人把我和甘师兄团团围住,要迫我们投降。当时我已打算自断经脉,宁死不受敌人之辱的了,想不到就在这危险的关头,师父师母和大哥大嫂竟会同时来到,我们这才能反败为胜的!”

众人听了,无不骇然。要知邙山派的甘、路、白、李四大弟子,乃是“江南大侠”甘凤池、路民瞻、白泰官、李源的后人,每一个都有独门武功,四个人加上了江海天的妻子谷中莲,竟然打不过对方,三个人还受了重伤,对方的厉害也就可想而知了。

金世遗道:“这也并非巧遇,我们是先到了邙山,得知消息的。”

原来金世遗在海外住了二十年,事过境迁,心上的创痕早已平复,想起中原的一班朋友,遂约了叶冲霄夫妇一同回国。叶冲霄本是马萨儿国的大王子,因为要让位给弟弟而避居海外的。此时已经过了二十年,他从叶慕华托海客带来的家信得知,弟弟都早已传位给侄儿了,回去自是无妨。因此两家人遂联同返国。

金世遗师徒两代都曾受过吕四娘(邙山派第二代掌门)大恩,他的妻子谷之华又是吕四娘抚养成人的,是以回到中原,第一件事便是到邙山祭扫吕四娘的坟墓。

金世遗先到邙山的另一个原因也是因为谷中莲乃是邙山派掌门的缘故。一年之中,谷中莲总有半年是在邙山的。有时江海天陪着她来,有时是她自己来。但不论是否见得着江海天,见着了谷中莲，也就可以知道爱徒爱子的消息了。金世遗最记挂的两个人，当然是他的徒弟江海天与儿子金逐流。

其时邙山派上一辈的人物，尚有白英杰和路英豪二人。金世遗见了他们二人，方始得知清廷将有所不利于江海天的消息，邙山派的四大弟子，昨日刚刚赶往江家赴援。

金世遗笑道："幸亏我先到邙山，得到了这个消息，刚好及时赶上。"

叶冲霄接着说道："我们来到之时，听得厮杀之声，我尚不以为意，哪知一上去就吃亏。"

原来叶冲霄在海外二十年，已经练成了大乘般若掌，回到中原，正想找个机会试试。他来到江家之时，正是他的妹妹谷中莲陷于苦斗之际。他虽然知道来人了得，但仍然不以为意。以为清廷差遣得动的人，本领再高，也是有限。金世遗早已是打遍天下无敌的第一人，叶冲霄以为"割鸡焉用牛刀"，因此就请金世遗替他掠阵，独自上前，准备把那些人打个落花流水。

金世遗初时也是这样想，看了几招，方知不对，连忙出手，业已迟了半步。

叶冲霄苦笑道："对方七个人依北斗七星之势，列成阵形，我只道一上去就可以把对方打个落花流水，哪知道对方的阵脚丝毫不乱，只分出一个人来对付我，那个人是中年汉子，年纪和我差不多，我和他照面三个连环急招，不但占不到便宜，反而吃了点亏。"

金逐流道："叶大哥，你的般若掌用了没有？"心里好生纳罕："叶冲霄的般若掌力，尚在大师兄之上，即使是牟宗涛也当不起他的一掌，何以反而会吃了亏。"

叶冲霄道："当然用上了，我一出手就是般若掌。那人接了一掌，哼了一声，身形连晃，却没倒下。跟着两招，竟是剑掌兼施，迅如暴风骤雨。我顾得应付他的剑，顾不了他的掌指功夫，只觉胁下一麻，已经是着了他的道儿。幸亏你的爹爹迅速把我推开，我这才没有受到重伤。"

说罢揭开衣裳，只见胁下三个瘀黑的指痕，叶冲霄苦笑道："对方以指代剑，指法之精奇，实是我平生从所未见！幸亏用的不是真剑，否则我的身上已经穿了三个窟窿了!”

众人看了叶冲霄身上的伤痕，都是瞠目结舌，相顾失色。

金世遗笑道：“冲霄，你也不必过谦，和你对敌那人，乃是他们之中的第三名高手，他接了你的一掌，其实已是相当严重的内伤，不过你看不出罢了。也幸亏他们之中有一个已经受伤，否则我们夫妇要破他们这个七星阵，只怕还未必能够呢!”

混战的双方都是一等一的高手，金世遗一眼就能够看得出敌方各个人武功的高下，在场的武学行家，都是不由得暗暗佩服，心中想道：“金大侠虽然稍微吃了点亏，但武功天下第一的名头，究竟还是非他莫属。”

仲长统忽地叫道：“可惜，可惜!”公孙宏道：“老叫化，你可惜什么?”仲长统道：“这一战定然精彩之极，可惜我没有眼福见到。金大侠，你是怎么取胜的，快说给我们听听吧。”

金世遗却摇了摇头，说道：“说来惭愧，我们夫妇虽然侥幸获胜，可是对他们的武功来历，却是全不知道。

“这七个人使用不同的兵器，每个人有他的独到之处，不过从他们的招数看来，却似乎是属于同一门派的。他们的招数奇诡繁复，但其中亦有脉络可寻，都是从剑法中变化出来的。武功最强的也是两个使剑的好手，我以指代剑，施展了大须弥剑式，竟也没占到他们的便宜。”

金世遗不愿夸耀自己的战绩，只是约略说了一个大概。听的人都不满意，要叶冲霄加以补充。

叶冲霄道：“我的武学造诣和金大侠相比差得太远，对他们双方所使的上乘武功，当时看得眼花缭乱，惭愧得很，其中的奥妙，我也是看不出来。”

不过叶冲霄还是眉飞色舞地讲述了那一场百年罕遇的恶斗，众人方始知道起初金世遗以一敌七，稍处下风，后来谷之华与他联手，不过半个时辰，就把对方的七星阵完全击溃了。

叶冲霄笑道：“金大侠自谦吃了点亏，其实对方吃的亏不知大了多少。七个人中，除了两个使掌的之外，其他五个人，有四个人的兵器给他夺出了手，只有一个使剑的宁愿吃他一掌，不愿弃剑。

终于给他们逃跑了。”说到这里，忽地问金世遗道：“金大侠，当时你已经可以取他性命，就算你不愿伤他，也可以将他擒获，盘问他的口供的。为何你不肯施展杀手，轻易地就让他逃了？”

金世遗道：“这人能够在瞬息之间接我七招，方始落败，也算得是当今之世的一个武学高手了。我如何还能够伤他？”叶冲霄才知道这是因为金世遗怜惜对方的武功修来不易的缘故。

厉南星此时方始有空上前拜见金世遗，金世遗道：“原来你和逐流早已相识了。”金逐流道：“我们还是结拜的兄弟呢。”金世遗哈哈笑道：“好，好，你们能够相亲相爱，也不枉了我们两代的交情。”

随着史红英和一班后辈上前拜见，仲长统道：“史姑娘，你应该行大礼才对。”史红英满面通红，说道：“仲帮主为老不尊，怎的拿侄女开起玩笑来了。”仲长统笑道：“我说的可是正经话啊。你这个头总是要磕的，老叫化等着喝你的喜酒呢。”

金世遗知道史红英是他的媳妇，十分欢喜，笑道：“之华，一晃二十余年，孩子们都快要成家立室了，光阴可过得真快啊！”谷之华把史红英拉过一旁，问长问短，她早已从白英杰口中知道史红英的家世，知道她是一个出污泥而不染的好姑娘。谷之华的父亲是大魔头孟神通，史红英的哥哥是六合帮的帮主史白都，婆媳二人的身世颇有相同之处，因此谷之华对史红英更是特别怜惜，越看越爱。

仲长统笑道：“今日是老少两辈的英雄会，咱们可得重开筵席，好好地庆祝一番。”金逐流笑道：“仲帮主，你还没有喝够吗？”仲长统拍一拍肚皮，说道：“喝你爹爹的接风酒，老叫化这大肚皮最少还可以装下黄酒十斤。”

满堂喜气洋洋，正在换过杯筷，重摆筵席，金世遗想起一事，忽道：“逐流，有一件事我忘记问你，你刚才使的那几招剑法是从哪里学来的？”

金逐流心念一动，已知其中缘故，说道：“爹爹，我也正想问你，你说在师兄家中碰到那七个人，不管使的是什么兵器，他们的招数都是从一套剑法中变化出来的，他们的剑法和孩儿刚才所使的那几招，大约是颇为相似吧？”

金世遗道：“是呀，所以我就要问你了，莫非你也曾和他们这一派的人交过手么？”

金逐流道：“不错，我今日结识了一位新朋友，曾经和他印证武功。这剑法就是从他那里偷学的。不过，这朋友却似乎不是和你所碰见的那些人一路的，爹爹，他还正想找你呢。”

金世遗诧道：“这人是谁？什么来历？”

刚刚说到这里，忽听得门外有人笑道：“不速之客又来了！”

这笑声铿铿锵锵，宛如金属交击。金世遗听进耳朵，不觉吃了一惊，心里想道：“这人的内功非正非邪，虽然尚未登峰造极，也算得是另辟蹊径，高明得很了。但何以却显得似乎有点中气不足呢？莫非他刚刚与强敌交过手来，以致一时之间，未能调匀气息么？”

金逐流说道：“刚说曹操，曹操就到。爹爹，来的这人正是我刚才所说的那位朋友。”

话犹未了，只见果然是牟宗涛走了进来。

金逐流迎上前去说道：“牟兄，你来得正好。家父已回来了。”

牟宗涛大喜道：“我还恐怕消息不确实呢，原来令尊果然是回来了。我正是特地来拜谒令尊的。”

金逐流有点诧异，正想问他是从哪里听来的消息，金世遗已经站了起来，说道：“不敢。我就是金世遗。请问阁下高姓大名，尊师是哪一位？”

牟宗涛恭恭敬敬地行了一礼，说道：“扶桑岛末学后辈牟宗涛拜见金大侠。”

金世遗方始恍然大悟，原来他所碰上的那些人乃是扶桑岛的人物，当下说道：“贵派的开山祖师想必是唐代的虬髯客吧？”牟宗涛道：“正是。”金世遗又惊又喜，说道：“虬髯客乃是百世罕见的武学宗师，想不到他一脉所传的武功，如今重见中土，当真是可喜可贺。”

牟宗涛道：“时隔千年，沧桑变换，先祖所传的武学，只余断简残篇，晚辈所得，恐怕还不到十一。金大侠的谬赞，实不敢当。”

金逐流道："这位牟兄正是要来中原寻访同门的。"

牟宗涛道："晚辈有个心愿，希望能够在中土找得到本派失传的武学，虽不敢望恢复本来面目，但只要稍得一二，也可以告慰先师。"

金世遗道："牟兄有此宏愿，定可为武林放一异彩。"

牟宗涛道："尚盼金大侠鼎力帮忙。"

金世遗道："你还没有碰上同门么？"牟宗涛道："没有。"金世遗微感诧异，说道："如此说来，你刚才碰上的又是哪一位高手？"

牟宗涛大吃一惊，诧异更甚，说道："金大侠如何得知？"

金世遗道："我听牟兄说话的声音，似乎是少阳经脉，曾受对方的内功所震，以至中气微显不足。不知我有没有说错？"

牟宗涛大惊之下，冷了半截，心里想道："金世遗只是听音辨色，对我刚才如何受伤的经过就好像亲眼看见一般。这样神奇的武学造诣，当真是远远非我所及！我只道挟了扶桑岛的秘传武学，就可以称霸中原，如今看来，胜过我的人还多着呢，更不用说金世遗了！"

金世遗微微一笑，说道："幸喜牟兄内功深厚，少阳经脉虽受对方内力所震，也不紧要，只要养息几天，就可以好了。但不知牟兄碰上的强敌，又是什么人？"金世遗起初以为他是碰上同门，彼此印证武功，不打不成相识，对方在认出是同门之后，故而手下留情，没有将他重伤。现在知道猜得不对，心里也是好生惊异，想道："能够胜得过牟宗涛的人，本领至少不会弱于我在海天家里碰上的那些人，想不到我小隐廿年，武林中竟然出了这许多高手！"

牟宗涛道："是一对不知来历的夫妇，惭愧得很，我看不出他们的宗派。"

原来牟宗涛在下山之后，因为第一次初会中原高手，与金逐流比武，虽然稍占上风，却也胜不了他手中的玄铁宝剑，试江海天的内力，又更是自愧不如。是以心情甚为惆怅，自忖只有早日找到同门，把本派的武学秘笈搜集齐全，发扬光大，这才有出人头地之日。

正在胡思乱想，忽听得马铃声响，有一对中年男女，骑着马越过他的前头。这对男女乃是并辔疾驰，正在说着话的。就在他们从牟宗涛身旁驰过之时，牟宗涛刚好听得他们提起金世遗的名字。

牟宗涛心念一动，跟上几步，只听得那男的说道："金世遗夫妻和江海天的妻子从这条路经过，看来一定是从江家出来，前往徂徕山的，不知扶桑七子可碰上了他没有？"

牟宗涛瞿然一惊，心道："他所说的扶桑七子，莫非就是我的同门？踏破铁鞋无觅处，想不到在这里竟会得知同门的消息，而且竟有七人之多！"

金世遗的下落也正是牟宗涛所要打听的，如今在这人口中，一连透露出两个重要的消息，他如何还能放过？

牟宗涛的轻功甚为了得，数里之内的途程，不亚奔马。当下连忙就追上去。

那女的说道："不管他们是否碰上，咱们总得把金世遗业已回来的消息，告诉扶桑七子。"

那男的道："不错。咦，什么人跟在后面？"此时他已发现牟宗涛追上来了。

牟宗涛提了口气，叫道："请两位稍歇一歇！"嗖地飞身掠过，拦住了马头。

那两夫妻见了牟宗涛的身手也是好生诧异，当下双双下马，同声问道："你是什么人？我与你素昧平生，因何途中拦阻？"

这对夫妻高鼻深目，眼珠微碧，看起来不大像汉人，但汉语却说得很流利。牟宗涛惊疑不定，说道："小姓牟，贱名宗涛。不知两位可曾听过在下的名字？"

那男的冷冷说道："你是鼎鼎大名的人物么？对不住，我孤陋寡闻，可没有听过阁下的大名。"

牟宗涛赔笑道："我不是这个意思，我只是无名小卒而已。不过我却是从扶桑岛来的，因此我以为你们的朋友可能知道我的名字。"

这对夫妻听得牟宗涛是从扶桑岛来的，都是不禁吃了一惊。丈夫仔细地打量了牟宗涛一番，说道："你知道我有些什么朋友？"

牟宗涛道："阁下刚才好像谈及扶桑七子，不知我有没有听错？如果没错的话，我想请问你说的扶桑七子是不是从扶桑岛来的七个人？"

那男的道："你真的是扶桑岛牟家的后人么？"

牟宗涛微愠道："我干嘛要骗你！"

那女的道："有点不大对吧？如果你说的是真话，何以他们并不知道有你这号人物？"

扶桑岛这一派的武功，从数百年前就已分为三支，牟宗涛心里想道："或者是别的支派的同门，只因他们的武功源出扶桑，故而自称扶桑七子。但只要我与他们一印证武功，他们就会相信我了。"于是说道："是真是假，请两位带我去见一见他们，便会明白。"

那女的半信半疑，说道："带你去见他们倒也容易。但我们不知你的底细，又岂能轻易地答允你呢？"心想："倘若这人是对方的奸细的话，将来出了什么差错，扶桑七子岂不要怪责我们夫妻？"

牟宗涛要见了那七个人方能证实自己的身份，但现在这对夫妻要知道他的底细，却又不肯相信他的说话，这么一来，就变得缠夹不清了。

牟宗涛无法可想，只好说道："你们要怎样知道我的底细，好，请你们问吧！"

那男的若有所思，忽地问道："你刚才是从哪里来的？"

牟宗涛道："刚自徂徕山下来。"

那男的道："哦，你已经到过徂徕山了，你有没有碰上金世遗？"

牟宗涛道："没有碰上，不过，他的公子我倒是见着了。"

那男的道："你说的是金逐流么？"

牟宗涛道："不错。我和欧阳坚同在一起，几乎给他误会，后来我和他说明了来意，幸亏他还肯相信我的说话。"

那男的道："你说明了什么来意？"

牟宗涛道："我想拜托他的父亲代为打听同门的消息。"

那男的道："他说了什么？"

牟宗涛道："他说他父亲就要回来，所以我才拜托他的。对了，我正想请问两位，你们是不是已经见着了金大侠了。"

那女的听见牟宗涛称金世遗为"金大侠"，柳眉一扬，就想发作，却给她的丈夫用眼色止住。

牟宗涛感到那女的神色似乎有点不对，正自诧异，只听得那男的已在冷冷说道："这么说来，你和金逐流倒是一见如故啊！"

牟宗涛道："不错，我们虽然是初次相识，但说来也有一段渊源，他的父亲是曾经到过扶桑岛访查敝派的近况的。是以我和他谈得倒很投机。"

那男的道："你刚才说，他起初对你颇有误会，那又是为了何事？"

牟宗涛道："他们听得风声，据说清廷将有所不利于他的师兄，而欧阳坚乃是清廷的鹰犬，但我却不知道。两位刚才说起金大侠从东平县来，不知可曾听到什么关于江家的消息？"

那女的忽地冷笑道："你要打听的也未免太多了！"

牟宗涛愕然道："对不住，我不知道这是不该打听的。那么别的不说，请两位带我去见一见贵友，总可以吧？"此时他已隐隐知道有点儿不对了。

那男的淡淡说道："带你去也未尝不可，不过你先要令我相信你的确是扶桑岛的人物。"

牟宗涛已是有点生气，忍不住就大声说道："要怎样才能令阁下相信？"

那男的道："容易得很，我想向阁下领教几招高招！"

扶桑岛的武功自成一家，和任何门派都不相同，彼此印证武功，也的确是可以证明牟宗涛的一个办法。牟宗涛听了此言，一时猜不透对方是好意还是恶意，便道："好，那么咱们点到即止，胜败不论。"

那男的道："废话少说，上吧！"话犹未了，已是先行发招。牟宗涛是个武学的大行家，一看来势，便知是一招杀手，不由得气往上冲，心里想道："我把你当作朋友，你倒把我当作敌人了！"

牟宗涛气往上冲，心里想道："不给你一点厉害瞧瞧，你只当我是好欺负的了。”当下一飘一闪，扬起折扇，划了一道圆弧，似点似戳，扇头对准了对方掌心的“劳宫穴”。

这一招飘忽不定，可以当作判官笔用，也可以当作五行剑使。当判官笔时，一招之内，能点对方的七处大穴；当五行剑时，也可以在一招之内，刺对方的三处要害。正是扶桑岛一招最上乘的剑法！

那男的微微一“噫”，心里明白牟宗涛的确是扶桑岛虬髯客的一脉所传，但因他亦已知道牟宗涛并非“扶桑七子”一路，故此还是佯作不知，双掌依然向前打去。

牟宗涛倒是吃了一惊，想道：“难道他有封闭全身穴道之能，不怕我的重手法点穴？”

他因不能断定对方是友是敌，反而不无顾忌。

心念未已，忽觉对方双掌发出的力道互为牵引，俨似置身旋涡之中，不由自主地打了一个盘旋，折扇点穴，登时失了准头，几乎给那人夹手抢去。

原来这人练的是刚柔相济的掌力，也是一门极奇特的武功。而牟宗涛因为有点顾忌，不敢使到十成功力，故而一照面就吃了亏了。

那男的冷笑道：“扶桑岛的武功仅止于此么？”得理不饶人，竟然又是欺身进扑，双掌齐出。

牟宗涛气得七窍生烟，想道：“我与你印证武功，你竟要取我的性命！”于是也冷笑道：“你要见识扶桑岛的武功，那也不难！”暗运千斤坠的重身法，扇中挟掌，电光石火的还了三招！

这一次那人的双掌之力未能把牟宗涛推动，奋力拆了三招，只听得“嗤”的一声响，衣裳给牟宗涛撕去了一幅。可是牟宗涛在他掌力激荡之下，也自觉得有点气喘心跳。

牟宗涛一掌击退对方，冷冷说道：“扶桑岛武功如何？”那人说道：“也没有怎么样！”退而复上，双掌虚抱，还了一招。牟宗涛只道他仍然是左掌阳刚，右掌阴柔，于是依样画葫芦地照刚才的方法应付，不料突然间只觉对方的掌力大得出奇，原来这人虽然是一刚一柔，但也可以左右互易，随时变换，甚或双掌齐刚、双掌齐柔亦无不可。牟宗涛冷不及防，几乎着了道儿，幸亏化解得快，接连退出了三步之后，已将对方的力道卸去了一半。但胸中气血翻涌，亦已似受铁锤所击一般。

那女的赞了一个“好”字，说道：“你倒有几分挨打的本领，那就再试一试我的功夫吧！”正是：

遍访同门无一遇，却于无意遇高人。

欲知后事如何？请听下回分解。

第四十九回　海外归来求秘笈
华山巧遇试奇招

这女子说的话似赞似讽，牟宗涛哼了一声，说道："你们两口子就并肩子上吧！"话犹未了，忽见彩虹耀目，猎猎生风，原来这女子已经解下了束腰的红绸带，当作武器使用，倏地就向牟宗涛卷来。

牟宗涛挥扇一拨，只听得"啪"一声响，折扇拨开绸带，竟似触着硬物一般，感觉得到对方的劲力。牟宗涛吃了一惊，心里想道："这女子的内功非正非邪，好生怪异，居然能够将一条绸带贯以真力，委实是不可小觑了。"

牟宗涛刚才和那男子单打独斗，稍微占点上风，待到他们夫妇联手，攻守登时易势，可就感到应付为难了。

对方夫妇二人，一个与牟宗涛近身缠斗，双掌盘旋飞舞，按拍擒拿，掌指劈戳之处，处处不离牟宗涛的要害穴道。一个在二丈开外挥舞绸带打来，卷刺击钻，招数更是虚实莫测，古怪之极。

那男子所发的掌力互为牵引，牟宗涛倘若与他单打独斗，可以用千斤坠的重身法应付；但如今有那女的从旁夹攻，那条绸带轻灵翔动，矫若游龙，若然定着身形，决难应付。牟宗涛只好随机应变，倏进倏退，忽守忽攻，好不容易应付了三五十招，饶他内功深厚，不觉也是满头大汗。

那男的冷冷说道："我看阁下这扶桑岛的武功也并非怎么了得呀。"那女的道："什么扶桑岛的武功，我看他根本是假冒的。扶桑七子的本领哪一个都比他强，那才是真的。"那男的道："不错，咱们将他擒下，可得好好地拷问一顿。问他为什么要冒名行骗。”这两夫妇分明已经知道牟宗涛是扶桑一派，却故意一唱一和，想把牟宗涛激怒；同时也是想给自己找个借口，才好把牟宗涛当作敌人。

牟宗涛沉住了气，暗自思量：“这两夫妻显然是心怀恶意，要向我下毒手的了。我还和他们客气作甚？打他们不过，也得拼个两伤。”

那男的见牟宗涛突然奋不顾身地猛扑，倒也不禁吃了一惊，喝道：“你这小子不想活啦！”牟宗涛大喝道：“教你见识扶桑岛的武功！”折扇倏地一张一开，朝那男的面门一拨，牵引对方的视线，扇头一指，立即便以迅雷不及掩耳的手法，连点对方的三处穴道，两处麻穴，一处死穴。

那女的如何容得牟宗涛向她丈夫施展杀手？绸带矫若游龙，竟然使出了小花枪的招数，向牟宗涛的双眼刺来。牟宗涛张口一咬，折扇仍然向那男的点去。不料那女的绸带使得实在奇幻无比，牟宗涛一咬，竟是未能咬着。

不过那女子的绸带也未能刺着牟宗涛的眼睛，而是触及他的鼻尖，人中是身体最敏感的地方之一，牟宗涛打了一个乞嗤，真气泄了几分。

牟宗涛这一招是攻向那男子的三处穴道的，其中一处乃是死穴，那男子横掌护着死穴，另一处麻穴却给牟宗涛用重手法点个正着。

可是牟宗涛由于真气泄了几分，给他掌力一震，少阳经脉亦已受了微伤，不堪再战了。

那女的见丈夫疾退两步之后，突然呆若木鸡，大吃一惊，连忙上前将他扶稳，问道：“你怎么啦？”牟宗涛趁此时机，早已逃之夭夭。

那男的自行解了穴道，说道：“没什么，可惜给这小子跑了。”那女的道：“谅他跑得未远，咱们追吧！”此时牟宗涛已经跑过了山坳，这几句话随风飘来，隐约可闻。牟宗涛也是不禁暗暗吃惊：“我用重手法点了他的麻穴，他居然能马上通解，倘若给他追上，我可就要大大的糟糕了!”

其实那男的虽然能够自行解穴，但还是不能够马上施展轻功的。而且该处距离徂徕山不远，他还得提防给邙山派前往徂徕山的高手撞上，是以他的妻子虽然还想去追，他却是不能不有所顾忌，必须劝止妻子了。

且说金世遗听了牟宗涛所说的遭遇，说道:“据我所知，三十年前，有个阿拉伯的武学大师名唤提摩达多，曾与天山唐老掌门比赛攀登珠穆朗玛峰，结果遇到雪崩而亡。此人练有阴掌的功夫，听你所说，你所碰到的这对夫妇，那男的能够发出刚柔兼济的掌力，很可能就是提摩达多在中土的传人。”

说至此处，金世遗喟然叹道:“这许多武学高手，聚集中原，却给清廷网罗了去，只怕武林从此更多事了。”

牟宗涛心中一动，想道:“倘若只是那夫妇二人，金大侠不会用上‘许多’。莫非金大侠所指的那许多武学高手，也包括‘扶桑七子’在内?”

牟宗涛正要动问，只听得金世遗已先说道:“牟先生，你可知道那两夫妇为何要把你当作敌人吗?”

牟宗涛道:“晚辈正是想不通其中的缘故，请金大侠指教。”

金世遗道:“说出来你不要伤心，我已碰上你的同门了，他们就是那两夫妇所说的扶桑七子了!”

牟宗涛大吃一惊，已经猜到了几分，颤声问道:“金大侠是在哪里碰上的?”金世遗道:“就是在小徒家中!”

牟宗涛虽然早已料到几分，但从金世遗口中得到证实，仍是不禁骇然失色，说道:“原来他们就是欧阳坚所说的那个什么萨总管请来的‘高手’，竟然跑到江大侠家里去捣乱么?”

金世遗尚未知道欧阳坚的事情，仲长统和他说了，金世遗点了点头，说道:“恐怕正是这样。不仅他们，连你碰见的那对夫妇，也是和他们一党的。”

当下金世遗把昨晚与那七人交手的经过，特地为牟宗涛再说一遍，并且把这件事情的来龙去脉，也都原原本本地告诉了他。牟宗涛听了，做声不得。

要知牟宗涛乃是一心一意跑到中原来寻访同门，希望能够复兴本派，重光门户的。却不料他的同门竟然投靠了朝廷，还与他所景仰的金大侠为敌。这样的事情，实在是他做梦也想不到的。

金世遗安慰他道："说不定他们也是和你一样，从海外初到中原，对中原的局势太过隔膜，一时尚未分得清是非黑白，以致受了萨福鼎的笼络。如果你劝得他们及早回到正路来，这倒是功德无量呢。"

牟宗涛道："但愿如此。我也是想找着他们再说。"

金世遗道："如果他们执迷不悟，反颜相向，那时你岂不是自投罗网？此事还当三思而行。"

牟宗涛道："我们扶桑一派，先祖订下的戒律，是决不许戕害同门的。我想他们纵然误入歧途，这同门之情，总该还有吧？"

仲长统摇了摇头，说道："老叫化见事见得多了，一个人如果利禄熏心，恐怕六亲都不认呢，不管你是什么同门不同门？"

金世遗笑道："仲帮主，你看人偏重于看他坏的一面，我少年之时也是如此的。其实坏到底的人固然不是没有，但更多的例子却是也有好的一面的。比如我的师父毒龙尊者就是如此。所以佛家说要普渡众生，儒家说要与人为善，都是同一个意思。在这点上，我们是同意'人之初，性本善'的说法的。"

仲长统还是摇了摇头，说道："老叫化没有读过什么书，但依我看来，'人之初，性本善'的说法实是不能成立。人有各种各样的人，叫化子的儿子和做大官的儿子就决不一样，什么'性善''性恶'根本就是糊涂的说法！"

金世遗听了，也觉有理，但却笑道："那人性难道就不会改吗？例如吕四娘也是书香世家，她也不是你们丐帮的好朋友吗？这又该怎么说呢？"

仲长统道："那是因为清廷抄了她的家，她不能够安安静静地在家里读书做才女了，这才迫上梁山，和我们这一类人交朋友的。"

金世遗最尊敬吕四娘，听了心中还是不服。不过仲长统说的也是事实，金世遗一时无言可对，只可说道："即使没有她爹爹这宗案件，我相信吕四娘也决不会在家里当小姐，终必要成为一代女侠的。”

仲长统道：“或许如此，但总有它的原因。无论如何，我不相信一个人一生下来，就注定了是有某一种人性。”

公孙宏笑道：“你们似乎说的都很有理由，我却越听越糊涂了。还是回到正题来吧。”对这个问题，其实大家都没有好好想过，也弄不清楚谁是谁非，因此只好劝他们暂停争论。不过，听了他们双方的理由，对大家也都有点启发。

金世遗一笑说道：“不错，从牟先生的事情一扯扯到了什么性善性恶，再扯又扯到了吕四娘身上，这真是离题万丈了。牟先生，咱们刚才说到哪里？”

牟宗涛道：“仲帮主担心他们不顾同门之义，加害于我。”

金世遗道：“那你打算如何？”

牟宗涛道：“我还是打算去找他们，就只怕找他们不着。”

金世遗道：“他们若是上了萨福鼎的圈套，当了他的门客的话，你到京中，一定可以打听到他们的消息。”

金世遗想了一想，接着又道：“能够劝得他们回头固然最好，但仲帮主的担心也不是过虑，应该有个防备才对。这样吧，我和你一同上京。”

牟宗涛喜出望外，说道：“不敢劳烦金大侠。”

金世遗道：“我并不是单单为了你的事情，我二十年没有回过中原，正想借着上京之便，探访我的几位老朋友。到了京城，你可以用易容丹变化面貌，去找他们，以免给那两夫妇认出。一有什么消息就告诉我，我自会见机而行。”

有金世遗相伴，等于是身边多了一个可以保得万无一失的保镖，牟宗涛自是大喜过望。当下与金世遗约好了在北京相会的日期地点，便即告辞。

牟宗涛走后，金世遗问起二十年来武林的变化和抗清的情况，金逐流道：“好教爹爹得知，你的老朋友竺尚父已经做了西北义军的首领了。”江海天道：“还有小金川方面的义军首领萧志远也是一位好汉。不过，他是师父离开中原之后才出道的，你老人家恐怕还未知道吧？”

金世遗大为欢喜，说道："二十年间，出了这许多武林新秀，当真是可喜可贺，更难得的是老朋友们也都是宝刀未老，正在干着轰轰烈烈的事业。"

金逐流道："竺老前辈虽然放弃了西昌，但已在大凉山中建立了抗清的基业，根基是扎得更深了。慕华师侄正在那里做他的军师呢。"

叶冲霄笑道："他年纪轻轻，懂得做什么军师?"

江海天道："慕华很是不错，讲到行军用兵之道，我这个做师父的还远远不如他呢！四年前，他率领一支义军，解小金川之围，各路英雄，无不佩服。"

金世遗道："冲霄，恭喜你有如此佳儿。逐流，你的辈分虽然是师叔，可还得好好地向你这位师侄学学呢！我看你的功夫虽然有些增进，但却还像顽皮的小儿，怎配做慕华的师叔?"仲长统笑道："金大侠，你少年的时候，恐怕比你的儿子还更顽皮吧。"金逐流扮了个鬼脸，应了一个"是"字。

叶冲霄掩不着内心的欢喜，说道："金大侠太过夸奖他了。这都是江兄教导之功。"

江海天谦虚了几句，说道："清廷把大凉山和小金川两地的义军当作眼中钉，现在正在阴谋对付竺老前辈。"当下把刚才从封子超那里听来的消息告诉师父。

金世遗道："既然如此，你们就该早日动身。"

金逐流道："孩儿正想明日动身。"

秦元浩道："我们也要回去复命，正好给你带路。竺老前辈这支义军已经转移到密林深处，外人是很难找到的。"他所说的"我们"，当然是包括封妙嫦在内。他们是早已在大凉山成了婚的。封子超很是欢喜，说道："嫦儿，但愿你们早日成功回来。我这一生走错了路，只有希望你们替我稍赎罪愆了。"

史红英早已和金逐流说好了一同去的，但在未来的公婆面前，却是不好意思出口。

李敦知道她的心意，说道："史帮主，你放心和金大哥同去，帮中之事，有我料理，还有公孙舵主的照顾，想不至于出什么岔子的。”

厉南星和公孙燕也很想回到大凉山中和朋友们聚会，但因天魔教的余事未了，只好拜托金逐流先去知会一声。

金世遗想了一想，忽地笑道：“逐流，你和史姑娘名分未定，一路同行，恐有不便。不如你们就先行订了婚吧，待你从青海回来，我再到小金川主持你们的婚礼。”

众人轰然叫好，史红英满怀欢悦，颊晕轻红，低下了头。

谷之华解下了“霜华剑”，说道：“这是我师父给我的传家之宝，现在我给你当作聘物，也当作我的见面礼吧。”

“霜华剑”是吕四娘当年所用的宝剑，雍正皇帝就是给这柄宝剑杀的，是一把非常出名的宝剑。仲长统笑道：“到底是婆婆疼媳妇多些，这把宝剑，她连儿子都舍不得给的。”

江海天却笑道：“师弟有了玄铁宝剑，史弟妹也该有一把足以匹敌的宝剑才对。要不然岂不是要给他欺负了？”谷中莲道：“师弟怎么会欺负史姑娘，你这话就先说得不对。”江海天一向不苟言笑的，此时为了讨师父师母的欢心，破例说起笑来，众人无不跟着大笑。

金世遗给他们主持了简单而又庄重的订婚的仪式，当晚重开筵席，群雄闹酒，一直闹到天光。

金逐流、史红英与秦元浩、封妙嫦两对小夫妻，天一亮也就与群雄告别，前往大凉山了。

一对是已经成了亲的夫妇，一对是刚刚订了婚的情人，一路上自是有不少的旖旎风光，不去细表。

这一日经过华山脚下，正是将近黄昏的时分。仰望高耸云霄的华山，只见那秀丽多彩的群峰，拥着茫茫滚动的云海，披着灿烂跳荡的流霞，在金色的夕阳中，赫巍巍摩天压地，说不尽的庄严气象，峭拔雄姿。秦元浩从未到过华山，不由得赞道：“古人说五岳名山，首推西岳，当真是名不虚传。”

金逐流在名山脚下，也禁不住逸兴遄飞，说道：“我倒是到过两次华山，可惜都是匆匆来去，无暇一游。今晚咱们反正是要找宿头，不如就到清风观住一晚吧。漱石道人不幸身死，咱们也该去他的灵前上一炷香的。”

漱石道人是给阳浩假冒天魔教教主厉南星之名害死的，史红英想起了这件事情，也是很觉难过，说道：“不错，咱们那日无暇送葬，今日理该吊唁。不过恐怕还是没有时间去游览华山了。”

金逐流笑道：“‘岧峣太华俯咸京，天外三峰削不成。’‘太华峰头玉井迈，花开十丈藕如船。’这些古人描写华山的诗句，能不令人心向往之！三过华山，不识华山真面目，那也是一件憾事啊！咱们以后每天多走一程，明日痛痛快快游一天山吧。”

史红英笑道：“你用古人的诗句，把我也说得心动了。不过，还是游半天吧，留一些未尽的游兴，以待他日，岂不更佳？”

金逐流笑道：“你这话说得好，留未尽之情，回无穷之味，这正是人生最美的意境，半天就半天吧。”

于是一行四众，在晚霞夕照之中攀登华山，道旁怪石奇松，流泉山瀑，注目都是佳景。秦元浩赞道：“未到华山高处，已是如入山阴道上，令人目不暇接了。”金逐流笑道：“似你这样流览，游它十天半月，恐怕都还未够。快点走吧，要不然半夜敲门，又要害得小道士担惊了。”

到了清风观正是天黑时分。清风观的所在地“莎罗坪”也是华山一处名胜，据说是因为有一株西域种的莎罗树而得名的。金逐流道：“我爹爹说，这株莎罗树还是华山医隐华天风亲手从马萨儿国移植来的呢。莎罗树的树叶有股清香，是可以治病的。可惜漱石道人死后，华山医隐那着手成春的医术在中土早已失传了。”天色已晚，众人只好留待明日观赏，当下便去敲门。

清风观的道士果然甚是吃惊，在门缝里偷瞧，待到看清楚是金逐流之后，方敢开门。

金逐流道：“那日的事情过后还有恶客来骚扰你们吗？”

那道士苦笑道：“这倒没有，不过，一次着蛇咬，十年见了草绳都害怕。说来惭愧，我们只是得到家师医术的一点皮毛。至于武功，却是连皮毛都未学到的。”

金逐流道：“有个好消息可以告慰尊师，尊师之仇，已经有人给他报了。”

道士大喜道："多谢金少侠。不知家师的仇人，是否就是那个什么天魔教的教主厉南星。"他只道代他师父报仇的人是金逐流，金逐流自谦，所以不肯自己说出来。

金逐流笑道："恰恰相反，给令师报仇的正是厉南星。但他可并不是天魔教的教主。"

道士大为诧异，问金逐流是怎么一回事。金逐流把阳浩假借厉南星名义，重开山堂，用毒药毒功要挟许多小帮会服从他，为了忌惮漱石道人能够治病救人，故而先下手把漱石道人害死。以及后来厉南星怎样揭破他的阴谋，废了他的武功等等情事，原原本本说了出来。清风观的道士这才明白。

道士叹道："善有善报，恶有恶报，若还未报，时辰未到。这话当真说得不错。阳浩这老贼虽然未死，但成了废人，亦足以一解我们心头之恨了。"

道士引领金秦等人到灵堂上香之后，便给他们安排住所，两男两女正好分住两间厢房。金逐流与秦元浩抵足同眠，大家都不想睡觉。

两人谈古论今，说得十分高兴，不知不觉，已是将近三更时分。金逐流抬头一看，只见月明如镜，原来这一天正是阴历十六。

金逐流忽发奇想，说道："古人秉烛夜游，认为人生乐事。其实烛光如何能比月光？今晚的月色这样好，若登华山之巅，观赏奇景，想必另有一番佳趣，是白天所不能领略的呢。"

秦元浩笑道："我倒是想陪你的，但咱们悄悄地溜出去，却如何向她们交代？万一明早不及回来，她们更要担心了。"

金逐流道："唤醒她们如何？"

秦元浩道："你不想睡觉，人家不要睡吗？走了大半天的山路，她们也该累了。对不住，我可不能陪你发疯！"

金逐流笑道："武当派的秦少侠，一结了婚就怕老婆，这倒是出乎我的意外。明天我倒想问一问封姑娘，问问她有什么御夫的本领，把你管得服服帖帖？"

秦元浩笑道："待你结了婚你就知道了，这位史姑娘比妙嫦厉害得多呢！看你还能不能够像不羁的野马？"

正说话间，金逐流忽地如有所觉，侧耳细听，秦元浩道：“咦，这是虎啸吧？”原来他们隐隐听得似有一种啸声。

金逐流道：“不像是虎啸，倒是像人的啸声。”

秦元浩道：“三更半夜，有谁上华山发啸？除非他也是像你这样的疯子。”

金逐流道：“你刚才不也是说想陪我游山么？难道你也是疯子？若是当真有人在此月明之夜，来此名山，呼唤山灵，恐怕还是世外高人呢！”

秦元浩忽然摇了摇手，说道：“别作声！”他的内功不及金逐流，要静听一会，方始听得较为清楚。

金逐流见他面有诧色，说道：“怎么样，听清楚了没有？”

秦元浩道：“咦，的确像是武功高明之士所发的啸声。”此时啸声已止，但山谷间的回声仍是隐隐可闻。

金逐流道：“拚着受她们明天责怪，我可是非出去会一会这位高人不可了。你不敢陪我，你就待在这里吧。”

秦元浩好奇心起，一拍胸口说道：“好，我陪你！但不管见不见得这个人，咱们在天亮之前一定回来，好不好？”

金逐流大为高兴，笑道：“我也不想累你做不成好丈夫，好，依你就是。”

他们是想瞒着史红英和封妙嫦二人偷偷出去的，不料一打开房门，只见她们二人已经是在院子里正朝着他们走来了。

金逐流又惊又喜，低声说道：“你们也听见了？”史红英点了点头，说道：“你们是不是准备出去看看？”金逐流道：“你有没有这个兴趣？”史红英笑道：“如果没有，我也不来找你了。”金逐流道：“好，那么咱们悄悄出去，别惊醒了观中的道士。”

月夜下的华山果然是显得异样的清幽，别有一种朦胧之美。群峰宛似披上了一层薄雾轻绡，白云缭绕，浮沉峰头幽壑之间，构成了一幅美妙绝伦的图画。从莎罗坪出去，引领东望，隐约可见直插云霄的“灵芝石”和“玉女石”，这是华山两座有名的石峰，“灵芝石”上面广大，下面削小，数瓣合抱，好像一朵硕大无朋的灵菌。“玉女石”挺拔秀碧，腰间白云围绕，更像一个风姿绰约，翠带飘摇的美人。

封妙嫦赞叹道：“这玉女石真是好看，真像是巧手雕成的美人。”史红英道：“灵芝石也是奇观。嗯，你们注意到了没有，华山群峰，许多都是酷肖花的形状，纵目一览，就像百花盛开的样子。‘花’、‘华’二字是相通的，华山之名为华山，想必是与它的形状似花有关。”

金逐流笑道：“元浩还怕你们渴睡，叫我不要惊醒你们呢。”封妙嫦道：“好在红英姐姐听到那个啸声，叫我起来，否则就要错过这一生罕见的奇观。”金逐流笑道：“那么咱们即使碰不上那个人，亦不虚此行了。”

华山地形极为险峻，只有一条正路可以登山，这是在石壁间开凿出来的山路——天险“千尺幢”。这条路长二里许，宽不过二尺，仅可容一人通过。沿途名胜颇多，有石阶二百余级，像一座天梯，重重叠叠扶摇直上，一直伸向云雾缥缈之中。向上看见一线蓝天；左右看见弥漫云气；向下看是幽暗不见底的深谷。封妙嫦、史红英虽然是身有武功的巾帼英雄，走在“千尺幢”之上，也不禁有点心惊胆战。

金逐流道：“人称‘华山自古一条路’，今日身历其景，果然是名下无虚。咱们若不是从这条路走，只怕再好的轻功，也是攀不上去。”

封妙嫦道：“咦，这古壁上还刻有字呢！”金逐流仔细一看，见是“脚踏实地，步步留神”八个大字，笑道：“这就是有名的‘回心石’了。有些人到此，就回心转意，不敢再往前去了。这八个字想必是警告来游的人，经此险峻，须得特别小心的。”史红英笑道：“这八个字也正可作为立身处世的座右铭呢。”

谈话间一阵山风吹过，金逐流隐隐听得似有笑声。金逐流又惊又喜，说道：“不只是一个人，好像有几个人在上面谈笑。咱们赶快上去。”

史红英道：“且慢欢喜，也还不知是什么人呢？”金逐流笑道：“懂得在月明之夜来游华山的人，哪有是俗子凡夫的道理？一定是世外高人无疑！”

众人怀着好奇心理，加快脚步，走过了“千尺幢”，只见南北两峰，屹立天边，两旁乃是断崖绝谷，脚下云气弥漫，好像置身于无涯无际的太空，奇险已达极致。金逐流叹道：“古人描写华山的名诗，我还记得几句是‘只有天在上，更无山与齐’；‘伸手摘星斗，吐气接太虚。’如今身临其境，果然是并不欺我！”史红英笑道：“也不免有点夸大吧？你伸手摘个星斗给我看看。”金逐流笑道：“读古人的诗词，哪有这样执着的道理？要领略的不过是他笔下的境界罢了。”

秦元浩道：“你们不必谈诗论词了，你看，那边真的是有人呢！”

金逐流朝他所指的方向望去，只见前面是一条石梁，约有六七丈长，横架于两峰之间，宛如一座云海飞桥。“桥”的那边，有几棵参天的古松，松荫之下，隐约可看到有两个人，似是一男一女。月色朦胧，云气弥漫，古松苍郁，人影隐现。端的似是古人笔下的“空山高士图”。金逐流心里想道：“听刚才谈笑的声音，似乎不止是两个人。且过去看看。”

史红英见地势奇险，说道：“逐流，小心一些！”金逐流道：“你们在这里等我，我去看看是什么人。”他只道史红英是怕他失足，恃着轻功高妙，心里还在暗笑史红英胆小。却不知史红英叫他小心提防的是人，在这绝险之地，如果对方不怀好意，突然袭击的话，那可不是当耍的。但史红英也因为尚未知道对方是友是敌，却是不便说出口来。万一对方当真乃是前辈高人，可就不好意思了。

金逐流飞身一跃，跳上石梁，只见白云朵朵，从眼前飞来，又从脚下滑去，飘飘欲仙，不由得纵声笑道：“快哉，快哉！红英，不用害怕，你也来吧！”笑声未已，只见那两个人已经现出身形，也在向着石梁走过来了。男的三绺长须，女的鬓云高耸，大约都是四十开外的年纪，装束不类尘世中人，果然是山林隐逸。

金逐流朗声说道：“晚辈金逐流仰慕高贤，特来拜访。”

话犹未了，忽见那中年男子也是飞身一跃，跳上了石梁，笔直地向金逐流走来，说道：“不敢。原来是金大侠的公子来了。如此多礼，可是叫我担当不起！”

这条石梁，仅能容得一人通过的，那个人直走过来，竟无闪避之意。

金逐流大吃一惊，这才知道此人不怀好意，竟然是要把自己置于死地！

此时金逐流正走到石梁的正中，两旁不能闪避，倘若回头走的话，转身之际，那人只要轻轻一推，就可以把他推下石梁。而且那人是笔直地撞过来的，金逐流即使脑后长着眼睛，不用转身，便往后退，也是难逃这人的毒手！

金逐流怒从心中起，冷笑说道："不敢有劳大驾亲迎，我自己过去就是了！"不退反进，也是笔直地撞过去，心里想道："我倒要看看你有什么本领能够把我挤下去！"

眼看两人就要撞在一起，一撞之下，势必是力强者胜，力弱者败。胜者固然难免受伤，败者则更将性命不保！或者同归于尽，亦有可能！

在这样情形之下，史红英、秦元浩等人想要援救亦是无计可施，禁不住失声惊呼！

这人是吃过金世遗的大亏的，看见金逐流毫无惧色地向他撞来，也是不禁心头一凛，暗自想道："他是金世遗的儿子，武功想必非同小可，我与他硬拼，只怕未必就拼得过他。"

这人心念一转，立即便煞住身形，淡淡说道："不敢当。"双掌合十，向着金逐流迎头一揖。

这一揖，表面看来是向金逐流施礼，其实是一招极厉害的杀手，暗藏着"童子拜观音"的招式。"童子拜观音"本是一招寻常的掌式，但在这人手中使出，却变化得非常巧妙，变成了一招使出意想不到的剑招，指尖代剑，指向了金逐流的丹田要害。而且在他合十一揖之时，那股掌力也像暗流汹涌一样，向金逐流推压过来。

金逐流冷笑道："阁下太多礼了！"双手虚抱，貌作答礼，化出了"拂云手"的招式，一按一捋，登时化解了那人的掌力。那人指尖刺到，金逐流的柔劲突然变成了金刚掌的刚猛掌力，硬劈过去。那人连忙缩指，"砰"的一声，与金逐流对了一掌。金逐流借着他的掌力，一个"鹞子翻身"，从他的头顶凌空飞过，到达了石梁的彼方，心中暗暗叫了一声："侥幸！"

本来这人的招数掌力都是古怪之极，中土所无的。金逐流幸亏曾见过他这一门的家数，所以才能够从容应付，否则鹿死谁手，殊难逆料。

那人得以与金逐流同脱险境，也是暗暗叫了一声"侥幸"，当下跟踪过来，说道："金少侠，好功夫！"

金逐流道："你想必是扶桑七子之一了？"那人不禁又是一惊，赞道："金少侠，好眼力！"心想："他只接我一招，居然就看出了我的来历，委实是不可小觑了！"

那人哈哈一笑，说道："想必是令尊曾对公子言及。我们领教过令尊的绝世武功，今日又得巧遇公子，真是何幸如之！"

金逐流冷冷说道："那么你是有心和我较量的了？"

那人说道："我是令尊的手下败将，本来不敢在公子的面前献丑，但公子若肯赐教，我倒是很想多个机会见识见识公子家传的绝世无双的剑法！"

这人说话谦恭，口气却甚狂傲，金逐流少年好胜，刚才又几乎给他挤下石梁，这口气如何咽得下去？即使对方不向他挑战，他也是要和对方较量的了。

金逐流拔出玄铁宝剑，说道："扶桑岛的剑术，我也正想多点机会见识，请进招吧！"

这人看见玄铁宝剑黑黝黝的毫不起眼，倒是不禁吃了一惊，心里想道："此剑丝毫不露锋芒，必定有些古怪。"当下小心翼翼的使了一招"日出扶桑"，剑尖上指，轻轻抖动。

这是扶桑派剑术的"起手式"，也是一招试探对方虚实的剑术，极得轻灵翔动之致。金逐流赞了一个"好"字，也不使用什么招式，提起玄铁宝剑便劈下来！

这人看出玄铁宝剑非同凡品，但却想不到它竟是如此沉重，剑锋尚未接触，已是感到一股大力直压下来。幸亏他用的是试探对方虚实的剑招，一觉不妙，剑尖立即轻轻一点，斜跃三步。

金逐流这股大力给他卸去了一半，也是不禁吃了一惊，心里想道："此人的内功与牟宗涛不相上下，剑术的精妙只怕还在牟宗涛

金逐流借着那人的掌力，一个“鹞子翻身”，从他的头顶凌空掠过，直落石梁的彼端！

之上。幸亏我曾经和牟宗涛交过手，多少知道一点他这一派剑术的诀窍，否则恐怕还当真不易应付呢！”

这人斜跃三步，横剑反削，又是一招攻守俱妙的剑法。金逐流笑道：“我新创了几个招式，和贵派的剑意，倒似颇有不谋而合之处，请阁下指教！”

说话之间，金逐流已是刷刷刷的连环三剑，都是从扶桑派最精妙的那几招之中变化出来的新招，登时把那个人杀个措手不及，只好连连后退。

十数招一过，这人越发吃惊，暗自想道：“难道我派的剑谱业已落在他的手上？”要知他所得的本门剑术不过十之三四，如今发觉金逐流使出来的还在他精研过的剑谱之上，自是不免有此疑心。

这人的妻子看见丈夫堪堪就要落败，这一惊也是非同小可，拔出剑来，便即喝道：“好呀，你这小子偷了我派的剑谱，居然还敢在原主的面前卖弄，快快拿出来吧，否则你可休想我们放过你了。”

金逐流哈哈笑道：“可笑呀，可笑！”那女人道：“有什么好笑？”金逐流道：“数百年前，贵派是已分为三支，剑谱早已失传，无人得窥全貌的了。你们根本就没有一部完整的剑谱，我又从何处偷来？”

那汉子吃了一惊，说道：“你怎么知道得这样清楚？”那女人却道：“本派剑术精妙绝伦，你得的纵然只是断简残篇，也足以傲视武林，横行中土的了。可惜你今日碰上我们，偷来的东西总是要归还原主的，我劝你还是不要花言巧语，多方辩解了吧。”

金逐流本来想把牟宗涛的事情告诉这两夫妇的，但听得她这么一说，不觉心中有气，故意昂首向天，哈哈哈又再大笑三声。

那女人怒道：“你这小子又有什好笑的了？”

金逐流道：“我笑你们纵然不是井底之蛙，也是见识有限！”

做丈夫的似乎比妻子有涵养得多，听了金逐流的话，倒是并不动怒，淡淡说道：“金公子何所见而云然，我们是井底蛙，难以自知，倒要请高明指教了。”

金逐流道：“高明二字，愧不敢当。但据我所知，中土武术，源远流长，即如贵派的始祖虬髯客也是从中土去的。千百年来，中土各家各派高人辈出，纵未必胜于前贤，但推陈之处亦属不少。其博大精深之处，实非浅学者所能窥其涯岸。你们夸称贵派的剑术精妙绝伦，言下大有蔑视中土之意。依我看来，只怕是所见未广吧?”

那汉子说道：“公子笑我们见识有限，那么请公子把中土的高明剑法，赐教几招，让我们开开眼界。当真胜得过在下，在下自然心悦诚服。”那女子也插口说道：“是呀，你既夸道中土，武学高明，那又何必用我们扶桑派的剑法?”

金逐流笑道：“实不相瞒，我刚才使的那几招剑法虽然是从贵派剑法中变化出来，但也是我自创的新招，并非贵派原来所有。你们既不相信，我就用家传的几招粗浅剑法，和你印证印证，看看是否输于贵派?”

那汉子就是曾经用剑划损了金世遗的寒玉戒指的那个人，当时金世遗并不使用兵器，只凭弹指神通的功夫弹飞了他手中的长剑，是以他虽然败在金世遗手上，但对自己的剑法却还颇有自信，并不如何心服。当下想道：“金世遗的剑法号称天下无双，但我未曾见过，不知是真是假?以那日的情形而论，在剑法上我曾赢了他半招，不信他的儿子就能胜得过我?”于是说道：“好，只要你是用你本门的剑法赢得了我，我就拱手臣服!”

金逐流哈哈笑道：“那也不必如此!”当下把玄铁宝剑挽了一朵剑花，缓缓地向那人刺去，正是：

剑术通玄臻化境，岂知中土胜扶桑。

欲知后事如何?请听下回分解。

第五十回　柔枝代剑惊神技
美目流波觅故人

上乘剑术讲究轻灵翔动，那人从来没有见过使剑使得这么慢的，倒是不觉一怔。那女人冷笑道："这是什么剑法？大哥，这小子看不起你，你还和他客气作甚？"原来她还以为金逐流这样慢吞吞的出剑，乃是故意对他们的轻蔑。

那男的慎重得多，一点也不敢轻敌，心里想道："不管他用的是什么剑法，总是小心应付为宜。"当下长剑一指，闪电般的便攻过去！一快一慢，恰好成了鲜明的对比。但这人出剑虽快，也并非完全不顾防御的。这一招正是他们扶桑派剑法的精华所在，招里藏招，式中套式，其中蕴藏着十分复杂的变化！

这人企图以快制慢，不料剑尖刚伸入金逐流所划的剑圈，这才发觉四面八方都已给金逐流的剑势封住。

原来金逐流使的正是大须弥剑式中的一招"以静制动"的绝妙剑招！要知任何高明的剑法，也总是难以做到百分之百的攻守兼顾的，既然偏重于攻，就难免会有一两处"空门"，大须弥剑式的诀窍就是在于以静制动，找对方的弱点。

幸而这人的招数蕴藏有几个后着，一觉不妙，立刻变招，俨似蜻蜓点水，稍沾即退，但饶是如此，亦已稍稍吃了点亏，只听得"叮"的一声，那人的长剑已是损了一个缺口。

金逐流抢了上风，心里却也不禁暗暗佩服对方的剑法了得。要知刚才这一招，他在剑法上虽然制了先机，但他之所以能够把对方的长剑损了一个缺口，那还是仗着玄铁宝剑的威力。否则，倘若是换了一把普通的青钢剑的话，那就仅能夺得先手，稍占上风而已。

原来扶桑派的剑术其实也不输于金逐流所使的“大须弥剑式”的，但那人吃亏在从来没有见过“大须弥剑式”，而金逐流却见过他这一派的剑术。金逐流悟性极高，针对对方的弱点，把大须弥剑式稍加变化，就变成了对方剑术的克星了。

那女子见丈夫一个照面，便即吃亏，大惊之下，冷笑说道：“你这小子仗着有一把宝剑，也不见得有什么真实的本领！”金逐流道：“好，把你的剑换给我！”史红英在石梁那面叫道：“不要上她的当！”

玄铁宝剑是稀世奇珍，金逐流也不放心与她换剑，可是他又甚为好胜，忍受不了那个女子的奚落，说道：“红英，你过来，我和你换剑。”那女子道：“不必如此费事，让我也来领教领教你的剑法好了。你有宝剑，我们多一个人，这也该说是公平的吧?”原来这女子故意奚落金逐流，其实也只是想找个借口而已。

金逐流笑道：“公平，公平得很！你们两口子并肩子上吧。”心里想道：“爹爹只凭双掌，打败了扶桑七子，我有玄铁宝剑，料想也无妨。”又想道：“自从我在江湖闯道以来，武功胜过我的虽然碰到不少，但在剑法上胜过我的，却是从未见过。能够与我打成平手的也只有一个牟宗涛而已。难得如今碰到扶桑七子中两个使剑的高手，我倒要试一试能否敌得住他们的联手攻击了。”

金逐流出于好胜的心理，想要试试自己的实力，那女子却只道他说的乃是反话，不由得满面通红，心里想道：“好，现在让你猖狂，等下就叫你知道我的厉害！”当下紧咬银牙，刷的一剑就刺过去。

两人联手，果然大大不同。那女子的长剑划了一个弧形，似守似攻，飘忽不定。金逐流横剑一磕，仍用大须弥剑式以静制动的剑招。那男的长剑一挑，笔直如矢就攻进来。双剑相交，“当”的一声，男子的长剑给玄铁宝剑荡开，女子的长剑立即便从缺口攻进，登时破了金逐流的大须弥剑式。幸而金逐流家传的“天罗步法”也是武林一绝，一个移形换位，在间不容发之际，闪开了那女子的杀手剑招。饶是如此，衣角已是给剑尖划破了。

那女子给玄铁宝剑一击，虽未碰个正着，胸口已是如受重压，亦是不禁吃了一惊。抢了先手，不敢让金逐流有反攻的机会，立即以快剑进攻，两夫妻左右夹击，展开了暴风骤雨般的攻势，迫得金逐流透不过气来。

金逐流心头火起，想道："好，我拼个两败俱伤，不信就不能杀退你们。"剑招一变，也变成了一派进手的招数，使的是天山剑法中的追风剑式。追风剑式是以攻势凌厉见长的剑式，与大须弥剑式之以绵密防御见长，实有异曲同工之妙。

两夫妻都是不觉心中一凛："中原的剑法果然是不下于本派所传!"两夫妻打了一个眼色，剑法也就跟着变化。

只见那女子持剑挥舞，好像自己练习招式似的，不与金逐流近身缠斗，却在距离一丈之外，左划一个圈圈，右划一个圈圈，斜划一个圈圈，正划一个圈圈，反手挥剑，又是划了一个圈圈，圈里套圈，重重叠叠，好似一波接着一波的奔腾翻卷，套着金逐流的身形。虽然是在一丈开外，但金逐流只要稍一不慎，身上任何一处的要害，都有中剑的可能。

倘若是单打独斗，这女子的剑法虽然古怪，金逐流也有办法破她。但金逐流如今是以一敌二，可就有点难于兼顾了。

女的划出一道道剑圈，套着金逐流的身形，男的便即运剑如风，着着进逼！每一剑都是笔直地刺将出去，和那女的每一剑划成圆圈，恰好相反，但却配合得妙到毫巅，教金逐流攻也不得，守也为难。这两人的招式看似简单，其实内中都是藏着十分复杂的变化。

金逐流全神应付，细察他们剑法的变化，有些是曾经在牟宗涛的剑法中见过的，未见过的也大致可以揣摩得到剑意，但虽然如此，由于对方是双剑合璧，配合得天衣无缝，金逐流纵然料得中对方的后着，也是无法破解。不过，也幸亏金逐流悟性极高，揣摩得到对方的"剑意"，否则只怕更难应付。

金逐流倒吸一口凉气，暗自思量："久战下去，我必定吃亏无疑。要拼个两败俱伤，也是不可能的了!"若然是在平地，金逐流还可以施展轻功逃跑，但在这华山绝险之处，后退就是百丈深谷，这两人如何能够容得他安然从石梁走过？既然退无可退，也就唯有咬牙苦战了。

石梁那边的史红英、秦元浩、封妙嫦三人，比金逐流还更着急。秦封二人自忖本领相差太远，要插手也插不进去，封妙嫦手心捏着一把冷汗，说道："金大哥恐怕有点不妙，他们倚多为胜，我们一齐过去和他拼了吧！"秦元浩眉头紧皱，默不作声。他不是害怕强敌，而是恐怕插不进手，反而累得金逐流要照顾自己，那就是帮了倒忙了。

史红英道："让我过去，若是不成，你们再来。"封妙嫦道："不，我和你一同过去。我们若都不成，元浩，你回去给金大侠报信。"封妙嫦未尝没有自知之明，但她却不愿意史红英独自冒险，无可奈何之中，只好想出这个办法，好保全秦元浩的一条性命。秦元浩大为感动，史红英也是深深感激她的义气，心里想道："我若不是和她交了朋友，真不相信她会是封子超的女儿！"

秦元浩牙根一咬，说道："不，你回去向金大侠报信，我和红英姐姐过去。"打算一过去就施展武当派的连环夺命剑法，与对方拼个两败俱伤，决不要金逐流照顾自己。

话犹未了，忽听得一个人冷笑说道："你们都是自身难保，吵些什么？你们要去自己送死，不如让我成全了你们吧！"

声到人到，说到"成全"二字，那个人已是一抓向封妙嫦抓下。

幸而史红英拔剑得快，就在那人一抓抓下之时，史红英已是刷的一剑向他刺去。封妙嫦这才躲避得开。定睛一看，却原来是欧阳坚。

原来欧阳坚家住华山北峰，和清风观距离不远。与金逐流交手的这对夫妇，乃是在他家中做客的。

欧阳坚自徂徕山铩羽而归，不敢回京复命，躲在家中，再练武功。"扶桑七子"败在金世遗手下，也各自分散。其中一对夫妇来到华山，他们知道欧阳坚是萨福鼎的得力手下，是故特地来找他。

无巧不巧，恰巧金逐流一行四众，今日也上华山，给他们瞧见。这对夫妇在听得欧阳坚说出了金逐流的身份之后，本来就想找金逐流比试，报复给他父亲击败之仇的，欧阳坚尚未深知这对夫妇的本领，却恐怕他们万一不敌，因此给他们想出了一条诱敌之计。深夜发啸，把金逐流引到华山绝险之处，才施暗算。欧阳坚先藏起来，不让金逐流看见。

结果在石梁上的暗算虽不成功，但金逐流在这对夫妇联剑夹攻之下，亦是只有招架之功，毫无还手之力了。

欧阳坚见他们夫妇已经大占上风，喜出望外，于是就按照原来的计划，从密林深处偷偷地钻出来，绕过石梁，来袭击史红英和秦元浩夫妻。

幸而史红英及时发觉，拔剑得快，这才救了封妙嫦的性命。

封妙嫦看清楚了是欧阳坚，大怒骂道："你这贼子害了我的父亲还不够吗，又来害我！"

欧阳坚冷笑道："你这话应该颠倒过来说才是，你的父亲本来和我一同受萨大人的差遣的，他却中途变志，反而出卖了萨大人的机密，害得我也受了他的拖累，断送了前程，我还要找你的父亲算账呢！今晚你自投罗网，你们夫妇乖乖地随我上京吧，只要你们说出了竺尚父这支叛军的隐藏所在，或许我还可以饶你父亲。"

封妙嫦骂道："放屁！"一剑刺将过去，欧阳坚哈哈大笑，说道："你这丫头也配和我动手！"伸手一弹，"铮"的一声，把封妙嫦的青钢剑弹开，秦元浩、史红英双剑齐出，堵住了他的追击。

欧阳坚想拿封妙嫦来将功赎罪，是故并未使出看家本领。但对付史红英可不同了，他知道史红英武功不弱，她和秦元浩联手，自己倘若轻敌，只怕还会折在她的手里。

史红英的剑法本来就不同凡俗，这个多月来，和金逐流日夕相处，更是越发精妙，一连几次杀手招数，杀得欧阳坚步步后退。

但欧阳坚退出了几步之后，暗运玄功，亦已作好了准备，一声冷笑，喝道："你们三个人都跑不了！"

欧阳坚一掌拍出，热风呼呼，就像从打铁匠的鼓风炉中吹出来似的，触体如焚！这是他的家传绝学"雷神掌"，用起来甚为耗损真力，是以非到紧要关头，决不轻易使用。

不过片刻，史红英等三人已是大汗淋漓，头晕脑胀。史红英功力较高，还好一些，封妙嫦功力最弱，更是热得几乎透不过气来。

史红英道："嫦姐，你歇一歇。"抽出长鞭，左鞭右剑，挺身而上，正面抵挡欧阳坚的攻击。

欧阳坚冷笑道："你这贱婢，帮外人迫死了哥哥，居然还敢在我的面前逞强，今日我正好替史白都报仇了。"他以为少了一个对手，取胜自必更为容易，史红英拼命向前，不过是困兽之斗而已。

哪知史红英乃是鞭剑双绝，鞭法上的造诣比剑法还要高明。当日她与金逐流初会，就曾用一根长鞭与金逐流斗过数十回合，金逐流也不过只能胜她少许而已。

长鞭挥舞矫若游龙，欧阳坚一个疏神，手背着了一鞭，虽非要害，也是痛得十分难受。欧阳坚大怒，斜身攻上，史红英短剑一翻，抖起三朵剑花，上刺咽喉，下刺丹田，中刺胸口的璇玑要穴。剑点所落之处，全是指向他的要害。欧阳坚见她使出两败俱伤的杀手，也是不禁一惊，不敢欺身进逼，只好又向后退。

说时迟，那时快，秦元浩亦已从侧面攻上。他的本领虽然较弱，但他所使的武当派"连环夺命剑法"却是天下第一等狠辣的剑法，此时拼命向前，欧阳坚不能不有点儿顾忌，当下只得不惜耗损真力，连续使出"雷神掌"的功夫，双掌连环拍出，这才把秦元浩逼开。秦元浩热得遍体如焚，咬牙忍受。

史红英以长鞭攻敌，短剑防身，秦元浩从旁侧袭，两人联手拒敌，反而比刚才三人的时候情况还好一些。这也是因为秦元浩不必分心来为封妙嫦担忧的缘故。

欧阳坚和他们斗了数十招，兀是未能取胜，不由得心中暗暗叫苦："这一战过后，纵然能够取胜，只怕我又要多耗三年功力了。"

原来欧阳坚在徂徕山与仲长统一场恶战，给仲长统以"混元一炁功"震伤，须得苦练三年，才能恢复原来的功力。也正是因为他的"雷神掌"的威力已经打了折扣，所以史秦二人方能支持到此刻的。

欧阳坚害怕又再多耗三年功力，暗暗叫苦；殊不知史秦二人比他更为着急。他们的剑法鞭法虽然精妙，但在热风鼓荡之下，吃力非常，勉强支持，已是将到筋疲力竭的田地了。

在石梁的那一面，金逐流也是陷于苦斗之中，处境比史红英还要恶劣。

那对夫妇越迫越紧，金逐流仗着玄铁宝剑，勉强抵御。幸亏他的大须弥剑式，乃是最上乘的防御剑法，绵密异常，无瑕可击。加上了玄铁宝剑的威力，那对夫妇想在急切之间攻进他的剑圈，却也不能。

可是史红英那面的高呼酣斗之声，声声入耳，却是不能不令他大大分心！尤其是欧阳坚的“雷神掌”，每发一掌，都隐隐挟着风雷之声，听进他的耳朵，更是不禁为史红英担忧了。

高手比斗，哪容得有丝毫分心？金逐流恨不得插翼飞过石梁，助史红英一臂之力，可是他此际自身难保，又焉能前去助人？

金逐流本就处于下风，心神一乱，更难抵敌。剑法的绵密大不如前，甚至在挥动玄铁重剑使出复杂的剑招之时，也渐渐有了力不从心之感了。

那男子业已看出金逐流的玄铁重剑乃是宝物，哈哈笑道：“好小子，认输了吧！你给我磕三个响头，把这柄剑放下来，我就让你下山。”

金逐流喝道：“放屁！”抡起重剑，当作大刀来使，一招“力劈华山”，便斫下去。那汉子吃了一惊，心里想道：“我只道他已是强弩之末，却居然还能使出这样刚猛的招数！”倒也不敢太过猖狂，当下以一招轻微的剑法，化解了金逐流这招，但仍是不禁退了一步。

原来金逐流乃是在一怒之下，强用真力的，这几招暴风骤雨般的攻击，不过是程咬金的三板斧而已。

那对夫妇双剑合璧，接连化解了金逐流的几招攻势，试出他的气力不加，那男子这才放下了心上的石头：“原来这小子果然已是强弩之末，我并没有看差！”登时又得意起来，哈哈笑道：“好小子，你也真够顽强，佩服！佩服！但你总是逃不过我们的掌心的了，苦斗无益，我劝你还是缴械了吧。那三个响头么，看在你是一条好汉的份上，不磕也就算了。”

金逐流想起了父亲“临敌戒躁”的教训，强抑怒火，冷冷说道："有本领，把我这条命拿去就是。想要这把宝剑嘛，可没有那么容易。"

金逐流正想施展两败俱伤的杀手，明知对方武功高强，夫妻联剑，这招杀手未必就能如愿，但总胜于束手待毙。就在此时，忽听得有人轻轻一"噫"，似乎是个女子的声音。那对夫妇也听见了，脸上露出诧异的神色。

金逐流抬头一看，只见从树林中走出来的竟然是个少女，乌黑的头发，明亮的眼睛，看来最多不过二十岁左右。

一个少女，深夜在华山之巅出现，当然不会是普通人家的女儿了。金逐流刚一抬头，发现她的影子，转眼之间，便见她来到了前面，身法端的是轻灵之极！金逐流吃了一惊，心里想道："这少女别的功夫不知，只这份轻功，已是与我不相上下。她的身法和中原各大门派都不相同，恐怕多半是扶桑七子一路。"不过金逐流已是把生死置之于度外，也不在乎多一个敌人了。

这少女轻轻"噫"了一声，忽地从地上拾起几颗石子，把手一扬，就向金逐流他们打了过来。

金逐流的玄铁重剑舞得泼水不入，一颗石子，撞着了他的重剑，只听得"当"的一声，那颗石子化成粉碎！

但这少女飞出的石子，不仅是打金逐流，同时还有两颗石子，打向那一对夫妇。那对夫妇用的是普通的青钢剑，"叮叮"两声，石子弹开，却没有粉碎。

金逐流和这对夫妇都感到虎口稍稍一麻，虽然并无妨碍，亦已大为惊诧。要知他们的武功在武林中都足以挤进一流高手之列，一个少女发出的一枚小小的石子，竟然能够令他们的虎口酸麻，这份功夫，当然是出乎他们意料之外。

金逐流尤其感到惶惑，他本来以为这少女是"扶桑七子"一路的，但如今这少女的石子却是"一视同仁"，打了他也打了那对夫妇，她究竟是友是敌？金逐流可就煞费疑猜了。

那对夫妇吃了一惊，齐声喝道："你是什么人？乳臭未干的黄毛丫头，也敢在这里多管闲事么？"

那少女格格一笑，不答他们的话，却先向金逐流说道："你用的是玄铁宝剑吧，那么，你是金逐流、金少侠。”

金逐流见她似无恶意，说道：“不敢。我正是金逐流，姑娘有何指教？”

那少女回过头来，这才对那两夫妇说道：“你不认识我，我却知道你们。你们是扶桑派的不是？”

那妇人道：“是又怎样？”

那少女道：“我听说扶桑七子之中，只有一对夫妇，丈夫名叫石卫，妻子名叫桑青，想必是你们二人了。”

石卫惊疑不定，说道：“你年纪轻轻，怎的知道我们的来历？”

桑青却没有她丈夫那样客气，喝道：“你来刺探我们，有何用意？快说！”

那少女道：“牟宗涛是不是和你们一起？”

那妇人道：“牟宗涛是什么人？没有听过！”

她的丈夫却吃了一惊，说道：“你说的是不是扶桑岛牟家的后人？”那少女道：“不错，他正是扶桑派第二代师祖牟沧浪一脉相传的嫡系子孙。”那男的似乎颇感意外，说道：“牟家也有人来了中原么？”

那少女道：“原来他不是和你们一起，这我就放心了。其实我也早就想到，他是不会和你们一路的。我这一问倒是多余了。”

那妇人道：“你这是什么意思？”

那少女道：“扶桑岛虽然孤悬海外，但扶桑派的始祖虬髯客却是从中原去的侠士，扶桑派的弟子应该善体祖师的遗教，岂能与中原的侠义道为敌？”

那妇人“哼”了一声，冷冷说道：“你这是教训我们么？”

那少女道：“不敢。我只是这样想：牟宗涛若然来到中原的话，他是应该记得祖先的遗训，不会和金大侠父子作对的。”

金逐流大喜道：“姑娘，你猜得一点不错。牟宗涛的确不是和他们一路。你要知道他的消息，我可以告诉你。”

那妇人气往上冲，说道：“我不管那姓牟的是什么人，但你分明是说我们不对，我倒要请问你凭什么来教训我？”

那少女道：“你们的所作所为，若是自问合乎祖师的遗教，那又何必怕别人说呢?”

那妇人怒道:“你开口祖师,闭口祖师,你是扶桑派的弟子吗?哼,就算你是本门弟子,凭你这黄毛丫头,也不配用祖师的遗训压我。你抖露几手给我瞧瞧吧,真能胜得了我,那时你再开口教训我们,也还不迟!”

那少女淡淡说道:“也好,我就领教你的本门剑法。”她说出“本门剑法”四字,已经是承认了是扶桑派的弟子了。

其实这妇人听她说得出扶桑派的来历,亦已猜疑她是本门中人了,不过不甘受她奚落,而且也还想试她一试而已。

那少女随手折了一根树枝,说道:“桑师姐,进招吧!”

那妇人道:“你要用这根树枝和我较量?”

那少女道:“较量二字太重了,小妹只是想与桑师姐印证印证!”

那妇人冷笑道:“你倘若是果然使得出本门剑法,敌得了我的十招,那时你叫我师姐也还不迟!”

那少女摇了摇头,心里想道:“我还当真不稀罕有你这样的同门呢!”当下说道:“好,但也不必限定十招。”举起树枝,轻轻一划,果然使的是扶桑派的起手式。

桑青冷笑道:“不必多礼!”刷的一剑刺去,那少女把树枝轻轻一拂,桑青的长剑分明已经碰着她的树枝,不知怎的,明晃的利剑,竟然不能削断一根树枝,反而给她的树枝引过了一边。

金逐流禁不住高声喝彩,心里想道:“这女子的扶桑剑法,看来是比牟宗涛还更高明了!我只道已经参透了他们这派的剑意,谁知还有精妙之处,我尚未能领会!怪不得爹爹常说天外有天,人外有人。这个少女,只怕我就未必能有把握胜她。”

桑青这一惊更是非同小可,当下不敢轻敌,将青钢剑舞得泼水不进,自忖:“本派以柔克刚的这方面剑法,是你胜我一筹。但谅你一根树枝,也决不能打败我手中的长剑。”

金逐流在旁数道:“第一招,第二招……第五招,第六招……哈哈第八招了!”交手之前,桑青说过要在十招之内打败这个女子,金逐流恐她反口,是以在旁替这少女数她的招数。

刚说到第八招，忽见这少女倏地一个翻身，身似水蛇游走，树剑突然伸进了桑青的剑光圈内，只听得“当”的一声，桑青长剑已经脱手。原来是给她的树枝正好点着了脉门。

那少女冷笑道：“你的本门剑法似乎还未学得到家，我劝你还是不要恃技欺人吧!”

那少女翻身进“剑”的时候，衣袂轻扬，衣角有红线绣着的一条飞鱼，站在旁边的金逐流和那男子都看见了。

那男子大吃一惊，失声叫道：“姑娘，你是飞鱼岛林岛主的什么人?”

那少女道：“正是家父。他早已不是飞鱼岛的岛主了。你要见见他么?”

那男子道：“原来你是林师伯的千金，恕我们无礼了。”

桑青垂头丧气，拾起剑来，说道：“走吧，难道你还当真要和她去参见林师伯么?”

那少女道：“金少侠，你刚才说有牟宗涛的消息告诉我。”

金逐流道：“不错，但请你稍待一会。”

金逐流正要过去助史红英一臂之力，忽见欧阳坚转身就走，金逐流尚未走过石梁，他已跑了上山，背影也看不见了。原来欧阳坚接连使用“雷神掌”的功夫，本身元气大为损耗，亦已到了强弩之末的田地。如今看见这对夫妇已经逃跑，他如何还敢恋战。

那少女跟着过来，与史红英等人相见。金逐流这才得有空暇，向她道谢。

那少女道：“多谢什么，我还觉得惭愧呢，都是我的同门不好。”金逐流由衷赞道：“姑娘，你的剑法真好，今日多亏得你相助，要不然只怕我已不能站在这里说话了，我还不该多谢你么?”

那少女面上一红，说道：“金少侠，取笑了。说到剑法，我才真是佩服你呢。我不过是因为本门的剑法比他们懂得多些，才得胜了桑青的。金少侠，你没有学过我们这一派的剑法，所创的新招，却非但暗合本派的剑意，甚至有几招比我们原有的剑法还更高明。这才是了不起呢!”

金逐流道：“姑娘你真会客气，但不知你何以会来到此间，又是怎地知道我的来历的？”

那少女道：“我爹爹最佩服的人就是令尊，扶桑七子曾与令尊为难之事，我爹爹已经知道了。但我们却不知道牟宗涛是否在扶桑七子之内，我是特地来找他的。至于我之所以来到华山寻找，乃是得自爹爹一位朋友的指点。”

史红英、秦元浩、封妙嫦等人依次上来与这少女见面，各自报了姓名。金逐流道：“姑娘你可以把你的姓名来历告诉我们么？”

那少女道：“令尊是我爹爹最佩服的人，只恨无缘相见。我们的来历说给你听是无妨。但我爹爹年迈，不愿惹事，只想隐居度过余年。希望你不要说给外人知道。”

金逐流道：“这个当然。”心里想道：“原来她的父亲乃是隐姓埋名的高士，怪不得没人知道。”

那少女道：“我姓林，名叫无双。我们本来是在扶桑岛侨居的，已经有了好几代了。牟宗涛是我的表兄。”

史红英道：“原来如此，怪不得你要找他。你们是几时来到中原的，和牟宗涛一直没通音讯吗？”

林无双道：“我们来了已经差不多有十年了。”接着说道：“小时候，我们和牟家是住在一起的，我的母亲就是牟宗涛的姑姑。我和他的剑法都是我的母亲教的。但他的年纪比我大了十岁，我们举家迁回中原的时候，我才不过十一二岁，他已长大成人了。所以，他现在若是见了我，恐怕他还未必认得我呢。”

金逐流道：“你们举家迁回中原，牟宗涛知不知道？”

林无双道：“是这样的，起初我们本来和牟家住在同一个地方，后来我的爹爹看不惯倭人的气焰，和一班渔民避到海外一个荒岛，开垦荒地，种田打猎。日子倒是过得无拘无束。爹爹给这个岛起了一个名叫做飞鱼岛。可惜这样的生活却过不了几年。”

金逐流道：“为什么？”

林无双说道：“就因为飞鱼岛已经变了样啦。当它是一片荒芜之时，没人理会；但在它开发之后，可就有人垂涎了。”

金逐流道：“是海盗么？”

林无双道：“不是海盗，但也可以说是比海盗更猖獗的海盗。

是倭人把飞鱼岛占领了。”

金逐流愤然道：“他们倒很会趁现成!”

林无双道：“可不是吗！爹爹曾在这个岛上流过许多血汗，却终于给他们迫走了。开发飞鱼岛的这帮渔民，公推爹爹做岛主，在那几年中，曾经几次击退了倭国浪人的侵袭。后来倭国的兵船开到，军队登了陆，占领了飞鱼岛。当然是没有我爹爹立足的余地了。”

林无双叹了口气，继续说道：“我们在飞鱼岛不能立足，当然也就不能够再回到倭人占领的扶桑岛去啦。当时牟宗涛正在海外各处小岛找寻他的同门，根本就不知道他到了什么地方。

“爹爹本来就想重归故国的，既然在海外无地可以容身，我们就回到中原来了。算来已经十年了。十年来我们一直在一个小渔村隐居，没人知道我们的来历，除了爹爹的一位朋友之外。”

金逐流道：“那人是——”

林无双道：“是爹爹回到中原之后，所结交的唯一朋友。他的名字叫尉迟炯。”

金逐流道：“哦，原来是尉迟炯！我见过他的。他本来是关外的马贼，后来投了义军，现在已是小金川义军的一位领袖人物了。”

林无双道：“不错，我们从海外归来，是经过朝鲜先到关外后到中原的。当时尉迟炯还是马贼，在关外一面抗击清兵，一面也和从朝鲜潜入关外的倭国浪人作战。爹爹曾帮过他的忙。我们和尉迟炯分手亦已将近十年，最近才重见了面的。”

金逐流恍然大悟，说道：“你刚才说的那位指点你到华山来找寻牟宗涛的人，敢情就是尉迟炯了?”

林无双点了点头，说道：“正是。他虽然不认识牟宗涛，但他却曾和扶桑七子中的人物狠狠打过一场。有关扶桑七子的消息，就是他带来给我爹爹的。”

金逐流又惊又喜，说道：“尉迟炯也是我江师兄的好朋友，我也十分怀念他呢。他现在怎么样了?”正是：

说起渊源都一路，关东豪杰久知名。

欲知后事如何？请听下回分解。

第五十一回　神鞭暗器称双绝
快马挥刀会七雄

林无双道："今晚月色明朗，那天晚上，却是无月无星。尉迟炯夫妻突然来到我们家里，他们是跳墙进来的，给我发觉了，我还以为是瞎了眼睛的强盗，光顾到我们穷人家里呢。我刚刚练会了爹爹所教的暗器功夫，袒袋里有日间吃剩的蚕豆，于是就想拿他们来开开玩笑，抓起六粒蚕豆，每人奉送三粒，打闭他们的穴道。

"我以为他们一定会倒下去的，不料蚕豆打了出去，忽听得那男的说道：'唔，味道不错！'那女的却赞道：'好俊的暗器功夫！'我大吃一惊，连忙拔出剑来，就在此时，忽听得爹爹说道：'双儿，不许动手！来的可是尉迟兄嫂么？'那男的笑道：'不错，是老朋友来看你了。林大哥真好眼力，一别十年，我还以为你认不得我们了呢。'爹爹亮起了灯，我才认出是他们夫妇。"

金逐流笑道："尉迟炯的妻子祈圣因，外号千手观音，你以前不知道么？"

林无双道："我和他们在关外结识的时候，我年纪还小，那晚才是第一次见到祈圣因的暗器功夫。"

接着笑道："千手观音的外号确实名不虚传，灯光一亮，她摊开了手掌，我打她的三粒蚕豆，都在她的掌心之中。她说：'想不到无双侄女长得那么高了，暗器功夫可着实不错啊。'爹爹笑我班门弄斧，我羞得脸都红了。"

金逐流听得有趣，不觉笑道："祈圣因为人面冷心热，她一定传授了你几手暗器的功夫了吧？尉迟炯可还是那股粗豪的脾气，怎的把你的蚕豆全都吃了。后来怎样？”

林无双噗嗤一笑，说道：“我只顾说闲话，可忘了正经的事了。”她在渔村长大，生活单纯，不懂世故，说到高兴之处，活像一个天真烂漫的女孩。金逐流和史红英都是不由得心底里暗暗欢喜她，想道：“若不是亲眼见到，真想不到这样一个天真活泼的小姑娘会有这样高明的武功。”

林无双继续说道：“爹爹说，什么风把你们吹来的？尉迟炯笑道，我找了十年，才知道你们躲在这里，你以为是凑巧的吗？林大哥，我这次固然是特地来拜访你们，但也是顺便要向你打听几个人的。

“爹爹起初莫名其妙，说道：‘你知道我在中原并无相识的朋友，十年来隐居渔村，更是孤陋寡闻，你却要向我打听什么人？’

“尉迟炯道：‘这几个人你纵然不认得，一定也会知道他们的来历的。我先告诉你我们两夫妻的一桩遭遇。’”

跟着林无双也就把尉迟炯所说的故事转述给金逐流等人知道。

这是一个秋高气爽的佳日，尉迟炯夫妻在冀北道上并辔奔驰。他们是受了小金川义军首领萧志远的委托，到保定去和天理会联络的。

正行走间，忽听得蹄声得得，铃声叮当，回头一看，只见尘头大起，却原来是来了一个马帮。有男有女，有老有少，总共七人之多。

尉迟炯本是关东马贼出身，善于相马，一见马帮的来势，不觉吃了一惊，说道：“这七匹坐骑都是千金难买的骏马，这些人想必也一定不是寻常的马帮了。”

祈圣因开他玩笑道：“说不定是你的同行，想来光顾我们。”

尉迟炯哈哈笑道：“那我倒是欢迎之至，我还未曾见过这样阔气的马贼呢。倘若他们真是马贼，我倒想重新入伙了。”

说话之间，这队人马和他们的距离已是越来越近，尉迟炯只道他们是要赶过前头，于是遂闪过一边，给他们让路。

不料那些人却不约而同地放慢了坐骑保持十来丈的距离，跟在他们夫妻的后面。

尉迟炯不觉疑心大起："难道当真是冲着我来的?"和妻子打了一个眼色，故意忽快忽慢地行走，那些人果然也是不疾不徐地跟着。

尉迟炯心里暗暗好笑："如果他们真是马贼，那就活该他们倒霉了。我正好换过一匹坐骑。"

尉迟炯巴不得他们动手，到了一处僻静之处，便与妻子突然停止下来。看他们怎样。只见那些人两列散开，对他们夫妻采取了包围的态势。

尉迟炯纵声大笑道："朋友，你们可走了眼了!"（意思是嘲笑他们眼力不够，来打劫一个不值一劫的人；但也可以解释为他们看错了人，在太岁头上动土。）

为首的一个长须汉子怔了一怔，说道："你不是尉迟炯么?"

尉迟炯大吃一惊，定睛看去，这才发现那七匹马的身上，都有一个特殊的烙印，是大内马厩的烙印。尉迟炯曾劫过天牢，闹过萨总管的寿堂，闯过御林军的军营，平生不知和多少大内卫士及御林军的军官交过手，是以认得这种坐骑的烙印。

尉迟炯又再哈哈大笑，说道："原来是我走了眼了，错把你们当作了黑道上的朋友，却原来你们是鞑子的鹰爪孙!"尉迟炯的刀下杀过无数清廷鹰犬，此时虽然知道他们不是寻常马贼，却也还未曾将这七个人放在眼内。

其中一个少妇道："卫哥，他说什么?"原来她不懂得尉迟炯说的"鹰爪孙"是什么意思。

那个被她唤作"卫哥"的男子说道："我也不知是什么意思，相信总不是好话吧!"另一个男子答道："哼，他说我们是朝廷的走狗。"

原来"扶桑七子"来到中原，和侠义道没有交上，就给萨福鼎的手下知道。他们就这样糊里糊涂地受了萨福鼎的笼络。

当然日子一久，他们也不会全无所知的。但其中领头的两个人利禄心重，来到中原也想有个好的靠山，以利于光大门户，因此在知道了萨福鼎要利用他们来对付抗清的义士之后，竟也甘心受他利用。另外几个人在海外过惯了闲云野鹤的生涯，来到中原，也并不关心时局。领头的大哥怎么说，他们就跟着做。这几个人才是真正糊里糊涂的受了蒙骗了。

不过有一样心思却是他们七个人共同的，他们自以为是以“高人”的身份受萨福鼎的“礼遇”，并不认为自己是朝廷的鹰犬。

那少妇大怒道：“岂有此理，胡说八道！宗师叔，我们还等什么，教训教训他吧！”

尉迟炯纵声大笑：“你们不是走狗是什么！嘿，嘿，我尉迟炯这口快刀专杀走狗，三五七条，十条八条，来得越多越好，省得我多费精神！来呀，来呀，快来呀！”

刷刷连声，白刃耀眼，扶桑七子之中已有好几个人拔出剑来，那长须汉子喝道：“我们自有我们的身份，管他胡说些什么，我们也得沉住了气，不可胡来！”

石卫说道：“不错，区区一个尉迟炯也值得大家抢着和他动手吗？宗师叔缚起一条手臂也足够对付他了。”抢着上去的那几个人不禁都是面上一红，同时退下。

这一下倒是颇出尉迟炯意料之外，暗自想道：“这班鹰爪孙和我曾经碰见过的却是有点不同！”

那长须汉子淡淡说道：“尉迟炯，你也忒小看人了。你敢和我打赌么？”

尉迟炯道：“打什么赌？”

长须汉子道：“我听说你自恃武艺高强，到处横行霸道，今日特地来会一会你。咱们就用刀剑来做赌具，赌个输赢。”

尉迟炯傲然说道：“很好！不论你们群殴也好，单打独斗也好，我尉迟炯一准奉陪！”

长须汉子道：“我让你们夫妻齐上，只要你们赢得了我这口手中长剑——”

尉迟炯大怒道：“放屁，你是什么东西，值得我们夫妇联手对付？”

长须汉倒不动气，反而笑道：“如何，你也尝到给人看轻的滋味了吧？那你为什么刚才要说斗我们七个？”

尉迟炯平生走南闯北，几曾受过人如此顶撞？但因他豪气干云，倘若碰到气质与他有点相似的硬汉，他也是会另眼相看的。是以他受了这长须汉子的奚落，倒也并不发怒，反而哈哈一笑，说道：“听你所言，你倒是自负得很！好，你自信赢得了我，你就划出道儿来吧！”

长须汉子道：“你们夫妻两个，我们这边七个人，也是有男有女。我们绝不倚多为胜，男对男女对女，来个单打独斗，看看是谁输谁赢？”

尉迟炯道：“好，好得很！我领教阁下的高招。”祈圣因接着说道：“哪位出来指教小妹？”祈圣因在江湖上以出手狠辣著名，但说话却是阴声细气，甚是温柔。

两个女的同时跨上一步，那姓宗的长须汉子道：“霞儿，让给你的桑师姐上。”年纪轻的那个女子道：“是。”还剑入鞘，退了下来。她的师姐就是刚才和尉迟炯吵嘴的那个少妇，名唤桑青。

长须汉子道：“好，现在我们可以一对一来个赌赛了，你若输了给我——”尉迟炯冷笑道：“我立即横刀自刎！”言下之意，当然是自信绝不会输。

长须汉子笑道：“那也不必。你若是输了，跟我上京销案便行。我可以担保不要你的性命。”

原来尉迟炯曾在京城干过几宗大劫案，受他“光顾”的有王公大臣，豪门巨室。甚至大内宝库，也曾给他潜入，偷了几件价值连城的宝物。萨福鼎之所以要捉拿他，主要的原因还是在于破案、“追赃”，并非因为他是义军的领袖。因为萨福鼎只知道他和义军有来往，却尚未知道他是早已参加了义军的。

尉迟炯大笑道：“鹰爪孙毕竟是鹰爪孙，尾巴露出来了！好，你有本领赢得了我，我跟你投案又有何难！你若输了呢？”

长须汉子道：“我也任凭你的处置！”

尉迟炯道：“我也不要你的性命，只要你这匹坐骑！”

长须汉子道：“好，君子一言，快马一鞭，我们这个赌赛就这样说定了。谁也不许反悔！”

祈圣因用商量的口吻淡淡说道：“俗语说夫唱妇随，我和你的赌赛就依样画葫芦吧。你舍不舍得你的坐骑？”

桑青大怒道："随你的便，反正我不会输给你！来吧！"

祈圣因道："那也不见得！"刷的一鞭便打过去。桑青疾削三剑，剑势如虹。一鞭换三剑，双方都没有占到便宜。但以出手的迅捷而言，却是祈圣因稍胜一筹了。

尉迟炯道："她们的那边是我的浑家先行出手，我们这边，我可该让你了。"长须汉子道："好，承让了！"但却并不拔剑出鞘。

尉迟炯喝道："还不亮剑，更待何时？"长须汉子笑道："着急什么？"陡地一捏剑鞘，轻轻一抖，鞘中的长剑便突然飞了出来！这是纯凭内力的冲击，将剑"射"出来的，和一般的"拔剑"，迥然不同！

这一下颇出尉迟炯意料之外，陡然间只见白刃耀眼，倒也不觉吃了一惊。但他惯经大敌，虽惊不乱，当下横刀一磕，哈哈笑道："你这厮倒是有点鬼门道，但这等花招，又有何用？"

长须汉子淡淡说道："是么？"那柄长剑给尉迟炯磕得反射回来，长须汉子一抓抓到手中，迅即便是一剑刺去，喝道："就让你见识见识我的花招！"

原来这长须汉子也知尉迟炯并非易与之辈，不是出奇，绝难制胜，故此一出手便是敲山震虎的手法，扰乱他的心神。

尉迟炯想不到这长须汉子来得如此迅捷，果然因此心神微分，给他攻了个措手不及。这长须汉子是其余六人的师叔，"扶桑七子"之中亦是以他的本领最好。一抢到了先手，剑若游龙，剑芒指向尉迟炯的要害！

尉迟炯兀立如山，寸步不让，只听得叮叮当当之声不绝于耳，转眼之间，长须汉子已是攻了三五十招，兀是找不到尉迟炯半点破绽。剑势如虹，刀光胜雪，真是针锋相对，旗鼓相当！长须汉子的剑锋所及之处，都好像有一堵刀墙挡住。他素来自负内力深厚，至此也不禁暗暗佩服对方！

殊不知这长须汉子固然是暗暗吃惊，尉迟炯亦是诧异不已。他平生碰到过的劲敌不知多少，从来没有一个好像长须汉子这样的棘手的，饶是他已经使出了全副本领，刀法严密得泼水不入，兀是感到剑芒刺眼，冷气侵肌，似乎有几十口长剑，四面八方向他攻来一样。尉迟炯倒吸了一口气，暗自想道："这厮的剑法与中原各大门派都不相同，也不知是从哪里钻出来的。他的剑法精妙如斯，我若然只顾防守，只怕终须败在他的剑下。"

五十招过后，尉迟炯已把对方的先手攻势逐渐化解，猛地一声喝道："教你也见识见识我的快刀！"一刀劈出，刀锋转了一个圈，旁边的人看来，他只是使了一招，其实这一招之中，已是包含了十八个复杂的招式，只因他的刀法使得太快，旁边的人就只看见刀光了。

一片断金戛玉之声，震得众人耳鼓嗡嗡作响，长须汉子在他猛攻之下，不由自己地退了几步。这一惊非同小可，暗自思量："这厮的快刀也还罢了，他的内功竟似源源不竭，无穷无尽，久战下去，只怕我是定要吃亏的了。"

另一边，祈圣因和那少妇也是斗得难解难分。祈圣因号称"千手观音"，不但暗器功夫乃是武林一绝，鞭法也是极为了得。她一上来便采攻势，急三鞭回风扫柳，连环剑玉女投梭，长鞭挥舞，短剑翻飞，一口气攻了十七八招，攻得那少妇连连后退。

那少妇心高气傲，只道以自己的本领，来到中原，纵然不能纵横天下，折服须眉，至少在中原女子之中，是无人可以与她匹敌的了，不料她碰上了"千手观音"祈圣因，自己竟然讨不了半点便宜，还给她杀得连连后退，不由得倒抽一口凉气，始知从前乃是坐井观天，不知天地之大。

祈圣因屡攻不下，也是暗暗吃惊。剧战中那少妇蓦地一声长啸，青钢剑扬空一闪，一招"流星追月"，抖出了三朵剑花，左刺"白海穴"，右刺"乳突穴"，中刺"璇玑穴"，这一招正是扶桑派剑法中一招极其精妙的杀手，论剑法还不及祈圣因的快捷，但一剑刺出，飘忽莫测，似左似右似中，却是叫人难以捉摸。祈圣因从来没有见过这路剑法，仓促间无暇细思，倒是不敢冒险贪攻，不求胜，先防败，侧身一闪，改采守势。

那少妇抢得了先手，好胜之心又起，暗自思量："这婆娘本领高强，要打败她恐怕是很难的了。但只要在剑法上胜得几招，迫得她只有招架功，我也可以算是胜了。"当下催紧剑招，连连抢攻。

扶桑剑法和中原各大门派都不相同，但因上乘武学到底还是相通的，故此也有许多招数，和中原的剑法相似，不过相似之中，也有差异。祈圣因摸不着底细，有几招她以为是自己熟悉的剑法，按照自己所知的破解。不料似是而非，又着了那少妇的道儿。错了几招之后，果然便给那少妇反客为主，杀得她只能招架了。

祈圣因抬眼望，见丈夫和那长须汉子恶斗，虽然是占得七成攻势，但也似乎讨不了便宜。祈圣因心里想道："大哥是不会输的，但我若输了，这个赌赛他也就不能赢了。至多是扳成平局，何况他也未必就能赢呢。我决不能累他损了一世英名，无论如何，也不能输给这臭婆娘!"

那少妇已感到有点气力不加，叫道："我们又不是市井之徒打架，你明明不是我的对手，还不服输吗?"

祈圣因冷笑道："怎见得我不是你对手，你休夸口，我叫你三招之内，便要撤剑!"那少妇怒道："好，且看是谁撤剑?"刷的一剑刺去，祈圣因突然把手一扬，将左手的短剑，向那少妇掷去!

这少妇只道祈圣因是给她的凌厉剑法迫得扔剑的，大喜叫道："我只是一招就要你撤剑，你还不认输!"话犹未了，只见那柄短剑已是笔直地向她飞来!

这少妇也是个识货的行家，一见短剑的来势，就知是极厉害的暗器手法，对方是用短剑当作暗器来使用的。虽然是笔直飞来，但剑尖抖动，已是罩着了她的身形，此时想要闪避亦已难了。

这少妇和祈圣因交手了一百多招，知道对方的内力和自己不相上下，心想："你妄图败中取胜，我只要磕落你的剑，你不认输也是不成!"

这少妇使出浑身气力一剑劈去，不料那短剑飞到她的身前忽地转了个弯，少妇的长剑只是剑尖微微触及短剑，短剑转了个弯，反而飞得更高了。

虽然没有磕落短剑，但也没有给它伤着，少妇正自狂喜，叫道："你还有什么可说的么?哎哟，哟——"狂喜的叫声突然变作了惊骇的喊声，就在这刹那之间，突然觉得虎口一痛，原来祈圣因在掷出短剑的同时，还射出了一口梅花针。轻重悬殊的两种暗器，同时发出，竟也同时飞到。这少妇哪想得到祈圣因的暗器手法如此高明，她全神对付掷来的短剑，根本就没有发觉那口梅花针，冷不防便着了道儿！

梅花针正好刺着她的虎口，少妇哎哟一声，长剑当啷坠地。

祈圣因冷笑道："是你撤剑还是我撤剑！"飞身一掠，把手一抄，刚好将落下来的短剑接到手中。

祈圣因的短剑是自己掷出去的，而且并没落地就回到她的手中；少妇的长剑却是给她的暗器打落的。按照斗剑的术语来说，"撤剑"的当然是那少妇了。

那长须汉子见识极高，他眼观四面，耳听八方，在祈圣因掷剑之时，便知那少妇定要落败，立即以攻为守，一招"长河落日"径刺尉迟炯的咽喉。希望可以击败尉迟炯，那么可以挽回平局。

这一剑是长须汉子希望之所寄，使出的当然是他的杀手绝招。一剑刺来尉迟炯的快刀竟然封闭不住。

长须汉子业已算准了好几个复杂的后着，任凭尉迟炯如何应付，他都可以将尉迟炯刺伤。不料尉迟炯陡地一声大喝，在这电光石火之间，猛地一刀就劈下来。根本就不是什么招数。而是要和对方拼个同归于尽的打法！由于双方都是快到极点，没有回旋的余地。这样一来，胜败就只能取决于本身的勇气了。

双方动作都是快到极点，在这性命俄顷之间，已是没有考虑的余地。长须汉子这一剑若是用力刺过去，固然可以穿过尉迟炯的咽喉，但尉迟炯这一刀劈下来，也可以将他的头颅劈开两片！长须汉子毕竟是较为怕死，陡然间见到刀光如雪劈将下来，心里一惊，本能地就往后躲，同时回剑遮拦。

他这一剑本来是向前刺去的，现在改为回剑遮拦，虽然他的剑法可以收发随心，但在这一收一发之间，劲道自也不免稍减几分。尉迟炯只觉胸口一凉，不顾自己是否受伤，这一刀仍是用尽全力的劈下，尉迟炯的气力本来就胜过那长须汉子，更加以此消彼长，一个是勇气倍增，一个是畏缩退避，结果当然是尉迟炯获胜了。刀剑相交之下，只听得"当"的一声，长须汉子的剑脱手飞上半天，幸亏他倒纵得快，一跃跃出三丈开外，这才没有受伤。

尉迟炯哈哈笑道："你还有什么好说的，对不住，我可要拿彩物啦!"飞身一掠，跨上长须汉子那匹坐骑。

长须汉子叫道："我的剑法可没有输给你，你自己应该明白!"尉迟炯喝道："剑法没输，人却输了！是好汉子就别要胡赖!"祈圣因道："大哥，不要与他胡缠，咱们走吧!"此时她也早已抢了那少妇的坐骑了。

那少妇输得更不服气，骂道："暗器伤人，算得什么好汉!"祈圣因笑道："谁说过不许使用暗器的？算了吧，我和你都是女人，谁也不必冒充'好汉'！输了就是输了!"笑声中刷的一鞭，催马便跑。

尉迟炯本身马贼出身，骑术更为超卓。长须汉子的三个师侄，骑着马从三方面同时向他冲来，有一匹马还是从他对面来的，眼看就要被围在垓心，尉迟炯不慌不忙地一提马缰，猛地一声大喝，胯下的坐骑跃起一丈多高，竟然从对面那人的头顶跃了过去，吓得那个人滚下马来。

长须汉子和那少妇失了坐骑，其余五人不甘受挫，仍然骑马来追。不过，吓得滚下马的那个人重新上马来追，却是落后甚多了。

祈圣因冷笑道："好，且叫你们再见识见识我的暗器功夫!"双手在暗器囊中乱抓，飞蝗石、铁菩提、蝴蝶镖，加上了袖箭、梅花针等等大大小小的暗器，便似流水般地发出来。当真是不愧"千手观音"的称号!

这四个人知道她的暗器厉害，早有准备，当下一面运功保护穴道，一面舞剑防身，只听得叮叮当当之声不绝于耳，那些分量较重的暗器给他们的长剑荡开，满空飞舞，分量轻的暗器打着了他们，也给他们的护体神功震落。

石卫喝道："区区暗器，能奈我何?"话犹未了，他胯下的坐骑忽地一声嘶鸣，四膝屈地，这匹马是在疾跑之中突然倒下的，险些将他抛下马来。不单是他的坐骑如此，转眼之间，另外三个人的坐骑也都是如此的突然倒下了。

原来祈圣因的暗器其实乃是射马而非射人，她知道这些人的本领高强，暗器定然伤他们不得，向他们乱发的暗器，用意不过是要他们腾出手来应付而已。他们保护得了自身，保护不了坐骑。胯下的坐骑，都给祈圣因用梅花针射瞎了双目，而且这梅花针还是见血封喉的毒针。

尉迟炯最爱名马，叹道："可惜，可惜！其实他们要追也追不上咱们，何必杀了这几骑骏马？"祈圣因笑道："骏马落在坏人手里，就是如虎添翼了。咱们又要不了这么多，为何不杀？也免得他们阴魂不舍的胡缠啊！"谈笑之间，夫妻二人并辔疾驰，已是去得远了。"扶桑七子"只剩下一匹坐骑，当然无法追赶。

且说尉迟炯夫妻见了林无双的父亲飞鱼岛主，讲了那日和扶桑七子交手的经过之后，飞鱼岛主又惊又喜，惊者是扶桑派的七名高手，竟然联袂来到中原，喜者是老朋友幸亏得以安然无事，当下叹了口气，说道："老朋友雄风如昔，可喜可贺。但想不到他们初到中原，竟然就会投靠朝廷，你给他们一点挫折，也是好的。"

尉迟炯听了老友的称赞，脸上却是毫无得色，苦笑说道："说老实话，若论剑法，我还是输了给那长须汉子的。你看——"脱下外衣，只见衬衫上当胸口之处，穿了三个小窟窿，每个都有铜钱般大小。

尉迟炯说道："这就是我那天穿的衬衫了，若不是他急于回剑招架，剑尖再进半分，我的身上已是添了三个窟窿了。"此事祈圣因都未知道，一看之下，不禁骇然失色。

林无双忽道："这一招是三转法轮，牟表哥最得意的就是这招。不知他是否也在七人之内？"

林无双的父亲沉吟半晌，说道："听尉迟大哥所说，其中的四个人，我已知道是谁了。"林无双道："那长须汉子想必是东海团沙岛的宗师叔？"

飞鱼岛主道："不错，此人曾经到过飞鱼岛，叙起师门谱系，和我乃是平辈。他名叫宗神龙。那对夫妇乃是石卫和桑青，在扶桑派中号称夫妻双侠。"

尉迟炯冷笑道："他们如今已是清廷的鹰爪孙，还配称什么夫妇双侠？"

林无双的父亲道："他们在海外之时，都是到处打抱不平，也曾参加过抗倭之战的。说不定是因为他们初回中原，未明大局，只知道要拥护‘自己的’朝廷，糊里糊涂就上了萨福鼎的当了。”

祈圣因笑道：“大哥，你看人只看一面。而且也常常犯了急躁的毛病。俗语说，路遥知马力，日久见人心——”

尉迟炯道：“好，那我就拭目以观，但愿他们知错能改。”

林无双的父亲接着说道：“宗神龙在海外的声誉却不大好。也说不定是由于他的贪图利禄，以致累了其他的六个人跟他走上歪路。因为这六个人都是他的晚辈。”

林无双道：“爹爹你说知道其中四人的来历，那么还有一个人是谁?”

她的父亲道：“就是尉迟大嫂说的那个曾和桑青争着要与她交手的那个少女了，我怀疑她就是你儿时的好友练彩虹。”

练彩虹是林无双初到飞鱼岛之时交上的朋友，练彩虹是个渔家女，年纪比林无双大两岁，跟林无双的父亲学了两年功夫，后来飞鱼岛被倭人占领，她们这一家没有跟随林无双父女逃走。后来听说她被宗神龙的妻子收为弟子，也不知是真是假。

林无双道：“如果当真是练姐姐那就好了，她和我最合得来，只要我见了她，她一定会听我的话的。唉，如今就只不知牟表哥是否在那三人之内了。尉迟叔叔，那三个人是什么模样，你记得起来吗?”

尉迟炯道：“除了宗神龙之外，其他四个中年男子都是黑黑实实的汉子，只有石卫似乎比较白净。这四个人身材也好像差不多。你叫我说出他们详细的形貌，我可是说不出来了。”祈圣因笑道：“你一向就是这样粗心大意。不过我当时也是和你一样，全副精神只是用来对付他们，激斗中对他们的相貌可也没有详细留意了。”

林无双的父亲笑道：“你和牟表哥别离已有十年，只怕你们见了面，你也未必认得他呢。”

林无双道：“无论如何，咱们总得找着表哥才好。”原来林无双的年纪虽然是比牟宗涛年轻十年，分手之时，她还是个不懂人事的小姑娘，但因表哥是她自小就亲近惯的，在她所相识的男子中，也只有表哥可以算作是她的朋友。故此在她长大之后，一直对表哥念念不忘。

尉迟炯道："你要打听他们的消息，我倒有个主意。"

飞鱼岛主道："请尉迟兄指点。"

尉迟炯道："前两天我碰到丐帮的弟子，获知一个消息。原来扶桑七子不但奉了萨福鼎之命来对付我，而且还曾经去对付江大侠。"

飞鱼岛主道："真是胆大妄为!"

尉迟炯笑道："还不只此呢。他们到了江大侠家里，江大侠不在家，但却恰巧碰上了从海外归来的江大侠的师父。"

飞鱼岛主吃了一惊，说道："你说的可是金世遗，金大侠?"

尉迟炯笑道："正是。他们和金大侠也动了手了。不过这次可就不是单打独斗了，而是以七敌一的群殴。"

飞鱼岛主叹道："本派的面子都给他们丢尽了。想必他们不会占得金大侠的便宜吧?"

尉迟炯哈哈笑道："金大侠怎会折在他们的手里，听说若不是金大侠手下留情，他们一个也跑不掉!"这当然是尉迟炯夸大其辞，其实金世遗虽然大获全胜，在剑法上也曾输了一招的。

飞鱼岛主本来有点担心金世遗和"扶桑七子"斗个两败俱伤的，听得这个结果，松了口气，说道："让他们受个教训也好，好叫他们知道天外有天，人外有人。但不知他们现在已逃往何方?"

尉迟炯道："确实的消息还未知道，不过亦已有了一个线索。据丐帮所知，给'扶桑七子'和萨福鼎穿针引线的乃是欧阳坚，欧阳坚如今已经回到华山他的老家去了。你们想要知道确实的消息不妨去打探一下。"

林无双讲到这里，说道："家父因为和宗神龙过去有点梁子，暂时不想露面，所以我只好独自来了。"众人听了她所说的前因后果，方才知道她是这样来到华山的。

金逐流问道："那么尉迟炯夫妻呢，他们是还在你那儿还是已经回转小金川了?"

林无双道："他们本来想陪我到华山的，但因为有更紧要的事情，第二天就动身到大凉山去了。"

金逐流又惊又喜，说道：“他们也到大凉山去了？是不是去找竺尚父这支义军的？”

林无双笑道：“正是。金少侠，你可知道他们去大凉山为了何事吗？”

金逐流道：“大凉山与小金川这两支义军唇齿相依，想必他们是去联络的吧？”

林无双道：“这个我倒不知。但听尉迟炯说，主要的原因是去找你的两个师侄的。他们一个叫林道轩，一个叫李光夏，这两个名字我没有记错吧？”

金逐流有点诧异，说道：“没错。但不知尉迟炯又是为了何事去找他们？”

林无双叹了口气，说道：“说来惭愧，我这位宗师叔甘心受清廷利用，不但跑去你师兄的家中捣乱，而且竟然率领同门，替清廷卖命，将天理会在保定的总舵挑了！”

金逐流吃了一惊，说道：“天理会的总舵竟然也给他们挑了，这是什么时候的事情？”心想：“天理会高手甚多，若不是碰上扶桑七子，决不会遭受如此惨重的损失。”

林无双说道：“这是一个月以前的事了，他们是挑了天理会的总舵之后，才出京截斗尉迟炯。”

史红英叹道：“可惜尉迟炯迟了一步，若是他们夫妻早到京中，扶桑七子就不会这样容易得手了。天理会的总舵主当时可在场么？”

林无双道：“幸亏有张总舵主拼命抵挡，损失才不至于太大。内三堂的香主和留守的弟子大部分逃了出来，听说伤亡的不过十之一二。”

金逐流道：“张总舵主呢？”

林无双道：“尉迟炯到了保定，刚好赶得上与他话别。他已不幸牺牲了。”天理会的总舵主张士龙乃是前任舵主林清的结拜兄弟，金逐流和他虽不相识，但他却是江海天的好朋友，金逐流早就知道他的威名的。听了这个消息，十分难过。

林无双接着道：“张士龙临终之际，拜托尉迟炯将前任林总舵主的儿子找回来，接他的担子，以免群龙无首。这就是尉迟炯为什么要急忙赶往西昌，找你那两个师侄的原因了。”

原来金逐流的四师侄林道轩正是前任天理会舵主林清的儿子，三师侄李光夏的父亲李文成生前也是天理会最重要的一位香主，地位仅次于林清的。（事详拙著《风雷震九州》）

此时已是东方大白的时候，林无双忽地面上一红，说道：“金少侠，我所知道的事情都已告诉你了。我的表哥——”

金逐流瞿然一省，笑道：“对啦，我也应该把牟宗涛的消息告诉你了。”

林无双听说牟宗涛已经进京，心里又惊又喜，说道：“原来我的表哥果然是不在他们七人之内。只是他若然不肯跟宗神龙走一条路，恐怕宗神龙不会轻易放过他了。金少侠，我也该走啦，咱们再见了。”

林无双走后，史红英笑道：“看来这小姑娘是爱上了她的表哥了。说老实话，我对牟宗涛殊无好感，总觉得这个人似乎有点虚伪。但对这小姑娘却是十分欢喜。为了这小姑娘的缘故，我也但愿他们有情人能成眷属了。”

说话之间，只见清风观的道士已经出来找寻他们，这道士发现他们“失踪”，只道是出了什么意外。

金逐流笑道：“昨晚月色很好，我们不想辜负名山，故此特地出来观赏华山夜景，倒叫道长为我们担惊了。”他是恐怕说出昨晚之事，清风观的道士更要吃惊，是以轻描淡写的一笔带过。

道士说道：“金少侠难得到此，何不多住两天，让小道略尽地主之谊，陪少侠遍游华山名胜?”

金逐流道：“我们还有点事情要赶往西昌，恐怕不能耽搁了。待我们回来之时，一定再来打扰道长。”

金逐流等回观取了行李，便即下山。此时正是朝阳初出的时分，从山上下来，又是一番奇景。放目远眺，只见西南方的秦岭，群峰列嶂；东北方的黄河恍如天际而来！渭水一线，横贯秦川平原。脚下白云缭绕，千仞万削的群山浮沉隐现在缥缈的云气之中。

金逐流叹道：“如今我才知道什么叫做壮美。若把昨晚月夜下的华山比作披着轻纱的美人，今日阳光下的华山，那就是披襟迎风的豪士了！”

史红英笑道：“你别要恋恋不舍了，竺老前辈他们在大凉山正等得心焦呢。”

金逐流道：“不错，咱们赶快一些回去，说不定还可以碰上尉迟炯夫妻。”

一路无事，回到了大凉山的义军基地，果然见着了尉迟炯夫妻。他们是和林道轩、李光夏等人一同出来迎接的。

尉迟炯见了金逐流，十分高兴，握着他的手哈哈笑道：“京华一别，不过两年，你如今已是名满江湖，当真是可喜可贺。老弟，好在你今日来到，若是迟一天的话，就见不着我们了。”

金逐流道：“你们两夫妻大显神威，击败了扶桑七子，宝刀未老，雄风犹在，这才是叫我们做小辈的佩服呢。”

尉迟炯诧道：“你的消息倒是很灵通呀，谁告诉你的？”

金逐流笑道：“就是你的老朋友飞鱼岛主的女儿。”

祈圣因道：“哦，你们在华山碰上林无双了。她可曾找着了她的表哥？”

金逐流道：“牟宗涛已经进京去了。我在徂徕山也曾和他交过手呢。”当下将前后碰见牟宗涛和林无双的事情，告诉尉迟炯夫妻。

祈圣因听得林无双在华山绝顶比剑胜了桑青，甚为欢喜，笑道：“长江后浪推前浪，世上新人换旧人。这话真是说得一点不错，江湖上添了你们这一班少年豪杰，今后又有一番热闹了。”尉迟炯道：“你的师侄林道轩就要做天理会的总舵主了，你知道吗？”

金逐流道：“曾听得林姑娘说过。”当下向林道轩道贺。林道轩满面通红，说道：“我哪有胆量做天理会的总舵主，但张叔叔的临终遗命又不能违背，我现在正在为难呢！”

金逐流笑道：“路是人走出来的，摔了跤爬起来再走好了，有什么可以害怕的？重担子倘若大家都不肯挑，那就什么事也做不成了。你爹爹是天理会的开山堂舵主，留下的担子，你不挑谁挑？”

尉迟炯哈哈笑道：“这话说得好！”

祈圣因也笑道：“你和光夏已经是成家立室的大人了，也该挑挑重担子啦。说个笑话，逐流，你做师叔的尚未成亲，不觉得惭愧吗？也该快点儿才好哩！”

尉迟炯道：“我们准备明天就陪他们两对小夫妻回去，幸亏你今天赶到，我们还可以有一天相聚。”

说话之间，进了内堂，竺尚父正在那里等候他们。

金逐流首先报告了厉南星和公孙燕业已脱险的事情，竺尚父听得他们安然无事，而且天魔教亦已和红缨会合并，给抗清的义军又添了一股力量，当然是大为高兴。

竺尚父笑道：“辛苦你了。这里几个月来都是风平浪静，其实你也不用这样着急回来的。令尊刚从海外回来，又要你们父子分手，我倒是有点过意不去呢。”

金逐流道：“封子超有个紧急的消息托我带回来给你。”

竺尚父诧道：“封子超？他不是曾经做过大内侍卫的吗？”

金逐流道：“不错。但他也是秦兄的泰山，现在已经背叛了清廷，是咱们的自己人了。”当下将封子超告诉他的那个消息说了出来。

竺尚父吃了一惊，说道：“原来萨福鼎竟有这样的阴谋，想利用青海五个盟旗的王公来掣肘咱们，这倒是不可不防了。”

金逐流道：“萨福鼎派去联络他们的人早已出京，咱们须得赶快也派人去才好。竺伯伯若是不怕小侄误事，我想请命前往。”

竺尚父沉吟半晌，说道：“青海白教喇嘛，与令尊颇有交情，你轻功又好，由你去的确适宜。不过最好多一个人陪你。”说至此处，看了史红英一眼，接着说道：“本来我应该让史姑娘和你一同去的，不过那些王公有个成见，看不起三截梳头，两截穿衣的女子。”祈圣因愤然说道：“岂有此理！”

竺尚父道：“是没有道理。不过他们习俗如此，咱们有求于人，也只能迁就他们了。”换句话说，义军派遣的使者，必须是男子，不能是女人。

尉迟炯忽道：“逐流，我和你去。”

金逐流道：“你不是要陪道轩、光夏他们回去么？”

尉迟炯笑道：“我一来爱趁热闹，二来没有到过青海，也正想趁此机会一游。有你的嫂子陪他们两对夫妻回去，沿途又有天理会的人接应，料想不会出事。”

祈圣因笑道：“我知道你是闲不住的。好，你尽管放心吧。他们两对小夫妻的本领早已是今非昔比，就是碰上了扶桑七子，也足可以对付得了。”

竺尚父哈哈笑道：“谁敢招惹千手观音？青海这边，有尉迟兄和逐流同行，也正是最好不过。只是如此一来，却是要拆散你们夫妻了。”

计议已定，竺尚父当下便写了一封书信，交给尉迟炯。说道：“青海五个盟旗，以伊克昭盟为首。你们以义军使者的身份，去见伊克昭盟的土王，不必理会他是否已受清廷笼络，先和他说清楚彼此的利害关系，看他如何应对？只须他能为咱们所用，其他四个盟旗，自必马首是瞻。”

尉迟炯却把这封信交给了金逐流，笑道：“我最怕和王公打交道，这使者一职，还是请逐流老弟担当吧。我算作他的随从好了。”

金逐流道：“这怎么可以？”尉迟炯道：“又不是争着做官，有什么不可以？”金逐流推辞不掉，只好把信收下。

金逐流道：“要是土王不肯和咱们联盟，那又如何？”

尉迟炯道：“这些土王多半是贪财的，似乎应该送他们一点礼物。”

竺尚父笑道：“我早已准备好了。”当下拿出了一个碧玉西瓜，一支千年人参，说道：“这是你们那年从萨福鼎那儿抢来的寿礼，如今正好借花献佛。你们到了那儿，看土王态度如何，再见机而为吧。”

第二天，尉迟炯夫妻便各自分道扬镳，祈圣因与林李两对小夫妻回保定。

竺尚父给尉迟炯、金逐流二人送行，临行前竺尚父想起一事，说道：“逐流，我忘记告诉你，伊克昭盟是信白教的，那儿的大喇嘛名叫宗达完真，是白教法王的大弟子，白教法王和令尊是老朋友，这宗达完真也曾见过令尊。凭着这点渊源，你到了伊克昭盟，不妨去求见他，说不定可能得到他的帮助。”

从大凉山穿过原始森林到青海草原，沿途历尽艰苦，好在一路无事，这一天终于来到了伊克昭盟。正是：

欲化干戈为玉帛，登山涉水不辞劳。

欲知后事如何？请听下回分解。

第五十二回　但愿有情成眷属
却嗟无处觅萧郎

伊克昭盟的土王招待他们在宾馆住下，当晚就接见他们。

金逐流呈上竺尚父的书信和礼物，土王见了这两件价值连城的礼物，果然乐得口都合不拢来。可是看了竺尚父的书信之后，却又沉吟不语了。

金逐流道："我们汉人有句成语，叫做'唇亡齿寒'。我们这支义军在大凉山等于是做你们的屏障，如果我们失败了，清兵就可以长驱直入，来到你们这儿了。到了那时，满清的皇帝不会容许你自立为王的。至少也要用他们的所谓'王法'来管你了。所以为王爷着想，上策是和义军联盟。中策是两边不帮，和义军也做买卖。下策则是给清廷利用，与义军为难。王爷是聪明人，这道理一定是早已明的了。"

土王缓缓说道："这件事情，关系五个盟旗，不是我一人可以决定。容我仔细思量，再召集各盟旗的王公，大家来商议吧。"

金逐流不敢操之过急，土王既然不肯表明态度，而且在说了那番说话之后，就顾左右而言他，金逐流和尉迟炯也只好告退，回宾馆去等候消息了。

第二天金逐流去拜访白教大喇嘛宗达完真，宗达完真知道他是金世遗的儿子，对他倒是十分热情，一见如故。

宗达完真说道："当年我们教中内乱，得令尊帮忙不少。令尊也是我最佩服的人，我一直挂念着他的。难得你今日到来，见了你就似见到令尊一样。你有什么需要我帮忙的，我一定尽力为你做到。”

金逐流道：“小侄正是有一件为难之事。”当下将义军的愿望以及自己和土王交涉的经过告诉宗达完真。

宗达完真沉吟半晌，说道：“这件事我会找机会向王爷进言的。不过其中有个障碍，你想知道王爷为何不肯爽快答应你们的原因吗?”

金逐流道：“正想请大师指教。”

宗达完真说道：“因为清廷的使者比你们早来了三天，现在正住在王爷宫中，做他的贵宾呢。不过王爷不让你们知道罢了。”

金逐流被招待住在宾馆，清廷的使者则住在土王宫中，显然土王的态度是更为亲近清廷的了。

宗达完真接着说道：“王爷并不是个眼光远大的人，听说清廷的使者许他正式策立为王，又答应了给他许多利益，至于金银珠宝之类的礼道，那是更无须说了。我当然是会帮你劝王爷的，他肯不肯听，那就难说得很了。”

金逐流大失所望，只好说道：“但求大师代为进言，成与不成，小侄都是一样感激。”

宗达完真道：“有一件事，我还要提醒你们。”

金逐流道：“多谢大师照料。”

宗达完真说道：“清廷使者志在必成，他们住在宫中，对王爷的手下人等笼络备至，你须得提防他们暗中加害。”

金逐流谢过了宗达完真，回到宾馆，当晚果然就有一个宫中的内侍，捧了一壶酒四盒肉脯饼食前来，说是奉了王爷之命，赐他们酒食。

金逐流起了疑心，悄悄地把一颗碧灵丹塞进尉迟炯手心，说道：“多谢王爷美酒，只怕我们酒量不胜。”尉迟炯乃是海量，听得金逐流这么一说，登时会意，把碧灵丹偷偷纳入口中。

那内侍说道：“这是我们王爷日常饮用的葡萄美酒，酒味香醇，但多饮也不会醉。王爷因为昨晚有事，未得亲自款待贵使者，是以叫我把酒食送来，略表敬意。请贵使者多饮几杯。”

金逐流道：“好，尉迟大哥，多谢王爷的美意，那我们就一同饮吧。”

两人各自饮了三杯，那内侍暗暗欢喜，正想叫道：“倒也，倒也！”忽听得尉迟炯哈哈笑道：“好酒，好酒！”突然反手一掌，“乓”的一声，把一张檀木桌子劈下一角，吓得那内侍跳了起来。

金逐流道：“尉迟大哥，你喝醉啦？”

尉迟炯手舞足蹈地叫道：“没醉，没醉。只是这酒实在太好，喝了之后，我的气力倍增，禁不住要试一试增了多少了。”随即又哈哈笑道：“如此美酒，不宜独享，请贵官也来喝个三杯吧！”

原来碧灵丹乃是用天山雪莲炮制的，能解百毒。金逐流和尉迟炯内功深湛，其实没有碧灵丹，也无大碍。有了碧灵丹，当然是更不会中毒了。

这是一壶可以烂肚断肠的毒酒，这内侍如何敢喝？连连摇手。尉迟炯怒道：“你说这酒是不会醉的，为何不喝？”

尉迟炯佯作喝醉了酒的样子，强迫这内侍喝酒，内侍吓得魂不附体，喝道：“你，你这厮兀是无礼！”想要发威，但声音已是颤抖不堪。

尉迟炯双眼一翻，猛地喝道：“明人眼前不说假话，你这壶酒是不是毒酒！”

内侍心怯胆寒，讷讷说道：“不，不是毒酒。”金逐流淡淡说道：“既然不是毒酒，贵官喝也无妨。不过你一定不肯喝，我也不敢勉强……”内侍忙道：“对，对。喝酒也不能勉强的。”金逐流不理他的插嘴，接下去说道：“不过为了查明真相，我们只好拿这壶酒去见王爷了。你不喝，我们请他喝，你不是说过这是王爷日常饮用的美酒吗？”

尉迟炯道：“不行，他不说实话，非要他先喝不可！”劈胸揪住这个内侍，作势就要灌他。

金逐流和尉迟炯二人，一个做好，一个做坏，吓得这内侍魂不附体。要知道这毒酒并不是土王叫他送来，即照金逐流的办法，他虽然可以暂时不喝毒酒，但秘密揭穿，终也难逃一死。

还有一层，他见金逐流和尉迟炯喝了毒酒，行若无事，心里也有些好生惊异。他是相信神的，暗自想道：“贵人有百灵呵护，毒酒毒他们不死，真主一定在他们这一边的了。”

这内侍又惊又畏，终于把实话说了出来：“不错，这是毒酒。但这不关小人的事，是大清国的使者叫我们这样干的。”

尉迟炯道：“好，看在你说实话的份上，饶你不死。清廷的使者住在什么地方，你把地图画出来。”

这内侍不敢不依，说道：“他们住在王宫的花园里面。”画好地图，交给尉迟炯。

金逐流道：“尉迟大哥，你主意如何？”

尉迟炯点了这内侍的昏睡穴，说道：“我们去把清廷的使者揪出来，当众宣布此事，一刀将他杀了。”

金逐流道：“使不得吧。”

尉迟炯道：“土王一定是袒护他们的，我们只有用这个快刀斩乱麻的办法。”

金逐流道：“土王若是心向清廷，杀了那个使者，只怕也无济于事。”

尉迟炯道：“杀了使者，也是断了土王投靠清廷的后路呀！”

两人各执一见，金逐流想了一会，说道：“好，我们采取折中的办法。你把这内侍送去给宗达，让他知道今晚之事，请他指点。我偷进土王宫中，侦察清廷使者的行动，必要时我会把他们揪出来的。”

尉迟炯道：“也好。知己知彼，百战百胜。”当下解开了那内侍的穴道，说道：“你和我到喇嘛庙走一趟。但出去之时，你只能说是带我去谒见王爷的。否则，你就要仔细想想，你的头颅是否比这张檀木桌子更硬了。”

这内侍迷迷糊糊的也不知睡了多久，突然又醒过来，越发疑心他们是“神人”，而且他又见过尉迟炯的厉害，哪敢不依？

这内侍刚才进来的时候，是吩咐过宾馆的人不许进来的，是以刚才发生的这桩事情，宾馆中的执役都不知道。内侍带领尉迟炯进宫答谢，说来也是顺理成章之事，当然没人起疑了。

金逐流待到将近三更，估计尉迟炯已经见到宗达完真，便即换上了夜行衣，悄悄出去，神不知鬼不觉地到了土王宫中。按照那张地图所示，很容易地就找到了清廷使者的住处，只见那间房间，灯火尚未熄灭，纱窗现出两个人影。

一个是穿着满人服装的官员，一个是颏下有三绺长须的汉子。金逐流轻轻掠过一座假山，正想走近去偷听。忽听得那长须汉子喝道："什么人在外面?"啪的一声响，这人已是站起身来，推开了窗子。

金逐流的轻功差不多到了踏雪无痕的境界，掠过假山，端的是有如一叶飘落，坠处无声。金逐流吃了一惊，心道："这人好厉害!"

但金逐流也是十分机警，他早已看见假山旁边一棵树上有个鸟巢，当那人出声的时候，金逐流捏了一颗泥丸，使出了弹指神通的功夫，把泥丸向鸟巢弹去。迅即一个起伏，闪过室角，绕到这间房子的后窗。

长须汉子推开前窗，只听得"呜呀"一声，一只大鸟恰恰从树上飞起来，树叶泥屑簌簌落下，金逐流所发的那颗泥丸跟着落下，给掩盖过了。那只大鸟受惊飞起，绕树一匝，叫了几声，好像是知道没有危险了，又回到树上。

长须汉子"呸"了一声，说道："原来是只鸟儿，倒把我吓了一跳。"那个官员说道："你忒也多疑了，怎会有人，有人也不过是王爷宫中的侍卫罢了。"

长须汉子道："我好像听得是夜行人的声息。别怪我多疑，因为对方实在是非同小可之辈。咱们倘若害他们不成，只怕他们也会来暗算咱们呢，岂可不防!"

那官员道："你说的可是那两个大凉山的使者?"长须汉子道："当然是了。除了他们，还有谁是咱们的对头?"

那官员道："对啦，我正想问你，那两个是什么人?宗爷，以你的武功，当世罕有，何以你不去悄悄把他们杀掉，点了他们的死穴，别人也看不出痕迹的呀。这不比转托内侍下毒，更为干净利落么?"

金逐流听得这官员叫这长须汉子做"宗爷"，才恍然大悟，原来这个汉子就是扶桑七子的领袖，曾经和尉迟炯交过手的那个宗神龙。

金逐流屏息呼吸偷听，只听宗神龙说道：“因为这两个人只怕我也不是他们的对手！”那满洲官员道：“究竟是谁，宗爷，请你别卖关子了，好吗？”

宗神龙缓缓说道：“我已打听清楚：一个是金世遗的儿子金逐流，一个是你们缉捕了多年，还未能够将他缉拿归案的关东大盗尉迟炯！”

那满洲官员“啊呀”一声叫了起来，说道：“原来是他们，这就怪不得宗爷要分外小心了！”接着说道：“不过咱们的计策万无一失，内侍是王爷宫中的内侍，他们再聪明也想不到这内侍是替咱们送毒酒的。酒中的毒药是大内所藏的鹤顶红！”

金逐流暗暗叫了一声“侥幸”，想道：“原来他早已知道是我，我却还蒙在鼓里。幸亏有宗达完真提醒，否则就要着了他的道儿了！”

心念未已，忽听得宗神龙又是一声大喝：“什么人胆敢来此窥探？”

金逐流吃了一惊，只道又给他发现，忽听得衣襟带风之声，屋顶上出现了几条人影。

那满洲官员也听见了，“咦”了一声道：“这回恐怕是真的了？”

话犹未了，只听得一个人已在喝道：“宗神龙出来！”

屋顶上跳下几个人来，为首的竟是牟宗涛。

和牟宗涛一同来的还有三个人，金逐流一看，三个人中他认得两个，就是那晚在华山绝险之处和他交过手的那对夫妻。金逐流已经知道他们的名字叫做石卫和桑青。另外一个则是二十岁左右的少女。

金逐流心里想道：“这个少女想必就是林无双说的她那个好朋友练彩虹了。”

宗神龙看见他的三个师侄和一个陌生人同来，这个陌生人对他甚是无礼，宗神龙不觉又是吃惊又是诧异，喝道：“这小子是谁？”

牟宗涛淡淡说道：“我是扶桑派嫡派掌门弟子牟宗涛，你的辈分虽高，也不能不听我的命令！”

宗神龙横眼向石卫、桑青等人看去，他们夫妇和那少女都点了头，表示牟宗涛说得不错。

宗神龙怒道："扶桑派早已分为三支，各自为政。你这掌门弟子是自封的，要想管我，万万不能！"

石卫说道："宗师叔，古语有云：合久必分，分久必合，扶桑派正是因为分崩离析，以致不能重振雄风。如今是该到了由分而合的时候了。"

宗神龙"哼"了一声，说道："你们都愿意捧他做掌门了吗？"

桑青说道："他是牟宗师的嫡系子孙，当这掌门，原是名正言顺。"

宗神龙冷笑道："好，新掌门，你有什么吩咐？"

牟宗涛道："第一，你贪图利禄，实是不该，我不许你冒充清廷的使者，在此招摇撞骗。"

宗神龙大怒道："胡说八道，谁敢说我这使者是冒充的！我得朝廷重用，也正是为了重光本派门户。你这小子懂得什么？居然敢教训我！"

牟宗涛不理睬他，径自说下去道："第二，本派的拳经剑谱，各人都不许私藏。你得的那一份，必须交出来给我。"

宗神龙嘿、嘿、嘿冷笑三声，说道："图穷匕见，原来你是想独霸本门秘笈！"

练彩虹道："师公，你可不能这样说，这是对本门大有好处的事呀！"

宗神龙瞪了她一眼，似乎想要骂她，却又忍住。

牟宗涛道："宗神龙，你这是以小人之心度君子之腹，但我也不管你说些什么，只问你依是不依？"

宗神龙道："不依又怎样？"

牟宗涛道："那我只好替祖师清理门户了！"

金逐流大为欢喜，想道："牟宗涛为扶桑派清理门户，我倒是不必插手了。"于是仍然藏在假山背后，暂不露面。

宗神龙气得七窍生烟，喝道："你这小子欺我太甚，好呀，你要清理门户，那就来吧！石卫、桑青，你们夫妇怎样？"

石桑二人同声答道："我们是帮理不帮亲。牟师兄说的是正理。"

原来对于依附清廷总管萨福鼎一事，扶桑七子之中，本来就有三派不同之意见。一派是和他往来，得点便利，帮他一点小忙，也无所谓。但不可过于为他利用，以致失了"高人"身份；一派是初起糊里糊涂，跟着宗神龙走，后来逐渐明白，因而对他不满的；还有一派则是死心塌地的跟着宗神龙走的。练彩虹是第二派。石卫、桑青夫妇是第一派。但他们在华山铩羽而归之后，也渐渐有了悔意，觉得不应该这样下去，自坠身份了。

牟宗涛进京，先找着练彩虹，另外的三个人是要跟宗神龙走的，不肯听他的话。牟宗涛带了练彩虹立即离京，途中碰上桑青、石卫。桑石二人听说宗神龙已正式出任萨福鼎的私人使者，更为不满，于是决意奉牟宗涛为掌门，随他赶来青海。

宗神龙见桑石二人已经给牟宗涛拉了过去，越发大怒，冷笑说道："好，你们二人和他并肩上吧！他要清理门户，我可也要清理门户了。"宗神龙是他们的师叔，是以口出此言。

牟宗涛道："石师兄，桑师姐，请你们替我把场，不许外人骚扰。"接着冷笑道："宗神龙，我以掌门弟子的身份，前来清理门户，定要你输得口服心服！"

宗神龙说了一个"好"字，随即把眼向练彩虹看去，冷冷说道："彩虹，你又如何，你也是帮理不帮亲吗？"练彩虹是他妻子的关门弟子，他的妻子已死，练彩虹也就等于是他的徒弟一样了。

练彩虹道："我既是帮理，又是帮亲。"

宗神龙道："此话怎说？"

练彩虹道："在家从父，出嫁从夫。你虽然是我的师公，总不能胜于我的生父。丈夫比生父更亲，何况于你？"

宗神龙吃了一惊，叫道："什么，你们，你们——"

牟宗涛道："我们早已订婚了，练姑娘是我的未婚妻子。"

练彩虹道："师公，我看在故世师娘的份上，只要你交出祖师的剑谱，我一定替你向牟郎求情。"

金逐流听到这里，也是不由得大吃一惊，心里想道："这真是

牟宗涛冷笑道："宗神龙！我以掌门弟子的身份，前来清理门户，定要你输得心服口服！"

始料之所不及，牟宗涛竟然和这位练姑娘订了婚，那位林姑娘可怎么办呢?”金逐流想起了林无双那一晚和他说起牟宗涛的时候，那一副一往情深的神态，心中不禁暗暗为她叹气。

一声大喝把金逐流从迷茫之中惊醒，只见宗神龙已是拔剑出鞘，向牟宗涛刺去。

牟宗涛折扇一挥，只听得“嗤”的一声轻响，宗神龙的长剑弹开，退下一步。牟宗涛的折扇上却给刺穿了一个小孔。

这一下两人都是心中一凛，知道碰上了劲敌。论功力是宗神龙更深，论剑法是牟宗涛更妙，他把折扇当作短剑使用，在那一招之间，已是遍袭了对方的七道大穴，这才把宗神龙迫退的。

宗神龙长剑一挑，抖起三朵剑花，攻向对方三处要害。牟宗涛折扇一张一合，扇子滴溜溜一转，竟然把那柄长剑引得东摇西晃。原来牟宗涛使的是一招“三转法轮”，正是克制宗神龙这一招的。可是表面看来，牟宗涛虽然好像轻描淡写的便化解了对方的招数，但仔细观察的话，却可以看到他的额角已经沁出了几颗汗珠。

金逐流看得也不禁手心里捏了一把冷汗，想道：“一个功力深厚，一个剑法精奇，鹿死谁手，实是难料。”

土王宫中的卫士此时已是给他们的剧斗惊动，纷纷赶来。

石卫喝道：“我们扶桑派在此清理门户，与旁人无关!”

那个满洲使者连忙叫道：“你们休要听他胡说，快快上来，擒拿刺客!”

牟宗涛叫道：“这人并非清廷使者，他不过是萨福鼎私人派来的。请你们暂时袖手旁观，待会儿我再向你们王爷分说。”

那些卫士不懂江湖规矩，更不敢相信牟宗涛的说话，因此仍是抡刀动枪，四面围拢，眼看一场混战，难以避免。金逐流忽地大喝一声从假山石后跳出来。

金逐流喝道：“我不管他是否清廷使者，他犯了谋杀案，我正要拿他去见王爷！你们谁也不许多事!”大喝声中，挥动玄铁宝剑向假山劈下，转瞬之间，已把一座假山的山头削平。假山虽然不比真山，但堆叠在山顶的五六块巨石也有磨盘般大，给玄铁宝剑乱砍乱削，变成了一大堆碎石了。

土王宫中的卫士几曾见过这样厉害的本领，人人吓得魂飞魄散，登时潮水般的退下，生怕给宝剑的锋芒殃及。

那满洲使者虽然懂得武功，但自忖决计不是金逐流的对手，此时也是吓得慌了。三十六计，走为上计，连忙混在卫士堆中，向土王的内宫拔足飞奔。

忽听得有人一声大喝："直厮鸟，往哪里跑?"声到人到，只是一个照面，就把这满洲使者的右臂拗折，狠狠地揪着他。这人正是尉迟炯。在他后面跟着有两人来到，这两个人是大喇嘛宗达完真和那个替满洲使者送毒酒的内侍。

金逐流喜道："尉迟大哥，你来得正合时。"尉迟炯睁大眼睛看牟宗涛和宗神龙比剑，说道："这是怎么一回事?"

金逐流道："这人就是牟宗涛了。他为扶桑派清理门户，咱们暂且不必插手。待会儿再去见王爷吧。"

武林中一派清理门户，按规矩外派是不能插手的。但金逐流用"暂且"二字，却另有一层意思。因为他不知鹿死谁手，如果结局是牟宗涛败了的话，他当然还是要和宗神龙动手的。

尉迟炯看了一眼，点点头道："不错，是不必咱们插手了。"

金逐流怔了一怔，想道："怎的尉迟大哥好像断定了是牟宗涛业已稳操胜券?"凝神看去，只见剑花错落，扇影翻飞，突然间牟宗涛一声大喝，连进数招，果然便抢了上风，金逐流暗暗佩服："尉迟大哥的眼力果然是比我高明得多!"

金逐流再看一会，不觉又是好生诧异，原来牟宗涛以扇代剑，使出的剑招，竟有几招酷似"大须弥剑式"。金逐流想了想，恍然大悟："原来我参悟了他的扶桑剑意，另创新招，他也参悟了我的天山剑法，能够变化出大须弥剑式了。呀，此人聪明，实是不在我下!"

大须弥剑式是与扶桑剑法异曲同工的最上乘剑法，宗神龙的扶桑剑法本来就略逊牟宗涛一筹，更加以不识大须弥剑式，只凭功力较高，已是难于抵敌。不过数招，只听得牟宗涛喝声："着!"扇柄一敲，正中宗神龙的琵琶骨，把他的琵琶骨打碎了。

牟宗涛搜了他的剑谱，冷冷说道："看在你是彩虹师公的份上，饶你不死，去吧！”宗神龙武功已废，不敢作声，只好走了。

宗达完真对众卫士道：“此事由我和王爷去说，你们都回去吧。”他是大喇嘛身份，众卫士都是信奉喇嘛教的，自是唯命是从。于是宗达完真与尉迟炯等人，便押了那个内侍和满洲使者去见土王。

土王见宗达完真和金逐流等人把满洲使者押进来，又是诧异，又是吃惊。原来他刚才在宫内的露台早已看见金逐流剑劈假山的厉害，此时无一卫士在旁，金逐流和尉迟炯却揪着这满洲使者进来，他心中自是情知不妙。但诧异的却是不知喇嘛何以也与此事有关。

宗达完真说道：“真主的吩咐对客人必须视同自己的兄弟，客人倘若给人加害，做主人的不能不管。王爷你说是么？”宗达完真抬出教规质问，土王只好点头称是。

宗达完真道：“他们两位都是使者的身份。但如今这位清廷使者却加害大凉山来的那位使者，我也不知该怎么办了，请王爷处置。”

土王诧道：“有这样的事？”宗达完真把那内侍推到土王面前，说道：“你把在真主面前忏悔的说话对王爷再说一遍。”这内侍不敢不依，一五一十地供了出来。

那满洲使者吓得发抖，硬着头皮发怒道：“我是朝廷的使者，岂能与土匪的使者相比？”

宗达完真说道：“我们并未受清廷册封，只能把你当作客人看待。按照我们的教规，不论是谁都不能在我们这儿害人。”

土王也是吓得浑身发抖，按他的心意是要袒护满洲使者的，但金逐流和尉迟炯凶神恶煞地站在他身边，大喇嘛显明又是帮助他们的，土王给吓得六神无主，不敢说话。

牟宗涛忽地走了出来，说道：“此人不是清廷使者，他只是萨福鼎派来的人。”

满洲使者冷笑道：“萨大人身为大内总管，还不能代表朝廷？”

牟宗涛也冷笑道：“萨福鼎早已给清廷治罪，你若回去，只怕自身也难免呢！”

土王道：“你是何人？这消息从何得来？”

牟宗涛道："我是替王爷送一份'邸抄'（古代的官报）来的。"

原来萨福鼎因为和一位亲王勾结，把持权柄，贪污舞弊，给他们的政敌参劾，这政敌是亲王加上两位手握重兵的将军，势力比他们更大，皇帝不能不准他们奏。那份"邸抄"所刊载的就是把萨福鼎免职下狱的"圣旨"。

事情至此，急转直下，土王去了顾虑，同时也是权衡本身利害的结果，遂把那满洲使者赶了出去。

金逐流虽没获得土王答应和义军签订盟约，但得土王答应两不相助，也算得是完成使命了。

金逐流、尉迟炯、牟宗涛三人告辞出宫，练彩虹等人正在外面等着和牟宗涛同走。

牟宗涛道："彩虹，这位就是我和你常常说及的金少侠了，你过来见见。"

金逐流想起了林无双，不禁有点为她难过，说道："练姑娘，你是不是有一位好朋友叫做林无双？"练彩虹道："不错，她还是宗涛的表妹呢。"金逐流道："一个月之前，我在华山曾见过她。"练彩虹道："是。我听得石师兄和桑师姐说了，只是未知她的地址。"金逐流道："她们父女住在闽南一个小渔村中，但林姑娘现在已经进京，听说她正是去找你们呢！"

牟宗涛道："我们也惦记她，好在现在已知她的住址，她找不着我们，我们去找她好了。"牟宗涛获知林无双的消息，很是欢喜，但却没有激动的神情，原来他根本就不知道林无双暗恋着他。

金逐流心里叹了口气，但想姻缘之事，亦是难得人人如意，不再说什么，也就只好告辞了。

金逐流和尉迟炯回到大凉山，进入帐中，只见他的父亲金世遗和厉南星、公孙燕二人也都在座。金逐流喜出望外，叩见父亲之后，便向竺尚父报告此行经过。

竺尚父大为高兴，说道："这件事办得非常之好。我也有个好消息要告诉你，不过，这应该由令尊说了。"

金世遗拈须笑道："逐流，趁着目前暂时没有战事，我想替你办了这件喜事，以了心愿。不，还不只一件呢，厉贤侄和公孙姑娘的婚事，也将和你同日举行。日期已定在下月十五，到时公孙舵主和你的大师兄都会赶来的。”

大凉山虽然僻处西陲，但因金世遗相识满天下，他的儿子成婚，仍是有不少宾客到来道贺。公孙宏、江海天和妻子谷中莲以及红缨会、邙山派、丐帮等等领袖人物是早就来了的，婚礼举行那天，尉迟炯的妻子祈圣因也从保定赶回来了。

正在热闹之际，忽地有知客报道：“有个姓林的姑娘也来道贺，说是金少侠的朋友，我们都不认识她。”金逐流又是欢喜，又是难过，连忙叫“请”。林无双进来，说道：“我到京中，找不着表哥。特来喝你的喜酒，顺便向你打听消息。”金逐流道：“我已经见着他了，他说他会去找你的。”他不愿引起林无双的伤心，只能如此说了。

金逐流虽然有点难过，但整个气氛却是十分热闹欢腾，尤其当祈圣因说到小金川、天理会各方面的义军都是好生兴旺，人人更是高兴。

丐帮帮主仲长统哈哈笑道：“这正是一代胜过一代，更难得的是这许多涌现的新人，人人都是对反清事业一片丹心，何愁大事不成！”金逐流心上的一点阴霾，在这样高兴的气氛中，也就像淡云遮不住燃烧的太阳，给烧化了。正是：

侠骨柔情谐好合，洞房红烛映丹心。

（全书完）